이인규 미스터리 장편소설

심판의 날 2

―화형, 죽어 마땅한 자들

작가의 말

'작가란 아름답게 구성된 글을 쓰는 것으로 만족해서는 안 된다. 작가의 목표는 핍박받는 자를 북돋아 주고, 독재자를 두렵게 하는 것이다' 하고 미국의 시인이자 사상가인 월트 휘트먼은 주장하였다. 이 말에 전적으로 동의하지 않지만, 일부 수용하는 이유는 이 작품의 맥락과 사뭇 일치하기 때문이다.

근래 들어 서민 대상 범죄인 보이스피싱, 기획부동산의 상상을 초월한 사기부터 일부 공직자·문화예술계·연예계·종교 지도자의 일탈, 젊은 친구들의 개념 없는 음란물 제작·배포, 정치인 등 사회지도층의 위선과 타락, 그리고 한계를 넘은 범죄까지, 인간의 존엄성과 생존 자체를 위협하는 사회악이 도처에 널려있다. 무엇보다 우리 현대사는 친일파, 5·18 학살 책임자 등을 제대로 청산하지 못한 통한(痛恨)의 역사가 버젓이 존재한다. 그래서 어떤 시인은 '혁명은 오지 않는다'라는 시로 이를 에둘러 비판하였다. 우리는 이런 죽어 마땅한 자들을 어떻게 해야 할까? 이자들을 죄형법정주의에 따라 재판을 마치면 그저 교도소에 수감되어 있는 것을 보기만 하면 될까? 안타깝지만 이런 자들은 막대한 돈으로 유능한 변호사를 사서 감형을 받거나, 집행유예로 빠져나올 확률이 높다. 그래서 유전무죄(有錢無罪), 무전유죄(無錢有罪)란 말이 나온 거다. 근대적 죄형법정주의는 오늘날 문자 그대로 타당할 수 없다. 입법적 국면에서 법 규정이 복잡한 현실에 대응하여 개괄화되는 경향이 있고, 양형에서도 법관의 재량권이 점차 확대하는 추세이기 때문이다.

　이 소설은 광활한 지리산(智異山)을 배경으로 "아니다!" 하고 당당히 나선 젊은이들의 이야기이다. 소설의 주인공, 두류산과 민채원(민서라)은 보이스피싱과 기획부동산 사기 수법에 당해 스스로 목숨을 끊은 부모님을 대신하여 그들이 직접 나선다. 이들은 죽어 마땅한 자들을 '공정과 정의'의 이름으로 직접 화형에 처한다. 물론 범죄 피해자의 사적 복수는 위법이지만, 공교롭게도 이 글을 쓰고 있을 때 국정원이 서울지방경찰청 보안수사대와 공조해 중국에 머물다 일시 귀국해 지리산 자락 등에 숨어 있던 보이스피싱 조직원 4명을 체포했다는 보도가 나왔다. 소설이란 작가의 상상력과 구상력에 의해 창조해 낸 가공적인 허구의 세계이지만, 그 상상력이 현실에 재현된 것 같아 묘한 기시감이 들었다.

　수도권에 사는 사람들에게 지역이란 '보이지 않는 곳 invisible space', 지역에 사는 사람들을 '보이지 않는 사람들 invisible people'이라고 현 〈경남연구원〉인 이관후 위원이 지적하였다. 그렇다면 지역에서 활동하는 문인들은 '보이지 않는 작가들'쯤 되겠다. 이 주장을 일부 긍정하면서도 반박하고자 소설의 완성도와 문학성을 높이기 위해 지역 시인들과 협업(융합)의 과정을 거쳤다. 이를테면 '시와 소설의 콜라보레이션'쯤 되겠다. 누구나 그렇듯 쉼 없이 달려온 자신의 삶을 돌아볼 겸, 소설과 소설의 중간에 '지리산'에 관한 시를 감상하며 재미있게 읽으면 좋겠다. 작년에 발간한 장편소설 『지리산에 바람이 분다』 서두에 밝혔 듯이 '지역 문학 어떻게 할 것인가'를 두고 서로의 의견을 교환하며, 이 지역에 사는 이상 마음의 빚을 문학으로 청산하고 싶다는 마음도 여전하다.

책을 내는 데 도움을 준 경남문화예술진흥원과 산청군청 그리고 이 작품에 기꺼이 참여해준 양곡 시인을 비롯한 산청 문인협회 회원 여러분, 추천사를 써 준 OCN 드라마 '경이로운 소문'의 유명 웹툰 작가 장이, 박경리 문학관 사무국장이자 동화작가, 소설가인 하아무 작가, 그리고 작년에 이어 이번에도 출간을 맡은 도서출판 '전망'의 서정원 대표께 지면을 통해 감사의 인사를 전한다.

2021. 12
지리산(智異山) 산청, 작은 서재에서
이인규

차례 — 심판의 날 2

작가의 말   003

힌놈의 골짜기   009
정감록의 예언   120
벽화, 솔봉의 흔적   154
견벽청야(堅壁淸野)   189
기후제   226
화형교를 해산하라   262
예행 연습   298
신(神)의 길   369

심판의 날 2

힌놈의 골짜기

    오색 가을 조각
    마지막 한 닢까지 다 떨군 날
    허공은 나뭇가지 삼키고
    찬바람은 벌써 칼날을 앞세운다

    하늘가에 잔가지 모여
    창공을 이리저리 쓰니
    차가운 푸른빛만
    더욱 짙어가고

    아직도 자리 못 잡은 낙엽들
    네 주소는 이리저리 뒹구는 것
    어쩌다 허방을 만나거든
    먼저 온 가족이 애타게 기다리던 곳
                         —최인락, 「지리산 칼바람」

    *허방 : 땅바닥이 움푹 패어 빠지기 쉬운 구덩이

펜션 마당엔 젊은 여자 셋이 더 있었다. 하나같이 화장도 하지 않은,

한눈에 봐도 앳된 사회 초년생들 같았다. 그녀들은 마당에서 라면을 끓이다, 도지수가 웬 낯선 남자 두 명과 들어오는 걸 보고 깜짝 놀라는 표정이었다.

'누구?'

그녀들 중 한 명이 도지수에게 눈짓으로 물었다. 도지수는 일부러 그녀들이 잘 들리도록 큰 소리로 말했다. 그러면 혹시라도 펜션 안에 있는 지훈이 낌새를 알아차릴 수 있겠다고 생각했다.

"경찰이셔! 무슨 사건 때문에 검문하러 펜션 마을에 들렀다가, 내친 김에 우리 펜션도 둘러보시겠다네."

그녀들은 눈치가 빨랐다. 한 명이 나태주와 박두태에게 반가운 얼굴로 함께 라면이나 들자며 팔을 끄는 사이, 또 다른 한 명은 식당에 김치를 가지러 간다며 재빨리 펜션 안으로 들어갔다. 그녀에게 도지수는 눈을 껌뻑거렸다.

그런데 박두태는 정말 배가 고팠는지 어이없게 그녀가 주는 라면을 덥석 받고 말았다. 나태주는 이런 그의 행동을 저지하려 했지만, 그 역시 또 다른 여자에게 팔을 잡히고 말았다.

"형사님! 빨리 우리랑 라면이나 좀 먹고 함께 놀아요. 펜션에 우리 외에 손님이 없어 심심했는데. 잘 되었어요."

"어어, 이러면 안 되는데."

그녀는 아예 그의 팔짱을 꼈다. 나태주는 극구 사양했지만 오랜만에 맡아보는 여성의 체취에 이성이 마비되었으니 그게 뜻대로 되지 않았다. 더 놀라운 것은 라면까지 먹어버린 박두태가 여자가 건네는 술 몇 잔을 벌써 마셔버렸다는 사실이었다.

"나 형사님. 이왕 이리된 것, 여기서 조금만 쉬었다 갑시다. 기껏 아가씨들 몇 명 있는 이런 펜션에 무슨 혐의점이 있으려고요?"

"박 형사님은 그리 하세요. 어차피 운전은 제가 할 거니까. 대신 적당히 마시세요. 그동안 저는 일단 한번 둘러보고 올게요."

나태주가 책임자답게 여자의 손을 뿌리치고 펜션 안으로 들어가려 하자, 도지수가 그의 옆에 붙었다. 그런 그녀를 나태주가 빤히 바라보았다.

"주인도 없어요. 그리고 여긴 잘 모르잖아요?"

듣고 보니 맞는 말이었다. 도지수가 안내하는 순서는 1층의 식당, 거실, 화장실과 샤워실, 그리고 큰 방 하나였다.

"이 방이?"

"네. 맞아요. 우리가 쓰는 방이에요."

나태주는 여성들만 쓰는 방이라 안쪽으로 들어가지 못하고 밖에서 대충 훑어보았다. 그런데 그때 아까 김치 가지러 간다는 여자가 그 방에 있다가 나태주와 눈이 마주쳤다.

"앗! 뭐 하세요? 옷 갈아입는 중인데."

"죄, 죄송합니다. 문 닫아드릴게요."

나태주는 당황한 나머지 얼른 도지수를 앞세워 2층으로 올라갔다. 그때 여자 뒤로 벽에 기대있던 이지훈이 앞으로 쓰러졌다.

그 사이 지리산 공동체 마을은 재정비를 거의 마쳤다. 두류산은 마을 촌장 백 씨를 시켜 지하를 요새로 만드는 데 성공했다. 예전 민서라가 쓰던 마을 회관 사무실은 채은지의 취향에 맞게 개조했다. 이로써 정의와 공정을 지향하는 공동체 마을은 다시금 문을 열 수 있었다. 마을 사람들은 그때 사건(민서라와 두류산의 동반 자살 건) 이후로 마을 구성원이 많이 바뀌어 일부를 제외하곤 두류산이 이곳에 온 것도 몰랐다. 그 일부도 실제 두류산의 얼굴을 본 적이 없어, 그는 이곳에 지내는 게 여러모로 나았다. 그렇다 하더라도, 경찰이 언제 닥칠지 모르는 상황에서 두류산은 불안했다. 설악산 교란작전이 진행 중이지만, 그게 영원할 순 없는 노릇이었다. 그래서 그는 되도록 밖에 나가지 않고 지하에서만 생활했다.

매주 월요일은 그들만의 회의시간이었다. 참석자라 해봐야 두류산과 채은지, 김우태, 김유리였고, 가끔 마을 촌장 백 씨도 낄 때가 있었다. 두류산이 먼저 말을 꺼냈다.

"다음 순서를 정해야 하지 않겠습니까?"

두류산은 자신이 직접 작성한 살생부가 들어있는 노트북을 확인했음에도 짐짓 모르는 척, 그들에게 의견을 물었다. 하지만 그의 질문에 아무도 나서지 않자, 김우태가 조심스럽게 대답했다.

"올가을 들어서 벌써 두 건이나 처리했습니다. 두 건 모두 큰 건이어서 경찰, 언론의 감시와 추적이 매우 심각합니다."

"그래서요?"

두류산이 김우태에게 불쾌한 표정을 지었다.

"지금은 자중할 때라고 봅니다."

그러자 두류산은 이번에 김유리에게 물었다.

"그대의 생각은?"

김유리는 순간 당황했지만, 이럴 때일수록 소신껏 자신의 의견을 말하고 싶었다.

"저 역시 김우태 부대표님과 생각이 같습니다. 아시다시피 교주님을 비롯한 저희는 쫓기는 신세이고 현재 도피 중입니다. 설악산 쪽에서 우리 심판 대원들이 교란작전을 수행하고 있으나, 솔직히 얼마나 갈지 모르는 상태에서 연이은 처단식을 거행한다는 것은 자살행위라고 생각합니다. 그래서 저는….'

그런데 그때였다. 김유리의 말이 끝나지 않았음에도 두류산 옆에 있던 채은지가 갑자기 나섰다.

"전, 생각이 달라요."

그러자 두류산은 마치 잘 짜인 각본처럼 채은지를 대견스러운 표정으로 바라보았다.

"그래요? 그럼, 우리 예쁜 사무국장님의 의견은요?"

채은지는 작정을 했는지 헛기침을 몇 번 했다.

"그러니 허점을 노리자는 것입니다. 지금 경찰은 이런 상황에서 우리가 또 나서지 않는다고 방심하고 있을 것입니다. 지금 시급하게 처단이 필요한 자가 있지 않습니까? 더는 그자의 만행을 지켜볼 수가 없습니다."

두류산이 그녀의 말을 받았다.

"시급하게 처단할 자?"

"네. 일전에 말씀드린 서울 A교회 목사 건이에요. 언니와 저뿐만 아니라 지금도 우리 같은 청년부 성도들이 그놈에게 당하고 있어요."

그러면서 채은지는 서럽게 목놓아 울었다. 김유리는 그녀의 심정이 이해되지 않은 것은 아니지만, 아무래도 지금 이 상황에 맞는 의견은 아니라고 여겼다. 두류산은 울고 있는 채은지의 어깨를 감쌌다.

"일전에 말한 그놈이 아직도 그러고 있다고? 아니, 그때 분명히 경찰에 체포되어 재판까지 갔다고 했잖아."

채은지는 두류산의 관심을 더 얻고 싶은지 어깨까지 들썩이며 울다, 손사래를 쳤다.

"무죄로 풀려났답니다. 교회 장로를 비롯한 기득권층의 탄원과 피해자들에 대한 회유 공작의 결과 때문이에요."

"그래? 그래서 아직도 그 교회에서 버젓이 시무하고 있다고?"

"네."

두류산은 김우태를 쳐다보았다. 그건 늘 그랬듯이 이 건부터 처리하자는 무언의 압박이었다. 그렇지만 김우태는 그자의 비위가 정확하게 어떤 것인지 파악조차 되지 않아 채은지에게 물었다.

"그렇다면 그자가 일종의 그루밍 성범죄자란 말이오?"

"네. 청년부 부원들이 유치부 때부터 그자에게 당했어요. 언니와 저는 당시, 뭔가 이상했지만, 교회에서 신(神)으로 추앙받는 그자를 조금도 의심하지 않았답니다. 하지만 대학에 들어가서부터 이게 성범죄인 줄 인지했죠. 그때부터 언니와 제가 문제를 제기했지만, 오히려 그 일 때문에 언니는 자살하고 저는 그 교회에서 쫓겨났답니다."

"목회자가! 그것도 어린 학생들을 상대로 그런 몰상식한 범죄를 저지르다니."

김우태는 흥분하여 자신의 주먹으로 탁자를 쳤다. 김유리는 상황이 이상하게 돌아간다 싶었지만, 두류산과 김우태 때문에 아무런 말도 할 수 없었다.

"어떻게 처리하면 좋겠소?"

두류산은 이미 결론을 내리고 김우태에게 물었다.

"당연히 죽어 마땅한 그놈을 처단해야죠."

"그렇죠? 김유리 씨의 의견은요?"

김유리는 이런 상황에서 무조건 반대만 할 수 없는 지경이었다.

"찬성입니다. 하지만 시기를 조금 조정했으면 합니다."

"언제로?"

"설악산에서 장은태와 훈련생들이 들어오면요. 그때 저와 은태 씨랑 작업하겠습니다."

"좋습니다. 이미 작성한 살생부는 제가 수정하겠습니다. 다음 처단자는 채은지가 말한 그놈입니다."

채은지는 그제야 얼굴에 화색이 돌았다.

떠밀리듯 펜션을 나온 나태주는 마당에서 여자들과 시시덕거리는 박두태를 억지로 차에 태웠다. 박두태는 그새 술을 몇 잔 더 먹었는지 얼굴이 벌겋다 못해, 하얗게 변해있었다.

"에이! 지금 한참 좋은데, 조금만 더 놀다 가면 안 될까요? 팀장님!"

"많이 마셨습니다. 더는 안 됩니다. 우리는 지금 근무 중이잖습니까?"

그러자 박두태가 항변했다.

"근무 중은 아니죠. 지금 시계 보십시오. 퇴근 시간이 훨씬 지났는데?"

박두태의 술병이 도지는 모양이었다. 그는 평소에 술을 즐기지 않는 대신에 한 방울이라도 술이 들어가면 끝장을 보는 성격이었다. 그러니 나태주는 그와 입씨름하기보다는 합리적인 방법을 찾기로 했다. 마침 차가 펜션 마을 입구 쪽으로 향하고 있었다.

"한잔 더 하고 싶습니까?"

"그럼요. 이제 발동 걸렸는데."

박두태의 말에 나태주는 아까 봐둔 식당으로 차를 몰았다. 박두태는 이게 웬 떡인가 싶어, 재빨리 나태주 뒤를 따라갔다. 나태주는 식당 주인에게 소주 두어 병과 안주 하나를 시키곤 박두태에게 말했다.

"마침, 펜션에 제가 뭘 놓고 왔습니다. 다녀올 테니 여기서 느긋하게 한잔 더 하고 계십시오. 금방 오겠습니다."

"그러죠."

나태주는 박두태에게 그리 말했지만 사실, 아까 펜션을 둘러봤을 때, 의심스러운 게 있었다. 그건 펜션 2층을 확인할 때 마지막 방에 침구가 어지럽게 널브러져 있는 점과 그 위에 걸린 옷이 남자 옷이라는 점이었다. 나태주의 직감대로라면 그 방은 현재 어떤 남자가 사용한다는 증거였다. 하지만 안내를 맡은 도지수는 그곳에 자신을 비롯한 여성밖에 없다고 말했다. 그게 나태주로서는 아무래도 수상했다.

나태주는 이번엔 펜션과 조금 떨어진 곳에 차를 주차하고 펜션 쪽으로 조심스럽게 접근했다. 마당엔 아무도 없었다. 여자들은 벌써 방으로 들어간 모양이었다. 과연 1층 여자들의 방엔 불이 켜져 있었다. 그런데 아무도 없다던 2층 마지막 방에도 불이 켜져 있었다.

'뭐지? 누가 있는 걸까?'

나태주는 도둑고양이처럼 펜션 입구 쪽으로 잠입하여, 현관을 통하지 않고 2층으로 올라가는 방법을 찾고 있었다. 마침 1층과 2층을 잇는 배관 하나가 있었다. 나태주는 망설임 없이 그 배관을 타고 2층 마지막 방으로 기어 올라갔다. 그런 그 방에서 희미하게 여자 목소리가 들렸다.

"아직 많이 아파요? 자자, 빨리 이 약부터 먹어요. 그러면 괜찮아질 거예요."

'누구랑 이야기하고 있지?'

나태주는 너무 궁금해서 최대한 몸을 낮추어 2층 창문을 통해 안쪽을 보려고 시도했다. 그런데 그때였다.

"웬 놈이야!"

갑작스러운 고함에 너무 놀란 나태주는 그만 발을 헛디뎠다.

'악!'

다행히 떨어질 때 나무줄기에 몇 번 부딪치면서 충격이 덜했지만, 그래도 너무 아팠다. 고함과 떨어지는 소리에 놀란 여자들이 일제히 창문을 통해 땅바닥에 널브러져 있는 나태주를 보고 있었다. 고함을 지른 남자는 펜션 주인이었다. 오랜만에 볼일을 보고 마침 이 시각에 돌아오던 주인이 나태주를 보고 도둑으로 오인한 것이었다. 나태주는 몹시 아팠지만, 창피함에 고개를 들 수가 없었다. 여자들이 수군거렸다.

"아까 그 형사님 아냐?"

"아니, 미련이 남았으면 그냥 1층으로 오시지, 도둑고양이처럼 담을 탈 게 뭐야?"

그때 주인 영감이 나태주 가까이 나타나자 여자들은 모두 환호했다.

"어머? 언제 오셨어요?"

"얼굴 잊어버릴까 봐 걱정했는데 마침 잘 오셨어요."

여자들의 환대에 주인은 기뻤지만, 불청객 때문에 노기를 띠었다.

"당신 뭣 하는 사람이오?"

"아, 그게…."

나태주는 난처하여 말을 잇지 못했는데 그때 마침 2층에서 도지수가 내려왔다.

"이분은 제가 아는 분입니다."

"아는 자라고? 그런데 왜 2층 담벼락에서 서성거렸지?"

주인의 말에 도지수는 태연했다.

"저랑 술래잡기 놀이를 하던 참이었어요. 참 어르신! 인사가 늦었습니다. 볼일은 다 보고 오신 거죠?"

"그래? 그렇다면야 뭐, 안심이지. 알았어. 난 들어가서 좀 쉴 테니까 알아서 마무리하든지."

나태주는 이런 민망한 상황에서 자신을 구해준 도지수가 고마웠다.

그녀는 그의 손을 잡고 일으켜주었고 나머지는 그를 둘러싸고 있었다.

"어떻게 된 거예요?"

"아까 2층을 둘러보다 시계를 떨어뜨렸나 봅니다. 그래서 그걸 찾으러…."

나태주는 궁색한 변명을 늘어놓으며 자신의 왼쪽 팔목을 들어 보였다. 하지만 도지수의 반문은 매우 날카로웠다.

"은팔찌, 수갑이 아니구요?"

"……."

"인제 그만 돌아가세요. 그리고 앞으론 볼 일이 있으면 정정당당하게 출입문으로 오시면 좋겠네요."

그새 도지수의 표정은 싸늘하게 변해있었다.

장은태 일행과 민지원은 오대산과 삼척의 태백산을 넘어 마침내 속리산으로 진입하고 있었다. 사람들의 눈을 피해 주로 야간에 산등성이를 타고 산을 넘다 보니 그들은 거의 초주검 상태였다. 그날 오대산 입구에서 민지원의 돈으로 산 식료품과 과자는 벌써 동이 났다. 다행히 절기상 가을이라 산에는 감과 밤 등 먹을 게 제법 있었다. 그것도 부족하면 산 아랫마을 민가에 특공대를 파견하여 먹을 것을 훔쳐오곤 했다.

"옛날 남부군, 빨치산과 다름이 없네."

야간 산행을 마치고 개울가에서 쉬고 있을 때 한 대원이 자조적인 심정으로 말했다. 그는 어제 산을 타다 민가를 발견하고 그곳에서 훔친 생감자를 씹고 있었다.

"배고픈 건 견디겠는데, 이놈의 추위는 못 참겠어. 아직 겨울도 오지 않았는데 이것 봐. 옷에 고드름이 얼었잖아."

대원 중 한 명이 맞받았다. 이런 광경을 지켜보던 장은태는 뭐라 할 말이 없었다. 이 팀의 리더로서 그가 한 일은 의례적으로 대원들을 격려한 것뿐이었다. 무엇보다 여성의 몸으로 힘든 강행군을 하는 민지원을 볼 때면 그는 가슴이 아팠다. 민지원은 배가 고픈지 아니면 목이 마른지 모를 정도로 손으로 많은 양의 개울물을 떠먹고 있었다.

"괜찮습니까?"

은태는 최대한 민지원에게 예의를 갖추었다.

"네. 버틸 만해요."

"평생 이런 적이 없을 텐데, 그래도 대단하십니다."

은태의 말에 지원은 그냥 웃었다.

"지리산은 아직 멀었나요? 그분 뵙는 게 그리 쉬운 건 아니네요."

"이제 중반쯤 왔다고 보면 됩니다. 조금만 참으십시오."

그때였다. 장은태의 휴대전화기에 벨이 울렸다. 화면을 확인하니 두류산이었다. 은태는 지원을 뒤로하고 얼른 조용한 곳으로 갔다.

"네. 장은태입니다."

"지금 어디쯤인가? 언제쯤 올 수 있지?"

두류산의 목소리는 들떠 있었다.

"속리산 부근입니다. 글쎄요. 대원들이 지쳐서 서두른다 해도 보름 정도는 걸립니다."

"일주일 안으로 오시오. 다음 처단자가 정해졌어. 김유리와 함께 이번 거사도 성공시켜주면 좋겠소. 그럼, 이만."

두류산은 자기 말만 하고 전화를 끊어버렸다. 장은태는 난감하여 두 손으로 얼굴을 쓸어내렸다. 그때 민지원이 다가왔다.

"그분이죠? 뭐라고 하시던가요?"

"일주일 안에 도착하랍니다. 안 되겠어요. 서둘러야겠습니다."

이때부터 장은태는 일행들을 재촉하여 지리산에 가장 일찍 도착할 수 있는 길을 선택했다. 사람들에게 노출되는 위험을 감수하고 그들은 지리산과 연결된 산등성이 대신 일반 도로를 따라 최고의 행군 속도를 내었다. 그때부터 얼마나 빨리 달렸던지 그들은 단 5일 만에 지리산과 가까운 덕유산 근처에 도착했다.

"여기가 어딘가요?"

민지원이 가쁜 숨을 몰아쉬며 은태에게 물었다.

"여긴 덕유산이고 저기 보이는 봉우리가 향적봉입니다. 이제 멀지 않았어요. 오늘 밤은 여기서 야영하고 내일 새벽에 출발합시다. 잘만 걸으면 내일 밤 혹은 그다음 날 아침엔 그곳에 도착할 수 있습니다."

덕유산은 의외로 장엄했다. 곳곳에 폭포가 있었고 아름드리나무가 빽빽하여 은신하기엔 최고였다. 마침 장은태 일행은 얼마 전에 약초꾼들이 버리고 간 초막을 발견했다. 두 채였는데 하나는 비닐로 만든 간이 쉼터였고, 또 하나는 나뭇가지로 얼기설기 엮은 산채였다. 그들은 오랜만에 그곳에 불을 피웠다. 낮에 걷다가 상점을 발견하여 술과 먹을 것을 사 왔다. 대원들은 한결같이 지쳐있었으나, 모닥불에 굽고 있는 냉동 닭고기 냄새에 모두 들떠있었다.

"건배! 제군들의 지리산 입소를 위해!"

장은태가 건배를 제의하자 나머지 대원들은 "두류산 만세!" 하는 구호로 맞받았다. 술이 일 순배 돌자, 순식간에 분위기는 반전되었다. 그들은 그간의 고생을 서로 위로하며 술과 안주를 배불리 먹었다. 그때 기분 좋게 술이 된 한 대원이 은태에게 물었다.

"팀장님! 지리산에 들어가면 우린 정식 심판 대원이 되어 또 한 건 하는 거죠? 요새 몸이 근질근질합니다."

"맞습니다. 그날 백담사에서 느꼈던 통쾌함과 짜릿함을 빨리 맛보고 싶습니다."

나머지 대원이 맞장구쳤다. 은태는 그런 그들을 보며 자신의 옛일을 더듬었다. K고수부지에서 보이스피싱 총책 왕춘팔을 불길 속으로 던져 넣을 때 느꼈던 손맛은 어찌나 짜릿했던지 아직도 잊을 수가 없었다.

"걱정하지 마. 들어가는 즉시 처단식이 계획되어 있으니까."

은태의 말에 모두 환호하며 술잔을 높이 들었다.

도지수의 헌신적인 간호 끝에 간신히 다친 몸을 회복한 지훈은 자신의 위상을 높일 생각에 빠져있었다. 비록, 여성으로만 구성된 대원 5명뿐인 조직이지만, 그는 그동안 받은 훈련과 실전을 경험으로 충분히 승산이 있다고 생각했다. 그건 두류산이 주도했던 처단식을 자신이 별도로 거행하는 거였다. 그래서 그가 제일 먼저 한 일은 펜션 주인을 구슬리는 것이었다.

왜냐하면, 펜션 주인이 일찍부터 화형교에 입단한 것은 분명히 그에게도 어떤 말 못 할 사연이 있음이 분명했기 때문이었다. 어느 날 그는 펜션 주인을 불러 술자리를 가졌다.

"그러니까 지리산에 있는 교주와는 별도로 네가, 아니 지훈 씨가 이곳 교주로 임명되었단 말이네?"

"네. 그렇습니다. 그러니 영감님은 저만 믿으시면 됩니다. 어서 그 억울한 사연과 반드시 죽이고 싶은 자의 이름을 말씀해보십시오."

지훈의 말에 그는 하염없이 울었다. 이제야 그간 가슴 속 깊이 쌓아둔 자신의 한을 풀 수 있다는 생각에 펜션 주인은 띄엄띄엄 자신의 이야기를 쏟아냈다.

"그놈은 이곳에서 방귀 좀 뀐다는 지역 유지야. 이 일대를 지나가려면 그놈의 땅을 밟지 않으면 못 갈 정도로 땅 부자기도 하지. 한마디로 힘센 지주라고 말할 수 있어."

"그래서요?"

그의 이야기를 풀자면 이렇다.

태어날 때부터 머슴이었던 그는 그 지주의 집에서 어릴 때부터 고생고생하며, 지주 부인의 종이었던 여자와 결혼하여 슬하에 딸을 하나 낳았다. 비록 배불리 못 먹고 못 입혔어도 그 집에 있으면서 그는 딸을 애지중지하여 잘 키웠다. 자신이 못 배웠으므로 그는 딸을 고등학교까지 시킬 정도로 생각이 깊었다. 그의 정성이 하늘에 닿아서인지 딸은 고등학교를 졸업하고 농협에 임시직으로 취업이 되었다.

이에 그는 추후 딸이 시집갈 때 자신의 신분, 즉 머슴이라는 게 말이 되지 않는다고 생각하여 지주를 졸라 마침내 독립하였다. 이후 그는 지주에게 땅을 빌려 농사를 지었는데, 매년 풍년이었지만 그에게 돌아온 건 별로 없었다. 왜냐하면, 그 지주는 소작료를 수확물의 70%를 받았기 때문이었다.

그 외에도 농기구 임대료, 물값 등 이루 말할 수 없는 세금을 붙여 그를 착취하였다. 딸이 벌기는 했지만, 그는 생활이 되지 않아 할 수 없이 지주에게 고리대금을 썼는데 이게 화근이 되었다. 빚이 눈덩이처럼 불어나 그가 감당할 수 없게 되자, 지주는 평소 눈독을 들이던 그의 딸을 후처로 데려갔다.

"그럼 이 펜션은요?"

"이것도 그놈의 것이야. 난 주인이 아니라 사실, 관리인이야."

"세상에, 요즘 시대가 어떤 시대인데 소작료를 70%나 걷어가는 게 말이 됩니까?"

지훈은 그의 말을 듣고 매우 분개했다.

"결국, 따님을 놈의 농간 때문에 할 수 없이 빼앗겼군요."

"그래. 그게 내 천추의 한으로 남았어. 마누라는 그 일이 있고 난 후 시름시름 앓더니 그만 이듬해에 저세상으로 가버렸지."

"어쨌든 후처라 해도 부유한 집안이니 따님은 잘살겠지요?"

"그리만 되었다면 내가 이리 한을 품고 있겠나?"

"네?"

"놈은 자식이 없었어. 그래서 딸을 통해 아들을 얻고자 했는데, 어찌 된 연유인지 딸은 자식을 생산하지 못했어. 그때부터 놈과 그의 처가 얼마나 내 딸을 구박했는지 어느 날, 놈의 집 우물에 그만 몸을 던지고 말았어."

그는 얼마나 서러운지 이번엔 목 놓아 울었다.

"저번 주가 딸의 기일이었어. 그래서 이 못난 아비가 무덤 앞에서 뜬 눈으로 며칠을 보내고 왔어."

지훈은 주먹을 꼭 쥐었다.

"당장, 복수해줄 터이니 그만 우십시오."

지훈은 그날 밤 도지수를 비롯한 여 대원들을 자신의 방에 소집했다. 펜션 영감의 사연을 모조리 말하곤 그녀들에게 동의를 구했다. 그러자 어떤 대원이 물었다.

"우리끼리요? 그렇다면 지리산 교주님과는 별개로 일을 진행하는 건데, 그게 가능하겠어요?"

"야! 너희는 날 못 믿냐? 난 이곳의 교주야. 온갖 훈련으로 실전에 능한 프로 심판자라고!"

지훈이 다그치자 대원들은 모두 고개를 숙였다.

"경찰이 쫓고 있는 와중에 또다시 그런 위험한 일을 벌인다는 게, 조금 그렇네요. 그렇지만 교주님이 결심한 이상, 우리가 따르는 게 맞는 것 같습니다. 그래, 어떤 식으로 놈을 처형할 거죠?"

역시 도지수였다. 외관상으로 연약해 보이지만 그녀는 채은지와는 달리 맺고 끊음이 분명하고 매사에 강단이 있었다.

"좋아, 역시 도지수야. 어떤 식으로 처형할 거냐고? 물어 뭘 해? 당연히 화형이지. 화끈하게 한번 저지르자고!"

그렇게 설악산의 밤은 시나브로 깊어가고 있었다.

펜션 주인 아니, 관리인이 말한 그 지주의 악행은 조사결과, 거짓이 아닌 것으로 나타났다. 그의 파렴치한 짓과 부도덕한 행위는 해당 마을에 소문이 파다했다. 하지만 그의 재력과 국회의원, 군의원 그리고 군수로 이어지는 막강한 인맥 때문에 마을 사람들은 그의 앞에서 숨도 제대로 못 쉬었다. 지훈은 용감하게도 그에 관한 정보를 캐느라 자신이 수배자 신분임을 잊고 있었다. 이 과정에서 도지수는 그의 여비서답게 아낌없는 지원을 다하였다.

마침내 지훈은 이른 시간 내에 D-day를 정했다. 처단식이 있기 하루 전에 그는 펜션 관리인을 모시고 마당에서 성대한 출정식을 했다. 여 훈련생들은 가지고 온 옷 중에서 가장 화려한 옷을 입고 화장까지 마쳤으며, 지훈 역시 도지수가 읍내에서 사 온 양복으로 말쑥한 차림이었다.

마당 한가운데에 불이 타오르고 있었다. 지훈은 타는 장작불 중 하나를 꺼내 하늘로 높이 들었다. 스스로 교주로 칭하고 난 뒤, 처음 처단식을 하는 만큼 그의 결기는 대단했다.

"때가 왔음이라! 온 세상 악한 자들이 불에 태워질 때, 미륵인 나, 이 지훈이 왔음이라. 태워라, 처단하라, 심판의 날(A Day Of Reckoning)이 왔음이라!"

그는 공식적인 화형가를 불렀는데, 중간 부분 미륵 다음에 과감하게 자신의 이름을 넣었다. 그러자 분위기는 한결 고조되었다. 펜션 관리인은 이런 지훈을 보고 소리를 질렀다.

"위대한 새 교주님 만세!"

드디어 술이 한 순배 돌자, 그때처럼 마당에서 성스러운 혼음이 시작되었다. 예전, 머뭇거리기도 하고 주저하던 여 훈련생들은 스스로 옷을 벗고 새 교주에게 적극적으로 다가섰다. 비명과 교태, 그리고 환희의 소리가 펜션 주위에 퍼질 때쯤 마침 보름달이 뜨고 있었다. 이 광경을 지켜보던 펜션 관리인은 조금 어리둥절했지만, 이게 진정한 화형교의 의식인 줄로 생각했다.

다음 날, 오후에 지주가 산다는 마을 어귀, 서낭당 앞마당에 거대한 짚더미가 쌓였다. 군데군데 나무를 끼워 넣어 짚더미는 튼튼하게 보였다. 이장과 일부 주민들은 짚더미를 쌓고 마당에 멍석 여러 개를 깐 후에, 온 동네 사람들을 모이게 했다. 그때가 보름달이 뜨기 대략 삼십 분 전이였다. 멍석 상석에 꽃무늬 방석을 깔아 놓았는데 이건 지주의 자리였다.

이 모든 것을 지휘하고 감독하는 이는 도지수였다. 그때 지훈이 결심하자 도지수는 손수 이장을 찾아갔다. 그녀는 이장에게 일주일 후 보름달이 뜰 때, 서낭당 앞에서 마당극을 하겠다고 알렸다.

"아! 그러니까 서울에서 온 분들이 무료로 문화 봉사활동을 하겠다는 말씀이네요. 좋지, 좋아. 우리로선 대환영이오."

"마을의 풍요와 복을 비는 마당극이니 재미있을 거예요."

드디어 마당극이 시작되었다. 이장이 도지수와 일행들을 소개하자 주민들은 소리를 지르며 환호했다. 맨 앞자리엔 오늘 화형식의 당사자인 지주가 거드름을 피우며 앉아있었고, 맨 뒤에 펜션 관리인이 긴장한 얼굴로 서 있었다.

도지수와 여 훈련생은 농민으로 분장하고, 양반으로 담뱃대를 물고 나온 이는 지훈이었다.

"그러니까! 이번 소작료를 조금만 깎아달란 그 말인가?"

양반의 말에 농민들이 고개를 굽신 거렸다.

"지당한 말씀입니다요. 요번엔 흉년이 들어 도저히 소작료를 못 맞추겠습니다요. 어르신!"

"그깟 소작료가 얼마 한다고. 겨우 70%잖아. 좋아, 좋아. 그런데 대신에 조건이 있어."

양반의 말에 농민들이 우스꽝스러운 표정으로 일제히 보았다.

"흉년이 되어 소작료를 깎아준다 하더라도 이후 네깟 것들은 먹고 살 게 없잖은가? 그래서 말인데, 내 고리대금을 쓰게. 특별히 이자를 싸게 해줄 터. 어떤가?"

"아이고, 역시 명문가 집안다우신 어르신입니다. 정말 감사합니다요."

"지주 만세!"

그때 농민 한 명이 '일 년 후', 라고 적힌 종이를 들고 나왔다. 이내 사라졌다.

"아니? 돈이 없다고? 내가 빌려준 피 같은 돈이 얼마인데 그걸 안 갚겠다고?"

"안 갚는 게 아니라 못 갚습니다요. 제발 기간을 조금이라도 연장해 주십시오."

그러자 양반은 이럴 줄 알았다는 의미심장한 표정을 짓고, 때마침 그 농부의 과년한 딸이 집에 들어오자 그녀를 지목했다.

"됐네. 못 갚으면 저년이라도 데려가야지. 어이구, 이런 예쁜 것!"

그때였다. 마당극을 지켜보던 지주가 갑자기 벌떡 일어섰다.

"지금 뭣 하는 거야! 당장 집어치워! 이 연놈들이 날 어찌 보고. 이봐! 이장! 자네는 이런 놈들을 왜 불렀나? 응!"

그때 지훈이 양반 차림의 옷과 가발을 벗고 지주에게 호통을 쳤다.

"네 이놈!"

그사이에 농민분장을 한 여 대원들은 지주를 재빠르게 결박했다. 이 모습에 마을 사람들은 너무 놀라 모두 입을 다물었다.

"불을 붙여라!"

지훈의 명령에 한 대원이 석유가 뿌려진 짚더미에 불을 붙이자 순식간에 활활 타올랐다.

'악!'

'훨훨~'

지훈이 강단 있게 외쳤다.

"여러분! 이자가 누구인지 여기 계시는 분들은 모두 잘 아시고 계실 것입니다. 우리는 이자가 그동안 주민들에게 행한 모든 악에 관하여 잘 알고 있습니다. 그래서 죽어 마땅한 죄를 저지른 이자를 처단하기 위해 이곳에 왔습니다. 오늘 이 시각, 민중의 피를 빨아, 제 배를 채운 놈이 어떻게 되는지 똑똑히 보여드리겠습니다."

그런데 의외였다. 아까까지만 해도 이 소동에 놀라 몸을 빼던 주민

중 한 명이 크게 외쳤다.

"죽여라! 죽여. 저런 놈은 죽어 마땅해."

"맞아. 그동안 저놈에게 당한 게 얼마냐? 놈의 고리대금업 때문에 조상 대대로 일군 논과 밭을 몽땅 빼앗겼어."

"죽이자!"

지주는 부들부들 떨고 있다가, 겨우 이장을 바라보며 사정했다.

"이장! 살려 줘. 자넨 우리 마을 이장이잖아. 당장 이놈들을 경찰에 신고하고 마을 사람들을 설득해 줘. 응?"

하지만 이장은 그의 애원에도 고개를 돌렸다. 이미 마을 인심이 떠난 거였다. 지훈은 여 대원들에게 눈짓했다. 그러자 그들은 지주를 산 채로 그대로 불길 속으로 던져버렸다.

"아악! 앗 뜨거워! 사람 살려…."

결국, 지주는 훨훨 타는 불길 속에서 몇 분도 지나지 않아 익어버렸다. 마침 보름달이 훤하게 서낭당을 비추고 있었다. 지훈은 마당에 언제나 그랬듯 여러 장의 유인물을 뿌렸다.

「이 자는 극악무도한 악덕 지주로
다수 선량한 마을 주민으로부터 부당하게
토지, 재산, 여자 등을 편취하여,
판결자 전원 일치로 극형인 화형에 처함.」

심판의 날, 두류산

유인물의 내용은 비슷했으나, 두류산의 서명에 그의 사인이 들어간 점이 다르면 다른 점이었다. 그길로 지훈은 의기양양한 표정을 짓고 대원들과 마을을 유유히 빠져나왔다.

다음 날, 모든 언론은 이 사건을 대서특필하였다. 특히 방송국은 긴급 프로그램을 편성하였고, 신문은 신문대로 1면에 대대적으로 이 희대의 사건을 실었다.

「두류산. 못 잡는 건가, 안 잡는 건가?」

「백담사 방화·살인 사건에 이은 또 다른 설악산 참사!」

「무능한 경찰은 당장 이 사건에 손을 떼고 차라리 이 사건을 군(軍)에 넘겨라!」

합동 수사본부 수사과장은 출근하여 신문을 보다 말고, 화가 치밀어 나태주에게 전화를 걸었다. 나태주 역시 막 방송을 통해 사건을 안 직후였다.

"어떻게 된 거야!"

수사과장은 아예 반말투였다. 그만큼 그가 화가 많이 난 것으로 나태주는 생각했다.

"죄송합니다. 미처….'

"당신이 그곳 팀장이지? 백담사 사건 용의자를 찾기나 한 거야? 아니면 매일 설악산 다니며 단풍놀이 한 거야?"

나태주는 입이 열 개라도 할 말이 없었다. 옆에 박두태가 듣고 있다가 자신도 오줌을 지릴 만큼 수사과장의 목소리는 강한 노기를 띠었다.

"오늘 당장 직책을 반납한다. 당신은 팀장이란 자리가 어울리지 않아. 이제부터 평요원으로 수사하든지, 놀든지 알아서 해, 알겠어? 지금 내려갈 테니, 마지막으로 그간의 사건 브리핑 준비나 해. 끊어!"

전화를 끊은 나태주는 어안이 벙벙했다. 꼭 팀장 자리가 날아갔다는 이유만은 아니었다. 그것보다 용의자들은 현재 이 일대를 경찰이 샅샅이 수색하고 있다는 사실을 잘 알면서도, 과감하게 또 다른 방화·살인 사건을 저질렀다는 사실이었다.

"과장이 뭐래요? 듣기론 심상찮은 일이 벌어진 것 같은데."

박두태가 눈치 없이 물었지만, 나태주는 그의 말이 하나도 들리지 않았다. 대신, 그때 그 펜션을 마저 수색하지 못한 점이 그의 뇌리를 스쳤다.

"아무래도 수상해."

"네? 뭐라고요? 수사과장이 수상하다고요?"

"알 것 없고. 박 형사님은 저 대신 그간의 수사보고서 초안이나 작성해주십시오. 잠깐 다녀올 데가 있습니다."

나태주는 박두태의 시선에도 아랑곳없이 밖으로 나가 차의 시동을 걸었다. 차를 타고 가는 내내 그는 그 펜션의 도지수란 여자의 존재에 계속 의문이 들었다. 순진한 척하면서도 냉철하고, 연약한 척하면서도 강인한 그녀의 표정에 답이 있을 거로 생각했다.

한걸음에 달려간 그 펜션엔 놀라운 일이 있었다. 마당엔 이리저리 굴러다니는 빈 병이 수십 개나 있었고, 마당 한가운데엔 불을 피운 흔적이 선명했다. 무엇보다 그때 본 여성들 대부분이 마당에 아무렇게나 널브러져 있었다. 그중에는 아직 술이 깨지 않았는지 잠꼬대를 하는 여자도 있었다. 하지만 그때 본 도지수란 여자는 보이지 않았다.

'이게 공무원 시험을 준비하려는 여성들의 자세인가?'

그때였다. 현관문 앞으로 어떤 사내가 걸어 나오고 있었다. 사내는 손에 술병을 쥐고 있었다.

"알았어. 제기랄! 네년이 아니더라도 할 년들은 많아! 오늘따라 빼기는. 꺽! 취한다. 야! 이것들아, 모두 자냐? 어서 일어나 이 교주랑 환상의 세계에 한 번 더 가야지! 크하하."

나태주는 나무 뒤로 얼른 몸을 숨겼다. 그러면서 그가 하는 말 중 교주란 말에 귀가 뻥, 하고 뚫렸다. 아직 얼굴을 보지 못했지만, 낯선 산골에서 스스로 '교주'라고 말하는 자가 있다면 그건 분명히 두류산뿐이었다. 나태주는 두류산이 경찰에게 혼선을 주기 위해 이리저리 다니다가 결국, 이곳에 온 것으로 추정했다.

'두류산이 결국….'

나태주는 가슴이 벌렁거렸다. 그는 품속으로 손을 넣어 조심스럽게 권총을 꺼내 장전했다. 그런데 그때 교태스러운 여자의 목소리가 들렸는데 나태주는 그녀가 도지수란 걸 금방 알았다.

"아이, 교주님! 벌써 세 번째예요. 그만 몸 생각을 하셔야 한다니까요."

그녀는 앞섶을 제대로 가리지 못해 속옷이 다 보일 정도였다. 그녀도 꽤 취해있었다.

"야! 여비서라면 세 번이 아니라 백 번이라도 날 받아주어야지. 그래야 우리의 성스러운 화형의식이 제대로 빛이 날 것 아니야? 이리 와! 어서 이리로 와. 봐! 다른 년들은 모두 꼬꾸라져 버렸어."

사내는 무리하게 몸을 옮기다 그만 제풀에 앞으로 넘어지고 말았다.

그러면서 화분을 하나 깨뜨린 모양이었다.

"피? 야! 이거 기분 좋게 피가 나네. 으하하."

이어 도지수의 걱정스러운 목소리가 지천에서 들렸다. 이때다 싶어 나태주는 재빨리 그들에게 달려가 권총을 겨눴다.

"꼼짝 마! 두류산."

자신의 지하 벙커에서 TV를 보던 두류산과 김우태, 김유리는 소스라치게 놀랐다. 특히 두류산은 자신이 지시한 적도, 간여한 적도 없는 사건에 버젓이 이름이 오르내리는 것에 황당함을 넘어 분노가 치밀었다. 옆에 있던 김우태도 이게 어찌 된 일인가 싶어 TV만 뚫어지게 쳐다보고만 있었다. 두류산은 애써 눌렀던 분노를 엉뚱하게 김유리에게 돌렸다.

"에잇! 분 냄새. 오늘따라 왜 그리 짙게 화장해선!"

김유리는 두류산의 마음을 조금이나마 자신에게 돌리려 그리 했건만, 그의 반응에 눈물이 찔끔 나왔다. 이 모든 게 채은지 때문이라고 생각한 그녀는 속상했지만, 두류산의 심기를 어지럽힐 수 없어, 얼른 화장실에 가서 화장을 지우고 돌아왔다. 그새 두류산과 김우태는 사건의 경위를 놓고 의견을 나누고 있었다.

"모방범죄 아닐까요? 교주님 이야기야 전국 어디에서든 다 알고 있으니까요."

김우태가 조심스럽게 말하자, 김유리가 덧붙였다.

"맞습니다. 그때 백담사 방화 · 살인 사건이 일어난 직후에 교주님이 인터넷 실검 1위를 며칠 동안 계속하셨잖아요."

두류산은 김우태와 김유리의 말에 조금 마음이 누그러졌다.

"모방범죄라…."

그때 채은지가 커피를 들고 들어왔다.

"모방범죄로 보기엔 좀 이상한데요? 왜냐하면, 그 정도로 잔인한 수법은 웬만큼 담력이 있거나 고도로 훈련받은 자가 아니면 힘들어요. 저 일은 우리 심판 대원이 아니면 하기 힘든 일이에요. 또 범인이 한 명이 아니라 여성까지 포함, 총 6명이라잖아요."

채은지의 말에 두류산의 눈이 좌우로 돌아갔다.

"그래! 여자들이 포함되었어. 그렇다면!"

그제야 김우태도 감을 잡은 듯 설악산에 잔류한 이지훈을 떠올렸다.

"이지훈?"

김우태의 말에 두류산과 김유리는 동시에 무릎을 쳤다.

"역시 은지야. 합리적인 추론! 좋아. 그런데 장은태보다 덜떨어진 그놈이 왜 내가 시키지도 않은 짓거리를 했지? 그게 좀 이상하잖아."

"그러게 말입니다. 게다가 현재 쫓기는 몸이라 납작 엎드리고 있어야 할 놈이 이런 일을 벌이다니, 저도 이해가 되질 않습니다."

그새 채은지가 각자에게 따뜻한 커피를 나누어주고 있었다. 두류산은 커피 한 모금을 입에 머금고 잠시 향을 음미했다.

"지훈 씨가 은태 씨 도주를 도우려고 무리하게 교란작전을 시도한 게 아닐까요? 둘은 이곳에 오기 전부터 각별한 친구 사이잖습니까?"

김유리가 나름대로 추론했다.

"그렇다 하더라도 교주님의 지시가 없었잖아. 명령과 복종에 죽고 사는 우리 화형교에선 있을 수 없는 일이야."

김우태의 말이 끝나자 두류산은 그에게 전화를 걸어보라고 지시했다.

'뚜~, 뚜~, 뚜~'

"아예 안 받습니다."

이어 김우태는 그들을 돌보고 있는 화형교 신자인 펜션 주인에게 통화를 시도했지만, 연결이 되지 않았다.

"그래요? 이봐! 은지. 여 훈련생들 명단과 연락처 있지? 가져와 봐. 그녀들에게 전화해야겠어."

"아뇨. 그럴 필요 없습니다. 제가 해볼게요. 훈련생 중 한 명이 제 친구입니다. 도지수라고."

채은지는 사무실에 올라가지 않고 그 자리에서 도지수에게 전화를 걸었다. 은지로서는 매우 오랜만이었다.

"여보세요?"

"지수? 나 은지야."

그때였다. 여 훈련생과 연결된 것을 안 두류산이 은지의 휴대전화기를 빼앗아 버렸다.

"두류산이오. 도지수 대원인가요?"

전화기 너머에서 그 유명한, 전설적인 인물인 두류산의 목소리가 들리자 도지수의 목소리는 파르르 떨렸다.

"네."

"지훈이 옆에 있죠? 그놈 좀 바꿔줘요."

이런 상황을 예상했던 도지수는 심장이 마구 뛰었지만, 차분하게 응답했다.

"지훈 선배님은 훈련생들을 데리고 대청봉에 산악훈련 갔습니다. 도청을 의심하여 폰을 가져가지 않아, 아마 통화도 되지 않을 거예요."

그래도 두류산은 역시 두류산이었다. 그는 여자가 거짓말을 하고 있다고 생각하고 오히려 더 강하게 밀어붙였다.

"뭐야? 나, 두류산이야. 이것들이 어디서 그런 거짓말을. 어제 사건! 그놈과 당신들이 저지른 일이지?"

"……."

"솔직히 말하시오. 있는 그대로 말한다면 선처할 수 있소."

그때였다. 도지수의 전화기 너머 남자 목소리가 들렸다. 도지수가 너무 당황하여 수화기를 막지 않고 말하는 바람에, 그녀와 남자의 대화 내용이 이쪽에 다 들렸다.

"지리산 두류산님의 전화입니다. 교주님을 찾고 있습니다만."

"그래? 음…. 내가 지금 바빠서, 조금 있다 전화한다고 해."

"알겠습니다. 교주님. 여보세요? 네. 방금 오셨는데 지금 바빠서 잠시 후에 전화한답니다. 그럼, 이만."

도지수는 전화를 끊어버렸다. 채은지가 통화를 스피커 음으로 해두어 그들의 대화를 모두 들을 수 있었다. 누구보다 놀란 이는 바로 두류산이었다.

"뭐? 교주?"

김우태가 입술을 깨물었다.

"이건 반란입니다. 이지훈이 이놈! 덜떨어진 이놈이 감히 교주님을 사칭했단 말이지!"

김유리 역시 충격을 받아 그 자리에 멍하니 있을 수밖에 없었다. 채은지는 자신의 친구인 도지수가 위대하신 교주님께 불경스럽게 대한 것에 화가 치밀어, 재차 전화를 걸었지만, 아예 받지 않았다. 두류산은 냉장고에 있던 양주를 꺼내 남김없이 마시고 말았다.

마침내 장은태 일행은 지리산 솔봉을 넘고 있었다. 그는 이곳에서 잠시 쉬어가기로 했다. 제1기 훈련생 때 방화와 살인 등 실전연습한 곳이어서 그는 감회가 깊었다. 솔봉 바위 아래 앉아있으니 그는 더욱 민서라가 생각났다. 그녀는 바위처럼 강인하면서도 비누같이 부드럽고 매끈한 여자였다. 그녀의 체취, 입술, 몸매는 아직도 생생하게 기억될 만큼 그의 머릿속을 돌아다니고 있었다. 대원들은 쉬기 무섭게 잠에 곯아떨어졌다. 민지원은 은태 옆에 앉아 무심한 하늘만 바라보고 있었다.

"이곳에서 동생분과 훈련을 거듭했습니다. 부대표님은 전사(戰士) 같은 분이셨죠. 우리가 힘들어할 때마다 손을 잡아주시고 격려해주시던 마치, 친누나 같은 분이었습니다."

그 말에 민지원은 발끈했다.

"친누나라고 생각하면서 동생과 그딴 짓을 했단 말입니까?"

"무슨?"

은태는 속으로 뜨끔했다.

"다 알고 있어요. 시침 뗄 생각은 안 하는 게 좋아요. 어휴! 그리 착하고 순결했던 채원이가 왜 그런 짓을 했는지 아직도 이해가 안 가요."

은태는 더는 이런 이야기를 했다간 불편할 것 같아 화제를 돌렸다.

"그래도 그날 고수부지에서 부대표님의 원수인 그놈을 태워 죽인 건 정말 잘한 것 같습니다. 부대표님이 엄청나게 기뻐하셨거든요."

그런데 민지원은 엉뚱했다.

"동생을 좋아했죠? 아니, 많이 사랑했죠?"

"……."

그때였다. 은태가 할 말이 없어 휴대폰을 열었는데, 두류산과 김우태로부터 여러 건의 전화와 문자가 들어와 있었다.

"잠시만요. 그동안 휴대폰이 터지지 않았던 모양입니다. 지리산에서 여러 건의 전화가 왔습니다."

장은태는 잘되었다 싶어 얼른 두류산에게 전화를 걸었다. 다행히 이곳은 휴대폰이 잘 터졌다. 그런데 두류산의 목소리가 이상했다. 혀가 꼬여있었고 발음도 명확하지 않았다.

"오! 우리의 성스러운 전사, 장은태 씨. 그래 어디쯤인가?"

"네. 솔봉 근처에 왔습니다. 빨리 가면 두어 시간 걸릴 것 같습니다. 그런데 전화를 왜 하셨죠?"

"그, 그게 말이야. 은태야! 너…, 내, 내가 널 가장 총애하는 것 잘 알고 있지?"

"네. 알고 있습니다."

"그렇다면 다시 설악산으로 올라가서 그놈을 잡아 와! 지금 당장!"

은태는 두류산이 무슨 말을 하는지 도통 이해할 수가 없었다.
"누구를 잡아 오라는 말씀입니까?"
"누구긴 설악산의 또 다른 교주 이지훈이지. 네놈 친구인 이지훈!"
"네?"
그때였다. 두류산의 목소리는 더는 들리지 않았고 김우태가 등장했다.
"은태! 그냥 빨리 들어와. 지금 비상시국이야."
장은태는 직감적으로 설악산, 이지훈에게 무슨 일이 일어났다고 생각했다. 얼마 전 민지원에게 들은 이야기도 있고 해서 이건 심상치 않은 일이라고 생각했다. 그러기에 두류산이 화가 치밀어 그를 잡아 오라는 말을 했다고 생각하니 가슴이 떨렸다. 장은태는 자고 있던 대원들을 깨워 황급히 두류산이 있는 공동체 마을로 뛰다시피 걸어 내려왔다.

아직 술이 덜 깬 이지훈은 갑작스러운 나태주의 등장에 얼떨떨한 표정이었다. 반면에 도지수는 마침내 올 게 왔다는 심정으로 지훈을 감싸 안았다.
"너! 이지훈?"
나태주는 두류산인 줄 알고 권총을 꺼냈는데, 그가 이지훈임을 알아보고 머리가 어지러웠다.
"그렇다면 네놈이?"
권총을 잡은 나태주의 손이 파르르 떨렸다. 그런데도 이지훈은 술이 덜 깨어 상황파악이 안 된듯했다.

"당신 누구요?"

도지수가 그런 지훈을 더욱 세게 끌어안았다.

"두류산은 어디 있나?"

"여긴 우리밖에 없어요."

도지수가 말을 받았다. 나태주의 머릿속엔 오로지 두류산밖에 없었다.

"그놈이야 어디선가 잘 있겠지요. 여기 책임자는 나요. 교주 이지훈. 으하하."

나태주는 지훈을 감싸 안고 있는 도지수를 밀어젖히고, 그의 두 손을 뒤로하여 수갑을 채웠다.

"현행범으로 긴급체포한다. 미란다 원칙에 의하여…. 그리고 당신 역시."

도지수는 모든 걸 포기한 것처럼 보였다. 수갑이 하나밖에 없어 나태주는 마당에 널브러져 있던 끈으로 도지수를 묶었다. 그리곤 박두태에게 전화를 걸었다.

"알겠습니다. 즉각 출동하겠습니다."

그러는 사이 나태주는 도지수를 신문했다.

"장은태는 어디 있지?"

"……."

"묵비권을 행사하겠다는 말이군. 좋아. 그렇다면 펜션 안엔 그때 당신이 말한 공시생들 외에 누가 있나?"

하지만 도지수는 일절 말이 없었다. 그녀로서도 충격을 받아 모든 게 허탈한 모양이었다. 잠시 후 박두태와 수사요원들을 태운 경찰 봉고차가 도착했다.
"모두 연행하세요."
수사요원들은 이지훈과 도지수 그리고 마당에 널브러져 있던 여성 4명을 몽땅 차에 태웠다. 그런 사이에 나태주는 박두태와 함께 펜션 안을 수색했다. 그런데 펜션 관리인이 어디로 튀었는지 보이지 않았다.
"저기!"
그때 박두태가 창밖으로 손짓했다. 누군가 수풀 사이로 뛰어가는 게 보였다. 나태주와 박두태는 그길로 숲으로 들어가 그를 잡았는데 바로 펜션 관리인이었다.
펜션을 출발하기 전 나태주는 수사과장에게 전화를 걸었다. 수사과장은 막 서울을 빠져나와 설악산으로 오는 중이었다.
"뭐? 모두 체포했다고?"
"네. 어제 방화·살인 사건을 저지른 주범, 이지훈과 나머지 심판 대원 5명 그리고 화형교 신자인 펜션 관리인 등 총 7명입니다."
범인 검거 소식에 수사과장은 아침에 나태주를 다그친 것이 몹시 미안한 모양이었다.
"나 팀장님! 정말 수고하셨습니다. 역시 산음경찰서에서 가장 뛰어난 형사임이 틀림없습니다."
수사과장의 말에 나태주는 그제야 안도의 한숨을 내쉬었다.

장은태와 심판 대원들 그리고 민지원이 두류산이 있는 '정의와 공정을 지향하는 민들레공동체 마을'에 도착한 것은 그로부터 정확히 두 시간이 지나서였다. 그동안 두류산은 김우태의 권유로 욕탕에서 냉·온수욕을 반복하며 술을 깨고 있었다. 김우태는 여기까지 오느라 체력이 바닥난 심판 대원 5명을 먼저 마을로 보내 실컷 먹게 하고 잠을 재웠다. 어차피 두류산에게 인사할 거면 내일 정식으로 하는 것도 괜찮다 싶었다.

그런데 단 한 사람, 민지원이 문제였다. 일전에 들은 말이 있기에 바로 두류산에게 인사를 시켜야 하는지, 아니면 대원들과 마찬가지로 내일 해야 하는지 망설였다. 그때 장은태가 이지훈에 관한 이야기를 들으려면 민지원이 꼭 있어야 한다고 주장해 그녀를 지하 벙커로 안내했다.

김유리는 장은태를 보자 눈물부터 흘렸다. 장은태 역시 오랜만에 오랜 동지를 만났다는 기쁨에, 그간의 고생과 설움이 다 달아나는 듯했다.

"정말 수고했어요."

김유리는 한 번 더 그를 꼭 껴안아 주었다. 김우태 역시 지하 벙커로 들어온 뒤, 그를 진심으로 환대했다.

장은태가 우선 민지원을 정식으로 소개했다.

"반갑습니다. 잘 부탁드리겠습니다."

민지원은 잔뜩 긴장한 채 고개를 숙였다.

"오신다는 말을 듣고 긴가민가했더니 정말 동생과 닮았네요. 반갑습니다. 민서라 부대표가 계실 때 수행원 노릇을 했던 김우태입니다."

"말씀 많이 들었어요. 훌륭한 동생 위에 더 참하고 예쁜 언니가 계셨네요. 반갑습니다. 김유리입니다."

그렇게 수인사가 끝나고 서먹하던 분위기가 달라질 때쯤 장은태가 물었다.

"이지훈에게 무슨 일이 있습니까? 아까 전화로 교주님이 노발대발하시던데요?"

"그 이야기는 교주님 오시면 하지. 지금 곧 오실 거야."

김우태는 잠시 숨을 고를 시간이 필요한 모양이었다. 그때 인터폰이 왔다. 교주와 채은지가 내려온다는 전갈이었다. 곧 목욕 가운을 걸친 두류산과 그의 여비서, 채은지가 나란히 지하 벙커로 들어왔다. 장은태는 두류산을 보자마자 앞으로 달려가서 차렷 자세로 선 후, 그에게 경례했다.

"화형! 교주님의 은혜와 보살핌으로 저, 장은태와 훈련생 5명은 지시한 대로 무사히 복귀하였음을 신고합니다. 화형!"

그런 장은태를 보고 두류산은 심히 만족했다는 듯이 두 팔을 벌렸다.

"잘 왔어. 정말 잘 왔다. 장은태!"

장은태는 그의 품에 안기면서 진심으로 눈물을 흘렸다.

"이봐! 우리 화형교의 다크호스가 이만한 일로 눈물을 흘리다니. 그래, 정말 수고했어. 그때 백담사 처단식도 훌륭했고."

"모두 교주님의 은덕입니다!"

"하하! 일도 잘하면서 겸손하기까지 한 친구일세. 자! 이쪽과도 인사하지. 내 여비서 채은지 양이야."

장은태는 오랜만에 채은지와 마주했다. 설악산에 있을 때, 그리고 이곳으로 내려올 때까지 단 한 번도 머릿속에 지울 수 없었던 그녀였다.

"오랜만입니다. 선배님."

채은지가 먼저 웃으며 손을 내밀었다. 내민 그녀의 손을 잡으니 손끝이 따뜻했고 그때보다 훨씬 예뻐 보였다.

"그, 그렇네요. 벌, 벌써 세월이 많이 흘렀습니다."

장은태가 어색한 표정으로 더듬거리자 두류산이 한마디 했다.

"둘이 아는 모양이지? 근데 이 친구 왜 그리 더듬어? 이거, 혹시 예전에 우리 은지를 좋아했던 것 아냐?"

그러자 채은지가 발끈했다.

"무슨 말씀을 그리 하세요? 이 선배님 때문에 제가 화형교에 입단할 수 있었거든요! 우린 절친한 선·후배 사이라구요. 그렇죠. 선배님?"

장은태가 얼떨결에 "네!" 하고 대답하자 장내는 웃음꽃이 피었다. 그때 민지원이 두류산 앞으로 다가섰다.

"처음 뵙겠습니다. 교주님의 배려로 이곳까지 오게 된 민지원입니다."

순간 두류산의 눈빛이 조금 흔들렸다. 그 역시 민지원이 오게 되면 어떤 식으로 맞이해야 할까, 하고 고민이 깊은 터였다.

"네. 잘 오셨습니다. 이리 참하고 예쁘신데 우리를 위해 허드렛일 해 주신다기에 정말 감동입니다. 그리고 동생 일은 정말 안되었습니다. 그때 직접 뵙고 조문을 못 드려 정말 죄송했습니다."

두류산은 진심인지 아닌지는 모르겠지만 민지원 앞에 과도하게 고개를 숙였다.

"아닙니다. 모든 것은 하늘의 뜻이겠지요. 전 어쨌거나 동생이 마지막으로 부탁했으니, 곁에서 교주님이 불편하지 않게 밥 짓든, 빨래든 무슨 일이라도 하겠습니다."

"말씀만 들어도 감사합니다. 참! 이제 모두 앉죠. 그리고 은지 씨는 오랜만에 오신 두 분을 위해 차를 좀 내어오면 좋겠네요."

이때부터 아까의 분위기와는 사뭇 달랐다. 두류산이 중앙에 앉자, 김우태가 어제 TV에서 보도한 설악산 방화·살인 사건의 녹화영상을 틀었다. 산속에서 지내던 장은태가 이 사실을 아직 모를 거라는 두류산의 생각이었다. 뉴스를 접한 장은태와 민지원은 당연히 깜짝 놀랐다.

"이럴 수가! 저는 전혀 몰랐습니다."

"물론! 지금까지 휴대폰도 터지지 않는 산속을 헤맸으니 당연할 거야. 그런데 은태 너도 이걸 보고 뭔가 이상하다 싶지? 이 사건은 내가 시킨 일이 아니야. 순전히 이지훈 단독 작품이라고."

두류산은 지훈의 말만 해도 경기를 일으키는지 움찔했다.

"저도 이해가 안 됩니다. 지훈이 왜 시키지도 않은 일을 벌였을까요?"

그때 김우태가 나섰다.

"이보다 더 기가 막히는 일은 놈이 교주님을 사칭한다는 사실이야. 아니, 놈이 스스로 설악산에서 교주가 되었다고 해. 은태 넌 이 점에 관해 어떻게 생각해? 너랑 있을 때도 놈이 딴마음을 먹었어?"

김우태의 말에 장은태는 극구 손사래를 치며 부인했다.

"그러면 도대체 어떻게 된 일이야!"

결국, 두류산이 화를 참지 못하고 손으로 탁자를 치고 말았다. 그런데 그때 의외로 민지원이 나섰다. 장은태는 그녀를 말려야 하나 싶었지만 그냥 그대로 두었다. 어차피 이지훈과 관련된 일은 민지원이 더 잘 알고 있기 때문이었다. 두류산을 비롯한 모두가 민지원을 바라보았다.

"이지훈은 여기 계시는 장은태 씨가 없을 때, 스스로 그곳에서 교주라고 칭하며 여 훈련생들과 혼음하였습니다. 심지어 펜션을 빠져나오는 그날 새벽에도 술에 취해 저를 동생으로 착각했는지 성폭행을 시도하였습니다. 겨우 몸을 피해 화를 입진 않았지만, 생각할수록 괘씸하기 짝이 없습니다."

"이런 미친놈!"

김우태가 울분을 토했으나 장은태는 말문이 막혀 눈을 감았다.

"그 이유가 뭐랍니까?"

하지만 두류산은 예상외로 차분했다.

"확실한 내막은 모르겠으나, 그곳에 있는 여자들을 독차지하고 싶은 마음이 있었나 싶습니다. 또, 교주님께서 장은태만 이곳으로 불러 시기하는 마음도 컸을 것으로 추정합니다. 그는 스스로 교주에 올라 도지수란 여자를 여비서로 삼았습니다. 여기까지 제가 본 사실입니다."

이번에는 모두가 발끈했다.

"이놈이 정말 실성했나?"

"모두 그만! 이제라도 사건의 전모를 알게 되어 다행입니다. 그러니까 놈이 내가 장은태만 편애한다 생각하고 반역을 꾀했다? 또 그 산중에서 남자는 저 혼자고 모두 여 훈련생들이니 그 애들을 성적으로 유린하고 싶어 스스로 교주에 올랐다는 말이네요. 하하, 하룻강아지 범 무서운 줄 모른다더니 놈이 딱 그 꼴이군요."

두류산의 말에 김우태가 무릎을 꿇었다.

"제가 다녀오겠습니다. 가서 당장, 놈을 처단하여 머리를 가져오겠습니다. 허락해주십시오."

장은태는 이러지도 저러지도 못하고 혼자 속으로 신음을 삼켰다. 도대체 지훈이 왜 그런 쓸데없는 자격지심으로 일을 망치는지 너무 답답한 마음이었지만, 그가 한편으론 이해되었다. 화형교에 입단한 이후로 늘 지도부에선 지훈보다 자신을 챙겨 그의 마음이 상할 대로 상할 수밖에 없었다고 생각했다.

"아니요. 뭐, 그깟 일로 그럴 필요까지…."

하지만 장은태는 두류산이 이건 그냥 한 말이 아니라고 생각했다. 자신을 시험하기 위한 테스트라고 여겼다.

"제가 가겠습니다. 제가 친구이니 책임을 통감하고 그놈을 당장 잡아 오겠습니다."

"오늘 왔는데 뭘 또 올라가요? 차라리 제가 갈게요."

김유리가 은태의 딱한 사정에 나섰다. 그러자 두류산은 알 듯 모를 듯한 표정을 지었다.

"좋습니다. 비록 놈이 내게 반역을 꾀했지만, 이 일로 이 자리에 계시는 여러분의 충성심을 새삼 확인하였습니다. 저는 이 정도로 만족합니다."

"그렇다면 놈은?"

"한편으론 잘 되었네요. 그러지 않아도 일전에 결정한 다음 처단식 때문에 고민했는데. 어쩌면 일이 잘 풀릴 것 같습니다."

"무슨 말씀인지?"

김우태가 물었다. 두류산은 좌중을 둘러보며 자신의 의견을 말하려 했다. 그런데 그때 차를 가지러 간 채은지가 웬일인지 빈손으로 오면서 당황한 듯 손가락으로 TV를 가리켰다.

"왜 그래?"

두류산도 덩달아 당황하여 눈을 동그랗게 떴다.

"TV!"

채은지는 두류산의 뒤편으로 달려가서 TV를 켰다. 앵커의 목소리가 다급했다.

「속보입니다. 어제 설악산 일대 ○○ 마을에서 일어났던 방화·살인 사건의 범인들이 긴급체포되었다는 소식입니다. 한 번 더 알려드립니다. 어제 마을 사람들이 보는 앞에서 피해자 ○○○ 씨를 무참히 방화·살해했던 범인들이 경찰에 의해 이곳 합동 수사본부 분원으로 이송되는 중입니다. 잠시 후면 이곳 합수부 분원에 범인들의 모습이 보일 것으로 예상합니다. 현장에 있는 기자를 연결해보겠습니다.」

두류산을 비롯한 모두는 경악했다.

「네. 여기는 합동 수사본부 설악산 분원 앞입니다. 이제 막 범인을 태운 경찰차가 입구로 들어서고 있습니다. 범인들은….」

카메라가 현장 기자에서 벗어나 경찰차에서 제일 먼저 내리는 자의 얼굴을 클로즈업했다. 그는 나태주였다. 그러자 각 언론사의 취재기자들이 우르르 그 앞으로 몰려왔다.
'나태주 형사?'
나태주의 얼굴을 확인한 모두는 화들짝 놀라고 말았다. 두류산은 입술을 지그시 깨물었고 김우태는 넋을 놓았으며, 김유리는 올 게 왔다는 표정을 지었다. 그리고 또 한 사람, 그를 담담한 표정을 본 이는 민지원이었다. 여기까지는 그런대로 충격을 감수할 만했다. 그런데 뒤이어 내린 범인들의 얼굴을 보던 두류산과 나머지는 경악을 금치 못하였다. 이지훈을 필두로 여 훈련생 5명이 포승줄에 묶인 채 줄줄이 내린 것이다. 초라하게 끌려가는 이지훈을 바라보던 장은태는 고개를 떨구었고 마찬가지로 친구인 도지수를 보던 채은지는 말문이 막혀버렸다.
"병신 같은 새끼! 겨우 하루 만에."
두류산은 얼마나 화가 났는지 탁자를 발로 차버렸다.
"백 촌장을 불러주시오. 지금 당장!"
김우태는 이 순간 그가 사태파악과 분석은 않고 백 촌장을 부르는지 이해가 되지 않았지만, 일단 그의 지시를 받들었다. 그렇게 지하 분위기는 삽시간에 얼어붙기 시작했다.

나태주는 수사과장이 이렇게 빨리 취재진을 부를 줄 몰랐다. 범인들을 검거한 건 맞지만, 아직 기본적인 조서도 꾸미지 않았고 보도 자료조차 준비하지 않은 상태에서 언론에 나가는 것은 상당히 이례적이었다. 하지만 곰곰이 생각해보니 수사과장이 얼마나 애가 탔는지 이해가

갔다. 그 역시 여의도와 백담사 그리고 설악산 ○○마을 방화·살인 사건 때문에 상부와 언론으로부터 상당한 압박을 받고 있었다. 이 때문에 그는 무리해서라도 자신과 아무런 상의 없이 취재진을 불렀다고 생각했다.

나태주가 범인들을 데리고 합수부 분원이 있는 2층으로 올라갈 때, 수사과장은 막 취재진에게 브리핑하고 있었다.

"아니? 자료 하나 없이 무슨 브리핑? 정말 대단한 사람이야."

박두태가 시큰둥하게 반응을 보이자, 옆에 있던 또 다른 요원도 거들었다.

"경찰대 출신이잖아요. 일반 순경 공채로 들어온 우리와는 달리 저런 사람들은 출세에 꽤 관심이 많아 브리핑, 언론 홍보 등에 아주 능합니다. 어떨 땐 저런 재주와 능력이 부럽습니다."

나태주는 요원들에게 범인들을 간이 유치장에 넣으라고 지시한 후, 급하게 수사보고서와 제대로 된 보도 자료를 작성하기 시작했다. 수사과장이 독단적으로 언론에 브리핑하더라도 나중에 정확한 사실관계가 필요할 것 같았다. 그사이 박두태는 이지훈만 따로 불러내어 장은태의 소재지를 파악하려 애쓰고 있었다.

하지만 이지훈은 한마디 말없이 묵비권만 행사했다. 답답한 박두태는 이지훈의 머리 등을 서류철로 내리치며 화를 삭이고 있었다. 그때 수사과장이 들어왔다. 나태주를 비롯한 요원들은 일제히 자리에서 일어섰다.

"오늘 다들 정말 수고했어. 특히 나태주 형사는 더 그렇고. 음…."

그러더니 그는 신문 중인 이지훈을 바라보며 말을 건넸다.
"네놈이 평창에 봉고차를 버려둔 여의도 방화·살인 사건의 피의자이자, 울산바위 방화범 그리고 어제 ○○ 마을 방화·살인 사건의 범인이지?"
이지훈은 누군가 싶어 퀭한 눈으로 수사과장을 쳐다보다, 한마디 했다.
"죽어 마땅한 놈들을 죽였을 뿐입니다."
"너희로선 그렇겠지. 그런데 넌 왜 두류산을 사칭했냐? 너도 사람을 몇 번 죽이더니 간땡이가 부어 그 미친놈 같은 교주가 되고 싶었나?"
그러자 이지훈의 입가에 웃음이 번졌다.
"난 두류산과 상관없는 이곳, 설악산의 화형교 교주요."
그 말에 수사과장은 큰소리로 웃었다.
"미친놈! 너 또한 두류산처럼 아주 미친놈이구먼. 어이! 이 새끼 유치장에 처넣어."
수사과장은 그렇게 지시하고 나태주의 책상 위에 앉아 수사요원들을 집합시켰다.
나태주를 포함한 요원들은 그의 앞에 차렷 자세로 섰다.
"지금 이 시간부로 합수부 분원은 해체한다. 모두 서울로 올라갈 준비하고 나태주와 박두태 형사는 오늘부터 우리 합수부 파견을 취소하고, 본 경찰서로 원대복귀 한다. 이상!"
"네?"

나태주와 박두태는 수사과장의 말을 도무지 믿을 수가 없었다.

'토사구팽?'

나태주는 문득 이런 생각이 들었지만 내색하지 않고 그에게 반문했다.

"아직 이곳엔 장은태를 비롯한 화형교 단원들이 남아있습니다. 그들을 마저 잡아야 할 시점에 갑자기 해체라뇨?"

수사과장은 나태주의 말에 팔짱을 꼈다. 이런 그의 태도는 자신의 말을 따르지 않는 상대방을 경멸하는 태도인 것을 나태주는 알고 있었다.

"그들은 여기 없어."

"네?"

"이봐! 나 팀장. 서울에 있는 우리 합수부 요원들이 짱구인 줄 아나? 요원들의 보고에 의하면 장은태 일당은 벌써 이곳을 빠져나갔어."

"그걸 어떻게 믿습니까?"

그러자 수사과장은 팔짱을 풀어 책상을 내리쳤다.

"그게 도시 경찰과 시골 경찰의 차이점이야. 내가 너희들이 못 미더워 감찰반 요원들을 이곳에 풀어두었어. 박두태 형사! 당신은 펜션에 수색하러 갔다가 근무시간임에도 늦게까지 술을 마셨지. 그것도 다 파악하고 있어. 다행히 범인들을 검거했기 때문에 문제 삼지는 않을 거지만."

박두태는 수사과장의 말에 움찔했지만, 당당히 나섰다.

"근무시간이 아니라, 퇴근 시간이 한참 지나서였습니다."

수사과장이 같잖다는 듯 콧방귀를 꼈다.

"시골에선 다 그렇게 하나? 아니, 주요범죄의 범인 검거를 위해 밤낮으로 뛰어도 시간이 모자랄 판에 강력계 형사가 일개 지구대 경찰처럼 일근만 한다고? 말도 안 되는 소리!"

나태주는 맥이 풀렸다. 이대로 수사를 멈추면 두류산을 검거하는 것은 요원한 일이라고 생각했다. 서울 쪽 경찰들이 아무리 뛰어나고 유능하다 해도 천재적이고 도피에 능한 두류산을 잡는 데엔 한계가 있었다. 그래서 나태주는 두류산의 얼굴을 보았고 그와 대화를 나눈 적이 있는 자신과 박두태가 적임자라고 우겼지만, 수사과장은 단호했다.

그날 밤. 결국, 나태주와 박두태는 짐을 쌌다. 이른 저녁에 수사과장을 비롯한 요원들은 범인들을 데리고 서울로 떠나버렸다.

"완전 죽 쑤어서 개 주는 꼴이네."

박두태는 짐을 싸면서 온갖 욕을 퍼부었다. 나태주는 그를 달랬다.

"어차피 차도 없는데 우리 읍내에 나가서 술이나 한잔할까요?"

"그렇게 합시다. 내일 버스로 출발하죠. 잘되었습니다. 이제 지긋지긋한 타향살이가 아닌 고향에서 따뜻한 밥과 편하게 자고 싶습니다. 가시죠."

두류산은 주도면밀한 자였다. 이지훈이 체포된 이상, 경찰이 공동체 마을을 찾는 건 시간문제라고 봤다. 그는 이 사태를 예감하고 그동안 백 촌장을 시켜 지리산 솔봉 아래, 예전 화전민이 쓰던 움막을 수리하게 했다. 그 움막은 골짜기에 있었는데, 바위와 숲이 우거져 등산객조차 좀처럼 발견할 수 없을 만큼 최적의 요새이자, 그 옛날, 지리산 빨치산들이 마지막까지 비밀 아지트로 삼았던 장소였다.

두류산과 일행들은 모두 솔봉으로 피신했다. 하지만 채은지는 그대로 공동체 마을에 남았는데, 그녀는 그곳에서 마을을 운영하는 사무국장직을 수행하는 한편, 솔봉과의 연락책을 맡았다. 이 모든 게 경찰을 따돌리려는 두류산의 계획된 전략이었다. 그리하여 채은지와 백 촌장은 일주일에 한 번 솔봉을 찾아, 세상 돌아가는 일을 전했고 식량을 건네주었다.

그래서 당분간 채은지가 말하던 서울의 A 목사에 관한 처단식은 미룰 수밖에 없었다. 그런데 이것까지도 두류산은 미리 생각한 게 있었다. 그는 나태주가 말했던 것처럼 천재였고 계략의 명수였다. 두류산은 이 무렵, 자신이 단순한 교주가 아닌 진정한 신(神)이 되고 싶어 했다. 근거지를 솔봉 아래로 옮긴 후, 첫 회의에서 그는 이런 의도를 넌지시 꺼냈다.

"이곳을 힌놈의 골짜기로 만듭시다."

"네? '힌놈의 골짜기'요?"

두류산이 꺼낸 말에 김우태가 무슨 말인 줄 몰라 고개를 갸우뚱했다. 하지만 한때 민서라로부터 기독교의 교리를 배운 장은태는 그 용어를 금방 이해했다. 장은태는 그 말을 꺼낸 두류산의 의도가 궁금했다.

"갑자기 왜 그런 말씀을?"

"모두 알다시피, 이지훈이 이번 일로 체포된 이상, 당분간 세상에 나가 처단식을 할 수 없을 지경에 왔습니다. 그럴 바엔…."

두류산은 좌중을 둘러보았다. 중요한 결정을 할 때마다 나오는 그의 버릇이었다. 그들이 회의할 때 옆에서 청소하던 민지원도 귀를 쫑긋하고 세웠다.

"죽어 마땅한 자들을 이곳으로 끌고 와서 제물로 삼는 겁니다. 그래서 우리 솔봉 아래 신성한 이곳에 불길이 꺼지지 않고 계속 타오르게 하는 것이죠."

"산 사람을요?"

김우태가 물었다.

"당연한 것 아닙니까? 우리가 그동안 죽은 놈들을 화형에 처했습니까? 반드시 산채로 불길 속에 처넣어야죠."

"그래도 매일 연기가 나면 아무리 지리산이라지만, 마을 사람들을 비롯한 모두가 의심할 건데요?"

"그야 그렇지. 하지만 동굴 안에서 제물을 태우고 위쪽에 환풍구를 여러 개 뚫어 놓으면 연기가 분산되어 효과가 있을 겁니다. 게다가 여기는 사시사철 안개가 자욱하잖아요."

두류산의 말대로 움막 옆에는 자연동굴이 하나 있었다. 사람 두어 명이 서서 들어갈 정도로 굴이 넓고 깊어 그가 말한 대로 안성맞춤이었다.

"그런데 산 사람을 누구에게 제물로 드리는 겁니까?"

장은태가 두류산의 의도를 알고자 날카롭게 질문했다. 그러자 두류산이 태연하게 대답했다.

"이 세상을 평정할 화형교의 유일신(唯一神)을 위해…."

"이미 교주님은 신(神)이잖습니까?"

장은태가 불경스러운 말을 한다 싶었던 김유리가 그의 팔목을 쳤다.

"아직은 반신반인(半神半人)이지. 하지만 정성스러운 제물을 통해 성스러운 기운이 뻗치면 난 완전한 신이 될 수 있어. 그리되면 삶과 죽음을 넘나들어 이 세상에서 조롱받고 멸시받는 불쌍한 중생들을 구원할 수가 있지. 이건 확실해."

그 말에 장은태를 비롯한 모두는 두류산의 앞에 엎드렸지만, 민지원의 생각은 달랐다. 그녀는 속으로 중얼거렸다.

'미친놈!'

"알겠습니다. 이곳을 미련한 중생들을 구제할 '힌놈의 골짜기'로 만드는 데 최선을 다하겠습니다. 여러 심판 대원님들! 교주님의 말씀을 믿습니까?"

그러자 장은태, 김유리와 함께 심판 대원들이 큰 함성과 환호로 화답했다. 이에 두류산은 그들을 그윽한 시선으로 보며 고개를 끄덕였다. 그때부터 솔봉 식구들은 외부와 일체의 소식을 끊고 동굴 안을 신성한 곳으로 만드는 작업에 매달렸다. 굴 입구 쪽 진입로를 넓히고 동굴 안에 사람이 드나들 수 있도록 바닥에 나무를 덧대는 한편, 제물을 바치고 제사를 지내기 위한 제단을 만들었다.

그런데 관건은 동굴 위쪽 환풍구였다. 이미 자연적으로 천장 쪽에 구멍이 하나 있었다. 이 구멍으로 햇빛과 공기가 들어오는데, 이런 것을 여러 개 파는 것은 결코 쉬운 일이 아니었다. 그래도 장은태와 제3기 심판 대원들이 젊어서 이게 가능했다. 어려운 난공사는 마을 촌장 백 씨가 도와주었고 틈틈이 노련한 김우태가 작업을 도와 환풍구 공사도 마무리하였다.

"제단이 만들어졌으니 첫 제사를 지내야 하지 않겠어요?"

두류산이 김우태를 보며 의미심장한 웃음을 지었다.

"제물 없는 제사 말씀입니까?"

김우태는 두류산이 당분간 일체의 처단식을 않겠다고 한 말 때문에 이렇게 물었다.

"여기는 솔봉입니다. 아무리 그래도 제물 없이 제사를 지내는 건 좀 그렇지 않습니까?"

"그렇다면 짐승 아니면 사람?"

"당연히 사람이죠. 그것도 산 사람!"

두류산의 말에 김우태 뿐만 아니라 김유리와 장은태의 눈이 휘둥그레졌다.

나태주는 오랜만에 자신이 근무하던 산음경찰서로 돌아왔다. 그날 박두태와 읍내에서 진탕 마시고 모텔에서 잔 다음 둘은, 각각 고향으로 가는 시외버스를 탔다. 금의환향이라곤 볼 수 없는 복귀였지만, 예상외로 산음경찰서 형사팀원들은 그를 반갑게 맞았다. 특히 정갑태 팀장은 나태주를 팀원 앞에서 아주 유능한 형사라고 치켜세웠다.

그날 밤 정 팀장이 마련한 환영회가 있었다. 오랜만에 얼굴을 봐서인지 조민태 형사는 나태주 옆에 붙어 계속 술을 권했다. 술자리가 무르익자 그들은 설악산 펜션에서 나태주가 검거한 이지훈과 여성 대원들을 안주로 올렸다.

"그놈들 잡은 것만 해도 어디냐? 내가 보기엔 이 사건의 절반을 나 형사가 해결한 것 같아."

조민태 형사가 술에 취해 나태주를 치켜세우자 옆에 있던 팀원은 고개를 저었다.

"그래 봤자, 서울 놈들에게 토사구팽당한 것 아닙니까? 아니, 입은 비뚤어졌어도 말은 똑바로 하라고. 그 정도 공을 세웠으면 합수부에서 팀장 위에 과장을 시켜줘도 시원찮은 판에 원대복귀가 뭡니까? 이건 명백하게 우리 시골 경찰을 무시하는 처사라고요!"

그러자 분위기가 삽시간에 얼어붙었다. 하지만 어느 조직이든 이럴 때 분위기를 끌어올리는 사람은 있기 마련이었다.

"에이! 그런 소리는 내일 사무실에서 하고. 나 형사님! 이지훈과 함께 있던 여자 심판 대원들 상판대기는 좀 어땠습니까? 나는요. 아무리 생각해도 그런 조직에 자발적으로 가담하는 계집아이들이 이해가 안 갑니다. 대학 나왔으면 적당한 데 취직하든지 아니면 시집이나 갈 것이지. 두류산 같은 미친놈 밑에서 처단인지 뭔지 하려는 그년들… 그래, 이쁘던가요?"

좌중에서 폭소가 나왔다. 나태주는 벌써 술에 취해 그들이 뭐라고 떠들든 간에 별로 할 말이 없었다. 어쨌든 앞에 팀원이 말한 대로 자신은 합수부에서 퇴출당한 거나 마찬가지라고 생각했다. 그럴 때 전화가 한 통 왔다. 모르는 번호였다.

"여보세요?"

"나태주 형사님이죠? 나요, 나."

목소리는 둔탁했고 연륜이 느껴졌다.

"누구시죠?"

"TV에서 다 봤습니다. 이지훈이 그놈, 나 형사님이 검거했죠? 그렇다면 우리 아들은 도대체 어디 있습니까?"

그제야 나태주는 정신이 들었다. 전화 거는 이는 J시 원룸 주인이었다.

"장은태 아버님이십니까?"

"그렇소. 이지훈이를 찾았으면 우리 아들의 행방도 알 것 아닙니까? 도대체 우리 아들은 어디에 있는 거요?"

나태주는 울먹이는 그를 좋은 말로 다독이면서 내일 원룸으로 직접 찾아가 설명하겠다고 했다. 그러면서 아직도 음흉하게 방화·살인의 음모를 꾸미고 있는 두류산과 그의 부하 장은태의 행방이 너무 궁금했다.

'사정사정하여 합수부에 계속 있을 걸 그랬나?'

나태주는 답답한 마음에 조민태 형사 앞에 놓인 술잔을 그대로 입에 털어 넣었다.

그때였다. 정 팀장이 자리에서 일어섰다.

"오늘은 이만합시다. 나태주 형사는 내가 따로 이야기할 게 있으니 별도로 2차하는 거로 하고."

평소 술도 별로 먹지 않는 정 팀장이 2차 이야기를 꺼낸 건 정말 의외였다. 나태주는 별 거부감 없이 그를 따라갔다. 둘이 간 곳은 읍내

외곽의 조용한 호프집이었다.

"아직도 서울 쪽 합수부에서 퇴출당한 거로 생각하오?"

정 팀장이 잔을 부딪치며 살짝 웃었다.

"네?"

나태주가 의외의 표정을 짓자 정 팀장은 목소리를 낮추었다.

"그런 게 아니오. 사실은 내가 먼저 제안을 했습니다."

"제안하다뇨?"

"일전에 내가 말했잖소. 나는 꼭 두류산 그놈을 내 손으로 잡고 싶다고. 그래서 합수부 수사과장에게 은밀하게 딜(deal)을 한 거요."

나태주는 그가 무슨 말을 하나 싶어 귀를 쫑긋 세웠다.

"일종의 '따로 또 같이'라는 작전이오. 쉽게 말하면 합수부 분원을 설악산이 아닌 이곳, 지리산으로 옮기는 것이죠. 분원의 책임자는 나고, 나 형사는 팀원입니다. 나 형사가 팀장에서 강등된 것은 미안한 일이지만, 나로서는 이게 최선이라고 생각합니다."

"그렇다면 팀장님이 서울 쪽 수사과장을 만났다는 말씀이네요?"

"그렇습니다. 내가 수사과장을 유인할 미끼를 하나 던졌죠."

"미끼?"

"그쪽에다 정보원을 하나 심어놓았어요. 음…. 지금 당장은 아니지만, 조만간 모종의 연락이 올 겁니다."

"그쪽이라면 두류산이 있는 곳?"

"그렇소."

놀라운 일이었다. 정 팀장이 자신의 형을 살해한 두류산을 얼마나 잡고 싶어 하는지 여실히 드러났다.

"정보원은 누구입니까?"

"나 형사도 아는 사람입니다. 그때 천왕봉에서 홀로 죽은 민서라의 언니, 민지원입니다."

"네?"

나태주는 깜짝 놀라 마시던 호프 잔을 그만 떨어뜨릴 뻔했다. 기억이 났다. 민서라의 행방을 쫓기 위해 찾아갔던 그녀의 아파트 그리고 그때의 분위기가 생생하게 떠올랐다.

"팀장님이 어떻게?"

"그야 간단하죠. 그간의 자료를 훑어보다 민서라의 언니가 있길래, 혹시나 하고 찾아갔죠. 그런데 내 예감이 맞았습니다. 그날 동반 자살을 기도했던 민서라와 두류산 중 민서라만 죽었잖아요. 나도 이게 이상했거든요. 아, 참! 나도 놈의 소설을 다 읽었습니다. 그래서 놈의 소설 끝 장면을 그녀에게 보여주면서 설득했죠. 동생의 죽음은 타살이다, 하고 말입니다."

나태주는 그의 주도면밀함에 존경심까지 일었다.

"그렇게 되었네요. 그렇다면 그녀가 놈의 조직에 확실하게 합류했는지요?"

"마지막으로 연락받은 게, 설악산을 빠져나간다는 문자였습니다."

"서울 쪽 수사과장도 이 사실을 알고 있습니까?"

"물론. 그러니 나와 딜이 된 거죠."

그제야 나태주는 수사과장이 장은태 일행은 "설악산에 없다." 하고

단언한 게 떠올랐다.

"딜의 조건은요?"

나태주가 묻자 정 팀장은 그를 물끄러미 쳐다보았다. 언뜻 보니 그의 눈에 눈물이 고이는 것 같았다.

"돌아가신 형님은 내겐 부모님 같은 분이었습니다. 일찍이 부모님을 여의고 형님과 나, 이렇게 둘만 컸죠. 청소년기에 방황하던 날 경찰에 입문시켜 사람 만들어 준 것도 형님이었습니다."

나태주는 그에게 손수건을 건넸다.

"조건은 하나! 우리가 먼저 놈을 잡으면 서울에 넘겨주기 전에 개인적인 복수를 먼저 하겠다고 했습니다."

"어떻게요?"

"형님이 당한 만큼 놈을 화형에 처하는 겁니다. 단, 죽이진 않습니다. 대신, 죽을 만큼."

나태주는 한편 그가 이해되었다. 그만큼 그는 가슴속에 두류산에 대한 복수심과 분노가 가득했다.

"서울 쪽에서 먼저 잡으면요?"

"그러니 나와 당신이 먼저 잡자는 말입니다. 그래서 합수부에서 당신을 빼 왔잖아요."

나태주는 마지막 잔을 마시면서 자신과 두류산과의 인연이 참으로 끈질기다고 생각했다.

"한 사흘, 휴가 줄 터이니 좀 쉬십시오. 그리 알고 먼저 들어갑니다."

정 팀장이 호프집을 나서자 나태주는 천천히 몸을 일으켰다.

다음 날 오후 늦게 나태주는 J시의 한 카페에 있었다. 어제 연락받고 만나기로 한 원룸 주인이자 장은태의 아버지, 장 씨를 기다리고 있었다. 창밖으로 남강이 도도히 흐르는 경치 좋은 장소였다. 조금 일찍 도착한 나태주는 커피를 주문하고 그때 금정산에서 압류한 두류산의 신간, 『심판의 날 Ⅱ』를 펼쳐 들었다. 설악산에서 시간 나면 읽으려 했지만, 그땐 정말 몸과 마음이 바빠 도무지 시간을 낼 수가 없었다. 책을 펼치자, 프롤로그에 이런 말이 나왔다.

「믿기 어렵겠지만 이 세상에는 악인이 도처에 깔려있다. 그들은 일반인이 상상조차 하지 못할 정도로 사악한 악령(惡靈)에 사로잡혀 갖은 범죄를 저지른다. 신약성서에 나온 대로 악령에 사로잡힌 돼지의 무리가 스스로 호수에 뛰어든다면 더할 나위가 없겠지만, 안타깝게도 이들은 오히려 민중 속으로 파고들어 그들을 철저하게 파괴하고 있다. …(중략)… 따라서 나는 이 악인들을 화형에 처할 뿐만 아니라, '힌놈의 골짜기' 안으로 유인하여 하나씩 처단할 것이다. 그리하여 이 세상에 악인이 모조리 사라지는 날, 나는 유일신이 될 것이다. 그날, 완전한 심판의 날이 끝나는 날에 나는 계시 받은 대로 구름을 타고 천상(天上)으로 올라갈 것이다.」

'힌놈의 골짜기? 구름 타고 천상으로?'
나태주는 고개를 갸웃거렸다. 힌놈의 골짜기는 자세히는 모르겠지만, '골짜기'란 단어로만 보면 어둠과 사망과 관련이 있어 보였고, 구름을 타고 천상으로 간다는 건 그가 완전한 신을 꿈꾼다는 말이었다. 나태주는 두류산이 명명하는 힌놈의 골짜기가 어디쯤인지 알아야겠다고 생각했다. 그래서 그가 신이 되기 이전에 꼭 체포해야겠다고 마음먹었다.

그때였다. 출입문이 열리더니 장 씨가 들어왔다.

"어이! 나 형사."

그런데 이상하게도 그는 혼자가 아니라, 다른 중년 남자와 함께였다.

"오랜만입니다. 어르신."

나태주는 공손하게 인사부터 했다.

"그렇네요. 정말 오랜만이오. 아! 인사하시오. 이분은 그때 억울하게 살해당한 A유치원 원장의 남편이오."

"네?"

나태주로선 살짝 당황스러운 일이었다. 왜냐하면, A유치원 원장은 민서라의 지시로 장은태와 이지훈이 저지른 일이었기 때문이었다. 물론 그 과정에 두류산이 개입할 수도 있었지만, 그때 수사과정에서 이건 민서라의 단독 지시라고 밝혀진 부분이었다. 그렇다면 장 씨와 원장의 남편은 어찌 보면 가해자와 피해자 가족으로서 서로 원수지간이 되는 게 맞았다. 그런데 이게 어찌 된 일이란 말인가.

"어찌 함께 오셨습니까?"

나태주의 표정이 심상치 않자, 이를 눈치챈 원장 남편이 먼저 말을 꺼냈다.

"이상하게 보시는 게 당연합니다. 하지만 저는 제 아내를 죽인 건 궁극적으로 두류산, 그놈이라고 보고 있습니다. 그래서 여기 계시는 장 씨 형님을 용서하고 대신 놈을 잡기 위해 모든 수단과 방법을 가리지 않기도 합의를 보았습니다. 어찌 보면 두류산의 하수인 노릇을 한 장은태와 이지훈은 정말 불쌍한 청년들입니다."

그의 말에 나태주는 약간 이해가 갔다.

"피해자 모임 중 오늘은 우리만 온 거요. 다를 멀리 살고 생업에 바쁘니까, 일단 우리 두 명이 대표 자격으로 온 겁니다. 그래, 이지훈이 잡혔으니 나 형사님은 우리 장은태, 그리고 두류산이 어디에 있는지 파악했습니까?"

장 씨의 말에 나태주는 달리 할 말이 없었다.

"죄송합니다. 저는 어제부로 합동 수사본부에서 나와 산음경찰서로 복귀했습니다. 아드님 일은 정말 죄송합니다만, 제가 있을 때까지 어디 있는지 파악이 안 되었습니다."

그런데 장 씨의 눈빛이 묘했다.

"에이! 우리가 그리 숙맥인 줄 아쇼? 그간 우리도 두류산을 잡기 위해 백방으로 뛰어다니며 알만한 것은 다 안단 말이오. 나 형사님은 정 팀장님을 도와서 계속 두류산을 추적하셔야죠."

나태주는 장 씨의 말을 듣고 깜짝 놀랐다.

"그걸 어떻게?"

"우리야 수사권이 없으니까 움직이지 못하잖아요. 그러니 나 형사님이 움직여주셔야 합니다. 두류산은 우리 피해자 가족에겐 철천지원수이잖소. 놈을 빨리 검거해야, 그놈에게 꾀인 불쌍한 우리 은태가 더는 그런 범죄를 못 저지르잖습니까?"

나태주는 이 피해자 가족 단체가 만만치 않은 조직임을 실감했다. 그때 원장 남편이 한 말은 더 가관이었다.

"우리에겐 조력자가 있소!"

민지원은 솔봉 쪽으로 올라온 후, 답답한 심정으로 지낼 수밖에 없었다. 공동체 마을에서 이곳으로 올라올 때 휴대전화기를 두류산에게 압수당했기 때문이었다. 극도로 예민한 상태에 빠진 두류산은 보안상 잠시 보관한다곤 했지만, 아무래도 그는 자신을 경계하는 것 같았다. 하긴 휴대전화기가 있어도 그랬다. 이곳은 지형이 높고 험해 휴대전화가 잘 터지지도 않았다. 그래도 김유리와 장은태 등은 솔봉에서 20분 정도 내려가 휴대전화기를 사용하는 거로 봐서, 휴대전화가 있는 게 여러모로 나았다.

공동체 마을과의 모든 연락은 두류산이 관장하고 있었다. 낡은 무전기 한 대가 유일한 통신수단이었다. 그 무전기를 쓰려면 김우태조차 두류산에게 허락을 받아야 했다. 민지원은 산음경찰서 정 팀장에게 그동안 연락을 못 한 게 계속 마음에 걸렸다. 그때 설악산 펜션에서 출발하기 전, 문자 한 통을 보낸 이후로 그녀는 그에게 연락하지 못했다. 그건 지리산으로 오는 내내 산길을 이용하는 바람에 휴대전화가 터지지 않은 이유도 있었지만, 어딜 가든 자신의 옆을 지키던 장은태의 감시 때문이었다.

겨우 공동체 마을에 온 후, 어느 정도 기회가 생겼지만, 갑작스러운 솔봉행으로 그마저 놓쳐버렸다. 하지만 이런 것들은 표면적인 이유였다. 아무리 시간이 없고 주위 환경에 영향을 받더라도 정 팀장에게 전화 한 통, 문자 하나 날릴 시간이 없는 건 결코 아니었다. 솔직히 말하면, 민지원의 심경에 변화가 생긴 게 가장 큰 이유였다.

지원은 화형교에 잠입하기 전까지만 해도 동생의 복수를 위해 두류산을 경찰에 넘기리라고 마음먹었다. 하지만 설악산에서 보고 들었던 동생의 과거 행적을 모조리 안 뒤엔, 그녀 역시 직접 두류산을 죽이고 싶었다. 그래서 채은지도 없는 마당에 언제쯤 두류산을 유혹할까, 하며 기다리고 있었다. 그런데 그 가능성이 실제로 일어났다. 그날, 김우태를 비롯한 모두가 종일 동굴 작업에 지쳐 저녁을 먹곤 모두 꼬꾸라졌다.

움막을 개조한 숙소는 큰 방에 김우태를 비롯한 총원이 사용했고, 부엌에 딸린 조그마한 방은 민지원, 그리고 본채와 떨어진 별채에 두류산이 홀로 거주했다. 늦은 밤이었는데 부엌에서 달그락하는 소리가 들려 민지원이 쪽문을 열었다.

"누구예요!"

"쉿!"

민지원은 깜짝 놀라 불을 켜려고 몸을 일으켰다.

"누구?"

그때 어둠 속의 그림자가 쏜살같이 다가오더니 그녀의 입을 막는 동시에 팔을 잡았다. 어찌나 힘이 센지 지원은 숨을 제대로 쉴 수가 없었다. 그런데 놀랍게도 그는 두류산이었다. 그의 입에서 술 냄새가 심하게 났다.

"이 밤에 어쩐 일로?"

순식간이었다. 두류산은 대답도 하지 않고 그녀의 입을 막은 채, 자신의 별채로 끌고 갔다. 협수룩한 방 안에는 그가 먹다 만 술상이 있었다.

"미안하오. 혼자 술 마시려다 적적해서 그만…. 당신과 함께 술 한잔 하고 싶어서요."

당황한 민지원이 그제야 옷매무시를 다듬었다.

"본시 여자와 술 마시고 싶으면 이런 무례를 범하나요?"

"미안합니다. 보는 눈도 있고 해서 제가 실례를 했나 봅니다. 기분 푸십시오."

말은 그렇게 하고 있었지만, 두류산의 눈은 벌겋게 충혈되어 있었고 호흡은 거칠었다. 그는 여자를 원하고 있다고 지원은 생각했다. 좋은 기회였다. 마침 지원은 죽은 동생, 민채원의 잠옷을 입고 있었다.

"한 잔 주세요. 어차피 잠도 오지 않은 밤에 위대하신 교주님과 맞잔하는 것도 나쁘진 않아요."

지원의 말에 두류산은 잔이 넘치도록 술을 따라 그녀에게 건네주다, 그녀의 잠옷을 보고 깜짝 놀라는 눈치였다.

"왜요? 많이 본 잠옷이라서요? 맞습니다. 제 동생 채원이, 아니 이곳에선 민서라고 불렸죠. 그 아이의 잠옷이에요. 오랜만에 보니 감회가 새로운가요?"

지원의 말에 두류산은 잠시 뒤로 물러났다. 그리곤 정신을 차리려고 애를 쓰는 것 같았다.

"그건 사고였습니다. 아! 물론… 처음엔 함께 죽으려 했는데, 그만 떨어지다 제가 나뭇가지에 걸리는 바람에. 어쨌든 죄송합니다. 저만 살아 돌아와서."

"호호. 교주님도 참! 제가 뭐라 했나요? 전 그냥 이 잠옷을 보니 동생과의 잠자리가 생각나는지 물었을 뿐인데. 어땠나요? 제 동생이 남자를 잘 다루던가요?"

민지원의 대담한 농에 두류산은 다소 안심을 하는 것 같았다.

"우린 서로 사랑했습니다. 육체적인 사랑보다 정신적으로 훨씬 더 높고 깊은 차원의 사랑을 나누었죠."

민지원은 그의 꼴 같지도 않은 위선에 울분이 일었지만, 꾹 참기로 했다.

"그래요? 그렇다면 제가 이 자리에 있을 필요가 없군요. 이다음에 채은지 씨랑 애틋한 정을 나누시든가."

지원은 은근슬쩍 그의 마음을 떠보려 일어섰다. 그러자 두류산은 몸이 달았는지 밖으로 나가려는 그녀를 뒤로 안고 말았는데, 그 바람에 둘은 쓰러지면서 몸이 뒤엉켜버렸다. 이왕 이렇게 된 것, 두류산은 즉시 그녀의 앞섶을 헤쳤고, 민지원은 오늘 이게 시작이라고 생각하며 홀로 중얼거렸다.

'교주는 개뿔! 한 마리 짐승만도 못한 놈 같으니.'

다음 날이었다. 지하실은 분위기가 심상찮았다. 김유리가 상황파악을 하고 두류산에게 단도직입적으로 물었다.

"그때 처단하기로 한 서울의 A 목사를 이곳으로 잡아 오란 말씀이죠?"

두류산은 오랜만에 김유리가 자신의 말을 알아들었다고 생각했다.

"그렇지."

하지만 김우태와 장은태는 이 엄중한 시기에 재차 사건을 일으키는 게 얼마나 위험한지를 생각하고 있었다. 그래도 그들은 두류산이 한번 결정한 건 하늘이 두 쪽 나더라도 반드시 실행해야 한다는 데엔 이견이 없었다.

"누가 가는 게 좋겠습니까?"

김우태가 넌지시 두류산에게 물었다. 그의 질문에 장은태와 김유리는 말없이 두류산의 말이 떨어지기를 기다렸다.

"당연히 장은태와 김유리지. 그대들은 최근 내게 실망감을 안겨줬지 않나? 그걸 만회하려면 마땅히 그대들이 가야 할 것이야."

장은태는 두류산이 자신을 지목할 줄 알았기 때문에 크게 당황하지 않았다. 그는 속으로 친구인 이지훈을 잡아 오는 것보다 이 일이 더 반가웠다. 김유리 역시 예전 채은지의 뺨을 때린 사건 때문에 두류산에 밉보여 늘 마음이 찝찝했는데 오히려 잘 되었다고 생각했다.

"심판 대원들을 데려갈까요? 아니면 저희 둘만?"

"말해 뭐해? 둘만 가야지. 그런데 너희 둘은 경찰에 신원이 노출되었으니, 출발 전에 모든 면에서 다른 사람처럼 바꾸어야 할 거야. 일단 화장을 비롯한 전체 메이크업은 채은지가 해 줄 거고. 여기 계신 김우태 부대표께서 새로운 신분증을 만들어 줄 터이니, 체포 걱정은 안 해도 좋아."

두류산은 자신 있게 말했다. 이번 건은 자신의 비서이자 새 연인인 채은지의 오랜 소망이었다. 이 일을 해결해주는 게 채은지의 마음을 완전히 사로잡는 중요한 일인 한편, 힌놈의 골짜기에 첫 제물을 바쳐, 자신이 불사조의 신이 되기 위한 선제조건이었다.

　서울로 가는 게 결정이 되자, 모든 것은 일사천리로 진행되었다. 두류산의 말대로 채은지는 훌륭한 메이크업 아티스트였다. 김유리는 한동안 그녀를 미워했지만, 그녀의 실력으로 완전히 변신하자, 오히려 채은지에 존경심이 일었다. 장은태 역시 채은지의 도움으로 예전 얼굴이 아닌 새로운 사람으로 바뀌었다. 게다가 김우태는 두 사람의 신분증을 정교하게 위조하는 데 성공했고, 혼인신고서, 가족관계증명서도 따로 만들었다. 말하자면 그들은 신혼부부인 셈이었다. 차량은 공동체 마을 백 촌장이 따로 구해주었다. 의도하지 않게 김유리와 장은태는 시골에서 결혼하여 신혼여행차 서울로 가는 꼴이 되었다.

　서울로 출발하기 전, 두류산은 움막 앞마당에 오랜만에 불을 피웠다. 성스러운 임무를 수행하기 전에 늘 하던 의식이었다. 민지원은 공동체 마을에서 공수해온 돼지고기를 깨끗이 다듬어 밑반찬과 함께 마당에 나르는 한편, 청년 심판 대원들은 고기를 굽기 위해 불판에 불을 지피고, 움막 옆 골짜기에서 은어 등 민물고기를 잡아 함께 구웠다. 두류산이 건배를 제의했다.

　"내일이면 우리 화형교 전사인 두 분, 김유리 자매와 장은태 형제가 성전(聖戰)을 치르기 위해 서울로 떠납니다. 비록, 여러 사건으로 인해 우리가 경찰에 쫓기는 신세가 되었지만, 결코 성전을 포기할 수 없고 또 그리되어선 안 됩니다. 우리는 이 사회의 공정과 정의를 위해 죽는 날까지 한목숨 바칠 것을 맹세하며, 떠나는 두 분의 앞길에 화형교 신(神)의 가호가 있기 빕니다."

그의 말이 끝나자 청년 대원들의 함성이 드높았다. 설악산 이후에 오랜만에 마당에서 불을 피워 마음껏 먹고 마시는 터라, 그들은 너무 기쁜 나머지 아직 분위기도 무르익지 않았는데도 춤을 추는 등 젊음을 발산했다.

"마십시다! 화형교 프로 전사를 위해!"

"그루밍 성범죄자의 완전한 처단을 위해!"

"위대하신 교주님의 영생을 위해!"

그때부터 모두는 누구의 눈치도 보지 않고 술과 음식을 닥치는 대로 마시고 먹으며 즐거운 한때를 보냈다.

"어이! 은태 그리고 유리! 둘이 나이도 엇비슷한 것 같은데, 이 기회에 신방 차려줄까?"

김우태가 농을 걸었다. 그러자 두류산은 자신의 별채를 가리켰다.

"언제든 좋아. 내 방은 어떤 커플이든지 가능하지."

두류산은 그러면서 고기를 굽고 있는 민지원을 살짝 쳐다보았다. 모닥불에 비친 지원의 얼굴은 고혹적이었다. 두류산은 그날 그녀와의 뜨거웠던 밤이 생각나 얼굴이 화끈거렸다. 그런 그를 지원은 고기를 구우면서 태연하게 응시하고 있었다. 두류산은 그녀를 바라보며 문득 민서라를 떠올렸다.

'그래, 그때 그녀도 언니 못지않게 대단했지.'

그때였다.

"백우천 씨! 어딜 바라보세요. 얼른 제 술 한 잔 받으세요. 그리고 앞으론 저 여자 조심하세요. 아무리 봐도 색기와 음기가 줄줄 흐르는 게, 이상하단 말이어요."

채은지였다. 그런데 그녀는 놀랍게도 두류산의 본명을 불렀다. 함께 술을 마시던 김우태, 김유리 그리고 장은태가 깜짝 놀라 두류산의 반응을 지켜보았는데, 정작 그는 아무렇지도 않은 모양이었다.

"저런 불경스러운 년! 감히 교주님의 본명을 이 자리에서 부르다니."

마침내 김유리가 불평을 터뜨렸다.

"허허. 말세일세. 예전 민서라 부대표도 이리까진 안 했는데."

김우태 역시 혀를 끌끌 찼다. 그러나 이건 그들만의 문제였다. 더는 이걸 문제 삼지 않고 김우태는 내일 출정하는 김유리와 장은태와 함께 즐겁게 술을 마셨다.

그러던 중 마침내 출정식이 끝났다. 모두 술에 거나하게 취한 채, 각자의 방에 들어갔고 두류산은 오랜만에 자신의 별채에 채은지를 데리고 들어갔다. 그런데도 그날 새벽, 두류산은 민지원의 방에 도둑고양이처럼 몰래 들어갔다.

"조력자가 있다뇨?"

나태주는 유치원 원장 남편에게 되물었다.

"어허이! 아직 그런 건 알 필요 없고. 어쨌든 우리도 노력하겠지만, 나 형사님도 두류산을 발견하게 되면 제일 먼저 우리에게 알려줘야 할 것이오. 이게 오늘 만나자고 한 유일한 이유요."

나태주는 기가 막혔다. 아무리 흉악범죄자라지만, 이 땅엔 엄연히 법과 질서가 있었다. 범인을 사적으로 징계하는 일은 법에 어긋나는 일이었다. 아무리 무능하기 짝이 없는 공권력이라 하더라도 법에 맡겨야지, 사적 복수를 하면 결과적으로 범법행위가 되는 거였다. 실례로 자신의 어린 딸을 성폭행한 청년을 집으로 유인한 여성이 그의 성기를 잘라버리는 사건이 있었다. 얼마나 억울하고 분통이 터져 그리했겠지만, 그녀는 결국 살인미수혐의로 기소되었다. 나태주는 이들이 혹 정 팀장과 연계되어있는지 의심스러웠다. 왜냐하면, 정 팀장 역시 경찰임에도 불구하고 자신의 형님에 관한 복수를 사적으로 해결하고 싶어 하는 사람이기 때문이었다.

"그를 체포하면 왜 제가 두 분에게 알려야 합니까?"

이번에도 장 씨가 나섰다.

"이슬람 율법에 '눈에는 눈, 이에는 이' 라고 있지 않습니까? 두류산 그놈은 반드시 우리가 보는 앞에서 화형을 당해야 합니다. 그게 억울하게 죽은 피해자의 한을 풀 수 있는 유일한 방법입니다."

그러더니 장 씨는 나태주 앞에 봉투 하나를 내어놓았다.

"이게 뭡니까?"

장 씨가 비굴한 웃음을 보이며 말했다.

"좋은 게 좋은 거라고, 놈을 잡으면 제일 먼저 우리 앞에 데려오시라는 일종의 수사격려금입니다. 하하."

나태주는 기가 막혔다. 현직 경찰인 자신에게 뇌물까지 바쳐가며 회유하는 이들은 피해자 가족이기 이전에 범법자였다.

"뇌물죄, 금품 수수 혐의로 입건하기 전에 빨리 거두세요. 그리고 경찰은 법과 양심에 따라 움직이는 국가공무원입니다. 범인을 잡으면 당연히 법에 따른 처리를 하는 게 도리이지, 사적인 복수를 위해 범인을 내어놓지 못합니다. 그리 아시고 돌아가십시오."

"아니, 당신 상관과 이야기가 되었는데 지금 무슨 말을 하는 겁니까?"

원장 남편이 도리어 화를 내었다.

"당신 상관? 아니, 그렇다면 아까 말한 조력자가 정 팀장이란 말씀입니까?"

나태주는 기가 차서 말이 나오지 않았다.

"정 팀장뿐이겠소? 우리를 도와주는 사람은 곳곳에 깔렸소."

장 씨는 능글맞은 웃음으로 나태주를 압박했다.

"오늘 이야기는 못 들은 거로 하겠습니다. 이만 일어나겠습니다. 안녕히 가십시오."

나태주는 더는 이런 사람들과 이야기를 나누고 싶지 않았다. 처음엔 장은태의 아버지라서 불쌍한 마음이 들었지만, 오늘 본 장 씨는 현행법을 그의 입맛대로 허물어뜨리는 협잡꾼과 같아 보였다.

"이봐! 나 형사. 우리 제안을 안 받아들여도 좋으니, 대신 앞으로 우리가 하는 일에 방해는 하지 마시오. 이건 부탁이 아니라 경고요!"

원장 남편의 날카로운 목소리가 등 뒤에 들렸다. 나태주는 입술을 깨물며 카페를 나섰다.

그로부터 사흘 후, 사무실에 출근하니 의외의 손님이 나태주를 기다리고 있었다. 예상은 하고 있었지만, 그들이 이렇게 빨리 올 줄은 몰랐다. 서울 쪽 합수부 수사과장이 보낸 요원 두 명이었다. 그들은 정 팀장과 차를 마시고 있었다.

"나 형사. 이리 와서 인사해요. 서울에서 오셨네요."

나태주는 범인 검거를 위해 겨우 두 명만 보낸 수사과장의 의도가 무엇인지 헷갈렸다. 지리산 일대를 수색하는 거라면 최소 경찰병력 일 개 중대가 필요했다. 그런데 그는 무슨 자신감으로 두 명만 보낸 것인지, 알다가도 모를 일이었다. 그래도 나태주는 자신의 속마음을 숨기고 그들을 반갑게 맞이했다.

"수고 많으십니다. 이런 시골까지 오시고."

"나 형사님을 잘 알고 있습니다. 설악산에서 이지훈을 비롯한 범인 검거에 혁혁한 공을 세웠죠. 수사과장님께서 안부 전하라고 하셨습니다."

요원 둘은 서울 출신답게 모두 샤프하고 깔끔했다.

"오늘 오신 이유가?"

그때 정 팀장이 나섰다. 그는 서울 쪽 요원 앞에서 권위를 세운답시고 나태주에게 반말로 지시했다.

"이분들 그 마을에 모셔다드리게. 예전 죽은 민서라가 부대표로 있던, 뭐라더라? 그, 민들레…?"

"정의와 공정을 지향하는 민들레공동체 마을 말씀이죠?"

"그렇지. 이런! 이름이 길어 외우기도 힘드네. 어쨌든 그곳."

나태주는 이들이 무슨 냄새를 맡고 선제적으로 움직이는지 약간 의아하여 정 팀장을 쳐다보았다. 그러자 그는 요원들을 뒤로하고 나태주에게 귓속말로 중얼거렸다.

"대충 안내만 해주시오. 뭐, 가봐야 별것 없을 테니. 잡아도 우리가 잡아야지. 안 그래요?"

"……."

나태주는 그들을 자신의 차에 태우고 지리산으로 향했다. 도평 마을 주차장에 차를 세우고 산행하듯 걸어서 민들레 마을로 들어서니 점심 때가 지나고 있었다.

"여깁니다."

"이런 곳에 마을이 있다니 놀랍습니다."

요원 중 한 명이 숨이 차는지 헉헉거리며 중얼거렸다.

"여기가 두류산의 본거지가 확실합니까?"

또 다른 요원이 물었다.

"지리산 일대가 모두 그의 근거지입니다만, 특별히 이곳은 그를 추종하는 사람들의 집단거주지라고 보시면 됩니다."

나태주는 그들을 데리고 예전 민서라를 만날 때처럼 마을 회관 앞에 섰다. 감회가 새로웠다. 그때 그는 이곳에서 도도하면서도 기품이 넘치는 민서라를 처음 만났다. 그리곤 그녀의 초대로 결코 잊을 수 없는 밤을 보냈다. 나태주는 아득한 기억에 눈을 제대로 뜨지 못했다. 그때였다.

"누구시죠?"

작고 아담한 체구의 여자가 마침 마을 회관에서 나오다 나태주 일행과 마주쳤다.

그녀는 채은지였다.

"경찰입니다."

요원 중 한 명이 신분증을 꺼내 보여주었다.

"경찰이 왜요?"

채은지는 뜨끔 했지만, 두류산에게 교육을 받아서인지 아주 태연한 척했다.

"수색영장입니다. 우리가 쫓는 범인들이 이곳에 있다는 제보를 받았습니다. 협조해주시죠. 그런데 아가씨는 누구시죠?"

"저는 이 마을 사무국장입니다. 그런데 누구를 쫓고 있다는 말씀인지요? 우리 마을은 범죄와는 아무런 관련이 없는 마을인데."

채은지는 불쾌한 표정을 지었다. 나태주는 이들이 수색영장까지 가지고 온 줄은 미처 몰랐다. 하물며 그들은 함께 오는 내내 아무 말도 하지 않았는데, 갑자기 누군가의 제보가 있었다는 것도 좀 이상했다.

"아까는 그런 말씀 없었잖아요? 그냥 예비단속정도인 줄 알았는데."

나태주가 살짝 불평하자 수색영장을 들고 있는 요원이 되받았다.

"죄송합니다. 극비수사다 보니. 수사과장님께서 지시하셨습니다."

"음. 알겠습니다. 그런데 정말 누군가의 제보가 있었나요?"

"그것까진 저희도 모릅니다. 이 모든 건 수사과장님만 알고 있습니다."

나태주는 순간, 자신도 모르는 사이에 정 팀장과 수사과장의 은밀한 딜이 있었지 않나 싶었다. 서울에 있는 수사과장에게 제보한 자는 정 팀장으로 추정되었다. 그렇다면 두류산 쪽에 심어놓은 정보원이 정 팀장에게 연락한 것 같았다. 요원이 수색영장을 채은지에게 흔들어 보이자, 그녀는 체념한 듯 전화를 한 통 했다.

"빨리 와 보세요."

잠시 후 마을 회관 앞으로 달려온 사람이 있었는데 그는 이 마을의 촌장 백 씨였다.

"경찰서에서 왔답니다. 이분들을 마을 구석구석까지 안내해주세요. 수색영장이 있으니 친절하게 하시는 게 좋겠네요."

채은지의 말에 백 씨는 머리를 조아렸다.

"네. 누구 당부이신데요. 알겠습니다."

요원 중 한 명이 따라나서려는 나태주를 제지했다.

"나 형사님은 여기 계셔도 좋습니다. 우리 둘이 다녀오겠습니다. 그럼."

졸지에 여자와 둘이서 남은 나태주는 황당한 마음이 들면서 어색했다. 그때 채은지는 '나 형사'란 말에 고개를 돌렸다. 나 씨 성이 흔치도 않거니와 언뜻 보니 그때 TV에서 본 얼굴 같았다.

'나태주 형사?'

채은지는 이 사실을 솔봉에 있는 두류산에게 전해야 하나, 고민했다.

"야! 이곳은 언제와도 좋군요. 아래로 보이는 멋진 풍경과 맑은 공기, 그리고 시원한 바람이 여전합니다."

"이곳에 와보셨어요?"

"그럼요. 아가씨 이전에 이곳에 계셨던 부대표님을 뵈러 몇 번 왔었죠."

"민서라 부대표님 말씀이신가요?"

"네. 아쉽게도 두류산인지 백우천인지 하는 놈에게 속아 마음과 몸 모두 뺏기고 동반 투신자살하려 하다, 혼자 타살되었죠."

그러면서 나태주는 슬쩍 여자의 눈치를 살폈다. 그런데 여자도 보통내기가 아닌 것 같았다. 표정의 변화가 전혀 없었다.

"안에 들어가서 커피 한잔하실래요?"

"네. 좋습니다. 커피와 곁들여 먹을 게 있으면 더 좋구요. 아침도 거른 채 이곳까지 오다 보니 완전히 허기집니다."

"들어가시죠."

채은지는 커피를 준비하면서 나태주가 한 말에 자꾸 신경이 쓰였다. 자신은 분명 두류산과 민서라가 동반 자살하려다, 그녀만 죽고 용케 두류산만 살아남은 줄 알았다. 그런데 이 형사라는 작자가 민서라의 죽음이 타살이라고 하니, 가슴이 뛰었다. 그리고 보니 두류산은 솔봉에 민서라의 언니, 지원이 온 후로 자신을 소홀히 대한다고 생각했다. 어쩌면 그와 그녀는 한통속이 되어, 벌써 몸을 섞었는지도 모른다는 생각이 들자 치가 떨렸다.

"삶은 달걀과 커피예요. 천천히 드세요."

"아이고. 감사합니다. 친절하고 예쁜 아가씨가 차려주니 입맛이 도는군요."

"그런 농담도 성범죄라는 걸 모르세요? 닥치고 드시기나 하세요."

나태주는 여자의 말에 아차 싶어 가볍게 사과했다.

"그런데…."

나태주가 먹는 모습을 지켜보던 채은지가 뭔가 할 말이 있는 듯했다.

이 기회를 놓치지 않고 나태주가 적극적으로 들이댔다.

"뭐든지 물어보세요. 두류산이든 민서라든 제가 아는 범위 내에서 모두 말씀드릴게요."

"형사님은 그분의 죽음을 왜 타살이라고 생각하시죠?"

걸렸다고 생각한 나태주는 대답 대신 조건을 먼저 걸었다.

"저랑 셀카 한 장 찍으면 안 될까요? 뭐… 다른 뜻은 없습니다. 예전에도 전 이 사무실에 왔거든요. 그냥 감회가 깊어서. 한 장만!"

채은지는 잠시 고민하다, 그의 대답을 듣고 싶어 승낙하고 말았다.

"됐죠? 이제 말씀해주세요."

"그건 제가 그때 그 현장에 있었기 때문입니다."

"두 분이 동반 자살할 때요?"

"네. 비가 몹시 내리던 천왕봉 꼭대기였죠. 마지막 축배를 들고 난 후, 둘은 손을 잡고 밑으로 투신했습니다."

"그럼 동반 자살 맞네요."

채은지가 눈을 동그랗게 말았다.

"분명히 말씀드리는데, 아닙니다. 뛰어내릴 때 민서라는 그냥 떨어졌고, 두류산은 낙하산을 펼쳤어요."

나태주의 말이 끝나자, 채은지의 동공이 심하게 떨렸다.

"이유가 뭘까요?"

채은지는 앞에 있는 자가 형사임을 잊고 오로지 그 이유를 알기 위해 몸부림치고 있었다.

"싫증이 났던 거죠. 민서라가 아무리 매혹적이고 교태스럽다 해도 그런 유형의 남자는 어떤 여자라도 몇 번 자고 나면 금방 싫증이 나거든요. 그래서 놈이 동반 자살을 가장해서 민서라를 절벽 아래로 떨어뜨린 거죠."

나태주가 과도한 표정을 지으며 말하자 채은지는 발끈했다.

"난! 다르거든요!"

"뭐가요? 뭐가 다른데요?"

나태주는 이제 뭔가를 물었다고 생각했다. 하지만 채은지는 흥분한 끝에 자신이 실수한 걸 금방 알았는지, 이내 무표정한 얼굴로 돌아왔다.

"아니, 제 말은… 뭔가 하면… 그는 자신이 사랑했던 여자를 함부로 버리는 사람이 아니라는 거죠. 두 분은 진심으로 서로를 사랑한 것으로 전 들었어요. 낙하산 운운하는 건… 남의 말을 하길 좋아하는 사람들이 지어낸 거예요."

"그를 잘 아시는 모양이죠?"

"아뇨! 전혀 몰라요. 그냥 언론에서 보고 마을 사람들 하는 이야기를 조금 들었을 뿐이에요. 민서라 부대표님이 죽은 후로 이제 이 마을은 그와 아무런 상관이 없습니다. 여긴 아까 보셨지만, 백 촌장이 이 마을을 운영하고 있어요."

나태주는 채은지의 변명이 조리에 맞지 않는다고 생각했다.

"하하. 뭔가 이상한데요? 아까 보니 일개 사무국장이 이 마을의 대표인 촌장에게 지시했잖아요. 그건 어떻게 설명하시렵니까?"

나태주의 질문에 채은지는 할 말이 없는지, 잠시 침묵을 지키다 자리에서 일어섰다.

"죄송해요. 게스트하우스에 손님이 온다는 걸 깜박했습니다. 여기 계실래요? 아니면 밖에서 기다리실래요?"

"주인도 없는 방에 객이 있으면 실례죠. 날도 좋은데 밖에서 기다리겠습니다."

나태주는 책상 위에 있던 그녀의 명함 중 하나를 슬쩍 집어 들었다. 잠시 후, 요원들이 마을 수색을 마치고 마을 회관 앞에 도착했다. 그들은 예상한 대로 빈손이었다. 그건 당연한 일이라고 나태주는 생각했다.

서울 서대문구 ○○동의 한 교회였다. 인근에 M대학과 전문대학이 있어 청년들의 왕래가 잦았다. 이런 영향으로 교회 역시 청년부가 활성화된 듯 보였다. 왜냐하면, 주일도 아닌데 교회 입구에는 젊은이들이 삼삼오오 모여 햇볕을 쬐고 있었기 때문이었다. 교회는 크고 웅장했다. 중세 고딕 양식의 교회건물은 주위의 단층짜리 주택과 비교해 굉장히 낯설었다. 장은태는 망을 보고 김유리가 그들에게 다가갔다.

"목사님을 뵈러 왔는데, 안에 계실까요?"

김유리는 말을 하면서 쓰고 있던 마스크를 위쪽으로 바짝 당겼다.

"아뇨 출타 중이세요. 오늘 수요일이니 저녁에 예배차 오실 겁니다. 그런데 무슨 일이시죠?"

"네, 별것 아닙니다. 그냥 신앙상담을 좀 받을까 해서요. 알겠습니다. 나중에 오죠."

김유리와 장은태는 되도록 사람들의 눈을 피하고자 벌건 대낮임에도 근처에서 가장 허름하고 CCTV가 없는 여관급 모텔로 들어갔다. 다행히 교회 정면이 잘 보이는 3층 객실이었다. 그들은 그곳에서 저녁이 오길 기다렸다.

"수요예배 마치고 교인들이 돌아가면 즉시 작업을 시작할까요?"

장은태가 훤한 대낮에 모텔방에 둘이 있는 게 어색하여 말을 툭 던졌다.

"아뇨. 채은지 말로는 놈은 수요예배 후, 항상 자신의 사무실에 젊은 여신도를 불러 신앙상담을 한다더군요. 말이 신앙상담이지 뭐 뻔하지만…. 대략 그 시간이 한 시간쯤 된다 하니 그 여성이 돌아간 후에 시작합시다."

김유리 역시 장은태와 마찬가지로 몸 둘 바를 몰라 창밖을 바라보고 있었다. 이상한 일이었다. 솔봉 움막에서 김우태와 장은태를 비롯한 남 심판 대원들과 함께 방을 사용했지만, 막상 좁은 공간에 둘이 있으려니 그녀는 좀이 쑤셨다.

"참 이해가 안 됩니다."

그때 장은태가 지나가는 말로 중얼거렸다.

"뭐가요?"

"그루밍 성범죄 말입니다. 아니 아무리 교회 안이라지만, 그 정도 나이면 피해자가 이게 잘못된 걸 알 텐데. 알면서도 당한다는 게 말이나 됩니까?"

"그건 은태 씨가 그 범죄를 제대로 인식하고 있지 못해서 그래요. 그루밍 성범죄는 가해자가 피해자에게 호감을 얻거나 돈독한 관계를 만들어 이미 심리적으로 완전히 지배한 뒤에 이루어지는 거잖아요. 그래서 피해 당시에는 자신이 성범죄의 대상이라는 것조차 인식하지 못하는 경우가 태반입니다."

김유리의 말에 장은태는 고개를 끄덕였다.

"저런 유형의 인간들은 피해자가 어릴 때부터 성적 가해 행동을 자연스럽게 받아들이도록 길들이고, 피해자가 벗어나지 못하게 끊임없이 회유와 협박을 일삼습니다."

"그래서 채은지 씨의 언니가 그만 자살을 택했군요."

"그렇죠. 그러니 죽어 마땅한 놈 하나 처치한다 생각하고 오늘 반드시 놈을 잡아가야죠."

드디어 밤이 깊었다. 예배가 마치는 8시경이 되니 교회 밖으로 교인들이 우르르 몰려나왔다. 둘은 그때부터 한 시간여를 기다리다 모텔을 빠져나왔다. 장은태가 먼저 교회 입구 주차장에 차를 주차했다. 그리고선 약속이나 한 듯 둘은 검은 외투와 검은 마스크를 착용하고 교회 안으로 들어갔다.

"목양관, 이쪽이네요."

그들은 2층 목사가 사용하는 사무실로 그림자처럼 올라갔다.

"이런! 문이 잠겨있습니다."

당황한 장은태가 문고리를 잡고 흔들다가 문에 바짝 귀를 대었다.

"안에서 두런두런 사람 목소리가 납니다. 어쩌죠?"

김유리는 잠시 고민하다, 결심한 듯 말했다.

"문을 부숴야죠."

"문을요?"

장은태는 그제야 장도리 등 문을 부술 장비를 가져오지 않은 게 후회됐다. 그렇다면 방법은 하나였다. 멀리서 달려와 자신의 몸에 힘을 실어 문을 박살 내는 거였다.

"아니, 아니 그 방법 말고요. 저길 봐요. 소화전 장비가 있어요. 안에 망치가 있을 겁니다."

역시 김유리는 이 순간에도 침착했다. 경찰에 입문한 이후, 모텔 등 숙박업소에 숨은 범인을 검거할 때마다 사용하던 수법이었다.

'쾅!'

굉음과 함께 문고리가 나가떨어졌다. 그런데 목양관 안에 들어선 장은태와 김유리는 당황했다. 책상 옆에 있는 간이침대에서 A 목사와 젊은 여성이 옷을 벗고 있었다.

"뭐요?"

놀란 목사가 황급히 옷을 입으려 할 때, 장은태가 득달같이 달려들어 그를 제압하여 재빨리 몸을 결박했다.

"아가씨! 누군지는 모르겠지만, 정신 차려요. 그리고 우리가 나갈 때까지 꼼짝하지 않고 있는 거 알죠?"

여자는 놀란 나머지 아무 말도 하지 못하고 그저 고개만 끄덕였다. 김유리가 여자에게 옷을 입히더니 테이프로 입을 막고 몸을 침대 난간에 결박했다.

"그만 가죠!"

장은태는 꽁꽁 묶인 목사를 앞세우고 교회를 빠져나왔다. 김유리 역시 품속에 있던 유인물을 목양관 안에 뿌리고선 뒤따라 나왔다.

「이 자는 목사의 탈을 쓴 악랄한 그루밍 성범죄자로서 다수 선량한 여 성도들에게 기만과 위력으로 지속적인 성폭행, 성 착취를 행사하는 등 죄질이 극히 나빠, 판결자 전원 일치로 '힌놈의 골짜기'에서 극형인 화형에 처함.」

심판의 날, 두류산

  민지원은 두류산과의 두 번에 걸친 잠자리 이후에 어느 정도 자신감이 붙었다. 스스로 신(神)이라 부르던 두류산도 여느 남자와 다른 점이 없다고 생각한 지원은 채은지가 없는 틈(설령 그녀가 있다 하더라도)을 이용하여 더욱 적극적으로 그를 유혹하리라고 마음먹었다. 그게 자신이 할 수 있는 동생의 복수에 가장 가까이 다가가는 일이었다.
  두류산 역시 농염한 지원의 육체에 길이 들기 시작했다. 그날, 채은지가 자신의 별채에 있음에도 지원을 찾았던 그는 틈만 나면 그녀의 방으로 건너갔다. 김유리와 장은태가 서울에 간 날 밤도 마찬가지였다. 그는 모두가 잠든 틈을 이용해 그녀를 은밀하게 별채에 불러들였다. 둘만의 끈적한 밀회가 끝난 뒤, 민지원이 그에게 부탁했다.
  "내일 아침에 휴대전화 한 번만 쓸 수 있게 해 주세요. 서울 친구들의 소식도 궁금하고 해서요."
  두류산은 몇 번이나 몸을 섞은 그녀의 부탁을 거절하지 못하였다. 다음 날 민지원은 자신의 휴대전화기를 들고 솔봉 아래로 내려갔다. 그녀는 이쯤이면 휴대전화가 터질 거로 생각하고 주소록에 등록된 한 이름을 눌렀다. '정도올', 산음경찰서 정 팀장의 별칭이었다.
  "그래, 어찌 되었습니까?"

깜짝 놀란 정 팀장이 인사도 없이 물었다.

"지리산에 있습니다."

"역시! 정, 정확한 위치가 어디입니까?"

정 팀장은 몸이 달았는지 말까지 더듬었다. 하지만 민지원은 한참이나 뜸을 들이다 자신의 조건을 말했다.

"그보다… 제가, 아니, 우리가 먼저 놈을 반 죽여 놓고 싶어요. 그런 다음에 넘겨줄게요."

"아니. 그건 애초 저와의 약속과 다르지 않습니까? 사적 복수는 절대로 안 됩니다. 그냥, 우리에게 맡기세요. 빨리 정확한 위치를 말씀해 주세요."

"호호. 사적 복수라… 그때, 팀장님도 놈에게 직접 위해를 가하겠다고 하지 않으셨나요? 우린 서로 입장이 같잖아요. 팀장님도 놈을 기다리지만, 팀장님보다 훨씬 더 놈을 애타게 기다리는 사람들이 있습니다. 어떡하실래요? 제 조건을 먼저 들어주실래요? 그러지 않으면 여기가 어딘지 말씀드릴 수가 없어요."

"민지원 씨! 이러시면 안 됩…."

'뚜~, 뚜~'

민지원은 전화를 끊고 개울로 내려갔다. 산짐승조차 다니지 않는 깊고 음습한 골짜기였다. 그런데도 물은 어느 곳보다 청아하고 맑았다. 그곳에서 그녀는 훨훨, 옷을 벗었다. 그동안 두류산과 섞은 더러운 몸을 씻을 생각으로 그녀는 차가운 물속에 몸을 담갔다.

'어리석은 놈! 이제 네놈이 당할 차례다.'

지원은 몸 구석구석을 정성스럽게 씻고 또 씻었다. 동생, 채원이는 어쩌자고 이런 놈을 사랑하여 그에게 몸과 마음을 다 바쳤단 말인가. 결국, 놈에게 버림받아 세상을 하직하면서도 그를 사랑했던 동생이었다. 지원은 새삼스럽게 동생을 이런 곳에 홀로 두게 한 자신이 원망스러웠다. 개울에서 목욕을 마친 지원은 곧바로 옷을 입었다. 겨울이 가까워지자 물은 얼음장같이 차가웠고 바람은 칼바람이었다. 그리곤 또 휴대전화기의 주소 목록 중 한 이름을 찾았다.

"여보세요?"

"저예요. 민지원."

"네. 모두 기다리고 있었습니다. 어찌 되어 가고 있습니까? 우리가 움직일 단계까지 왔나요?"

"그럼요. 차근차근 준비나 잘하세요. 결정적인 순간이 올 때 바로 연락드리겠습니다."

"감사합니다. 님만 믿겠습니다."

민지원은 전화기를 접고 솔봉으로 올라갈 채비를 했다. 바람이 차가웠으나 그제야 지원의 얼굴에 의미심장한 웃음이 번졌다. 그때 지원의 벌거벗은 몸을 유심히 지켜보던 눈이 있었다.

힌놈의 골짜기였다. 두류산은 정갈한 옷을 입고 제단 앞에서 기도하고 있었다. 그 모습이 어찌나 경건하던지, 보는 이의 감탄을 자아냈다. 기도와는 별도로 그는 '태을주'라는 주문을 외웠다.

"태을천 상원군 훔리치야도래 훔리함리사파하."

"훔치 훔치 훔치…."

태을주란 증산 강일순이 만들었다고 전해지며 강증산을 옥황상제로 믿는 종교 계열에서 수행을 위한 주문이었다. 여기서 훔(hum)이란 소 울음소리를 상징한다. 본래 '훔'은 우주의 근원 소리로 종자 음절이라고 하며 말 그대로 모든 말과 소리의 시가 되는 음절이다. '훔'은 우주 안에 있는 모든 소리를 머금고 있는 창조의 근원 소리이다. '치'란 산스크리트어에서 '신과 하나 됨'을 뜻한다. '치'는 또한 '대정불변야' 곧, 크게 정해서 영원히 변치 않는다는 의미이다. 훔의 생명력이 밖으로 분출된 소리로서 실제로 창조가 형상화되는 소리였다.

그의 옆에는 불길이 훨훨 치솟는 드럼통이 놓여 있었다. 나머지 김우태를 비롯한 신도들은 모두 그의 뒤에서 무릎을 꿇고 있었다. 그 뒤로 제상에 쓸 음식들을 든 민지원이 있었다.

'제법인데?'

다른 사람은 몰라도 민지원은 그렇게 생각했다.

"제물을 들라 하여라!"

기도를 마친 두류산이 엄중한 목소리로 지시했다. 김우태가 나서서 제물을 끌고 왔다. 끌려온 제물, 즉 장은태와 김유리가 잡아 온 A 목사는 얼마나 벌벌 떨었던지 눈가리개를 벗겨버리자, 거의 혼절할 수준이었다.

"네놈은 너의 죄를 잘 알고 있으리라."

두류산이 단호하게 그를 꾸짖었다. 미리 장은태가 찬물 한 바가지를 목사에게 부어서인지, 그는 살짝 정신이 돌아온 듯했다.

"왜 이러십니까? 하나님 보시기에 두렵지 않습니까? 난 양들을 양육하는 목사요, 하나님을 대신하는 사자란 말입니다. 도대체 날 왜 이런 곳으로 끌고 왔는지 연유나 말해주시오."

그러면서 그는 주위를 둘러보았는데, 컴컴한 동굴 안에 훨훨 타는 불을 보더니 기겁했다.

"그대는 아무런 죄가 없다. 이거지?"

"물론이요. 난 삼십여 년을 오로지 그분만 바라보고 그분을 위해 한 목숨 받친 사람이오. 난 아무런 죄가 없소! 그런데 여기는 어디고, 당신은 누구요?"

목사의 질문에 두류산은 싱긋 웃었다.

"여긴 '힌놈의 골짜기' 그리고 난 당신 같은 거짓 선지자를 처단하러 천상(天上)에서 내려온 두류산이지."

"뭐요? 두류산?"

그도 두류산을 아는 모양이었다.

"난 정말 맹세컨대 한 톨의 죄도 없는 사람이오. 제발 날 살려주시오!"

그때였다. 어둠 속에서 채은지가 모습을 드러냈다.

"죄가 없다구요? 언니와 나 그리고 수많은 여성을 농락해놓고선, 아무런 죄가 없다구요?"

"은지? 너!… 은지구나. 아아~, 은지야 그땐 내가 미안했어. 그래도 이것만 알아줘. 그때 난 널 정말 사랑했단다. 그러니 제발 저 사람들에게 말해 날 용서해달라고 해줘. 제발!"

목사는 비굴하게 그녀 앞에서 무릎을 꿇었다.

"미안한 짓을 왜 했냐구요. 그런 미안한 짓 때문에 우리 언니는 자살했어요. 그리고 뭐? 사랑? 어떻게 당신이 그런 단어를 입에 올릴 수 있지? 내, 참! 기가 막혀서…."

말을 끝낸 채은지는 두류산에게 눈짓했다. 그러자 동굴 안은 심판의 노래가 우렁차게 퍼졌다.

"때가 왔음이라! 온 세상 악한 자들이 불에 태워질 때, 미륵이 왔음이라. 태워라, 처단하라, 심판의 날(A Day Of Reckoning)이 왔음이라!"

"처넣어라!"

두류산이 최종적으로 지시했다. 그러자 동굴 안엔 심판의 노래와 주문으로 윙윙거렸다. 장은태와 청년 심판 대원들은 그를 번쩍 들어 산 채로 드럼통 안에 집어 넣어버렸다. 곧이어 귀를 찢을 듯한 비명이 울려 퍼졌다.

"으아악!"

"태워라, 처단하라!"

"태을천 상원군 훔리치야도래 훔리함리사파하."

"훔치 훔치 훔치…."

두류산은 이날 자신이 진정한 신(神)이 되었다고 생각했다.

공동체 마을에서 별 성과 없이 수색을 마친 요원들은 산음경찰서로 복귀하자마자, 정 팀장에게 인사만 하고 곧바로 서울로 올라갔다. 나태주는 그들이 간 것을 확인하고, 곧바로 공동체 마을 사무국장 채은지의 인적사항을 조회했으나 아무것도 나오지 않았다. 예상한 대로 명함에 찍힌 이름은 본명이 아닌 가명이었다.

'공적인 명함에 가명을 쓴다?'

나태주는 채은지에 관한 의심이 굳어졌다. 그는 예전 민서라처럼 채은지 역시 두류산과 엮인 또 한 명의 여자라고 생각했다. 그때였다.

"공동체 마을에 별것이 없다면서 뭐 그리 바쁩니까?"

어느새 정 팀장이 그의 책상 뒤에 와있었다.

"마을에 젊은 여자가 한 명 있었습니다. 공식적인 명칭은 그 마을 사무국장이라는데 좀 이상해서요. 그런데 추적이 안 되네요."

"요즘 그런 마을은 지자체 지원을 받기 위해 젊은이들이 사무국장 같은 걸 많이 하잖아요. 그런데 뭐가 그리?"

나태주는 정 팀장을 굳이 속일 마음이 없었다.

"두류산을 잘 아는 것 같았습니다."

"정말요?"

"네. 대화를 나누었는데 그냥 일반인이 두류산을 아는 수준이 아니었습니다. 제 생각엔 그 여자를 강도 있게 조사하면 뭔가 나올 것 같습니다만."

그러자 정 팀장이 고개를 저었다.

"그 부분은 신중하게 생각해 봅시다. 심증만 가지고 물증 없이 덤볐다간, 우리가 되려 덤터기 쓸 수 있어요. 게다가 여성이라면서요? 행여 영장 없이 체포할 생각은 꿈도 꾸지 마십시오. 젊고 똑똑한 여성일수록 골치 아픕니다. 그보다….”

정 팀장은 사무실 다른 팀원들의 눈치를 보다 나태주의 책상 위에 '이지훈'이라고 썼다. 나태주는 눈치를 채고 그를 따라 옥상으로 올라갔다. 정 팀장은 평소와 달리 전자담배를 피우고 있었다.

"이지훈이 왜요?"

"마을에 간 사이에 서울, 수사과장에게서 연락이 왔습니다. 이지훈이 다 불었답니다."

"불어요? 뭘요?"

"두류산이 확실하게 지리산에 있다고 합니다."

나태주는 정 팀장에게 반문했다.

"그거야 팀장님이 이미 수사과장에게 말해서 알고 있다면서요?"

"뭐, 내 말을 반신반의했겠지요."

"음…. 또요?"

"지리산에 두류산, 김우태, 김유리, 장은태 그리고 두류산의 여비서가 함께 있는 거로 파악되었답니다."

나태주가 예상한 대로였다. 안타까운 건 한때, 한솥밥을 먹던 전직 경찰, 김유리가 여의도 방화·살인 사건이라는 애초 자신의 목적을 달성하고도 두류산과 함께 있는 거였다. 그리고 원룸 주인, 장 씨의 아들 장은태 역시 꿈에서 깨지 못해 그런 범죄 집단에 남아 있다는 게 한편으론 서글펐다.

"참! 한 명 더 있잖아요? 팀장님이 말씀하신 정보원. 조만간 연락이 온다면서요."

나태주의 말에 정 팀장은 머리를 긁었다.

"지리산에 있다고 연락이 왔긴 하는데, 정확한 위치를 말하지 않네요. 아무리 생각해도 마음이 조금 변한 것 같습니다."

"마음이 변하다뇨?"

"그자도 두류산을 직접 죽이고 싶어 하나 봐요."

"네?"

"나랑 생각이 비슷하나 봅니다. 참! 그건 그렇고, 수사과장이 사나흘 뒤 내려온답니다. 그때처럼 지리산 전역을 샅샅이 수색하기로 작정했나 봐요. 이미 경남지방경찰청에 대규모 병력을 요청해두었으니, 할 수 없이 우리도 그들에게 협조해야 할 겁니다."

정 팀장의 말에 나태주는 K고수부지 방화·살인 사건 이후 권필봉 팀장의 지휘 아래 지리산 일대를 샅샅이 수색하던 때가 떠올랐다. 그건 한마디로 '짜증'이었다. 조금 있으면 이곳은 초겨울이었다. 도시와는 달리 초겨울이라지만, 지리산 일대는 한겨울일 수도 있었다. 폭설과 추위 속에 또다시 몸을 웅크려야 할 게 뻔했다.

"그러니 그 이전에 나랑 몰래 올라갔다 옵시다."

정 팀장의 엉뚱한 제안에 나태주는 그가 무슨 말을 하나 싶었다.

"어디를 말씀입니까?"

"어디긴? 그 공동체 마을 말이요. 아까 나 형사가 말한 그 여자가 아무래도 수상한 것 같소. 그러니 그곳에 몰래 잠입하여 그 여자의 뒤를 캐보자고요."

"아니! 아까와 말이 다르잖습니까?"

"에이, 그거야 옆에 다른 팀원들이 있어서 일부러 그랬지. 난 나 형사의 촉을 믿잖소. 그 여자에게 분명 Key가 있을 거요. 내일? 아님, 모레? 어쨌든 서울에서 그들이 내려오기 전에 갑시다."

나태주는 말문이 막혔지만, 상대는 자신의 상관인 정 팀장이었다.

그날, 정시에 퇴근한 나태주는 오랜만에 J시로 내려갔다. 초겨울이 가까워서인지 J경찰서 앞에 도착하니 벌써 날이 어둑어둑했다. 오랜만에 후배인 성용옥 경장과 술자리를 약속한 터였다.

경찰서 앞 선술집이었다. 성 경장은 그때 유치원 원장 방화·살인 사건의 주범을 잡지 못해, 가벼운 징계를 받았다. 그래서인지 나태주 앞에서 분노를 넘어 두류산에 관한 증오를 가감 없이 드러냈다.

"아냐. 유치원 원장 방화·살인 사건 주범은 두류산이 아니야. 그건 민서라의 개인적인 복수였어."

"에잇! 어쨌든요. 그년은 당시 그놈의 연인이었잖아요. 그러니 그놈도 분명히 그 사건을 묵인·방조한 거라고요."

나태주는 흥분한 그를 달래는 측면에서 그간의 수사과정을 전부 털어놓았다. 행여 이런 고백을 통하여 자신이 미처 생각하지 못한 면을 성 경장이 발견하리라는 기대 때문이었다.

"그리되었군요. 죽은 유치원 원장 남편 말을 유추해보면 음…, 분명히 뭔가 있어요. 그가 조력자 운운했다구요?"

"그래. 나더러 조력자가 있으니 웬만하면 협조하든지 아니면 모르는 척하라고 경고했어."

"선배님 말씀을 종합하면, 그 조력자란 정 팀장뿐만이 아닐 겁니다.

두류산 주위에 누군가 또 있어요."

"그래? 누군데?"

"죽은 민서라의 언니인 민지원!"

"......."

나태주가 듣기엔 의외의 말이었다.

"민지원?"

"네. 장 씨와 유치원 원장 남편 그리고 민지원은 뭔가 일을 꾸미고 있는 게 틀림없습니다."

그때, 나태주는 정 팀장이 갑자기 떠오르면서 술이 확 깼다.

"화형?"

놀라운 일이었다. 나태주와 성 경장이 동시에 같은 단어를 뱉은 것이다.

"분명합니다. 그들은 이제 경찰을 믿지 않습니다. 오롯이 그들의 힘으로, 그들의 가족이 당한 대로 두류산을 화형 시킬 계획입니다."

"세상에!"

술잔을 쥐고 있는 나태주의 손이 바르르, 하고 떨렸다.

"언제, 어디서는 아무도 모릅니다. 하지만 민지원과 장 씨 그리고 유치원 원장 남편은 서로 긴밀하게 내통하고 있는 게 틀림없을 거예요."

나태주는 손에 쥔 술을 단숨에 마셨다. 그때였다. 정 팀장으로부터 한 통의 전화가 왔다.

"네. 나태주입니다."

"큰일 났어. 빨리 TV를 봐. 놈들이 이번엔 어떤 목사를 납치했어."

사흘 뒤에 온다던 서울 합수부 수사과장을 비롯한 요원들은 나태주가 J시에서 성 경장과 술을 마신 그다음 날 바로 산음으로 달려왔다. 그들은 산음경찰서장 방 옆에 합동 수사본부 산음분원을 공식적으로 설치했다. 형사팀 권 필봉 팀장이 있을 때 경남지방경찰청에서 수사본부를 설치한 이래 두 번째였다.

자연스럽게 산음경찰서 형사팀 전원은 합수부 분원장인 수사과장 휘하로 들어갔다. 그들의 등장과 시간을 맞추어 경남지방경찰청에서 대규모의 지원병력도 도착했다. 분원장인 수사과장은 산음경찰서 앞으로 언론사 등 취재기자를 불러 호기롭게 브리핑했다.

"목사 납치범, 설악산, 여의도 방화·살인 사건의 용의자이자 배후인 두류산은 이곳, 지리산에 분명히 있습니다. 우리 합수부에서는 총력을 다해 이번 연말까지 놈을 검거할 것입니다."

이어 수사과장은 합수부 요원 및 산음경찰서 형사팀 전원을 모아놓고 수색작전을 지시했다. 그러자 산음경찰서 형사팀원들의 불평이 쏟아졌다.

"완전 저거 집이네. 남의 집에 와서 동네 말 많은 놈들을 불러놓고 우리 집 도둑놈을 저거가 잡는다고 지랄이야, 지랄이긴."

"올해 초에 얼마나 식겁했는데… 니미! 또 한겨울에 수색한다 생각하니 오금이 저린다. 안 그래? 나태주?"

조민태 형사가 더욱 날을 세웠다. 하긴 그럴 만도 하였다. 이제 곧 지리산은 본격적인 겨울이 시작될 터였다.
　결국, 다음 날부터 대대적인 지리산 수색이 시작되었다. 이틀 전까지만 해도 그런대로 포근하던 날씨는, 가는 날이 장날이라고 첫날부터 눈이 내리기 시작했다. 나태주는 정 팀장과 서울에서 온 요원 두 명과 한 조가 되어 산음 쪽으로, 조민태 형사는 함양 쪽으로, 나머지는 각각 하동, 구례, 남원 쪽에서 수색을 시작했다. 각각의 조에 경찰병력 수십 명이 따라붙은 건 당연한 일이었다. 지리산 대원사 방면에 도착한 정 팀장이 나태주를 불렀다.
　"여기서 대충 따돌립시다. 우리가 먼저 잡아야 하잖아. 우린 그때 말한 대로 공동체 마을로 가는 거야. 그쪽 사무국장인가 그 여자가 수상하다며?"
　"서울 쪽 요원들은요? 그리고 나머지 병력은 어떻게 하고요?"
　나태주는 정 팀장의 의도를 모르는 건 아니었지만, 괜스레 찜찜했다.
　"내가 알아서 할게. 기다려 봐."
　정 팀장은 서울 수사요원들과 한참을 이야기하나 싶더니, 몇 분 후 과연 그들은 예전 권필봉 팀장이 이용하던 중간 길로 모두 올라가 버렸다.
　"뭐라고 했기에 저들이 저 길로 올라갔죠?"
　"별것 아니오. 천왕봉 밑, 중봉에서 만나기로 했어요."
　"그쪽은 중산리 쪽에서 올라가야 제일 가까운데. 게다가 공동체 마을에서 뚝 떨어진 곳이잖아요. 합류하기엔 만만치 않은 장소인데?"
　"놔둬요. 잘난 저희가 알아서 하겠죠. 만약 시간이 지나면 바로 천왕봉까지 마저 수색하라고 했으니 별문젠 없을 거요."

그러면서 정 팀장은 자신의 차량 뒤 트렁크를 나태주에게 보여주었다. 트렁크 안에는 방한복과 방한모, 텐트 그리고 음식 등 한겨울 등산에 꼭 필요한 물품이 가득했다. 나태주는 입이 쫙 벌어졌다.

"이런 게 다 뭡니까?"

"잠복하려면 이 정도는 준비해야죠. 안 그렇습니까?"

정 팀장과 나태주는 차량을 이용해 도평 마을로 간 다음, 그곳에서부터 걸어서 공동체 마을에 도착했다.

한편 그 시각, 솔봉 지하 벙커에서는 두류산과 채은지가 통화하고 있었다.

"알았어. 은지도 상황이 끝날 때까지 당분간 이쪽에 절대 연락하지 마. 필요하면 내가 할 터이니."

두류산은 전화를 끊고 힌놈의 골짜기 식구들을 모두 불렀다.

"오늘부터 동면에 들어갑니다. 경찰들이 지리산 일대에 쫙 깔렸다네요. 이미 공동체 마을에 짜바리 두 명이 잠복 중이랍니다. 그래서 말인데 첫째, 동굴은 오늘부로 폐쇄합니다. 연기 나는 건 모두 끄고 입구를 봉하세요. 둘째, 지금부터 상황종료 때까지 식사는 하루 한 끼입니다. 셋째, 절대 이 움막에서 한 걸음도 벗어나면 안 됩니다. 단, 보투나 사냥은 제외합니다."

장은태가 궁금해서 질문했다.

"보투가 뭡니까?"

"자넨 현대사를 공부하지 않았나? 보투란 보급 투쟁, 즉 예전 빨치산들이 산에서 먹을 게 없으면 민가에 내려가 식량을 구해오는 것이야."

"알겠습니다. 보투와 사냥을 열심히 해야겠네요. 하루 두 끼 먹으려면."

은태의 농담에 모두 웃음이 나왔지만, 분위기는 위기감에 썰렁했다. 그때 김우태가 두류산에게 물었다.

"공동체 마을엔 얼마 전에 경찰들이 다녀갔다면서요? 그런데 또?"

"은지 말에 의하면 그땐 놈들이 간을 보러 온 거고, 오늘은 진짜 사냥개를 푼 모양입니다."

뒤에서 그들의 이야기를 들은 민지원은 가슴이 철렁했다.

채은지는 백 촌장에게서 수상한 자들이 마을 밖에 있다는 보고를 받고, 사무실 창가에서 즉각 망원경으로 의심지역을 관찰했다. 과연 그때 온 나태주 형사와 어떤 남자가 공동체 마을 밖에서 이쪽을 유심히 보고 있었다.

"촌장님은 아무 대응도 하지 말아요. 제가 알아서 할 테니까요."

그런 후에 은지는 두류산에게 보고했고, 될 수 있는 대로 그들이 의심하지 않도록 태연하게 행동했다. 제일 먼저 한 일은 마을 회관 앞에 있는 눈 치우기였다. 그녀는 방송으로 마을 사람들을 불러 모은 후, 자신도 함께 마당에서 눈을 치우고 있었다.

"정말 별것 없는데요?"

나태주는 언덕 위 마을 회관이 잘 보이는 나무 뒤에서 시린 발을 동동 구르며 입김으로 손을 데웠다.

"기다려 보자고. 분명 외부에서 누가 나타나거나 아니면 저 여자가 어디론가 갈 테니."

그날 밤까지 채은지의 동향에 별 이상이 없자 정 팀장은 나무 뒤에 텐트를 쳤다. 불을 피울 수 없어 둘은 그날 저녁에 꽁꽁 언 김밥을 입에 녹여 먹었다.

"이럴 필요까지 있습니까? 그냥 바로 덮쳐서 연행하는 게 낫지 않을까요?"

나태주는 추위와 배고픔에 도무지 견딜 수가 없었다.

"어허이! 아직 하루도 지나지 않았네요! 아니, 요즘이 어떤 세상인데 영장도 없이 연행이야? 계속 감시해보자고. 경찰이 그리 약해 빠져서 어디에 써먹으려고. 쯧!"

그날 둘은 방한복을 입은 채, 꼭 끌어안고 새우잠을 잤다. 다음 날 아침 해가 뜨자 둘은 버너에 물을 데워, 컵라면과 또 언 김밥을 먹었다.

그런데도 수상하다고 여겼던 채은지의 일상은 그냥 평범했다. 아침에 그녀는 마을 회관 안 자신의 사무실에서 일하고, 오후엔 마을 사람들과 눈을 치우든지 아니면, 마을 사람들과 눈밭에서 사진을 찍곤 했다. 그러니 결국, 일주일 만에 정 팀장은 철수를 결정했다.

그때부터 솔봉의 두류산 일행은 본격적으로 동면에 들어가다시피 하였다. 하루 한 끼 식사만 했으므로 움직일 힘도 없었지만, 그들은 오랜만에 화형교와 관련된 증산도, 격암유록 등 책을 보며 평온한 일상을 이어갔다. 솔봉은 천왕봉 아래 중봉과도 뚝 떨어져 있었고 숲과 바위로 둘러싸여 등산객은 물론 이 지역 사람들조차 거의 찾지 않는 곳이어서,

은신처로선 두류산의 말대로 거의 완벽했다. 가끔 장은태가 밤에 한참 아래에 있는 마을에 내려가 감자 등 먹을 것을 구하든지, 으스름 해 질 녘에 토끼 사냥을 하는 것 외엔 아무도 산 밑으로 내려가지 않았다.

두류산은 힌놈의 골짜기에 올릴 제물이 더는 없다는 것에 마음이 안 타까웠지만, 소나기가 올 땐 피하는 게 상책이라는 걸 잘 알고 있었다. 더욱이 채은지가 이곳에 더는 올 수가 없었으므로 그는 민지원과의 밀회에 대단히 만족하고 있었다.

그러는 사이 한 달이 훌쩍 지나가고 연말이 되었다. 그날 밤도 두류산은 별채에서 민지원과 함께 있었다. 방금 화끈한 밤을 보낸 두류산은 불도 때지 않은 방에서 땀을 비 오듯 흘리고 있었다. 그건 아주 만족했다는 증거였다. 민지원은 이때다 싶어 두류산에게 말을 붙였다. 이렇게 밤을 보내고 나면 두류산은 그녀에게 휴대전화를 내어 주었다.

"교주님. 부탁이 있어요. 그런데 꼭 들어주어야 해요. 안 그러면 말하지 않을 겁니다."

"하하. 뭡니까? 지원 씨 말하는 건 무슨 일이 있어도 들어줘야죠."

"새해가 되고 얼마 지나면 정월 대보름날이잖아요. 그날 J시에서 아는 사람들이 남강 앞에서 달집태우기를 한대요."

"아니 그대는 고향이 서울이잖소. 어찌 J시 사람들을 안단 말이오."

"호호. 대학원 동기들이 그쪽에 몇 있어요. 제가 대학원 때 연극 전공한 건 모르시죠? 그들이 J시에서 전통극연구예술회를 만들었어요. 전통 무용과 탈춤, 장구 등 마당놀이에도 꽤 능한 친구들이죠. 마침 정월 대보름날에 기존에 있던 J시 전통예술회원 몇 분들과 함께 행사한다네요."

"그래서?"

"그때쯤이면 경찰들도 철수할 거고. 우리… 같이 가봐요."

두류산은 민지원의 말에 너털웃음을 터뜨렸다.

"내가? 전국에 지명수배된 이 얼굴로 그곳에 간다고?"

"에이, 그거야 변장하면 되죠. 일전에 은지 씨가 은태 씨랑 유리 씨 메이크업을 얼마나 잘했어요? 저도 감탄했는걸요?"

두류산은 자신의 첫 작품이었던 K고수부지 방화·살인 사건이 떠올랐다. 비록 자신은 면사무소에 불을 질렀지만, 그때 장은태와 이지훈이 저지른 그 사건은 화형교 입장에선 최고의 작전이자, 기쁨이었다.

"음….'

"대답해 주세요. 그들도 다들 교주님의 팬이란 말이에요. 아마 그 행사 역시 그때 K고수부지 사건을 벤치마킹한 것 같아요. 맨 끝에 마네킹을 불길 속에 집어넣어 화형에 처하는 퍼포먼스도 한다던데요?"

두류산은 잠시 고민에 빠졌다.

"만약 거절하면?"

그러자 민지원이 휙, 하고 돌아섰다.

"오늘로써 이런 밤은 끝이죠. 뭐."

그 말에 두류산은 깜짝 놀라 재빨리 대답했다.

"좋아! 갑시다. 약속하지."

결과적으로 합수부의 지리산 수색은 실패로 끝났다. 새해가 되자 때 아닌 폭설로 지리산으로 가는 길이 모두 끊겼고 수색 과정에서 강추위에 경찰병력 한 명이 다치고 여럿이 동상에 걸리는 등 악재가 겹쳤다. 언론에서는 경찰의 무능을 떠벌렸고 정부 여당은 그런 경찰을 수시로 질타했다. 그뿐만 아니라, 시민들은 청와대 게시판에 구국의 열사인 두류산을 잡지 말라는 청원을 당당하게 올렸고, 각종 유튜브 매체들은 두류산을 영웅시하기에 바빴다. 결국, 경찰 수뇌부에선 사태수습을 위해 합동 수사본부를 해체하기에 이르렀다. 그때가 정월 대보름날을 일주일 앞둔 날이었다.

수사과장은 산음경찰서 근무 마지막 날에 정 팀장과 나태주를 따로 불렀다.

"결과적으로 내가 무능한 탓이오. 비록 나는 이 자리를 떠나지만, 두 분은 끝까지 놈을 추적하여 체포하기 바랍니다. 그동안 감사했습니다."

"조심해서 올라가십시오. 차렷! 경례!"

떠나는 수사과장의 뒷모습은 초라했다. 정 팀장과 나태주는 그가 떠난 뒤 읍내 모처에서 술을 마시고 있었다. 그때 TV에서는 놀라운 뉴스가 나왔다.

「정부는 전국 민심을 어지럽히는 두류산의 조속한 검거를 위해, 봄이 오는 즉시 지리산 전역에 군(軍)을 투입할 계획이라고 책임 있는 당국자가 밝혔습니다.」

그날 민지원과 밤을 보낸 두류산은 새벽녘에 잠이 오지 않아, 홀로 마당을 서성거렸다. 지리산, 그것도 깊은 산중의 새벽 추위는 오줌을 누면 그 자리에서 얼 정도로 매서웠다. 하지만 이미 이런 혹독한 추위에 단련된 그는 제자리 뛰기 몇 번으로 이를 극복하고 있었다.

샛별이 아스라이 지는 밤하늘엔 그날따라 갈무리가 있었다. 두류산은 사막에서 멀리 떨어진, 한 줄기 빛 같은 오아시스를 보듯 그것들을 찬찬히 바라보았다. 빛을 향한 그의 갈구는 불우했던 어린 시절부터 시작된 일이었다. 절망과 고통으로 점철된 그의 삶을 회상하는 것은 그리 유쾌한 일이 아니었다. 그래서 길지 않은 인생이었지만, 파란만장했던 그의 삶을 돌아보는 것만으로도 그는 가슴이 미어졌다.

별 하나가 희미한 윤곽만 남아 있는 산봉우리로 뚝, 하고 떨어졌다. 그러자 그는 평생을 회한으로 고통스러운 삶을 살던 아버지가 문득 떠올랐다. 어머니의 기억은 별로 없었다. 어린 시절 그의 아버지에 관한 기억은 방안에 널브러져 있던 술병, 그리고 마치 짐승처럼 울부짖던 당신의 울음이었다.

두류산이 어머니와 이혼한 아버지를 따라 지리산 깊은 산속으로 들어온 것은 그의 나이 다섯 살 때였다. 술과 도박으로 인생을 허비하던 아버지가 결국 사채를 쓴 모양이었다. 그나마 마련한 집은 넘어가고 매일 빚쟁이들이 집에 들이닥쳤다. 아마 그즈음에 어머니는 도망을 간 것 같다. 어린 그가 어머니의 치맛자락을 붙잡고 몇 번이나 말렸지만, 어느 날 밤, 어머니는 야반도주하고 말았다.

하긴 술주정뿐만 아니라 허구한 날 자신을 패고 닦달하는 남편과는 더는 살고 싶지 않았으리라. 그렇게 생각한 그는 무슨 일이 있더라도 아버지에겐 버림받지 않으려 밥을 짓고 설거지를 하는 등 집안일에 매달렸다. 술을 사 오라고 하면 가게에서 외상으로 살 정도로 어린 두류산은 아버지에게 최선을 다하였다. 그게 어머니가 없는 집에서 두류산이 살 수 있는 유일한 방법이었다. 하지만 결국 아버지도 더는 견딜 수가 없었던지, 어머니처럼 그를 데리고 지리산으로 야반도주하고 말았다.

전기도 불도 없는 움막이었다. 예전 화전민이 쓰던 집이었는데 방 한 칸에 재래식 부엌 하나만 있는, 마치 짐승들이 사는 우리 같은 곳이었다. 아버지는 어떻게 구했는지 이곳에서도 술만 마셨다. 별수 없이 그는 아랫마을로 내려가 거의 구걸하다시피 찬밥과 반찬을 얻어와, 생계를 이어갔다. 그 마을엔 주로 점치는 사람, 무당, 자칭, 도인 등 그가 도시에서 보지 못한 자들이 살고 있었다. 그래도 그들이 어린 두류산을 살갑게 대하는 바람에 그와 아버지는 겨우 생명을 유지할 수 있었다. 그들 덕택에 먹는 것은 해결할 수 있었지만, 문제는 불이었다.

여름이 지나 가을이 다가오자 지리산은 금세 추워졌다. 너무 어렸기에 아궁이에 불을 피울 수 없었던 그는 할 수 없이 아랫마을로 찾아가 불 피우는 방법을 배우기로 했다. 그는 그때까지만 해도 성냥이나 라이터의 존재를 몰랐다. 아니, 설령 있다 하더라도 수중에 돈이 하나도 없어 그것들을 살 수도 없었다. 다행히 아랫마을에 어린 두류산을 아끼는 도인이 있었다. 도인은 두류산에게 돋보기 하나를 건네주며 햇빛을 이용하여 불을 만드는 방법을 가르쳐 주었다. 시간이 꽤 걸리긴 했지만, 이 방법은 유용했다. 그때부터 어린 두류산은 집 근처에 널브러져 있는 잡목 부스러기와 낙엽을 아궁이 넣고 돋보기로 만든 불을 이용해서 집을 덥혔다. 하지만 여기까지였다. 어느 날 술에 취한 아버지가 실수로 돋보기를 아궁이 속으로 집어넣는 바람에 더는 그것을 이용할 수가 없었다. 그래서 어린 두류산은 재차 도인을 찾아갔다.

"염력으로 불을 피우는 방법이 있긴 해."

어린 두류산은 도인의 말을 금방 이해하지 못하였다.

"나만 믿고 한번 따라와 볼래?"

그때부터 어린 두류산은 도인의 불 피우는 방법을 배우기 시작했다. 그건 불꽃이 일어난다는 강력한 상상과 확신 하에 두 손을 비벼, 불을 피우는 일종의 초능력이었다. 물론 쉽지는 않았다. 어린 두류산이 그 방법을 터득하기 전까진 도인이 만든 불꽃으로 자신의 집을 데웠다.

"집중해."

이 말과 함께 도인은 어린 두류산에게 자신의 능력을 일부 주었다. 그의 도움으로 마침내 염력으로 불을 피우게 된 어린 두류산은 이보다 높은 차원의 능력, 즉 간단한 단계의 투시부터 순간 이동까지 배웠다. 이건 당시 곳곳에 숨어 있던 도인들이 있는 지리산이라 가능한 일이었다.

먹을 것과 잘 곳 그리고 불이 있어 그해 겨울부터 어린 두류산은 아버지와 그럭저럭 살 수 있었다. 그런데도 아버지는 술만 마시면 미친 듯이 온 산을 돌아다녔으며, 밤에 돌아와 방에 누우면 짐승 같은 울부짖음이 끝이 없었다. 어린 두류산은 아버지가 왜 이렇게 아픈지 이유가 알고 싶었는데, 희미하게나마 그 사연을 알 기회가 생겼다.

그해 겨울이 끝나는 날에 어떻게 알았는지 아버지의 친구가 움막으로 찾아왔다. 그런데 특이하게도 그분은 군복을 입고 있었다. 아버지가 시킨 대로 아랫마을 무당집에 가서 술과 안주를 얻어 술상을 봐주면서 어린 두류산은 두 분의 이야기를 엿들었다.

"폭도들이었어."

"아니야! 그 사람들은 그냥 일반 시민들이었어. 우리가 속은 거야."

"정신 차려. 그런다고 있었던 일이 바뀌진 않아. 우린 국가의 명령대로 임무를 수행했을 뿐이야. 제발 우천이를 생각해. 아이가 무슨 잘못이 있어? 너만 원한다면 지금이라도 특전사 예비역들이 운영하는 회사, 경비 자리라도 넣어줄 수 있어."

"무슨 소리! 내 손에, 아니 내 총에 시민들이 죽어 나갔어. 생각해 봐. 어린아이도 있었다고! 알량한 발포 명령 때문에 우린 대역죄를 저지른 거야."

"답답한 친구 같으니. 그땐 그럴 수밖에 없었어. 너도나도 명령에 죽고 사는 군인이었잖아."

"그러니 발포명령자인 그놈을 처단해야지. 언젠가 내 손으로 놈을 죽이고 말 거야. 그래야만 내 손에 죽은 그분들의 영령에 사죄할 수 있어."

어린 두류산은 아버지와 친구분의 말을 듣고도 무슨 일인지 도통 몰랐다. 그저 전쟁이 있어, 아버지와 친구분이 참여했구나, 하는 정도로 이해하였는데, 후에 이게 무진시 민주화 운동인 줄 알았다.

친구분이 떠난 후, 아버지는 며칠을 폭음했다. 그러다 결국 이듬해

봄, 아버지는 술병과 울화로 죽고 말았다. 어린 두류산은 별수 없이 아랫마을 이장에 의해 읍내의 보육원에 보내지고 말았다.

  그곳에서 두류산은 기적적으로 좋은 양부모를 만났다. 양부모 덕택으로 두류산은 좋은 환경에서 열심히 공부하면서 평범하게 살아갔고, 이후 일류대학을 나와 대기업에 취업했다. 그러다 운 좋게 그는 '심판의 날'이라는 장편소설로 ○○ 신문사 문학상을 받았다. 하지만 행복은 언제나 오래가지 않는다는 말이 있듯이 그에게 불행이 찾아왔다. 양부모님이 악랄한 기획부동산 사기로 그만 자살하고 만 것이다. 어릴 때 아버지가 사채업자에게 고통을 겪은 광경을 생생하게 기억하는 두류산은 이를 계기로 악인들을 직접 처단하기로 마음먹었다.

  음력 1월 15일, 정월 대보름날이었다. 이른 아침 J시, 남강 인근의 모텔로 낯익은 얼굴 둘이 사람들의 눈을 피해 황급히 들어갔다. 그들은 두류산과 민지원이었다. 둘은 어제 자정 무렵에 솔봉을 출발하여 몹시 피곤한 상태였다. 채은지의 도움으로 완벽하게 변장했다지만, 두류산은 여전히 신경이 곤두서있었다. 그래서 민지원이 안내실에서 계산할 때도 그는 고개를 돌리는 등 철저하게 자신을 숨기려 하였다.

  하지만 모텔 방 안으로 들어가자 두류산은 급변했다. 언제 그랬냐는 듯 그는 민지원을 음흉한 눈으로 바라보더니 그대로 그녀를 침대 위에 쓰러뜨렸다. 지원은 그를 욕정에 눈먼 한 마리 짐승이라 여기며 혼자 중얼거렸다.

  '당신도 오늘이 마지막이에요.'

한바탕 섹스가 끝나자 두류산은 침대에 꼬꾸라졌다. 하긴, 컴컴한 새벽에 휴대전화 불빛 하나만 의지하여 산에서 내려오는 건 결코 쉬운 일이 아니었다. 솔봉에서 도평 마을 주차장까지 무려 다섯 시간이 걸렸던 만큼, 체력소모가 컸다. 그래도 자정 전에 먼저 출발하여 도평 마을 주차장에서 기다리던 김우태가 J시까지 안전하게 승용차로 데려다준 게 그나마 다행이었다.

모텔 앞에서 김우태가 물었다.

"전 어떡할까요?"

"그냥 돌아가세요. 행사 마치면 택시 타고 들어가겠습니다."

"알겠습니다. 매사에 조심하십시오."

하지만 김우태는 충직한 부하였다. 그는 그날, 민지원이 솔봉 아래에서 목욕하면서 누군가와 통화하는 것을 지켜봤기 때문에, 남강 변 야외공연장이 멀지 않은 공터에 주차한 후, 차 안에서 잠을 청했다.

그 시각, 두류산이 깊게 잠이 든 것을 확인한 민지원은 조심스럽게 방을 빠져나왔다.

'똑똑.'

그녀는 두류산이 자는, 바로 옆방의 문 앞에서 노크했다.

"들어오세요!"

놀랍게도 방 안에는 장은태의 아버지 장 씨와 유치원 원장의 남편이 있었다.

"여기까지 오느라 수고했습니다. 놈은?"

"네. 곤히 자고 있어요."

그들은 숨소리마저 죽이며 테이블 주위 의자에 조용히 앉았다. 분위기는 무거웠고 데면데면했다. 유치원 원장 남편이 목소리를 낮춰 민지원에게 말했다.

"오늘 일정을 말씀드리겠습니다. 저녁 6시 30분부터 30여 분간 모텔 앞 간이 공연장에서 마당놀이가 있습니다. 7시 정각에 달집태우기를 할 겁니다. 불이 활활 탈 때쯤, 광대로 분장한 배우 두 명이 오늘의 퍼포먼스인 화형식을 거행하겠다고 공지한 후, 자연스럽게 관객들에게 접근할 겁니다. 그러니 지원 씨는 될 수 있는 대로 맨 앞줄에 놈과 함께 앉아계셔야 합니다."

민지원은 입이 바짝 탔다.

"불길에 넣어 고통만 느끼게 하는 거지, 실제로 죽일 생각은 아니죠?"

지원은 혹시나 하는 마음에 그에게 이렇게 물었다. 그런데 장 씨와 원장 남편의 표정이 묘했다.

"고통만 느끼게 하면 어떡합니까? 그럴 바에야 여기서 놈을 린치하는 게 낫지."

지원은 눈앞이 캄캄했다.

"네? 그를 죽이겠다구요? 그건 애초 약속과는 다르잖아요."

"지원 씨! 생각해 보세요. 오늘 행사에는 놈에게 당한 전국의 피해자 가족들이 다 모입니다. 비록 놈의 손에 죽은 사람들이 살아 있을 때 불법적이고 비인간적인 죄를 저질렀다고 해도, 그들 역시 유족들에겐 사랑하는 아버지요, 남편들입니다. 지금 그 사람들의 분노가 하늘을 찌르고 있어요. 반드시 오늘 죽여야 합니다. 그런데. 아니, 지원 씨야말로 새삼스럽게 왜 그러십니까?"

그의 말이 맞았다. 지원의 원래 계획은 화형교 조직에 들어가 직접 두류산을 죽이는 거였다. 그런데 산음경찰서 정 팀장 소개로 알게 된 장 씨와 유치원 원장 남편들의 사연을 듣곤 생각이 바뀌었다. 그래서 오늘 피해자 가족들이 모두 지켜보는 가운데 두류산을 응징하고자 한 것이다. 하지만 남녀관계는 묘한 것이었다. 그토록 죽이고 싶던 두류산이었건만, 수십 차례 몸을 섞다 보니 그만 육정(肉情)이 생겼다. 게다가 두류산은 해박한 지식과 화려한 언변의 소유자였다. 미치도록 죽이고 싶었던 사람의 입에서 나온 말들은 한결같이 달콤하고 고귀한 언어였다. 그러자 그녀도 그만 죽은 동생 민채원처럼, 그에게 빠지고 말았다.

"그럼요! 당연히 죽여야죠. 그놈도 피해자들이 불길 속에서 당했던 고통을 그대로 느껴봐야 합니다."

장 씨의 말에 민지원은 소리쳤다.

"그리되면 우리가 감방에 가야 해요. 그냥 불길 속에 넣었다가 고통만 맛보게 해 주어요. 그런 후에 피해자 가족 앞에서 그분의 진정한 사과를 받으면 되잖아요. 복수는 복수를 부를 뿐이라구요."

"아니, 이 여자가? 그놈보고 그분이라니? 당신 지금 머리가 조금 이상한 것 아뇨?"

유치원 원장 남편에 이어 장 씨도 한마디 했다.

"감방에 가는 게 무슨 대수요? 우린 이미 각오했어. 놈을 죽이고 교도소에 가는 건 정말 영광이지."

유치원 원장 남편과 장 씨가 발끈하자, 민지원은 자신의 힘만으론 어렵다고 판단했고 그들의 요구를 따를 수밖에 없다고 생각했다. 그래도 그녀는 이 사태를 예견하고 어젯밤, 나태주 형사에게 문자를 보낸 것에 일말의 희망을 품었다.

정월 대보름날을 앞두고 나태주는 산음경찰서 형사팀에서 무료한 시간을 보내고 있었다. 유달리 지리산 일대에 폭설이 내리는 이상기후에서 그가 할 수 있는 일은 거의 없었다. 이제 서울뿐만 아니라 산음경찰서 형사팀조차 두류산의 체포는 남의 일이 되어가고 있었다.

작년 연말에 발표한 대로 눈이 그치고 봄이 오면 이 사건 해결을 위해, 그 옛날 빨치산 토벌처럼 군(軍)이 나선다 하니, 굳이 발 벗고 나설 이가 아무도 없었다. 산음 관내에도 특별한 범죄가 없었다. 나태주는 그동안 읽다 만, 두류산의 두 번째 소설 『심판의 날 Ⅱ』을 보며 시간을 죽이고 있었다.

그의 소설은 읽으면 읽을수록 흥미진진했다. 게다가 사회 비판적 의식과 언어가 얼마나 날카로운지, 나태주는 이제 두류산을 범죄자가 아닌 당대 최고의 작가로 인식하였다. 특히 소설 중간 부분을 읽어보니 그에 관한 외경심마저 일었다.

「인간의 양심과 예지(叡智)는 침몰한 난파선과 같다. 그래서 난파선 안에 든 한 줌의 보물을 찾기 위해 인간은 꺼지지 않는 탐욕과 지칠 줄 모르는 소유욕으로 물에 빠진 사람 대신 물질을 탐한다. 결국, 난파선 안에 해골만 남더라고 그들은 자신들의 이익을 챙긴다. 따라서 세상과의 불화(不和) 끝에 내가 할 수 있는 일은 난파선 안의 사람을 구하지 않고 이익만을 좇는 악인들, 즉, '죽어 마땅한 자'들을 끝까지 찾아내어 '화형'으로 처단하는 것이다.」

나태주는 이 소설을 읽으면서 차라리 그가 영원히 잡히지 않기를 바랐다. 이 각박하고 살벌한 세상, 정의와 공정이 무너진 세상에 이런 사람이 한 명이라도 있는 게 오히려 다행스러운 일이라고 생각했다. 그날 밤도 나태주는 퇴근 후 그의 소설을 읽다, 한 통의 문자메시지를 받았다. 발신자 표시는 없었다.

「○○○○년 정월 대보름날 오후 7시. J시 남강 변 야외공연장에서 마당놀이 및 달집태우기와 '화형' 퍼포먼스가 열리니 관심 있는 분은 관람 바랍니다.」
―전통극연구예술회

'뭐야? 화형 퍼포먼스? 전통극연구예술회?'

나태주는 예감이 이상했다. 화형 퍼포먼스란 단어가 나오자 정신이 확 들었다. 특히 전통극연구예술회란 단체에서 자신에게 이런 문자를 보낼 리 없다고 여긴 그는 책을 덮고 얼른 인터넷을 뒤졌다.

「J시에서 활동하는 서울 H대학원 졸업생들이 만든 지역 전통극 연구회로 지난해 결성되었다. 이 단체는 두어 번의 공연으로 연극계의 호평을 받았는데, 주로 사회 비판과 풍자극을 주로 올리고 있다. 최근에는 사회적으로 초미적인 관심을 받는 두류산과 관련한 '화형' 퍼포먼스를 준비하고 있다.」

나태주는 직감적으로 이건 예삿일이 아니라고 판단했다.

자신의 승용차에서 시간을 죽이던 김우태는 공연 시간이 가까워져 오자, 코트 옷깃을 세워 공연장 주변을 서성거렸다. 대충 보아도 경찰로 의심되는 인물이 없다고 판단한 그는 재차 남강 변으로 내려와 홀로 담배를 피웠다. 그때 전화 한 통이 왔다.

"교주님과 어디로 가신 거예요? 민지원인지 여우년인지 그년도 보이지 않네요."

채은지가 솔봉으로 올라온 모양이었다. 그녀는 사랑에 눈이 멀어 자신보다 나이가 한참 많은 민지원에게 '그년'이란 단어까지 쓰며 앙탈을 부렸다.

'쯧. 여자들이란….'

근래 들어 김우태는 두류산의 여자 문제로 골치가 아팠다. 채은지와 민지원, 그리고 최근에는 김유리까지 가세한 두류산의 복잡한 여자 문제는 자칫 조직의 해체까지 부를 수 있는 중요한 문제라고 김우태는 생각했다.

"J시에 문화예술공연이 있어 함께 왔습니다. 공연관계자 몇 분의 입단과 후원 등 중요한 일이 있거든요."

"교주님이 그년과 같이 있죠? 부대표님은 저랑 교주님과의 관계를 잘 아시면서 그년의 여우 같은 짓을 방관만 하고 계실 겁니까?"

김우태는 채은지의 버릇없는 말투에 화가 났다. 하지만 그렇다고 공식적인 두류산의 연인에게 화를 낼 수 없어 묵묵히 듣고 있는데, 그때

공연장에서 익숙한 비명을 들었다.

"잠시만요. 급한 일이 생겼어요. 끊어요."

그 비명은 교주, 두류산의 목소리였다.

마당놀이가 한참이었다. 공연장 맨 앞줄에 민지원과 손을 꼭 잡고 앉은 두류산은 마냥 행복했다. 오랜만에 세상에 나와 맑은 공기를 마시며, 이런 행사를 보는 건 그에게는 행운이었다. 채은지의 뛰어난 메이크업으로 다른 사람이 된 두류산은 체포 걱정 없이 태연하게 이 광경을 즐기고 있었다. 마당놀이가 끝나고 주관자가 마침내 달집에 불을 붙였다.

"와아~"

우스꽝스러운 광대 두 명이 나타나, 한 명이 마이크를 잡았다.

"지금부터 오늘의 하이라이트인 '화형' 퍼포먼스를 시작합니다. 관객 중 한 분을 무대로 모실 테니, 여러분들은 기대해주십시오."

그러면서 광대 두 명이 두류산 쪽으로 다가왔다.

"지원 씨! 아무래도 내게 오는 것 같은데요? 제가 오늘의 주인공이 되는가 봅니다. 하하."

두류산은 즐거운 표정을 지으며 행복하게 웃었지만, 민지원은 그 순간 아무 말 없이 눈물만 흘렸다.

"드디어 이분으로 당첨되었습니다."

그러자 관객들 사이에서 함성이 나왔다. 그런데 일반적인 환호와 함성이 아니었다. 그 사이 두류산은 두 명의 광대에 의하여 몸이 꽁꽁 묶여버렸다.

"죽여라!"

"화형에 처하라!"

"네놈도 똑같이!"

마치 합창한 듯이 관객들의 목소리는 비장하고 엄숙했다. 그런데도 두류산은 상황판단이 안 된 듯 큰소리로 웃고 있다가, 울고 있는 민지원과 눈이 마주치자 뭔가 이상하다 싶었다. 하지만 결과적으로 너무 늦은 판단이었다. 광대 둘이 두류산을 번쩍 들어 훨훨 타는 불길 속으로 던져버린 것이다.

"아악~!"

두류산의 비명은 처참하리만큼 비참했다. 신(神)이 되고자 했던 그는, 그가 만든 올가미에 걸려 불길 속에 사라지고 있었다.

"죽여라!"

피해자 가족인 관객들의 함성은 보름달 아래에서 점점 커지고 있었다. 차가 막혀 막 공연장에 도착한 나태주는 맨 앞줄에 앉아 울고 있는 민지원을 보자, 그 비명이 두류산의 것이라고 확신했다. 그때, 관객 뒤에 있는 장은태의 아버지, 장 씨가 한마디 했다.

"여자로 흥한 자, 여자로 망하는 법이지."

"헉!…."

두류산의 최후를 지켜보던 나태주는 한마디로 어이가 없었다.

정감록의 예언

점포 따라 이사 여섯 번 한 이십 년 살았지요
나루터 길목에 집사람 양장점할 때
퇴근 후 합소 헤엄쳐 건너갔다 와
방문 앞 둑에서 잔 비우며 흐르는 강물
나무와 나룻배 천평들과 마을 뒷산
그림을 감상하던 그 둑이 터져
집과 점포 신접살림 아코디언 거덜 났지요
면사무소 정문 앞
점포 딸린 단칸방 형제 낳고 살면서
두 번째 시장 장옥 건립 후 난립해 오던 업종
동일 업종끼리 점포 배정과
적은 예산 화장실 설계 부지선정 신축에 골 앓고
장날이면 동료들과
노점상 단속하다 멱살잡이도 했지요
덕산 장터 살 때는 몰랐지요
떠나와 산 좋고 물 좋고 인심 좋고 돈 끓어
살기 좋은 곳이라 깨달았지요
젊음이 녹고 형제가 난 고향 장터여 번창하시라

—정동교,「덕산 장터」

무진시 시청 옆 농협 근처, 김현규의 집이었다. 그때 김유리를 치료했던 젊은 의사는 때아닌 오밤중에 급히 그의 집에 불려갔다. 마침 김현규는 계룡산에서 내려와 학교에 복직한 상태였다.

"무슨 일이오?"

의사는 거실에 들어오자마자 김현규에게 물었다. 김현규는 대답 대신 엄지손가락을 들었다.

"넘버 원? 그렇다면 교주님?"

"그렇소. 지하로 갑시다."

지하에 들어가니 낯익은 얼굴이 근심스러운 표정으로 서 있었다. 그는 두류산의 충실한 심복, 김우태였다. 그 앞의 침대엔 이루 말할 수 없을 정도로 처참한 몰골의 두류산이 누워있었다. 얼마나 고통스러운지 두류산의 입에선 일반인들이 상상조차 할 수 없는 신음이 흘러나왔고, 불에 그을린 몸은 만신창이였다.

"이런! 화상 정도가 아니네. 이 정도면 열상이오."

의사는 왕진 가방에서 살균 소독제와 화상연고를 꺼냈다. 이미 한차례 김우태가 알코올로 온몸을 소독한 후라, 피부는 축축했다. 의사는 병에 든 살균 소독제를 두류산의 몸에 두 번이나 뿌리고 화상연고를 골고루 발랐다. 그때마다 두류산의 비명은 지하를 삼킬 만큼 컸다. 김우태는 그가 비명을 지를 때마다 마치 자신이 아픈 것처럼 인상을 구겼지만, 김현규는 달랐다.

'아니? 신이라 자처하던 교주도 화상을 당하나?'

하지만 속내를 보일 수 없어 김우태의 옆에서 걱정스러운 표정을 짓고 있었다.

"어떻습니까?"

김우태가 다급하게 의사의 팔을 끌었다.

"3도 이상 중증 화상입니다. 오늘은 응급처치밖에 할 수 없네요. 일단 진정제를 투여했으니 고통은 줄어들 겁니다. 아무리 봐도 3도 이상의 화상이라 특단의 조치가 필요합니다."

"특단의 조치라면?"

"피부 이식입니다. 이 문제는 내일 제가 잘 아는 피부과 의사를 데려올 테니 그때 상의하기로 하고. 그런데 어쩌다가?"

의사의 말에 김우태는 우물쭈물할 수밖에 없었다. 옆에 있던 김현규도 두류산이 이렇게 된 것에 의문을 품는 눈치였다. 김우태는 그들에게 말을 꺼내기 전, 불과 세 시간 전의 긴박했던 상황을 떠올렸다.

남강 변 야외공연장에서 두류산의 비명을 들은 김우태는 채은지와의 전화를 끊고 곧바로 그쪽으로 달렸다. 불길이 치솟는 곳을 응시하며 온 힘을 다해 뛰어가고 있는 도중에 화염에 휩싸인 두류산이 강 쪽으로 뛰어든 것을 본 김우태는 자신도 바로 강으로 몸을 던졌다. 김우태는 물속에서 고통으로 바둥거리는 두류산을 발견하고 재빨리 그를 결박한 밧줄을 풀었다. 그리고는 그의 머리채를 잡고 뭍으로 헤엄쳐 나왔다. 마침 야외공연장 주변에 신고가 들어갔는지 경찰차와 구급차가 출동했다. 이 어수선한 틈을 타 김우태는 극적으로 자신의 승용차에 두류산을 밀어 넣었다. 그리곤 재빨리 차를 몰았다. 어디로 갈 것인가는 J시를 빠져나온 후 생각했다. 김우태는 먼저 솔봉, 힌놈의 골짜기에 있는 김유리에게 전화했다.

"오빠 집이 있는 무진으로 가세요. 연락해두겠습니다."

김유리는 의외로 침착했다.

"알았어. 그대들도 빨리 철수해."

"그런데 우린 어디로 가죠?"

김우태도 김유리에게 철수하라고 말했지만, 솔직히 이런 상황을 예상하지 못했으므로 도피처가 얼른 생각나지 않았다.

"그게… 음. 계룡산이 어떨까? 예전에 유리 씨 오빠가 묵었다던 그 산장 말이야. 주인이 우리 화형교 신자잖아. 무진시와도 가까워서 딱인 것 같은데. 어때?"

"좋아요. 그리로 갈게요."

그 긴박했던 상황들이 머릿속을 스치자 김우태는 괴로운 듯 두류산이 누워있는 침상에 털썩, 하고 앉았다.

"있는 그대로를 말해 봐요. 교주님이 왜 이런 화상을 입었는지 우리도 알아야 하잖아요."

김현규가 다그치자 김우태는 별수 없이 입을 열기로 마음먹었다.

"말하자면 깁니다. 우선 남은 술 있으면 좀 주시죠."

그러고 보니 김우태의 몰골도 형편없었다. 초췌한 얼굴에다 두류산으로 인한 피고름이 묻은 옷 등 김현규가 보기에도 불쌍했다. 김현규는 급히 1층으로 올라가 소주와 어제 먹고 남은 닭강정 몇 개를 김우태에게 건넸다. 그걸 허겁지겁 먹은 후, 김우태는 그간 솔봉과 J시에서 있었던 차마, 말하기 부끄러운 일들을 그들 앞에 털어놓았다.

"겨우 여자 때문에 일을 망치다뇨?"

젊은 의사는 기가 찬 듯 천장을 바라보며 말을 뱉었다.

"그러니까, 예전에 죽은 민서라(민채원)의 언니가 교주님을 유혹했다는 말이네요? 아니, 교주님은 도대체 정신이 있는 겁니까? 소문에, 여비서라는 채은지와도 부적절한 관계를 맺어놓고선."

김현규는 의사보다 더 심한 말을 뱉으며 투덜거렸다. 그도 그럴 것이 나름대로 엘리트인 김현규는 무릇 지도자가 가져야 할 품성 중 하나는 여자관계가 깨끗해야 한다는 거였다. 그러지 않아도 자신의 동생인 김유리가 은근히 두류산을 좋아하는 것 같아 걱정이었는데, 당사자인 교주가 이런 일로 사경을 헤맨다는 것에 관하여 마음이 꽤 불편했다.

"어쩌겠습니까? 교주님도 아직 결혼하지 않은 남자인 까닭이지요. 그보다 교주님을 은근히 유혹하려는 여자들이 주위에 많은 게 걱정입니다만."

"이제 채은지밖에 남지 않았네요. 민서라의 언니는 이 일로 끝이지 않습니까?"

의사가 농담처럼 말했지만, 김우태는 고개를 저었다.

"아직 한 명이 더 남아 있긴 합니다."

그 말에 이번엔 김현규가 발끈했다.

"솔봉에 남아 있는 여자가 몇 있다고 그런 말씀을 하십니까? 채은지가 아니면 내 동생인 김유리가 그렇다는 말입니까?"

김우태가 갑작스러운 김현규의 반격에 우물쭈물하고 있을 때, 의사가 중재에 나섰다.

"지금 이게 중요한 게 아닙니다. 교주님의 상태를 먼저 고민해야죠."
"맞습니다. 우선 교주님의 치료가 더 중요합니다. 그래서 말인데. 아까 피부 이식을 해야 한다고 말씀하지 않았습니까?"
"네. 확실한 건 내일 피부과 전문의가 판단할 문제이고 그보다…."
젊은 의사가 마치 큰 걱정이 있는지 고개를 이리저리 저었다.
"무슨 문제라도?"
김우태가 답답한지 침상에서 일어섰다.
"그때 유리 씨 문제로 아직 경찰 쪽에서 절 감시하고 있습니다. 오늘이야 놈들을 따돌렸지만, 앞으로가 문제네요. 어쨌든 저는 내일 하루만 올 수 있고 그다음부턴 장담하지 못하겠습니다."
의사가 미안한 듯 말하자, 김현규도 나섰다.
"그건 나도 마찬가지입니다. 이곳, 무진 쪽 경찰이 우리 집에 수시로 들락거립니다. 그래서 말인데, 사정은 딱하지만, 사흘 이상 교주님을 우리 집에 둘 수가 없습니다. 그리되면 우리가 모두 위험해질 겁니다."
그들의 말에 김우태는 방금 마셨던 술이 금방이라도 깨는 것 같았다.

나태주는 여전히 어이가 없었다. 도무지 잡히지 않을 것 같은 그가 경찰도 군도 아닌 한낱 민간인에 의해, 그것도 자신의 브랜드인 '화형'으로 끝이 날 줄은 생각도 못 한 일이었다. 그런데 이곳에 도착한 경찰들은 이 일이 두류산과 연관된 일이라고는 아직 생각하지 않은 듯했다. 그들은 주민신고로 출동했다고 말했는데, 아마 근처 아파트에 사는 주민이 소음과 주차문제로 민원을 넣은 모양이었다.

경찰이 출동하였음에도 화형 퍼포먼스에 참가한 관객들은 전혀 동요하지 않았다. 그들은 일제히 "죽여라.", "태워라" 하며 달집 앞에서 흥분에 휩싸여 고성을 질렀다. 실제, 두류산이 묶인 몸으로 불길 속에 던져지자, 관객들은 일제히 높이 든 오른손을 불끈 쥔 채 구호를 외쳤다.

"두류산을 지옥으로!"

그런데 단 한 사람, 민지원은 관객과는 달리 맨 앞 좌석에 앉아 오열하고 있었다. 나태주는 그녀가 왜 그런지 이해할 순 없었지만, 그건 그녀의 문제라고 생각했다. 그런 그가 이 상황을 보고 그대로 있을 수가 없어 달집 앞으로 튀어나올 때였다.

"불을 꺼요! 이러면 안 됩니다."

나태주를 강력하게 제지하는 사람들이 있었다. 그들은 바로 장은태의 아버지와 유치원 원장 남편이었다.

"상관하지 마!"

그들의 응어리가 얼마나 큰지 나태주는 힘으론 이길 수가 없었다.

"이거 놔! 이러면 안 돼. 이건 미친 짓이야."

하지만 나태주의 소리는 집단적 환각 상태에 빠진 관객, 그러니까 피해자들의 함성에 그만 묻히고 말았다. 경찰은 이 상황을 제대로 읽지도, 이해할 수도 없었다. 그저 주위만 두리번거리면서 "이게 뭐지?" 하며 고개만 젓고 있었다. 나태주는 출동한 경찰들에게 소리쳤다.

"나는 산음경찰서 나태주 형사요. 사람이 죽어가고 있소. 얼른 불을 꺼요!"

하지만 경찰들은 무슨 말인 줄 몰라 고개를 갸우뚱거리고 있었는데,

그때 뒤에서 J경찰서 성용옥 경장이 나타났다.

"선배님! 무슨 일입니까?"

나태주는 이런 순간에 그가 나타나줘 눈물이 나올 뻔했다.

"저기! 두류산이야. 그가 타고 있어."

"네?"

하지만 성 경장도 제대로 이 상황을 읽지 못하는 것처럼 보였다. 왜냐하면, 여전히 뒤편 관객들의 미친 함성이 야외공연장을 덮을 만큼 시끄럽고 혼란스러웠기 때문이었다.

"저 불길 속에 두류산이 들어갔다고. 이건 단순한 화형 퍼포먼스가 아니야!"

그제야 깜짝 놀란 성 경장이 달집 앞에 서 있던 광대 두 명을 밀치고 달집 안을 확인했다. 그런데 그의 표정은 무심했다.

"아무것도 없는데요?"

성 경장의 말에 나태주는 장 씨와 유치원 원장 남편을 힘껏 밀치고 달집 안을 또렷이 바라보았다. 이상한 일이었다. 그러고 보니 두류산의 비명이 이제 들리지 않았다.

"뭐지?"

나태주는 달집 주위를 급하게 살폈다. 하지만 달집 안과 근처엔 분명히 두류산이 없었다.

"그렇다면…, 강?"

나태주는 뒤에서 잡는 장 씨와 유치원 원장 남편을 뿌리치고 강 쪽으로 내려갔다. 과연 멀지 않은 강가에 두 명의 그림자가 어른거렸다.

"뭐가 있습니까?"

뒤따라온 성 경장이 묻자 나태주는 짐짓 아무것도 못 본 듯이 고개를 저었다.

"아니. 아무것도 없어."

그런데도 야외공연장 앞 관객들은 아직도 두류산이 달집 안에서 타고 있는 줄 알았다. 그건 장 씨와 유치원 원장 남편도 마찬가지였다. 명백한 집단환각과 환시였다. 나태주는 강을 바라보며 담배 하나를 물었다. 그리곤 아까 일어났던 일을 성 경장에게 털어놓았다.

"그러니까 화형 퍼포먼스를 가장한 두류산 죽이기란 말씀이죠? 관객들은 모두 두류산에 의해 죽었던 피해자들의 가족이구요."

성 경장은 말을 끝내자마자 무전으로 지원을 요청했다.

"두류산이 나타났다!"

이 한마디에 잠시 후, J시의 경찰이 모두 야외공연장으로 출동했다. 장 씨와 유치원 원장 남편을 비롯한 모든 관객이 모조리 연행될 때 민지원도 그 무리에 있었다.

그녀는 충격으로 몸을 떨고 있었다. 그런 그녀에게 나태주는 다가가서 귓속말했다.

"살아 있습니다."

나태주 역시 자신이 왜 이런 말을 그녀에게 했는지 잘 몰랐다.

솔봉, 힌놈의 골짜기에서 졸지에 계룡산으로 도피하려던 장은태는 속에서 분노가 일었다. 두류산과 김우태가 없는 상황에서 김유리가 리더로 급부상하자, 그는 묘한 질투심과 열패감에 시달렸다. 도피 회의에서 장은태는 그런 기분을 느꼈다.

"산음 방면으로 내려가선 안 됩니다. 차라리 천왕봉을 넘어 악양이나 신례 쪽으로 가야 합니다."

그는 이렇게 말했지만, 김유리의 생각은 달랐다.

"이곳의 결정자는 접니다. 아직 경찰이 이쪽을 의심하지 않으니, 산음 쪽으로 내려가는 게 시간 단축이 됩니다."

"천왕봉을 넘지 않으려는 이유가 뭡니까?"

이에 장은태가 발끈했다.

"몰라서 물어요? 저기 저 여자, 채은지는 알다시피 저질 체력이에요. 이런 연약한 애를 데리고 이 엄동설한에 지리산을 관통한다는 건 솔직히 무리입니다."

김유리는 두류산이 없는 채은지를 대놓고 무시했다. 그런데도 채은지는 기가 죽어 아무 소리도 못 하는 신세가 되었다. 서울에서 A 목사 납치 때만 해도 사이가 무척 좋았던 장은태와 김유리는 범이 없는 곳에서 서로 늑대가 되고자 했다.

결국, 이 문제로 한 시간 넘게 토의했지만, 이견은 좁혀지지 않았다. 그때 훈련생들의 조정으로 그들은 산음 방면 대신 함양 쪽으로 넘어가는 거로 합의했다. 훈련생들이 채은지의 짐을 들어주고 행여 그녀가 힘들어하면 서로 부축하기로 한 것이다. 이 과정에서 장은태는 화형교의 집단지도체제를 떠올렸다.

집단지도체제(Collective leadership system)는 단일 조직구조 안

에 권력을 분산시키는 구조다. 이는 한때 공산당과 사회주의 국가의 이상적 통치형태라고 보았다. 소련 집단지도체제가 그러했고, 중국은 덩샤오핑 집권기인 1970년대부터 집단지도체제를 구축하여 중국공산당 중앙정치국 상무위원회가 그 집단지도부의 역할을 했다. 하지만 장쩌민이 자신을 스스로 '동급자 중 일인자'로 공식화하는 등 그 지속성에 불안요소가 보이더니, 2018년 시진핑이 주석 임기 제한을 폐지하면서 집단지도체제 시대가 끝났다. 북한 역시 김일성 시대 초기 집단지도체제로 갔지만, 8월 종파 사건과 도서정리 사업으로 인해 1인 왕조체제로 갔다.

그날 밤 그는 김유리와 이 문제에 관해 비밀리에 의견을 나누었다.

"아무리 교주님이 그리되었더라도 그건 좀."

"아까 김우태 부대표님과 통화했습니다. 교주님 상태가 몹시 심각한 것으로 보여요. 그래서 당분간만입니다. 교주님이 정상으로 돌아올 때까지 그러자는 겁니다. 이제 우리 조직도 합리적인 의사결정을 할 때가 되었어요."

장은태의 설득에 김유리도 생각이 바뀌고 있었다. 그녀로서도 이 다음번 처단식만큼은 꼭 부모의 원수인 태두필을 생각하고 있었기 때문이었다.

"그렇다면 누구, 누구를?"

김유리는 알고 있으면서도 장은태의 의도를 알기 위해 그를 떠보았다.

"이제 여기에 누가 있겠습니까? 당연히 김우태 부대표님과 우리 둘이죠."

"세 명이 집단지도체제 위원이 된다는 말이네요? 그런데 과연 김우태 부대표님이 승낙할까요?"

김유리는 내심 기뻤지만, 내색하지 않고 물었다.

"설득해야죠."

장은태의 비장함을 보던 김유리가 은근슬쩍 그의 손을 잡았다. 장은태는 이 여자가 무슨 꿍꿍이지, 하고 경계하듯 손을 슬그머니 뿌리쳤다.

"한 명이 더 있긴 해요."

"네?"

"우리 오빠요."

"오빠라면 현재 무진시에서 교주님을 모시고 있는 김현규 님?"

김유리의 뜬금없는 제안에 장은태는 당황했다.

"네. 오빠는 대학 시절 운동권에 몸담아 조직이론과 관리에 능하죠. 어차피 아직 신입에 불과한 심판 대원들을 관리할 사람이 필요하잖아요. 그뿐만 아니라, 오빠는 정감록과 증산도를 비롯한 교리에 빠삭하거든요. 분명 큰 도움이 될 거예요."

김유리는 오빠를 끌어당김으로써 이후 두류산이 깨어나면 그녀의 입지가 탄탄해질 것을 상상하고 있었다. 그리된다면 자신의 목표를 빨리 달성할 것이었고 무엇보다 두류산의 연인이 되기에 부족함이 없다고 생각했다.

"아직 학교에 몸담고 있다면서요?"

"그야 까짓것 그만두게 하면 되죠. 어때요?"

장은태는 뭔가 께름칙했지만, 대의를 위해 수긍할 수밖에 없었다.

"좋습니다. 그렇게 하죠. 4인 체제!"

둘은 그제야 마음이 통한 듯 서로 웃음을 보였다. 김유리는 무엇보다 그동안 가시 같았던 채은지를 자신의 발밑에 두게 되는 것이 통쾌하고 시원했다. 그길로 그녀는 무진에 있는 오빠, 김현규에게 전화를 걸었다.

나태주는 J시 남강 변 야외공연장 사건처리를 후배 성용옥 경장이 있는 관할 경찰서에 맡기고 산음경찰서로 복귀했다. 두류산이 감쪽같이 사라진 이상 자신이 딱히 할 일이 없어서였다. 사무실에 도착하자 정 팀장이 의아한 눈으로 나태주를 쳐다보았다. 정 팀장은 퇴근 시간이 훨씬 지났음에도 습관처럼 야근하고 있었다.

"뭐야? 오랜만에 공연 보러 간 사람이, 이리 빨리 옵니까?"

나태주는 혹시나 해 TV부터 켜고 냉장고에서 물을 꺼냈다.

"이 시간에 웬 텔레비전?"

"말씀드릴 게 있습니다만."

나태주는 아무래도 아까 일어났던 일을 보고하는 게 맞는 것 같았다.

"공연장에 두류산이 나타났습니다."

나태주의 말에 정 팀장이 자리에서 벌떡 일어났다.

"두류산? 그가 그 자리에 왜?"

"민지원이 그를 공연장으로 유인했습니다. 관객 대부분은 그에게 당한 피해자 가족들이었고, 주최 측은 공연을 빌미로 치밀하게 준비하여 화형 퍼포먼스에 두류산이 걸려들게 했습니다."

정 팀장은 나태주의 말이 믿기지 않은 듯 몇 번이나 눈을 껌뻑거렸다.

"주최 측이 누구란 말이오?"

"장은태의 아버지인 장 씨와 J시 유치원 원장 남편 등이죠."

그 말에 정 팀장은 주먹을 불끈 쥐었다. 민지원을 비롯한 장 씨 일행들과 두류산을 잡기 위해 은밀하게 정보를 공유했는데, 자신만 이 사실을 몰랐다는 게 화가 치밀었다.

"그래서 두류산을 잡았소?"

정 팀장은 실눈을 뜨며 나태주를 쳐다보았다.

"아닙니다. 결정적인 순간에 그는 사라졌습니다."

"뭐요? 사라졌다? 어디로?"

"그건 저도 모르겠습니다."

그때였다. 나태주가 예상한 대로 TV에서 긴급속보가 자막으로 올라오고 있었다. 정규 뉴스 시간에 긴급속보가 뜬 것은 매우 이례적이었다.

「긴급속보 : 경남 J시 남강 변 야외공연장에 두류산이 출몰했으나, 화형 퍼포먼스 이후 행적이 묘연함.」

이에 뉴스를 진행하던 앵커가 잠시 뉴스를 중단하고 이 속보에 관한 소식을 알기 위해 J시로 연결했다. 그곳엔 이미 취재기자가 대기하고 있었다. 야외공연장 주변은 J시의 모든 경찰력이 동원된 것 같았다. 앵커가 취재기자를 연결했다.

「그쪽 상황을 전해주시죠.」

「네. 여기는 J시 남강 변 야외공연장 앞입니다. 오늘 저녁 7시경에 시작된 공연 중 두류산으로 추정되는 남자가 이 공연의 하이라이트인 화형 퍼포먼스에 나타났다고 합니다. 그런데 어찌 된 이유인지 퍼포먼스에 불과한 달집태우기 때 실제로 그가 불길 속으로 들어갔다고 합니다.」

「두류산이 스스로 불길 속으로 들어갔다는 말입니까?」

「아닙니다. 목격자에 의하면 그는 두 명의 진행자에 의해 강제로 불길 속으로 던져졌습니다. 하지만 이후 그는 어디로 사라졌는지 현재 행방이 묘연한 상태입니다.」

카메라가 남강 위를 정찰 중인 경비정을 비추었다. 이미 많은 인력이 물속과 강 주변을 수색하고 있었다. 그때 방송을 보던 정 팀장이 무릎을 쳤다.

"그래! 뜨거운 불길을 피하려 강으로 투신할 수도 있잖아. 몸은 당연히 묶여 있을 거고. 그렇다면 얼마 지나지 않아 놈의 사체가 떠오르겠는걸?"

정 팀장의 말에 나태주는 어이가 없었지만, 자신이 본 걸 아직은 말하고 싶진 않았다.

"그럴 수도 있겠네요."

"이것 참. 너무 허무한걸. 놈이 이렇게 쉽게 죽다니. 내 손으로 잡아 꼭 복수하고 싶었는데 말이야."

정 팀장은 정말로 두류산이 죽었다고 믿는 모양이었다.

"그래도 아직은 모릅니다. 그가 죽었는지, 살았는지."

나태주가 시큰둥하게 반응하자 정 팀장은 기가 찬 듯 크게 웃었다.

"제아무리 신이라고 우기던 놈이라도 묶인 상태에서 강에 빠졌다면 백 프로 죽는 거지 별수 있겠소? 두고 봐요. 내일 아침이 되면 뉴스에 대대적으로 나올 거요."

그러더니 정 팀장은 옷걸이에 걸어둔 외투를 걸쳤다.

"나 형사. 우리 나갑시다. 놈의 죽음을 축하하며 소주나 한잔합시다."

평소 술을 즐기지 않는 정 팀장이었다. 그런데도 먼저 술을 마시자고 하는 데엔 그만한 이유가 있는 것 같았다. 정 팀장의 표정은 마치 제시간에 숙제를 못 끝낸 아이처럼 조바심이 일고 허탈해 보였다. 그때 TV에서 취재기자가 추가 소식을 전하고 있었다.

「경찰이 오늘 행사를 진행한 주최 측과 관객 전원을 전격 연행했다고 합니다. 그들 대부분은 두류산에 의해 희생된 피해자 가족이라고 경찰 관계자가 밝혔습니다.」

둘째 날 김현규의 집에서 피부과 의사에게 치료를 받은 두류산은 겨우 숨을 쉴 정도로 소생했다. 하지만 경찰의 추적 때문에 장기간 치료는 기대할 수 없었다. 사흘째 되는 날, 김우태는 두류산을 데리고 계룡산으로 떠날 채비를 했다.

"이제 가봐야 할 것 같습니다. 김 선생님은 어찌하시렵니까?"

김우태도 김현규가 김유리의 전화를 받은 사실을 알고 있었다.

"일단 학교에 사직서를 내야겠죠. 마무리할 시간이 필요하니 먼저 가십시오. 정리되는 대로 곧 가겠습니다."

"잘 생각했습니다. 학교 선생도 좋지만, 이런 시국엔 선생 같은 분이 우리 화형교에 꼭 필요합니다."

그날 밤 김우태는 어둠을 이용하여 두류산과 함께 계룡산으로 떠났다. 목적지는 정감록의 마지막 피신지라고 알려진 계룡산의 천황봉 근처 산장이었다. 김우태가 제일 먼저 그 집에 도착했고, 이어 솔봉에서 출발한 김유리 일행, 그리고 김현규가 마지막으로 합류했다. 두류산은 화형교 신자인 주인의 말대로 신당 안에 있는 내실에 자리 잡았고, 나머지는 각각 산장을 숙소로 삼았다.

"관광객들이 많으니 되도록 수행하는 사람처럼 보여야 합니다."

주인은 김우태를 비롯한 모두에게 흰옷을 건넸다.

장은태의 주장대로 4인 집단지도체제로 새롭게 정비한 화형교는 이제 혼수상태에 빠진 두류산 대신 명실상부한 지도부로 재탄생했다. 4인 중 두류산에 버금가는 종교에 관한 해박한 지식과 조직관리 능력을 소유한 김현규가 조직을 주도하는 것은 어쩌면 당연한 일이었다. 운동권 출신으로 학교 선생을 하며 사회 비판적인 날카로운 그의 혜안은 앞으로 화형교가 어떤 식으로 전개되는지 눈여겨 지켜볼 일이었다.

어쨌든 이 모든 게 김유리가 바라던 바였다. 그녀의 목표는 오직 하나, 자신의 고향에서 일어난 그 사건의 우두머리 태두필을 세상에 보란 듯이 처단하는 거였다. 그게 자신의 부모의 원수를 갚는 일이었다. 이제 김현규가 이끄는 4인 체제의 화형교의 처단식이 막이 올랐다.

계룡산 천황봉 아래에도 눈이 내리고 있었다. 화형교 4인들은 천황봉 아래 큰 바위에서 제를 올리고 있었다. 그 제를 주관하는 이는 이제 두류산이 아니라 김유리의 오빠 김현규였다. 그는 천지신명께 절하며 자신들이 주관하는 화형교의 영속과 번영을 위해 한목숨 바칠 것을 맹세했다. 제가 끝나고 바위에서 남은 음식으로 간단히 음복할 때였다. 김우태가 김현규에게 노골적으로 물었다.

"그러니까 우리 교주님이 정감록에서 말한 진인(眞人)이 아니라는 말씀이오?"

그 물음에 장은태와 김유리도 바짝 긴장했다.

"그렇습니다. 정감록에 의하면 진인은 첫째, 미천한 정 씨 집안에서 태어납니다. 둘째, 괴물의 모습으로 태어나거나 잉태된 지 열석 달 만에 태어나는 등 비정상적인 탄생을 보입니다. 셋째, 버림받거나 어린 나이에 스스로 집을 나가 자취를 감춥니다. 넷째, 바다 건너 섬이나 중국 등 먼 곳으로 갑니다. 다섯째, 신승의 도움을 받거나 스스로 신통한 능력을 지닙니다. 여섯째, 많은 군사를 거느리고 돌아와 나라를 차지하거나 세상을 구합니다."

김현규의 대답에 장은태는 고개를 갸우뚱거렸다.

"제가 보기엔 다섯째와 여섯째 부분이 교주님과 일치한다고 보는데요?"

장은태의 말에 김현규가 살짝 웃었다.

"어떤 부분이 일치한다는 말인지?"

"교주님은 분명 신통력이 있습니다. 우리가 보지 못하는 것을 어떤 영적인 힘으로 본다든지, 화형교를 창시하여 전국에 많은 신자를 거느린다든지 하는 점은 일맥상통하는데요?"

그 말에 김우태는 고개를 끄덕였다. 하지만 김현규는 도리어 크게 웃었다.

"영적으로 보는 거야 보통의 사이비 교주도 할 수 있는 것이고, 신자가 많다고 하여 그가 나라를 차지하거나 구했습니까? 그건 아니잖아요. 무엇보다 진인은 일부가 아닌 여섯 가지를 모두 충족하는 사람이어야 합니다."

그 말에 김우태가 분개했다.

"사이비 교주라뇨? 어떻게 교주님을 그런 식으로 매도하십니까!"

김현규는 자칫 큰 싸움이 벌어질 수 있다고 생각했는지 일단 자신의 말을 거두었다. 김유리 역시 첫날부터 이런 민감한 이야기를 하는 오빠가 탐탁지 않아 그를 매섭게 바라보았다.

"죄송합니다. 그게, 그저 그렇다는 이야기죠. 우리 교주님은 확실히 사이비는 아닙니다. 단지 우리가 기다리던 진인이 아니라는 것을 강조했을 뿐입니다."

분위기가 서먹해지자, 장은태가 술잔을 들어 건배를 제의했다. 그건 옆에 있던 김유리가 그의 허벅지를 슬쩍 꼬집으며 부탁한 결과였다.

"그래요. 이 좋은 날 우리끼리 다투어 봐야 적들에게만 이로울 뿐이죠. 우리 다 같이 한잔해요."

결정적으로 김유리가 나서자 마지못해 김우태가 잔을 들었는데, 이에 김현규가 그에게 사과함으로써 이 일은 일단락되었다. 술이 한 순배 돌자, 김현규는 엄중한 표정으로 새 체제에서 첫 화형으로 처단할 자의 이름을 밝혔다.

"그게 누구입니까?"

"전이태?"

그러자 모두 술이 확 깨었다.

"작년에 출소한 그 희대의 범죄자 말입니까?"

"네. 맞습니다. 어린 여자아이를 성폭행하여 온 국민의 공분을 산 뻔뻔스러운 놈이죠."

김현규는 눈 하나 깜짝하지 않고 태연히 말했다.

"죽어 마땅한 자는 맞습니다만, 그게…."

이상한 일이었다. 화형교에서 가장 용맹하고 총기 있다는 김우태가 말을 하던 도중 갑자기 주저했다.

"왜요? 무슨 문제라도 있습니까?"

김현규가 되묻자 장은태와 김유리도 긴장했다.

"문제라기보다는 그놈의 주변 상황 때문에 그럽니다. 아시다시피 놈이 작년에 출소했을 때 재차 구속하라는 국민청원이 올라오는 등 비상한 관심을 모았잖아요."

"그랬죠."

"그러다 보니 놈의 집 주위에는 매일 경찰이 삼엄한 경비를 서고 있고, 그 일대엔 CCTV만 서른 대가 넘는다고 합니다. 놈도 출소 전에 한 약속, 즉 술을 끊고 노동일에 종사하겠다고 했지만, 현재는 집 안에서 거의 꼼짝도 하지 않고 지내고 있습니다. 그런 상황에서 놈을 처형한다는 게…."

김우태의 말에 김유리도 가세했다.

"맞아요. 오빠! 현재 교주님도 누워있고 우리 모두 쫓기는 처지에 그런 큰일은 무리인 것 같아요."

네 명 중 두 명이 주저하는 상황에서도 김현규는 끄덕하지 않았다.

"장은태 씨는 어떻게 생각합니까?"

그러자 장은태는 잠시 김우태와 김유리의 눈치를 살피는가 싶더니 이내 자신의 소신을 밝혔다.

"저는 찬성입니다. 그런 사이코패스 같은 놈은 진작에 처형했어야 했습니다."

김현규의 입가에 웃음이 피어났다.

"반반입니다. 조만간 반대하신 두 분의 긍정적인 답변 기다리겠습니다. 이로써 오늘 회의를 마칩니다. 참고로 저의 집행 방향은 피라미 같은 놈들은 상대 않는 것입니다."

산음경찰서 나태주는 J시로 한걸음에 달려갔다. 후배 성용옥 경장의 전화를 받은 직후였다. 사무실을 빠져나오려 할 때 마침, 간부 회의를 마치고 나오던 정 팀장과 복도에서 마주쳤다.

"어디 가는 길이요?"

"네. 다녀와서 상세 보고하겠습니다만, 저기…. 민지원이 풀려났답니다."

"민지원이?"

"네. J경찰서에서 연락이 왔습니다."

정 팀장은 뭔가 골똘히 생각하더니 이내, 웃으면서 잘 다녀오라고 나태주의 어깨를 두드렸다.

'민지원이 방면되었다?'

나태주는 차를 모는 내내 그녀가 어떤 식으로 풀려났는지 그게 궁금했다. 게다가 그녀가 자신을 만나고 싶다는 말을 성용옥 경장에게 듣자, 묘한 기분이 들었다. 나태주는 그날 야외공연장에서 울고 있던 민지원의 얼굴을 또렷이 기억했다.

J경찰서 주차장 옆 야외휴게소였다. 그곳에 성용옥 경장과 민지원이 함께 있었는데 둘의 표정이 묘했다.

"어서 오십시오. 선배님."

성 경장이 반갑게 인사했고 뒤이어 민지원은 나태주에게 간단한 눈인사만 했다.

"어떻게 풀려났죠?"

나태주는 그 말을 해놓고선 인사도 생략한 채, 그녀에게 왜 풀려났는지를 묻는 자신의 경박함에 조금 부끄러웠다.

"민지원 씨는 범행에 적극적으로 가담하지 않았으니까요. 두류산 납치와 살해계획의 주범은 장 씨와 유치원 원장 남편입니다. 그 둘은 처음부터 치밀한 계획으로 민지원 씨를 끌어들였습니다. 조사 과정에서 이 점이 정상참작되어 민지원 씨는 단순가담자로 분류되어 오늘 석방하는 겁니다."

나태주는 성용옥 경장의 해명이 언뜻 이해가 되지 않았다. 막판에 심경의 변화로 두류산이 죽어가는 것에 눈물을 흘렸지만, 민지원은 죽은 민서라(민채원)의 언니였다. 자신의 동생을 죽인 두류산을 그녀는 분명 죽이고 싶었을 것이다. 그런 그녀가 단순가담자라는 사실이 믿기질 않았다. 나태주는 순간 산음경찰서 복도에서 만났던 정 팀장의 웃음이 마음에 걸렸다.

'혹 그가 어떤 식으로든 압력을 넣은 것인가?'

그때였다. 잠잠하게 있던 민지원이 볼멘소리로 나태주에게 말했다.

"제가 석방되어 마음이 불편하세요?"

"아, 아닙니다. 그냥 너무 일찍 나와서 그게 좀….”

"호호. 나태주 형사님은 제가 실형을 살길 바라는가 봐요."

나태주가 우물쭈물하는 사이에 성용옥 경장이 시계를 보더니 벌떡 일어섰다.

"그럼. 두 분은 말씀 나누십시오. 전 회의가 있어서 이만."

"고마웠습니다. 다음에 만나면 차 한잔 살게요."

민지원은 떠나는 성 경장에게 고개를 숙였다. 나태주는 그녀와 J경찰서 야외휴게소에 있는 게 어색했다.

"절 만나고 싶어 했다면서요?"

"네."

"무슨 이유로 절?"

"그보다 이 추운 날씨에 절 이런 곳에 내버려 두실 거예요?"

민지원이 두 손에 입김을 불며 추워하자, 나태주는 그제야 정신이 들었다.

"죄송합니다. 어디로 모실까요?"

"산음경찰서 근처요. 거기로 가시죠."

"네?"

나태주는 민지원의 말에 그녀와 정 팀장 사이에 모종의 거래가 있었다는 걸 확신했다.

산음 읍내 모 술집이었다. 그녀는 나태주의 차를 타는 내내 깊은 잠에 빠졌다. 그러다 차가 읍내로 들어서자, 갑자기 잠에서 깨어 경찰서 대신 앞에 있는 ○○지하 술집에 차를 세우라고 부탁했다. 시계를 보니 이미 퇴근 시간이 넘은 시간이었다. 과연 그 술집엔 정 팀장이 홀로 앉아 있었다.

"팀장님?"

정 팀장은 의미심장하게 웃더니 이내 자리를 권했다.

"잘 모셔오셨소. 다들 이리 앉으세요. 자, 민지원 씨는 이것부터."

그는 탁자 위에 두부 한 모를 슬며시 꺼내놓았다.

"그렇다면 팀장님이 민지원 씨를?"

"그렇소. 내가 그쪽에 선을 대어 지원 씨를 뺐습니다."

나태주가 놀라는 사이 민지원은 태연스럽게 두부 한 조각을 맛있게 베어 먹었다.

"그러시는 이유가?"

"결정적인 제보 때문이지, 뭐 딴 이유가 있겠소? 민지원 씨는 두류산 그리고 그 일당들과 함께 있었잖소. 누구보다 놈들을 일망타진하는

데 큰 도움을 줄 것이오. 그렇지 않습니까? 지원 씨?"

정 팀장은 비굴하리만큼 민지원에게 친절했다.

"대가는요?"

민지원이 두부를 베어 먹다 무심코 말했다.

"협상만 잘 된다면야 제가 무엇을 못 해 드리겠습니까? 일단, 놈들의 거처를 알려주신다면 현금으로 1억 드리죠."

정 팀장은 몸이 달았는지 양복 상의에서 통장을 하나 꺼냈다. 나태주는 정말인가 싶어 얼른 통장 앞면을 열었다. 놀랍게도 정확히 1억이었다.

"좋아요. 단, 조건이 있어요."

"뭡니까?"

"절대로 사적 복수는 안 된다는 것."

민지원의 말에 정 팀장은 잠시 고민하는 듯했으나, 이내 결정했는지 명쾌하게 대답했다.

"좋소! 약속하리다. 나 역시 생각이 바뀌었소. 난 단순히 두류산에게 복수하는 것 보다, 놈들을 일망타진하고 싶소. 지원 씨가 있었던 곳이 어디입니까?"

나태주는 정 팀장이 일부러 그러는지 갈피를 잡지 못했다. 그는 틈만 나면 두류산을 직접 체포하여 형님의 복수를 갚겠다고 말했던 사람이었다. 그랬던 그가 이리 쉽게 약속한 것에 의문이 들었다. 민지원은 호락호락하지 않았다. 몇 번이나 정 팀장에게 약속을 지키라는 말을 하다 아예 종이 하나를 꺼냈다.

"이게 뭐요?"

"서약서입니다. 서명하세요."

결국, 정 팀장이 절대 사적 복수를 하지 않는다고 서명한 후에 민지원은 입을 열었다.

"지리산 솔봉!"

정 팀장은 자신만만했지만, 이런 결정을 내린 그를 나태주는 이해할 수가 없었다. 그들이 바보가 아닌 이상, 솔봉에 그대로 머물러 있을 리 없었다. 하지만 정 팀장은 이상하리만큼 집요했다. 나태주로선 그가 정말 놈들을 일망타진하여 표창을 받고 승진을 할 속셈인지, 아니면 오랫동안 칼을 갈던 두류산을 직접 잡아 갈기갈기 찢어 죽일지는 알 수가 없었다.

"그들이 그 장소에 있겠습니까? 분명 다른 곳으로 도피했겠지요."

나태주가 시큰둥한 반응을 보이자 정 팀장은 남모를 웃음을 지었다.

"그래도 놈들의 흔적은 남아 있겠지요. 예컨대 지문이라든지. 나는 두류산과 그 일당들이 머물렀던 장소를 직접 확인하고 싶소. 그리하면 놈들의 도피 경로를 찾아낼 것 같단 말이오."

"그래서 또 저를 불러내었습니까?"

나태주는 그의 말에 이해가 가지 않는 건 아니지만, 왠지 2% 정도 무모하다는 생각이 들었다.

"물론입니다. 나 형사와 여기 앞에 앉아 있는 민지원 씨. 이렇게 사이좋게 내일 올라갑시다."

다음 날이었다. 민지원을 앞세우고 정 팀장과 나태주는 솔봉으로 올라가고 있었다. 가는 도중 내내 눈발이 희끗희끗했다. 어느새 지리산은 겨울의 절정에 다다르고 있었다. 몇 시간을 오르고 또 올라 마침내 그들은 솔봉, 두류산과 일당들이 머물던 움막에 도착했다.

"여기 맞습니까?"

"네. 확실히 이 움막이에요. 여기가 본채, 그리고 저기가 두류산 혼자 쓰던 별채입니다."

두꺼운 방한복과 방한모를 착용했음에도 민지원은 강추위에 몸을 떨고 있었다. 골짜기에서 부는 바람은 칼바람이었다.

"본채에 누구누구 살았습니까?"

"김우태, 김유리, 장은태 그리고 훈련생인 듯한 젊은 남자 다섯 명입니다. 그리고 부엌 옆 쪽방엔 제가 머물렀죠."

"젊은 놈들이 있었다? 나 형사. 일단 들어가 봅시다."

두류산을 제외한 일당들이 머무는 방은 제법 컸지만, 얼마나 급히 떠났는지 내부는 어수선했다. 이불과 베개, 그리고 버리고 간 옷가지 등으로 엉망인 방인데도 정 팀장은 쾌재를 불렀다.

"봐요. 내 예상이 맞았어. 놈들의 흔적이 그대로 남아 있잖소. 지문 뜨기가 굉장히 좋겠는데요? 자, 이 방은 내게 맡기고 나 형사는 다른 곳에 뭐가 있는지 한번 샅샅이 둘러봐 주세요."

나태주는 정 팀장의 의도가 나름대로 일리가 있는 것 같았다. 비록 놈들이 도피했다 하더라도 지문으로 그들의 신원을 충분히 파악할 수 있었다. 나태주는 민지원과 함께 두류산의 방을 둘러보다, 나뭇가지와 눈으로 입구가 가려진 동굴을 발견했다.

"여긴?"

"그들이 무시무시한 제(祭)를 지내는 곳이에요. 산 사람을 불길 속에 그대로 태우는 장소입니다."

나태주는 민지원의 말에 무엇인가 잡히는 게 있었다.

'힌놈의 골짜기?'

"삽과 곡괭이 좀 가져다주십시오."

민지원에게 그렇게 부탁하고 나태주는 입구를 가로막는 나뭇가지와 눈더미를 손으로 치우다, 나중에는 삽과 곡괭이로 동굴을 뚫었다. 그런데 참으로 놀라웠다. 동굴 안은 생각보다 넓었고 제단이 있는 곳엔 햇빛이 들어와 환했다.

'저건?'

나태주가 제단 옆에 있는 심상치 않은 드럼통을 보고 소스라치게 놀라자, 옆에 있던 민지원이 설명했다.

"여기에 산 사람을 넣었어요."

나태주는 코를 막고 뚜껑을 열었다. 그러자 새카맣게 그을린 사체가 떡하니 나왔다. 머리카락부터 몸까지 흔적도 없이 타버렸지만, 이상하게도 눈은 부릅뜨고 있었다. 그는 이게 서울 A 목사의 시체라고 짐작했다. 코를 막고 있었지만, 시체에는 말로 설명할 수 없는 냄새가 풍겼다. 나태주는 얼른 사진 몇 장을 찍고 이번엔 동굴 안을 살펴보았는데 벽면에 특이한 그림을 발견했다.

"이 그림은 누가 그렸습니까?"

"두류산입니다. 그는 예언, 기도뿐만 아니라 문학, 그림에도 능한 사람이었습니다."

특이하게도 벽화는 나름대로 스토리텔링 기법으로 그려져 있었다. 마치 두류산이 누군가에게 이야기하듯 그린 벽화의 첫 그림은 불길 안에서 한 남자와 여러 여자가 혼음하는 장면이었는데 남녀 모두 사정 전, 절정에 이르는 모습이었고, 두 번째는 불타는 제단 안에서 두 손을 들고 기뻐하며 기도하는 남자의 모습인데, 뒤편에 유유히 흐르는 강이 있었다.

'이게 뭐지?'

그림은 보면 볼수록 난해했다. 세 번째 그림은 어떤 산속에 누워있는 남자의 모습이었다. 그런데 남자의 얼굴 위에 정(鄭)이란 한자어가 새겨져 있었고, 전체 산을 표현한 위쪽엔 천황(天凰)이라는 한자어가 쓰여 있었다.

'정? 정 씨란 말인가? 천황 즉 하늘의 봉황? 그렇다면 정 씨가 다스리는 나라는 궁극적으로 하늘이 다스리는 나라란 뜻인가?'

나태주는 제대로 해석이 되지 않아 마지막 그림으로 눈길을 돌렸다. 그런데 놀라운 일이었다. 마지막 그림의 주인공은 두류산이었다. 이전까지 남자의 얼굴을 두리뭉실하게 그렸는데 이 그림은 누가 봐도 그가 틀림없었다. 두류산이 양팔을 뻗어 세상을 움켜쥐고 있는 마지막 그림! 그의 후광은 불이 훨훨 타고 있었다. 그리고 그의 머리 위에 있는 한자어는 '신(神)'이었다. 나태주는 그림을 다 보자마자 털썩, 하고 땅바닥에 주저앉아 버렸다.

"왜 그래요?"

민지원이 득달같이 달려와 그를 부축했지만, 나태주는 좀처럼 일어설 수가 없었다.

"이 모든 건 그가 예정한 일이었어!"

나태주가 혼잣말로 중얼거리자, 민지원은 영문을 몰라 고개를 갸웃거렸다.

솔봉에 다녀온 지 일주일 만이었다. 그동안 정 팀장은 솔봉 움막에서 채취한 여러 개의 지문을 국립과학연구소에 의뢰했고, 민지원은 달리 갈 곳이 없어 경찰서 근처 모텔에서 묵었다. 간간이 나태주는 정 팀장의 심부름으로 그녀에게 옷가지 등 필요한 생필품을 사주었고 모텔비를 대신 내줬다.

어느 날 민지원에게 생필품을 전달하고 모텔을 나올 때 나태주는 그녀에게 물었다.

"앞으로 어떡하실 겁니까? 이제 서울로 돌아가셔야죠."

하지만 민지원은 묵묵부답이었다. 그녀의 속마음을 알기엔 그녀와 나태주 사이에 어떤 벽이 존재했다.

"가더라도 정 팀장에게 돈은 받고 가야죠. 안 그래요?"

그녀의 말에 나태주가 반문했다.

"아니? 벌써 1억을 받았잖습니까?"

"그 돈은 은신처 제공의 대가죠. 두류산과 일당들을 생포하면 추가로 5천만 원을 주기로 했거든요."

그녀의 말에 나태주는 어이가 없었다.

"정 팀장이 놈들을 체포할 수 있을는지는 아무도 모릅니다. 그건 기약이 없어요. 꽤 오랜 시간이 걸릴 수도 있는데. 혹 다른 이유가 있습니까?"

나태주는 그녀의 속내를 알고 싶었다. 왜냐하면, 그날 J시 야외공연장에서 두류산이 불길 속으로 들어갈 때, 다른 사람들과 달리 그녀가 우는 모습을 보았기 때문이었다. 그때의 강렬한 기억은 행여 민지원이 두류산을 좋아하고 있지 않으냐는 의심으로 바뀌고 있었다.

"다른 이유라뇨?"

"예컨대 두류산과의 개인적인 애증 따위겠지요."

그러자 민지원은 심상치 않은 표정을 지으며 모텔 문을 쾅, 하고 닫았다.

마침내 국립과학수사대에서 지문에 관해 회신이 왔다. 보통 2~3주 걸리는 기간이었지만, 정 팀장이 그쪽에 약을 친 모양이었다. 퇴근 무렵, 정 팀장이 얼굴에 만연한 웃음을 띠며 종이 몇 장을 나태주에게 흔들어 보였다.

"이것 봐. 놈들의 신원이 완전히 밝혀졌어. 특히 두류산 이놈은 말이야, 본명이 백우천이 아니었어. 어릴 때 양부모에게 입양된 뒤, 백 씨로 바뀐 거야. 원래 성은 정 씨야. 정우천(鄭佑天). 뭐 대충 풀이하면 '하늘이 돕는다'라는 뜻이네?"

그날 힌놈의 골짜기에서 발견한 벽화에 관해 나태주는 정 팀장에게 말하지 않았다. 나태주는 숨이 턱, 하고 막혔다.

"두류산 외에 다른 자들도 신원파악이 되었습니까?"

"그렇소."

나태주는 이왕 일이 이렇게 된 이상 정 팀장에게 숨길 필요가 없다고 판단했다.

"그는 정도령이 되고자 합니다."

나태주의 뜬금없는 말에 정 팀장은 깜짝 놀라는 것 같았다.

"뭐요?"

"정감록의 정도령말입니다."

"별안간 그게 무슨 말이요?"

정 팀장은 나태주가 무슨 말을 하는지 도통 모르는 듯했다.

"그는 지금 계룡산에 있습니다. 곧 천하가 그로 인하여 요동치겠지요. 왜냐하면, 그는 세상을 구원할 정도령이자, 신(神)이니까요."

"……"

나태주의 말에 정 팀장은 고개만 갸웃거렸다. 어쨌든 나태주는 이제 더는 그와 엮이고 싶지 않았다. 왜냐하면, 두류산은 이제 일반인이 범접할 수 없는 초인(超人)이기 때문이었다. 나태주는 책상 위를 재빨리 정리하고 겉옷을 입었다. 얼른 퇴근하고 싶었다.

"나 형사! 어디 가려고?"

"퇴근해야죠."

그러자 정 팀장도 재빨리 자신의 자리로 돌아가 외투를 걸쳤다.

"내게 그런 엄한 말만 해놓고선, 혼자 가려고? 그건 아니지. 같이 나갑시다. 요 앞에서 민지원 씨를 만나기로 했어. 나 형사는 나 때문에 오늘 횡재한 거로 알라고."

정 팀장은 다짜고짜 나태주의 팔을 끌었다. 민지원은 그때 그 술집에 홀로 앉아 있었다. 그녀는 일주일 동안 푹 쉬었는지 화장발이 잘 받은 듯 보였다. 차림새도 솔봉에 있을 때보다 훨씬 세련되어 있었다.

"지문 뜬 것으로 놈들의 신원파악이 다 되었습니다. 이제 지원 씨의 활약만 남았네요."

정 팀장은 자리에 앉자마자 다짜고짜 이렇게 말했다. 나태주는 이번엔 그가 뜬금없는 소리를 하나 싶었다. 하지만 민지원은 예상을 했는지 정 팀장의 말에 약간 흥분하는 듯했다.

"또 저더러 첩자 노릇을 하라구요?"

"한 번 해봤으니 두 번은 쉽지 않소? 이번엔 제대로 한번 해봅시다. 솔직히 말하세요. 모텔에 있으면서 그들에게 연락한 적이 있죠? 아니면 그쪽에서 먼저 연락이 왔거나."

나태주는 아직도 정 팀장의 의도를 눈치채지 못하였다.

"어떻게 답변할까요?"

"솔직히 말씀하시면 됩니다."

"채은지에게서 연락이 한 번 왔습니다만."

"채은지? 두류산의 여비서 말이오? 그래서 그녀가 뭐라던가요? 아니, 지금 어디에 있다 합니까?"

정 팀장은 구미가 당기는지 의자를 앞으로 쭉 당겼다.

"어디라곤 말하지 않았어요. 대신, 그 발정 난 암캐 같은 그년이 나 때문에 두류산이 죽을 뻔했다며 엄청 쌍욕을 하더군요."

"죽을 뻔했다는 건 어쨌든 놈이 아직 살아 있다는 거네요? 그래서요."

"그것뿐입니다."

민지원이 한 발짝 물러설 태세를 보이자 정 팀장은 골똘히 생각하더니 이내 입을 열었다.

"연락해보세요. 그리고 빨리 그쪽으로 합류하십시오. 그다음엔 우리가 알아서 할 터이니."

그때 이 이상한 대화를 듣던 나태주가 나섰다.

"아니? 팀장님. 이미 그쪽에서 배신자로 낙인찍힌 민지원 씨를 과연 그들이 받아주겠습니까?"

그러자 정 팀장은 담담하게 나태주를 보며 물었다.

"아까 놈이 어디 있다구요? 계룡산? 그건 확실한 겁니까? 그날 솔봉에서 본 벽화 따위를 보고 두류산이 거기에 있다는 건, 솔직히 너무 나갔습니다. 그렇지만 나 형사의 직감을 한번 믿어보고 싶군요. 그 직감이란 건 민지원 씨의 전화 한 통이면 모두 드러날 거지만."

정 팀장의 엄중한 말에 민지원은 한참이나 고심하다, 휴대전화를 꺼냈다.

벽화, 솥봉의 흔적

문신처럼 새겨진 바위틈
화려했던 생이
세월 비켜 가지 못해
주저앉은 무릉도원
꿈에도 잊지 못할 고향

그곳은 영산
잠시 떠났다
다시 찾은 지리산
헤어지기엔
아쉬운 여운이 밀린다

봄이 기지개 켜니
꽃이 피고
산새들 노래하는
무릉도원이기에
지리산이 웃는다

—이용호, 「지리산이 웃는다」

계룡산의 분위기는 묘했다. 여태껏 조직의 분위기나 현안 등을 주관하고 결정을 내리던 두류산이 병석에 누워있자, 그동안 그가 내세웠던 화형교의 교리마저 일부 바꾸려는 시도가 보였다. 그 당사자는 당연히 새롭게 떠오르는 김현규였다. 채은지는 이런 상황에 절망하고 있었다. 가뜩이나 믿고 따르던 그의 남친, 두류산이 저리되어있으니 이곳에서 자신의 존재감이 미미해져 가고 있었다. 게다가 그것을 빌미로 김유리가 그녀를 구박하자, 채은지는 그만 이 조직에서 나가고 싶었다.

그런데 이 분위기를 반전시킬 카드가 생겼으니 그건 바로 민지원이었다. 그날 J시 야외공연장 사건을 생각하면 그녀를 갈기갈기 찢어 죽여도 시원찮았으나, 그녀가 내민 제안을 듣고 희망이 생긴 것이다. 저녁 무렵 민지원에게서 전화가 왔다. 당연히 채은지는 처음엔 그녀의 전화가 불쾌했다.

"저예요. 민지원."

지원은 목소리를 깔고 최대한 낮은 자세로 채은지에게 사정했다.

"그래서요?"

"용서를 빌고 싶어요. 과정이야 어찌 되었든 제가 교주님을 곤경에 빠뜨린 건 인정합니다. 그러니 제발 교주님과 그곳에 계신 분들에게 사죄할 수 있도록 은지 씨가 말씀을 잘 해 주세요. 부탁입니다."

채은지는 매몰차게 전화를 끊으려 했으나, 조금만 더 사정을 들어보기로 하는 한편, 자신의 요구를 따를 수 있는지 넌지시 물었다.

"그렇게 하면 당신은 내게 뭘 해 줄 수 있는지요?"

"뭐든 시키는 대로 하겠습니다. 그동안 은지 씨에게 정말 죄송했어요. 같은 여자 처지에서 제가 너무 심했네요. 다시 한번 용서를 빕니

다."

민지원의 그럴듯한 사과에 채은지는 마음이 약간 움직였다.
"정말 제가 시키는 대로 다 할 수 있어요?"
"네. 맹세합니다. 뭐든지. 이제 전 그곳 외에는 갈 곳이 없는걸요?"
채은지는 문득 민지원을 불러들여 김유리를 견제하고 싶어졌다. 요즘 들어 부쩍 김유리가 병석에 누운 두류산을 간호한답시고 자신을 소외시킨 적이 많았기 때문이었다. 채은지는 그저 이곳에서 잡부이자 파출부였다. 역시 한 남자를 둘러싼 복잡한 애증 문제 해결엔 같은 여자의 힘이 필요하다고 그녀는 생각했다.
'이이제이(以夷制夷)?'
그녀는 이 고사성어를 떠올렸다.
"알았어요. 일단 지도부에 말해볼게요."
마침 그날 밤, 화형교의 새로운 4인 집단체제 위원들이 단합차 술을 마시고 있었다. 채은지는 손수 술안주를 만들어 그들의 상에 올리면서 환심을 사는 한편, 그들의 마음이 느슨해질 때까지 기회를 엿보았다. 김현규를 비롯한 모두가 술에 대취하여 기분이 좋을 때였다. 이 틈을 타서 채은지가 넌지시 민지원의 요청 건에 관해 말을 꺼냈다. 제일 먼저 반응을 보인 자는 김우태였다.
"민지원이 풀려나왔다고? 그래서 그년이 다시 우리 화형교에 들어오고 싶어 한단 말이야?"
이제 존재감이 없는 채은지에게 누구나 반말이었다.
"네. 아마 갈 곳이 없나 봐요. 현재 매우 딱한 처지인 건 확실합니

다."

채은지는 자신이 마치 민지원이 된 듯 불쌍한 얼굴로 애원했다.

"음. 이건 우리가 결정할 게 아닌 것 같은데? 아무래도 교주님께 말씀드리는 것이…."

김우태는 술에 취해 명확한 판단을 못 하는 것 같았다. 그러자 채은지가 더욱 불쌍한 표정으로 말을 이었다.

"교주님을 전담해서 간호할 사람이 필요하긴 합니다. 요즘 들어 교주님의 상태가 더 나빠졌잖아요. 그래서 어제부터 기저귀까지 채웠단 말입니다. 또 무엇보다 제가 교주님과 위원님들 식사준비를 하다 보니 반찬 솜씨도 영 서툴고…."

"그건 좀 그렇지."

옆에 있던 장은태는 아무 생각 없이 그렇게 말했다. 하지만 아까부터 이 상황을 아니꼽게 바라보던 김유리가 볼멘소리했다.

"아니, 우리 조직을 배신한 사람을 어떻게 믿고 다시 받아들인단 말입니까? 그 여자는 우리 교주님을 곤경에 빠뜨린 배신자라고요."

"그래도 앞으로 큰일을 도모하려면 우리 조직의 사사로운 부분을 책임지고 도맡아 하는 사람도 필요는 하지. 예컨대 빨래, 밥 짓기, 아픈 교주님 시중 등은 아무나 할 순 없는 거잖소."

김우태가 한발 물러나 그렇게 말했다. 그러자 솔봉에서 민지원이 해준 음식에 입맛이 길들여진 장은태의 말이 결정적이었다.

"까짓것, 용서하고 받아줍시다. 그래도 그분은 죽은 우리 화형교 부대표였던 민서라(민채원)의 언니잖습니까?"

장은태의 말에 채은지는 화색이 돌았다. 이제 최종 결정은 김현규의 입에 달려있었다.

"선생님은 어찌 생각하십니까?"

김우태가 공손하게 김현규에게 물었다. 그런데 마침 그때 김현규도 꽤 취해있었다. 그는 사실 민지원이 누구인지, 그녀가 두류산과 어떤 관계인지, 자신의 동생이 그녀를 어떻게 생각하는지 깊게 생각하지 않았다.

"밥 짓고 빨래하며 교주님을 보살피는 것도 훌륭한 임무입니다. 그 임무에 적합하다면 받아들입시다."

이로써 민지원은 재차 화형교에 들어갈 명목이 생겼다.

민지원이 채은지와 통화한 지, 채 몇 시간이 지나지 않아 그녀의 휴대전화에 벨이 울렸다.

"뭐야 벌써?"

함께 술을 마시던 정 팀장이 제일 먼저 반응했다. 나태주는 일이 이리 빨리 진행되는 게 오히려 이상할 지경이었다. 그런데 휴대전화 액정을 쳐다보던 민지원의 표정이 묘했다.

"왜 그래요?"

정 팀장이 낮게 깔리는 목소리로 물었다.

"채은지가 아닌 모양인데요? 발신자 표시가 없습니다."

"그래도 받아봐요. 빨리!"

정 팀장의 재촉에 민지원은 전화를 받았다.

"여보세요?"

상대편의 목소리는 남자였다.

"누님! 장은태입니다. 내일 구례, 화엄사 경내 오후 5시입니다. 한 번 더 말합니다. 구례, 화엄사 경내 오후 5시."

그리곤 전화를 끊어버렸다.

'뚜~ 뚜~ 뚜.'

민지원은 이상한 생각이 들어 채은지에게 전화했으나, 그녀의 전화기는 불통이었다.

"뭡니까? 어찌 되었습니까?"

정 팀장이 목이 타는지 주전자째로 물을 마셨다.

"내일 화엄사 쪽으로 나오라네요."

"누가요?"

"장은태."

나태주는 장은태란 이름이 나오자 기분이 묘했다. 민지원의 동생이었던 민채원에 의해 화형교에 입단한 후, 그는 K고수부지에서 보이스피싱 총책 왕춘팔을 처단했다. 그리고 이번엔 J시 야외공연장에선 그의 아버지 장 씨가 두류산을 처단하려 하다가 결과적으로 실패했다. 이런 일련의 사건을 떠올리면서 나태주는 사는 게 뭔가 싶었다.

"그들이 어디 있다고 말 안 했어요?"

"네. 일절…."

정 팀장은 속에 천불이 나는지 이번엔 소주를 병째로 마셨다.

"이런! 전화를 건 제일 큰 목적은 놈들이 어디에 있는지였는데. 참! 채은지 씨에게 전화라도 한번 해보시죠?"

"전화 끊고 곧바로 해봤잖아요. 아예 통화 불능입니다."

"그래요?"

정 팀장은 맥이 빠지는지 허탈한 표정을 지었다.

"놈들은 쉽사리 자신들의 거처를 말하지 않습니다. 채은지의 전화기는 이미 파손되었거나 폐기되었겠죠. 장은태 역시 추적을 따돌리려고 대포폰이나 공중전화를 이용했을 겁니다."

나태주가 넌지시 말하자 정 팀장은 의자에 기댔던 몸을 벌떡 일으켰다.

"놈들은 아직도 지리산에 있어."

"네?"

"들었잖아요. 약속 장소가 구례, 화엄사입니다. 거기가 어디입니까? 지리산 노고단과 뱀사골에 가장 가까운 곳입니다. 놈들은 그때 찾아간 솔봉에서 아마 뱀사골 근처로 도피한 것 같소."

나태주로선 기가 찰 노릇이었다.

"아닙니다. 그들은 분명 계룡산에 있습니다. 지리산이 아닙니다."

"내가 아까도 말했잖아요. 그따위 동굴 벽화로 추정해서 놈들이 계룡산에 있다는 건 너무 나갔습니다. 알겠어요? 놈들은 지리산에 있습니다. 가만! 내일이라면, 내가 이럴 때가 아니지."

그러면서 정 팀장은 주섬주섬 옷을 챙겼다. 나태주는 그런 정 팀장의 경박스러움에 화가 났다.

"술이나 마저 마십시다. 어디 가시려구요?"

"팀원들을 모두 집합시켜야지. 바로 내일이요. 지금 긴급회의를 해야 한다니까."

"전 빠지겠습니다."

"왜요?"

정 팀장의 눈이 휘둥그레졌다. 덩달아 민지원도 불안한지 자꾸 고개를 주억거리고 있었다.

"그쯤이야 제가 없어도 우리 팀에 유능한 조민태 형사를 비롯한 여러 명이 있지 않습니까?"

"그래도 나 형사가 있어야."

"아뇨! 내일 경남지방경찰청에 출장도 잡혀있습니다. 그러니 알아서 해결하십시오."

나 형사는 자리를 박차고 술집을 빠져나왔다. 그런데도 정 팀장은 그를 말리지 않았다. 바깥엔 겨울 눈이 내리고 있었다. 그는 주머니에 손을 넣은 채 자신의 원룸으로 오다가 문득 이런 의문이 들었다.

'두류산이 치명적인 상처를 입은 상태인데, 이 상황에서 누가 조직을 관리하는 걸까? 김우태?'

나태주는 김현규의 존재를 모르고 있었다. 어쨌거나 두류산을 제외한 누가 화엄교를 관리한다 해도 내일, 정 팀장은 그들을 체포하지 못한다고 생각했다. 그들은 시시한 범죄 집단이 아님을 이미 깨달았기 때문이었다.

다음 날 아침, 계룡산의 4인은 분주했다. 김현규를 주축으로 한 5명(나머지 한 명은 젊은 심판 대원)은 경기도 안산으로 떠날 채비를 했고, 젊은 심판 대원 네 명 중 두 명은 구례, 화엄사 쪽으로 움직일 태세를 갖추었다. 어젯밤 그들 4인은 단순하게 단합 차원에서 술을 마신 게 아니었다. 오늘이 그때 약속한 전이태의 처단 날이었다. 그 말이 나왔을 때 처음에 반대했던 두 명이 다음 날 급작스럽게 찬성으로 돌아서면서, 김현규가 주도하는 첫 심판의 날이 밝은 셈이었다.

그들은 계룡산을 떠나기 전 병석에 누워있는 두류산에게 이 사항을 보고했지만, 결코 그에게 승낙받는 투의 형식은 아니었다. 이곳으로 온 후 모든 게 이상하게 돌아간다고 느낀 두류산도 가볍게 고개를 끄덕이는 것으로 그들의 출정식은 끝났다. 5명은 봉고차를, 화엄사 쪽으로 움직이는 심판 대원 두 명은 각각 오토바이를 탔다. 김현규가 출발하기 전에 심판 대원에게 당부했다.

"절대 무리하지 말도록. 행여 그녀를 만났을 때 낌새가 이상하면 바로 복귀해. 민지원이야 언제든 접선할 수 있으니. 그리고 미리 가서 그쪽 지형지물을 익히고 반드시 오토바이는 화엄사 뒤편 수풀에 숨겨 놓도록!"

"알겠습니다. 위원장님의 과업 성공을 빕니다."

심판 대원 둘이 마치 두류산에게 하듯 김현규에게 경례하자, 미리 봉고차에 있던 김우태가 쓴웃음을 지었다.

"마치 교주님 같구먼."

그 말에 김유리가 발끈했다.

"지금은 저분이 교주님 대행이잖아요. 그건 당연한 것 아닙니까?"

결국, 운전대에 앉은 장은태가 나섰다.

"그만하시죠. 그보다 오늘 전이태를, 어떻게 하면 삼엄한 경비를 뚫고 제대로 처단할 수 있을지 고민합시다."

마침내 여아 강간 상해 혐의로 12년을 받고 작년 12월 초에 출소한 희대의 범죄자 전이태를 처단하려고 그들은 목적지로 떠났다. 길 가던 여성을 강간하여 징역 3년, 같이 술 먹던 동료를 살해하여 징역 2년, 2008년 만 8세 여아를 강간 상해하여 징역 12년을 받고 출소한 죽어 마땅한 자, 그가 '전이태'이었다.

김현규가 봉고차에서 김우태, 장은태, 김유리에게 엄중하게 말했다.

"반드시 놈을 극형인 화형에 처합시다!"

그날, 김현규가 전이태의 거처에 잠입한 건 기상천외한 방법이었다. 그의 집 반경 4km 이내에 경찰이 깔려있다는 걸 잘 알고 있는 김현규와 일행은 지하철역 근방에 봉고차를 세웠다. 그곳에서 어둠이 깔리는 밤까지 그들은 차 안에서 꼼짝도 하지 않았다. 밤 11시경, 마침내 김현규가 홀로 밖으로 나왔다. 선글라스와 검은 양복이 아주 잘 어울렸다.

김현규가 불쑥 찾은 곳은 전이태를 관할하는 인근 지구대였다. 지구대 안엔 경찰 서너 명이 당직 근무를 서고 있었다.

"어떻게 오셨습니까?"

그중 나이가 지긋한 경찰이 김현규를 보고 물었다. 김현규는 대답 대신 선글라스를 벗고 자신의 목에 걸려 있는 출입증을 건넸다.

"법무부 검찰국 검사 김현태?"

경찰은 자리에 벌떡 일어나 거수경례를 했다. 김현규가 물었다.

"얼마 전, 전이태를 살인하겠다고 연락이 온 자가 있었죠?"

"네. 그렇습니다. 그건 이미 상부에 보고되었는 것으로 알고 있습니다만."

경찰은 행여 꼬투리가 잡힐까 봐 재빨리 말했다.

"그게 오늘이오. 정확히 앞으로 50분 뒤인 12시. 첩보가 들어왔습니다."

그동안 살인예고는 종종 있었다. 제일 먼저 밝힌 자는 경북 ○○ 시에 사는 사람인데, 그는 작년 12월 13일 전이태의 출소에 맞춰 그를 죽이겠다고 공개적으로 선언하여 인터넷을 뜨겁게 달구었다. 하지만 경찰의 방해로 그는 결국 실행하지 못하였다. 이후 전이태가 출소한 후에도 전국 여러 곳에서 살인예고가 유행처럼 번지고 있었다. 김현규가 말한 살인예고는 가장 최근의 일이었다.

"그게 정말입니까?"

김현규의 말에 지구대 안에 있던 경찰들이 모두 모였다.

"여기 책임자가 누구요?"

김현규는 다소 거만하게 물었다.

"오늘 근무조의 책임자는 접니다만."

경사계급을 단 사십 대 중반의 경찰이었다.

"당장 전이태를 이곳 지구대로 압송해오세요. 놈의 집 앞을 지키는 경찰들이 있죠? 그들이 데려오면 되겠네요."

하지만 책임자인 경찰은 만만치 않은 인물이었다. 그는 김현규가 공무라면 공용차를 타고 오는 게 맞았다. 하지만 혼자 야심한 시간에 뜬금없이 지구대로 찾아온 게 미심쩍었다. 보통의 법무부 직원, 특히 알량한 검사라면 직접 찾아오는 게 아니라, 전화 한 통이면 끝날 일이었다.

"우린 그런 첩보나 지시 따위를 받은 적이 없습니다. 죄송합니다만,

출입증 말고 신분증을 제시해줄 수 있습니까?"

경찰의 말에 김현규는 픽, 하고 웃었다.

"신분증 외에도 여기 압송해오라는 공문도 있소."

김현규는 거리낌 없이 신분증과 공문을 내어놓았다. 공문 맨 밑에는 법무부 장관의 직인이 커다랗게 찍혀 있었다. 이 모든 게 사전에 김우태가 만들어 준 것이었다.

"아! 그렇군요. 그래도 일단 유선으로 확인부터 해야겠습니다. 죄송합니다. 워낙 중차대한 일이라."

경찰은 탁자 위에 전화기를 돌렸다. 법무부 야간 당직실인 모양이었다. 그는 자초지종을 말하고선 검찰국 검찰과에 김현태, 라는 검사가 근무하는지를 물었다. 잠시 뒤였다.

"네. 확인 감사합니다."

경찰은 깍듯이 인사하곤 김현규 앞에 돌아왔다. 그런데도 책임자인 경찰은 고개를 갸웃거렸다.

"신분확인은 되었습니다. 하지만 최종적으로 상부에 허락을 받아야 해서…."

그러자 김현규가 벼락같이 화를 내었다.

"시간이 촉박한데 무슨 확인? 알았소. 당신 상관인 경찰서장에게 하면 되겠소?"

놀랍게도 김현규는 탁자 위에서 경찰서장과 직접 통화가 가능한 핫라인을 눌렀다. 이런 노하우는 전직 경찰이었던 김유리의 도움이었다.

"서장이오. 무슨 일이요? 이 야밤에."

"안녕하세요? 서장님. 전 법무부 검찰과, 김현태 검사입니다."

김현태 검사는 실제로 법무부 검찰국 검찰과에 근무 중인 검사였다.

"어어. 김 검사. 그래, 오랜만입니다. 한데 무슨 일로?"

이쯤 통화가 되자, 책임자인 경찰이 나이가 지긋한 경찰에게 눈짓했다.

"검사님! 인제 그만 끊으시죠? 연락했으니 곧 올 겁니다."

경찰이 김현규의 팔을 끌었다.

"놈이 올 동안… 이리 오십시오. 저랑 차나 한잔 마십시다, 검사님. 그런데 전이태를 어디로 호송할 건가요? 보아하니 혼자 오신 것 같으니 저희 직원을 붙여 경찰차로 안전하게…."

경찰은 당황하고 있었다.

"아니요. 우리 요원 차량이 곧 도착할 겁니다. 그 차량으로 법무부로 갈 겁니다. 그보다, 미리 여기 서명이나 해 주십시오."

김현규는 그에게 전이태의 인수인계서를 내밀었다. 경찰은 마음이 급해 내용을 마저 읽지도 않고 자신의 이름을 적은 다음 서명까지 마쳤다. 잠시 뒤, 자다가 깼는지 허름한 옷을 입은 전이태가 경찰에 의해 지구대로 들어왔다. 그에 맞춰, 지하철역에서 대기하던 봉고차가 지구대 앞에 도착했다.

"당분간 우리가 보호하겠소. 오늘 협조 고맙습니다."

김현규는 전이태를 앞세우고 유유히 그곳을 빠져나왔다.

정 팀장은 구례, 화엄사로 먼저 출발하는 민지원에게 신신당부했다.

그들이 눈치채지 못하게 평소와 다름없이 태연하게 행동하는 것과 이동 시에 반드시 흔적을 남기는 것, 그 두 가지였다. 나태주 형사의 생각과는 달리 정 팀장의 목적은 그들의 체포가 아니었다. 민지원이 무사히 두류산이 있는 곳에 합류하는 것이 최선이었고 차선은 그들의 뒤를 밟아 직접 근거지를 확인하는 것이었다. 그래서 정 팀장은 형사팀원에서 두 명만 데리고 화엄사로 출발하였다. 아무래도 숫자가 많으면 발각될 위험이 큰 이유였다. 민지원을 신례 시외버스정류소에 내려주고 정 팀장은 따로 화엄사로 향하였고 그녀는 그곳에서 바로 택시를 탔다.

한편, 계룡산에서 출발한 젊은 심판 대원 둘은 일찍 도착하여 오토바이를 화엄사 뒤쪽 수풀에 숨겼다. 그곳에서 반나절을 보낸 그들은 약속 시각 20분 전에 화엄사로 내려왔다. 겨울이었지만 오랜만에 날씨가 따뜻했다. 행락객들도 제법 있어 화엄사 경내는 그 시각임에도 제법 붐볐다.

"놈들 중에 과연 누가 올지를 모르겠네요."

조민태 형사가 조심스럽게 정 팀장에게 말했다.

"글쎄. 설마 두류산이 손수 나타날 리는 없고 그 밑에 있는 김우태, 김유리, 장은태 중 한 명은 나오겠지."

그들은 나태주와 마찬가지로 새롭게 짜인 화형교의 김현규와 젊은 심판 대원들의 존재를 몰랐다. 김현규로서는 이게 신(神)의 한 수였다. 게다가 아직 언론과 경찰에 신원 노출이 안 된 심판 대원들의 존재는 화형교로서 정말 다행이었다. 먼저 도착한 민지원이 대웅전 앞에서 서성이고 있을 때, 그녀를 주시하는 눈들이 있었다.

"예전보다 더 예뻐졌어."

"그러네. 그러니 우리 교주님이 채은지 대신 저분에게 넘어간 게 한편으로 이해가 돼."

그들, 심판 대원 둘은 해우소 옆 소나무 뒤에 숨어 있었다. 그들은 민지원 주변에 수상한 인물이 있는지 몇 번이나 둘러보다 그중, 한 명이 나섰다. 정 팀장과 형사 두 명은 대웅전 옆 야외 식수대 앞에서 사진을 찍으며 계속 민지원을 주시하고 있었다. 옷차림으로 보아 완벽한 행락객이었다.

마침내 심판 대원과 민지원이 접선하였다.

"오랜만입니다."

심판 대원 A가 공손하게 인사했다.

"그러네요. 그런데 혼자 오셨어요? 나는 채은지나 김유리가 나올 줄 알았는데."

"지휘부에 사정이 있어 저랑 동기생 한 명만 왔습니다."

심판 대원 A는 말을 하면서도 계속 주위를 두리번거렸다.

"걱정하실 것 없어요. 아무도 뒤를 따라오지 않았으니. 그런데 어디로 가는 거죠?"

"가면서 말씀드릴 테니 제 뒤에서 서너 발자국 떨어져 따라오십시오."

"아니? 어디로 가는지 알아야 제가 따라나서죠."

그런데도 심판 대원 A는 아무 말 없이 성큼성큼 앞으로 나아갔다. 이어 해우소 뒤에 서 있던 심판 대원 B가 민지원의 뒤에 붙었다.

"정 팀장님. 저것 봐요. 민지원이 이동하고 있습니다. 그런데 앞에 가는 놈은 처음 보는 얼굴인데요?"

조민태 형사가 먼저 발견하고 정 팀장에게 말했다.

"음…. 우리가 알고 있는 인물들은 나오지 않은 것 같습니다. 자! 우리도 서서히 따라붙죠. 아마 산으로 갈 겁니다."

정 팀장이 예상한 대로 그들은 화엄사 뒤편 산으로 올라가고 있었다.

'그래 확실해. 그들의 은신처는 이곳이야. 구례 쪽이지만 역시 지리산!'

정 팀장 일행은 그들이 눈치채지 못하게, 될 수 있는 대로 멀찌감치 떨어져 뒤를 밟기 시작했다. 그렇게 20여 분간, 산 위로 올라갈 때였다. 그 길은 사람 하나 다닐만한 오솔길이었는데, 오르막이 끝나고 내리막길로 접어들자, 갑자기 쫓고 있던 그들이 사라졌다.

"앗! 순식간에 사라졌는데요?"

조민태 형사가 당황했는지 그만 큰 소리로 말했다. 그때였다. 내리막길에서 '부릉부릉'하는 굉음이 크게 들리더니, 오토바이 두 대가 쏜살같이 올라오고 있었다.

"비켜!"

정 팀장이 조민태 형사를 잡고 옆으로 쓰러졌다. 뒤를 따르던 여형사도 깜짝 놀라 옆으로 비켜날 수밖에 없었다.

"팀장님! 저기."

두 번째 오토바이 뒤에 민지원이 타고 있었다. 정 팀장은 꿀 먹은 벙어리처럼 멀리 사라지는 오토바이만 바라보고 있었다.

그 시각, 나태주는 경남지방경찰청에서 출장을 마치고 산음으로 돌아오는 중이었다. 차가 고속도로에 진입하려 할 때 전화 한 통이 왔다. 민지원이었다.

'왜지? 이 시간이면 벌써 접선이 끝났지 않았나?'

시계를 확인하니 저녁 5시 경이였다. 나태주는 조심스럽게 전화를 받았다. 그런데 상대방 쪽 통화상태가 매우 불량하여 잡음이 심했다. 특히 바람 소리 때문에 그녀의 목소리가 거의 들리지 않았다.

"나태주입니다. 말씀하세요!"

그런데 이상한 일이었다. '찌직' 하는 잡음과 함께 그의 귀에 들리는 소리는 느닷없이 "오빠!"였다.

'뭐야? 혼선됐나?'

하지만 자세히 들어보니 그녀의 목소리가 맞았다.

"오빠!"

나태주는 그녀가 자신의 신분을 속인 채 전화를 걸었다는 생각이 퍼뜩 들었다.

"그래, 나야. 지금 어디지?"

"오토바이로 드라이브하고 있어요. 너무 좋아요. 바람도 시원하고."

"그래, 알았어. 한참 재미있는 모양이네. 어디쯤 드라이브하고 있어?"

하지만 중요한 순간에 통화 불능이 되고 말았다. 나태주는 그녀가 그들과 만나 어디로 이동하는지 말하려는가 싶어 애가 탔다.

'지찌직~'

그때였다. 다행히 통화가 되었다.

"응. 오빠 구례에서 남원으로 왔는데, 조금 있으면 전주라네. 아마 계속 위쪽으로 갈 모양이야. 이 오빠들이 오토바이 운전을 잘해서 넘 좋아."

그러더니 휴대전화가 박살 나는 소리와 함께 통화가 더는 되지 않았다. 나태주는 자신이 생각한 곳이 맞다고 생각했다. 오토바이라면 예전 K고수부지 사건 때 장은태 일당의 동일한 운송수단이었다. 그리고 솔봉, 힌놈의 골짜기에서 보았던 일종의 예언적인 벽화. 전주 위쪽으로 이동 중이라면 그건, 지리산이 아닌 바로 계룡산이었다.

의외였다. 살려달라고 애원할 줄 알았던 전이태는 오히려 당당했다. 놈을 실은 봉고차는 한강 강변에서 해가 뜨길 기다리고 있었다. 자정 무렵에 납치하여 한강으로 왔으나, 둔치엔 사람이 너무 많았다. 겨우 새벽녘이 되자 사람들은 자리에서 하나, 둘 사라지고 있었다. 마침내 반대편 여의도 쪽에서 동이 트고 있었다.

"이젠 준비하지."

김현규가 명령하자 나머지는 일사불란하게 움직였다. 김우태와 장은태는 조립식 화형 거치대를 세웠고, 김유리는 화형에 꼭 필요한 휘발유와 유인물 등을 날랐다. 그리고 오늘의 히어로인 젊은 심판 대원은 동영상 촬영준비를 마쳤다.

"마지막으로 할 말은?"

봉고차에서 꽁꽁 묶여 있는 전이태에게 김현규가 물었다.

"할 말이 어디 있겠소? 단지 당신들이 누구인지 알고 싶을 뿐이오."

희대의 범죄자답게 전이태는 당당했다.

"그건 잠시 후면 알게 될 것이고, 그보다 피해자에게 진심으로 사과 정도는 해야 할 것 같은데."

"어느 피해자 말이오? 하도 많아서 기억이 나지 않는데."

그의 뻔뻔한 대답에 김현규는 화가 치밀어 뺨을 세차게 때렸다.

'억!'

"나쁜 새끼. 누구라니? 13년 전 네놈에 의해 만신창이가 된 그 아이와 가족들을 말하는 거야."

그런데도 전이태는 고개를 쳐들고 김현규를 빤히 바라보았다.

"네놈은 우리 공통의 적인, 태두필보다 훨씬 나쁜 놈이야!"

그런데 그 말에 전이태는 발끈했다.

"무슨 소리! 그 말만큼은 취소해 주시오. 내가 이 세상에서 가장 싫어하는 놈이 그놈이란 말이오."

그건 사실이었다. 전이태는 젊은 시절, 정신개조 교육대에 갔다 온 경험이 있다. 그래서 무진시 학살, 정신개조 교육대 창설의 주범인 태두필을 찬양하던 60대 노인을 폭행하여 징역 2년을 살았다.

"네놈은 인간이 아니야. 사이코패스에다 또라이 그 자체지. 넌 세상의 모든 아이와 부모를 위해 이제 죽어줘야겠어."

"그렇게 하겠소."

"뭐?"

"난 이날이 반드시 오리라고 예상하였소. 작년에 출소한 이후로 한

시라도 마음 편한 날이 없었단 말이오. 살인예고? 그 정도는 나도 많이 받았단 말이오. 오늘이 그날이라 생각하니 이제 속이 후련하오. 다만….."

"다만? 뭐?"

"나 같은 놈을 남편으로 여기고, 여기까지 함께한 아내가 걱정이오. 나 때문에 세상 사람들의 돌팔매질을 오롯이 혼자 감당할 테니 말이오."

김현규는 기가 찼다.

"남의 집 귀한 딸을 그리해놓고도 꼴에 순정은 있다, 이거지?"

"날 빨리 죽여주시오."

어릴 때 지독히도 가난한 가정에서 태어나 초등학교만 졸업하고, 그때부터 일용직으로 생계를 이어가다 범죄행각을 저지른, 전과 17범인 전이태의 운명은 여기까지였다. 그때였다. 밖에 있던 김우태가 소리쳤다.

"준비가 끝났습니다."

김현규가 창밖을 보니 동이 트고 있었다.

"인터넷 방송사와도 연결되었습니까?"

"네, 모든 준비는 완벽합니다."

김현규가 심판 대원 중 인터넷과 동영상에 능한 젊은 심판 대원을 데려온 이유가 여기에 있었다.

"그럼 시작합시다."

김현규는 전이태를 내리게 하여 임시로 만든 화형 거치대로 데려갔다. 그런데 아까만 해도 당당하던 전이태는 순간 표정이 급속도로 어두워졌고, 몸은 사시나무 떨듯 제대로 서 있지를 못했다.

"하나, 둘, 큐!"

마치 영화를 찍듯 젊은 심판 대원의 큐, 소리가 들리자 김우태와 장은태가 전이태를 번쩍 들어 거치대 위에 올렸다.

"점화!"

김현규가 엄중하게 명령하자 김유리가 불을 붙였다. 그제야 전이태는 고함을 치기 시작했다.

"잘못했습니다. 제가 잘못했어요. 제발 살려주십시오. 피해자와 그 가족분들께 진심으로 사죄합니다. 제발!"

전이태는 화형 거치대에 올라간 후, 이들이 두류산과 관련된 '화형교' 신도인 줄 알았다. 그래서 그는 큰소리로 외쳤다.

"두류산 만세! 두류산 만만세! 제발 살려주세요."

희대의 범죄자이던 그도 역시 연약한 사람이었다. 그는 화형 거치대에서 오줌을 지렸고 얼굴은 사색이 되었다. 그를 지켜보던 김현규는 한심한 듯 바닥에 침을 뱉었다.

'훨훨.'

불은 순식간에 놈을 태울 만큼 번졌다. 전이태의 비명과 불타는 소리로 한강 변은 요란했다.

'아악!'

"언제 들어도 좋은 소리군."

"속이 시원합니다."

김우태와 장은태가 치솟는 불길을 보고 한마디씩 했다. 갑작스러운 불길에 새벽녘까지 주위에서 술을 마시던 젊은이들은 영문도 모른 채 박수를 보냈고, 아침 운동을 하던 동네 주민들은 이게 뭔가 싶어 주위로 몰려들었다. 그런 상황에서 김유리가 유인물을 뿌렸다. 물론 여기까지 모든 장면은 인터넷으로 실시간 중계되고 있었다.

밤새 술 마시다가 식당에서 해장술을 먹던 사람, 밤샘 근무 중인 아파트 경비원, 야간 근무 중이던 공장의 직공, 심지어 출동대기 중이던 119 대원들까지 모두 이 방송을 보고 경악했다. 발 빠른 유튜버들은 하나라도 놓칠세라 이 장면들을 바로 받아 재전송하여 전국에 깨어 있는 사람들은 모두 열광했다.

"역시 두류산!"

"최고! 이제야 죽어 마땅한 놈을 제대로 척결하네."

"두류산을 국회로! 경찰 해산!"

온갖 댓글과 찬사가 쏟아지는 인터넷 공간에서 이 광경은 단연 실시간 검색 1위가 되었다. 그사이 김현규를 비롯한 화형교 가족들은 유유히 현장을 빠져나가고 있었다. 그런데 아까 뿌려진 유인물에는 놀랍게도 두류산의 이름이 없었다. 대신, 진인(眞人)이라는 서명이 새롭게 등장했다.

「이 자는 살인, 폭행, 아동 성추행 등
전과 17범의 희대의 범죄자로서
다수 선량한 시민과 반드시 격리되어야
마땅하므로, 4인 집단지도체제

전원 일치로 극형인 화형에 처함.」

심판의 날, 진인(眞人)

민지원과 통화를 끝낸 나태주는 급하게 차를 몰아 산음경찰서로 들어갔지만, 정 팀장을 만날 수가 없었다. 그와 팀원들은 화엄사 인근에서 야간 수색하느라 다음 날 아침에 복귀한다고 했다. 나태주는 전화통화가 된 정 팀장에게 그곳에 두류산 일행이 없다고 몇 번이나 말했지만, 그는 말을 듣지 않았다. 이에 할 수 없이 나태주는 다음 날 아침 일찍 출근하여 정 팀장에게 대면보고를 할 요량으로 먼저 퇴근하였다.

다음 날 아침이었다. 일찍 일어난 나태주는 세면장에서 씻고 나올 때 한 통의 전화를 받았다. 나태주는 정 팀장인가 싶어 얼른 전화를 받았다. 하지만 전화를 건 이는 J경찰서 후배 성용옥 경장이었다.

"방송 보시고 있습니까?"

그의 목소리는 다급하다 못해 심히 떨고 있었다.

"무슨?"

"전이태 아시죠? 네. 그놈요. 놈이 한강 둔치에서 화형당했답니다."

순간 나태주는 혼선이 생겼다. 두류산은 심한 부상으로 계룡산에 있고, 나머지는 어제 화엄사로 민지원을 데리러 왔는데 무슨 화형인가 싶었다.

"잘못 본 게 아니야? 그들은 정황상 움직이지 못하고 있을 건데? 아니면, 두류산이 아닌 모방범죄? 그런데 도대체 언제 그랬대?"

"오늘 새벽 동틀 무렵입니다."

"오늘?"

"네. 선배님 말씀대로 모방범죄일 수도 있습니다. 놈들이 남긴 유인물 맨 밑에 두류산의 서명이 없었거든요."

"그러면 그렇지. 지금 두류산과 일당들은 그만한 일을 실행할 능력이 되지 않아."

"그런데 이상한 건, 이게 모방범죄답지 않게 흡사 화형교 식구들이 실행한 것처럼 너무 정교하고 완벽합니다."

나태주는 성 경장의 말에 고개를 갸웃거렸다.

"그래? 대체 유인물 하단에 두류산이 아닌 누구 서명이 되었단 말인가?"

"진인(眞人)이라고 되어있답니다."

"진인? 음… 진인이라면 정감록에 나오는 구세주 말하는 게 아니야?"

"그렇습니다. 격암유록에도 가끔 등장하는 인물이지요."

나태주는 머리가 어지러웠다. '진인'이란 단어에 그는 이게 모방범죄가 아니라고 확신했다.

'이럴 수가! 두류산이 벌써 부상에서 회복되었단 말인가?'

"선배님!"

"알았어. 나 지금 출근해야 하니 이따 통화하자고. 확실한 건 모방범죄가 아니란 점이야. 진인은 바로 두류산이야. 그렇게 알고 있으라고."

성 경장과 통화를 마친 나태주는 한걸음에 산음경찰서로 달려갔다. 놀랍게도 사무실엔 초췌한 몰골의 정 팀장과 팀원이 TV를 보고 있었다.

"팀장님!"

"오! 나 형사. 이리 앉으시오."

정 팀장의 표정은 몹시 어두웠다.

그도 그럴 것이 두류산을 쫓기 위해 재차 민지원을 이용했지만, 어제 아무런 소득이 없었기 때문이었다. TV를 보던 조민태 형사를 비롯한 팀원들 역시 풀이 죽어있었다.

"어때? 저것도 두류산 작품이지?"

정 팀장은 수법만 봐도 놈들의 소행이란 걸 알고 있었다.

"맞습니다. 두류산은 현장에 없었지만, 그가 기획하고 연출한 작품이라 보입니다."

"어제 우리가 민지원과 접촉하는 놈들을 쫓을 때, 한편에선 저 짓거리를 벌였어. 정말 놀라운 일이야."

정 팀장은 완전히 사기가 꺾인 모양이었다.

"결국, 민지원과 접촉하는 자들을 놓쳤습니까?"

"어쩔 수 있어? 놈들은 오토바이를 타고 왔는데? 어젯밤 화엄사부터 노고단까지 샅샅이 뒤져도 놈들을 찾을 수가 없었어. 괜한 헛수고만 하고 말이야."

옆에 있던 조민태 형사가 자조적으로 말했다.

"민지원이 별도로 연락해오지 않았습니까?"

"전화 오기는커녕 그 여자와 이제 연락조차 되지 않소. 전화가 불통이오."

나태주는 정 팀장의 말에 고개를 끄덕이다 어제 있었던 일을 보고해야 할지 잠시 고민했다. 이런 분위기에서 그녀가 자신에게 전화 왔다고 하면, 정 팀장은 자격지심으로 화를 낼 게 뻔했다.

"그런데 나 형사. 하나 물어봅시다. 이번 유인물엔 두류산의 이름이 안 들어가고 진인이라는 단어가 등장하잖소? 그게 어떤 의미가 있는지?"

정 팀장은 그게 궁금한 모양이었다.

"그냥 두류산의 필명이라 보시면 됩니다. 자신을 신격화하고 민중들을 혹세무민하게 만들려는 고도의 이름 전략이죠. 두류산이 진인입니다."

그러자 정 팀장이 어처구니가 없다는 듯 웃었다.

"지가 참사람이라고? 두류산! 이 녀석, 진짜 미친놈이구먼. 어이! 팀원들! 모두 일어나! 나가서 아침부터 먹고 오지. 저 사건은 우리와 상관없어. 서울지방경찰청에서 알아서 할 테니."

그런데 그때였다. 갑자기 사무실 문이 거칠게 열리더니 일단의 무리가 들어왔다. 그들은 서장을 비롯한 수사과장 등 간부들이었다.

"뭐가 상관없어? 어이, 정 팀장!"

서장의 등장으로 정 팀장을 비롯한 형사팀원들은 벌떡 자리에서 일어났다. 나태주는 옆으로 비켜났다. 정 팀장이 놀란 얼굴로 서장 앞으로 달려갔다.

"네. 서장님!"

"어제 수색한다더니 어찌 되었나?"

서장은 몹시 화가 나 있었다.

"그게…."

"당신은 도대체 감을 잡고 수사하는 거야 아님, 그야말로 주먹구구식으로 대충 수사하는 거야? TV 봤지? 사건은 서울에서 일어나고 있는데, 우리 관할도 아닌 그쪽으로 넘어가서 지랄을 떨었나?"

정 팀장은 얼굴이 벌겋게 달아올랐다.

"아닙니다. 저희 팀에서 두류산 쪽으로 정보원을 투입하여 놈들의 행선지를 쫓는 작전이었습니다. 어제 별 소득은 없었지만, 조만간 그 정보원이 중요한 정보를 줄 거라고 확신합니다."

그러자 서장은 되레 큰 소리로 말했다.

"됐고! 이제 당신과 부하들은 이 사건에서 손 떼! 이번 주 안으로 군이 투입될 거야. 그리 알고 그동안의 수사기록 등을 정리해서 그쪽에 넘길 준비나 해."

서장의 말에 팀원들은 오히려 다행스러운 표정을 지었지만, 정 팀장은 반색하며 서장에게 따졌다.

"그건 안 됩니다!"

"왜?"

"서장님도 알다시피, 두류산은 저의 형님을 죽인 원수입니다. 조금만 시간을 더 주시면 제가 꼭 잡겠습니다."

"시끄러워! 내 말대로 해. 곧 군이 나설 거야. 그리고 저기, 나태주라고 했나? 그래, 나 형사는 지금 내 방으로 따라와 주게."

서장의 말에 나태주는 턱, 하고 숨이 막혔다. 그건 서장의 갑작스러운 부름 때문이 아니라, 결국 두류산 하나 때문에 군이 움직인다는 충격적인 사실 때문이었다.

'군이 정말로 투입된다?'

서장실은 넓고 깨끗했다. 나태주는 비서가 갖다 준 커피만 홀짝이며 서장의 말을 기다렸다. 그는 누군가와 심각하게 통화하더니 마침내 끊고 나태주 앞에 앉았다. 서장은 땀을 삐질삐질 흘리고 있었다.

"자넨 내가 오랫동안 지켜봤지. 우리 경찰서의 어떤 팀장보다 나은 직원이라는 것을 진작 알고 있었어."

"과찬이십니다."

"음… 자넨 방금 내가 누구랑 통화한 것 같았나?"

서장의 얼굴엔 비장함이 묻어있었다.

"잘 모르겠습니다만, 엄청 높은 분인 것이 느껴집니다."

"청와대, 민정수석이야."

"네?"

"별 친분은 아니야. 그저 고등학교 선배일 뿐이야."

"두류산 때문에 민정수석이 움직인다는 말씀입니까?"

"엄밀하게 말하자면 그분의 지시로 군(軍)이 움직이는 거지."

민정수석이 군을 움직인다는 것은 그가 모시는 코드 원이 승인했다는 말이었다.

"그게 말이 된다고 생각하십니까?"

나태주는 말을 해놓고 난 뒤, 자신이 주제넘은 말을 했다고 생각했다.

"일개 범죄자 때문에 군이 나선다는 건 이례적이지. 하지만 이 일련의 사건들은 너무 엄중해. 국민의 불안과 혼란이 최고치에 이르렀어."

"그런데 저를 왜 부르셨는지요?"

서장은 나태주를 멀끔히 쳐다보았다.

"자네가 필요하니까. 그런데 나 형사는 '견벽청야(堅壁淸野)'란 뜻을 아나?"

서장의 뜬금없는 말에 나태주는 잠시 기억을 더듬었다. 그 고사성어는 경찰학교에 다닐 때 배운 적이 있었다.

"삼국지에 나온 말 아닙니까? 뭐, 대충 성벽을 튼튼히 하고 들판에 있는 것은 모두 치운다, 하는 뜻인 것으로 압니다만."

"역시 자넨 똑똑하구먼. 아까 수사과장이나 참모들은 아무도 모르던데."

"그런데 견벽청야와 두류산과 무슨 관계가 있는지…."

그런데 이번에도 나태주는 질문을 던져놓고선, 아차, 싶었다. 이건 짐작건대 군 작전이었다. 서장은 고개를 끄덕였다.

"그래 맞아. 당신이 생각한 그대로야. 군이 투입되면 지리산 일대에 있는 화형교의 지원세력은 몽땅 소각될 거야. 그게 음식이든, 장비든, 돈이든. 그래야 놈들이 꼼짝없이 고립될 것이니까."

나태주는 서장이 자신만큼 화형교와 두류산에 관한 정보를 알고 있다고 생각했다.

그런데 군이 투입되면 제일 먼저 제거해야 할 것은 '정의와 공정을 지향하는 민들레공동체 마을'이었다.

"정말, 군이 오기는 오는 겁니까?"

"물론. 한국전쟁 당시 공비토벌 작전을 수행한 것처럼 1개 연대가 올 것이야. 그래서 그들이 반드시 확보하여야 할 전략거점은 벽을 쌓듯이 견고히 하고, 부득이 포기하는 지역은 인원과 물자를 청소하여 적이 발붙일 수 없도록 빈 들판만 남겨두게 할 것이야."

나태주는 1개 연대란 말에 깜짝 놀랐다.

"그렇게 많은 병력이 온다는 말씀입니까?"

"시국이 불안해. 놈을 잡지 못하면 이 정권이 큰 타격을 받게 되어있어. 가뜩이나 국민이 둘로 분열된 상태에서 이런 망아지 같은 집단이 혼란을 부추긴다면, 이건 나라다운 나라가 아니지."

서장은 말을 하면서도 불안감을 감추지 못했다.

"그렇다면 정확히 제가 할 일은요?"

"놈들을 소탕할 수 있게 길 안내를 맡아줘. 길 안내라 하니 마치 가이드 역할밖에 되지 않는다고 생각할 필요 없어. 자넨 우리 경찰 쪽 책임자야. 이번 작전은 한마디로 '군·경 합동작전'이지."

서장의 속내를 알자 나태주는 고민에 빠졌다. 자신이 임무를 맡지 못해서가 아니라 '견벽청야' 작전의 방향이 잘못된 것 같았다.

"저기…, 서장님!"

"말 해보게."

"어떤 작전인지 알겠습니다만, 군이 작전을 전개할 곳은 지리산이 아닙니다. 현재 두류산은 이곳이 아닌, 계룡산에 있는 것으로 파악되었습니다."

나태주가 용기를 내어 서장에게 말했으나, 그의 반응은 떨떠름했다.

"확실해?"

"네. 계룡산이 맞습니다."

서장은 잠시 생각하는 듯하다, 이내 말을 꺼냈다.

"상관없어. 이번 작전은 일단, 지리산이야. 이번 기회에 지리산에 있는 화형교의 근거지를 없애버리는 게 군의 1차 목표거든. 그렇게 빈 들판만 남겨두고 확실하다면, 2차 목표로 놈을 소탕하러 계룡산에 가야겠지."

서장의 말에 나태주는 맥이 풀리고 말았다.

계룡산 천황봉 아래 산장에서 두류산은 누운 채로 TV를 보고 있었다. 방송에선 희대의 범죄자 전이태가 화형으로 처단되는 장면이 종일 방영되고 있었다. 눈에 익은 진행자와 패널들은 이번만큼은 두류산을 반드시 체포해야 한다고 거품을 물었지만, 화면 아래에 실시간으로 뜨고 있는 댓글은 그들의 바람과 반대였다.

「구국의 영웅 두류산을 국회로! -바람잡이」

「다음 화형 대상자가 누구인지 정말 궁금합니다. -식물인간」

「정말 군이 투입될까요? -궁금 도사」

두류산은 이번 거사를 성공적으로 마친 김현규를 다시금 생각했다. 김현규는 화형교를 만들기 전, 온라인 카페에서 처음 만난 자였다. 출신은 무진. 무진시 학살 사건 때 부모님을 잃은 자. 대학 재학 시 운동권에서 활동한 경력으로 그는 특히 조직을 끄는 리더십이 대단한 자였다. 까딱했으면 그 온라인 카페 회장을 두류산이 아닌 그가 할 뻔했던 인물이었다. 두류산은 그의 탁월한 리더십을 존경했지만, 언제나 자신과 의견 마찰로 인해 껄끄러운 상대로 생각했다. 그런 그가 자신이 병석에 있을 때 큰일을 성공적으로 마쳤다고 생각하니 사뭇 가슴이 시렸다. 그때 약사발을 든 채은지가 들어왔다.

"교주님, 약 드실 시간이에요."

오늘 보니 채은지의 얼굴이 형편없이 상해있었다. 두류산은 자신이 힘을 잃어버렸을 때도 변함없이 챙겨주는 그녀가 고마웠다.

"고마워."

"뭘요? 당연한 걸 두고. 어쨌거나 빨리 낫기나 하세요."

두류산이 진심으로 고마워하자 채은지는 눈물이 핑 돌았다.

"그러게. 어쨌든 내가 미안해. 나 때문에 은지가 고생이야."

그러자 채은지는 설움이 복받치는 듯 두류산의 품에 기대어 펑펑 눈물을 쏟았다.

"왜 그래? 무슨 일이 있어?"

두류산은 그녀를 일으켜 세운 뒤 얼굴을 빤히 쳐다보았다. 확실히 그전보다 얼굴이 매우 까칠해졌고 핏기가 없었다.

"교주님이 이리되시니, 모두 날 무시하잖아요. 특히 김유리 그년이 날 못 잡아먹어서 환장한 것처럼 날뛰니 제가 서럽지 않겠어요?"

"유리 씨가 왜 은지를 미워하지?"

채은지는 두류산의 무심한 말에 살짝 화가 났다.

"그걸 정말 몰라서 묻는 거예요? 김유리 그년도 교주님을 엄청나게 좋아하잖아요. 교주님의 사랑을 독차지하려고 날 몰아세운단 말이어요."

"유리가?"

"네."

두류산은 처음 듣는 말인 듯 고개를 갸우뚱거렸다.

"난 그런 마음이 전혀 없는데? 내 스타일도 아니고."

두류산은 채은지를 위로해주는 차원에서 마음에도 없는 말을 한다고 했으나, 그게 오히려 채은지의 화를 돋웠다.

"흥! 민지원 씨도 처음엔 교주님 스타일이 아니라고 해놓고선, 그년과도 잘 놀았잖아요!"

두류산은 채은지의 말을 듣다 불현듯 민지원이 생각났다.

"놀았다는 표현은 좀 지나쳐. 그런 것 아냐. 난 단지 그녀가 죽은 민채원의 언니라서 조금 특별하게 대해준 것뿐이야. 그건 그렇고 민지원 씨에 관한 소식은 뭐 없어?"

채은지는 그녀와의 관계를 부인하는 두류산이 미웠지만, 뚜렷한 물증이 없으니 별수가 없었다.

"아마 오늘이나 내일쯤 이곳으로 올 거예요."

"뭐? 민지원 씨가 이곳으로?"

두류산은 깜짝 놀랐다.

"네. 그녀는 교주님을 배신했다는 것 때문에 무척 괴로워하고 있답니다. 그래서 교주님을 직접 뵙고 용서를 빈다고 하네요. 지휘부에서도 회의 끝에 그녀를 재차 받아들이기로 했습니다."

'음⋯.'

두류산 역시 민지원이 그날 왜 자신을 그런 구렁텅이로 몰아넣었는지 정말 궁금했다. 그녀의 용서는 둘째치고 그 연유를 꼭 알고 싶었다.

"용서하실 거예요?"

"뭘?"

"민지원 씨 말이에요. 교주님을 배신한."

"아직은 모르겠어."

두류산이 미적거리자 채은지의 눈매가 날카로워졌다.

"만약! 그때처럼 또 민지원 씨랑 바람피운다면 이번엔 제가 교주님을 용서하지 않을 거예요. 아셨죠?"

그러면서 채은지는 약사발을 두류산의 입에 부어주었다. 그녀의 도움으로 약을 먹던 두류산은 민지원과의 뜨거웠던 밤이 떠올랐다. 그런데 이상한 일이었다. 아까만 해도 그의 남성은 죽어있었는데, 민지원의 이름과 육감적인 몸을 떠올리자 아랫도리가 뜨겁게 달아올랐다. 도저히 참을 수 없던 두류산은 약을 먹는 도중에 채은지를 확, 하고 끌어안았다. 그러자 그의 몸은 후끈 달아오르면서 차마 환자라고 볼 수 없을 정도로 강인한 남자로 변해가고 있었다.

'쨍그랑.'

약사발이 바닥에 내동댕이치는 소리가 들리자, 둘은 약속이나 한 듯 벌거벗은 채 한 몸이 되어 쓰러졌다. 그렇게 갑작스러운 관계가 끝나자 두류산은 채은지의 손을 잡고 깊은 잠에 빠졌다. 그런데 잠이 깰 때쯤, 환상이 시작되었다. 완전한 어둠이었다. 천지는 암흑이었고 아무런 소리도 들리지 않았다. 두류산은 그 암흑 속에 홀로 서 있었다. 가슴은 벌렁거렸고 마음 깊은 곳에는 어떤 불안이 가득했다.

'이곳은 어디인가?'

그때였다. 두류산이 서 있는 그 장소가 흔들리기 시작했다. 이어 먼 곳에서 이상한 굉음이 들리면서 차가운 해일이 몰려오기 시작했다.

'우르릉. 쾅쾅.'

그뿐만 아니라 사방에서 총과 대포 쏘는 소리가 요란하게 들렸고, 또 주위엔 굶주림에 지친 사람들의 비명이 들렸다. 그런 후 마침내 하늘에서 천둥과 번개가 쳤다.

'번쩍.'

잠시 빛이 비치자 사방은 그야말로 지옥이었다. 죽어가는 사람들의 아우성과 살려달라는 비명이 가득했다. 번개가 그치자 또 사방은 온통 어둠이었다. 전쟁과 기근, 그리고 해일이 가득한 이곳은 말 그대로 지옥이었다. 그런 와중에 저 멀리 빛이 보였다. 자세히 보니 인자가 구름을 타고 두류산 쪽으로 오고 있었다.

'인자(人子)?'

그분은 구름 위에서 인자한 얼굴로 웃고 있었다. 두류산은 너무 놀라 입이 얼어붙었는데 그가 손을 내밀었다.

'내가 너를 흑암에서 건지리라.'

견벽청야(堅壁淸野)

조상 대대로 살아온 지리산 산청군
지리산이 무슨 요새인가 6·25전쟁 전후하여
김일성 부대도 천왕봉에 텐트 쳤고
국군 11사단 9연대도 텐트 쳤고
'견벽청야 작전'으로
벽을 쌓아 빈 들판 만들어
죄 없는 양민, 농민들 다 죽였고
할아버지는 국군의 정조준 총에 맞아
억울하게 산화하셨는데
할아버지 등에 업혔던 10개월짜리 나는
어떻게 살아났는지?
나의 생존 역사 스토리가 단절되었다
생시에 아버지도, 어머니도
아무런 이야기도 해 주시지 않았다

나는 짐작한다
그 끔찍한 추억을 기억하기 싫었을 것이고
내게 아무런 도움도 되지 않을 것이라고
생각하였으리라
아, 고향 지리산 산청은
질곡애환의 함성들이 지리산을

부둥켜안고 통곡하며 눈 부릅뜨고 있구나
지리산 역사만이 알고 있는
지리산 너만이 알고 있는
갈등, 용서의 시작과 끝을.

—민수호, 「내 고향」

서장실을 나온 나태주는 온몸에 힘이 없었다. 설마 하던 군이 이 지역에 투입된다고 생각하니 이건 좀 아닌 것 같았다. 정부에서 정말 두류산을 잡고 싶다면, 보유한 경찰력만으로도 충분할 것이었다.

'때가 어느 때인데 군이야?'

나태주는 투덜대며 사무실 안으로 들어왔는데 정 팀장을 제외한 모두는 두류산과 관련된 자료를 찾고 모으는 데 혈안이 되었다. 나태주는 침통한 표정을 지으며 창밖을 바라보는 정 팀장에게 다가갔다.

"무슨 생각 하십니까?"

그런데도 정 팀장은 별말이 없었다.

"팀장님!"

그제야 정 팀장이 뒤로 돌아 나태주를 물끄러미 쳐다보았다.

"왔어요? 그래, 서장님과 대화는 잘 되었소? 뭐래? 아까 말대로 조만간 군 병력이 온다고 하죠?"

"네, 아쉽게도."

"흐흐, 나 형사가 아쉬울 게 뭐 있겠소? 이번 작전에 그 양반들 길잡이 노릇이나 하다 내려오면 되지."

"그게 문제가 아닙니다."

나태주의 반응에 정 팀장은 실눈을 떴다.

"아니라면?"

"민심이 크게 이반될 겁니다. 아시다시피 이 지역은 한국전쟁 때 군이 나서서 빨치산 토벌을 한 적이 있지 않습니까?"

"그랬었죠. 그런데 그게 뭐요?"

"아직 피해자와 가족들이 남아 있는 상태에서 또 군이 마치 포위하듯 지리산을 수색한다 해봐요. 그 트라우마가 다시 살아날 것입니다. 그들에게 2차 피해를 준다고요. 게다가 작전이 시작되면 펜션 등 관광으로 먹고사는 지리산 주민들의 피해는 더 심해질 것입니다."

하지만 나태주의 말에 정 팀장은 코웃음을 쳤다.

"그런 건 일개 경찰인 나 형사가 고민할 게 못 됩니다. 그런 고민은 정부 윗사람들과 우리 지역 높은 놈들이 신경 써야 할 터, 당신은 그냥 군인들의 길 안내나 잘하면 됩니다."

나태주는 정 팀장이 자신에게 억하심정이 있는 것으로 생각했다. 팀장인 자신을 제치고 서장이 부하직원을 불러낸 것에 대한 묘한 질투심이라 생각되자, 나태주는 그만 자기 자리로 돌아왔다.

"이봐! 나 형사. 도대체 군이 얼마나 온다는 거야? 아까 서장님이 연대 규모라 그러지 않았나?"

조민태 형사가 물었다.

"그쯤 될 겁니다. 대략 2,000명 정도."

"풋! 일개 범죄자 한 명 잡기 위해 그런 대규모 병력이 동원되다니. 참, 대한민국은 이상한 나라야."

조 형사가 비꼬는 투로 말하자 나태주가 따끔하게 한마디 했다.

"그렇게 훌륭하신 조 형사님도 민지원을 데려가는 놈조차 놓쳤다면서요? 이건 우리 경찰이 너무 무능해서입니다. 딴 이유가 아니라."

"뭐?"

나태주는 조 형사의 반응에도 아랑곳없이 솔봉 아래에 있는 민들레 공동체 마을을 생각했다. 비록 두류산의 근거지이지만, 그곳은 갈 데 없고 힘없는 사람들이 모여 정답게 살아가는 곳이었다. 이번 작전으로 군은 그 마을을 그대로 두지 않을 게 뻔했다. 그뿐만 아니라 군은 두류산의 흔적이 있는 신당, 점집 등을 소개(정리)할 게 뻔했다. 우리 전통이 남아 있는 그런 곳을, 단지 범인의 지원처나 도피처로 생각하여 불로 태운다면 그 반발을 어떻게 할지, 나태주는 그걸 걱정하고 있었다.

그날, 즉 전이태를 화형으로 처단한 김현규 일행들은 돌고 돌아 계룡산으로 무사히 들어오고 있었다. 두류산과 오랜만에 깊은 정사를 나눈 채은지는 김현규의 전화를 받고 산장 마당에 장작을 재우고 술과 고기를 준비하느라 종일 바빴다.

정확히 밤 10시였다. 서울에서 이곳까지 CCTV가 없는 임도와 농로를 이용하느라 녹초가 된 김현규 일행이 마당에 도착했다.

"불을 피우시오!"

김현규가 지시하자 장은태와 심판 대원들이 재빨리 불을 피웠다. 그런 와중에서 김우태가 넌지시 김현규에게 말했다.

"교주님께 보고부터 해야 하지 않겠습니까?"

그런데 그 말에 김현규가 인상을 찌푸렸다.

"그게 급한 건 아니잖습니까? 이 시간이면 주무실지도 모르는데, 일단 성과분석부터 하고 나서 내일 합시다."

김현규의 입에서 나온 성과분석이란 말에 모두 고개를 갸우뚱했다. 지금까지 처단식을 끝내면 그저 먹고 마시는 게 당연한 일이라 생각한 일행들은 영문을 몰랐다. 어쨌거나 그의 엄중한 말에 김우태는 고개를 끄덕였다.

"채은지 씨. 민지원 씨를 데리러 간 대원들은 어떻게 되었소?"

김현규는 날카로운 눈빛으로 채은지를 쳐다보았다.

"곧 도착한다고 연락이 왔습니다만."

"그래? 그렇다면 그들이 오고 나서 의식을 치러야겠구먼. 다들 배고플 테니 음식이나 듭시다. 술을 곁들일 분들은 약간만 드시면 좋겠군요."

김현규가 자리에 앉자 나머지도 눈치를 보며 앉았다.

'체! 지가 교주네. 호랑이 없는 곳에 여우가 왕을 한다더니.'

채은지가 입을 삐쭉거리며 음식을 내어오자, 그 모습을 지켜보던 김유리가 못마땅한 표정을 지었다. 그렇게 어색한 분위기 속에 식사하고 있을 때, 젊은 심판 대원 두 명이 민지원을 앞세우고 마당으로 들어왔다. 이에 모두의 시선이 민지원에게 집중되었다.

"죄송합니다. 어찌 되었든 그날 일을 사죄드립니다. 다시 받아주신다, 하여 염치없이 이곳에 또 왔습니다."

민지원은 김현규 일행에게 진심을 담아 고개를 숙였다. 그런데 그때였다.

"누가 받아준다 했어요?"

날카로운 목소리의 주인공은 김유리였다. 식사하던 김우태와 장은태, 또 옆에서 시중을 들던 채은지가 화들짝 놀랐다.

"네? 그게 무슨…."

민지원 역시 몹시 당황한 얼굴이었다.

"교주님을 그리 배신한 사람의 낯짝이 어떠한지 알아보려고 불렀을 뿐, 당신을 받아준다고 하지 않았는데?"

김유리의 표정이 싸늘했다. 옆에 있던 장은태가 이건 좀 아니다 싶어 그녀를 제지했지만, 김유리는 더욱 세게 나갔다.

"풀려났으면 자결을 했어야지. 도대체 우리 화형교와 교주님을 어떻게 보고 이런 뻔뻔스러운 얼굴로 나타나냐고!"

김유리의 돌발행동에 이번엔 김우태가 나섰다.

"왜 그래요? 그때 받아주기로 했잖소."

그의 말에 채은지도 거들었다.

"맞아요. 저도 그리 알고 교주님께도 미리 말씀드렸는걸요?"

한바탕 소란이 일자 그제야 김현규가 나섰다.

"저 여자를 묶어."

이 모든 게 김유리가 꾸민 일 같았다. 민지원에 관하여 상세히 모르던 김현규가 이리 돌변한 건 역시 김유리의 영향 때문이라고 모두 생각했다. 마당에서 밥을 먹던 젊은 심판 대원들이 김현규의 추상같은 명령에 재빨리 민지원을 포박했다.

"화형대로 데려가."

민지원은 너무 놀라 비명조차 지르지 못하고 그저 "왜?"라고만 물었다.

"왜 그러세요? 분명히 와도 좋다는 전갈이 있었잖아요. 도대체 왜?"

모두는 이 급작스러운 일에 숟가락을 놓고 멍하니 지켜보았다. 민지원은 졸지에 모닥불 옆 화형 거치대에 묶이고 말았다.

"모두 이 앞으로 모이시오."

사람들이 불안한 눈빛으로 화형 거치대 앞에 모이자 김현규가 일장연설을 했다.

"우린 오늘 온 국민이 열망하던 희대의 범죄자 전이태를 성공적으로 처단하였소. 우리의 이 행위는 후대에 의롭다고 평가받을 것이오. 하지만 이와는 별도로 이 여자의 배신행위는 분명히 성과분석에 들어가야 할 것이오."

그제야 김우태를 비롯한 대원들은 김현규가 말한 '성과분석'이 이런 것이구나 하고 깨달았다.

"그때 솔봉에서 저 여자가 교주를 꾀어 곤궁에 빠뜨린 건 분명한 배신행위이자, 그걸 내버려 뒀던 모두의 책임이 큽니다. 하지만 오늘 이 자리에서 여러분께 따지진 않겠습니다만, 분명한 것은 우리 화형교와 교주님을 배신한 이 여자에게 합당한 책임을 물을 것입니다."

"합당한 책임이라면?"

김우태가 불안한 듯 물었다.

"배신자의 길은 단 하나! 화형입니다."

김현규는 모닥불 하나를 들어 화형 거치대로 서서히 다가갔다. 민지원은 이제 너무 놀라 비명도 나오지 않았다.

"살려주세요! 제가 잘못했습니다."

민지원은 온몸을 벌벌 떨었다. 그 광경을 지켜보던 사람들은 말문이 막혀 숨소리도 내지 않았다. 마침내 김현규가 모닥불을 높이 들었다.

"배신자의 처단을 위하여!"

그러자 김현규의 위세에 겁을 먹은 젊은 심판 대원들이 가세했다.

"처단을 위해!"

"화형으로 배신자를 태워 죽이자!"

"위대하신 김현규 대표위원님의 뜻대로!"

이런 분위기 속에 김우태와 장은태도 어찌할 도리가 없었다. 그들은 오른팔을 드는 시늉으로 김현규의 뜻을 지지하였다. 하지만 채은지는 달랐다. 그녀는 자신의 요청으로 이곳에 들어온 민지원을 그냥 이대로 죽게 할 수는 없었다. 한때는 자신의 남자를 빼앗아 몹시 미워했지만, 그녀에게도 일말의 양심이 남은 것이다. 채은지는 무작정 김현규의 발에 매달렸다.

"살려주십시오. 불쌍한 여자입니다. 제발."

하지만 김현규는 무심했다. 그런 채은지를 발로 차버리곤 모닥불을 천천히 화형 거치대에 옮기려 했다.

"죽여!"

"죽이자!"

마침내 마당엔 함성이 울려 퍼졌다. 이제 민지원은 동생 민채원에

이어 꼼짝없이 죽을 수밖에 없었다. 민지원은 머릿속에 그동안의 일이 파노라마처럼 지나갔다. 동생의 복수를 위해 화형교에 잠입하여 두류산을 만났지만 결국, 그런 그를 사랑하게 된 것까지. 지원은 모든 게 '자업자득'이라고 생각했다. 그러자 폭포 같은 눈물이 뚝뚝 떨어졌다. 그런데 그때였다.

"그만두시오!"

놀라운 일이었다. 장엄하면서도 섬뜩한 목소리의 주인공은 바로 두류산이었다. 그는 어느새 마당 한가운데에 서 있었다. 더군다나 그의 뒤는 후광이 비치고 있었고 더욱 이상한 건 누구도 그의 나타남을 본 사람이 없다는 점이었다.

"소생하셨다!"

김우태가 당장 달려가 무릎을 꿇고 그의 발에 입을 맞추었다. 그러자 약속이나 한 듯이 장은태와 채은지도 김우태처럼 그의 발밑에 무릎을 꿇었다. 젊은 심판 대원들은 어찌할 줄 몰라 물끄러미 그 광경을 지켜보고 있었고, 두 남매, 즉 김현규와 김유리만 그 자리에서 꼼짝하지 않고 서 있었다.

"소생이 아닙니다. 교주님께서는 환생하셨어요!"

채은지가 벌떡 일어나 모든 이에게 소리쳤다. 그러자 멀뚱거리던 젊은 심판 대원들의 입이 열렸다.

"두류산 만세!"

"환생하신 두류산 만만세!"

두류산이 근엄하게 사람들을 꾸짖었다.

견벽청야(堅壁淸野) 197

"스스로 죄 없다고 생각하는 자만 그녀에게 불을 지르시오."

민지원은 이 순간 나타난 두류산을 보자 부끄러움과 반가움이 교차했다. 역시 그는 불사조요, 신이다, 하고 그녀는 생각했다. 그 말을 들은 김우태와 장은태는 김현규에게서 모닥불을 뺏기 위해 달렸다. 하지만 김현규는 만만치 않은 인물이었다.

"그렇게는 안 되오. 우리 화형교가 집단지도체제에 들어선 이상 나름대로 엄중한 집행이 필요합니다. 나는 아직 이 집단지도체제의 최고위원이오. 이 여자는 반드시 내 손으로 처단할 것이오."

김현규의 말에 김유리도 동참했다.

"맞아요. 아직 화형교의 일인자는 우리 오빠입니다. 비록 교주님이 살아나셨다 해도 이 일까지는 오빠의 뜻대로 이루어지게 하소서."

그 말과 동시에 김현규는 모닥불을 민지원이 묶여 있는 화형 거치대에 던졌다. 불길이 갑자기 치솟기 시작했다.

'훨훨.'

"안 돼!"

덩달아 김우태와 장은태가 불을 끄기 위해 달려갔지만, 김현규와 김유리가 필사적으로 막았다. 두류산은 이런 김현규 남매를 불쌍한 눈으로 보는 듯했다. 갑자기 그가 두 손을 모아 기도하더니 이내 기이한 일이 일어나기 시작했다. 마른하늘에 날벼락 치듯, 밤하늘에 천둥과 번개가 치더니 소낙비가 내렸다.

'우르릉. 쾅쾅. 쏴.'

두류산의 놀라운 이적에 젊은 심판 대원들은 뒤로 물러섰고 나머지는 두려움에 소리쳤다.
 '저분은 신(神)이야.'
 김현규 남매를 제외한 모두는 감격에 겨워 폭풍 같은 눈물을 쏟아내었다. 특히 채은지와 민지원이 더욱 그랬다.

 도림면 K고수부지에는 군용 텐트와 간이 화장실, 욕실, 취사장 등이 빠른 시간 내로 들어서고 있었다. 아침부터 이곳에는 군인들과 인부 등 사람들이 몰렸고 군용 트럭과 지게차, 굴착기를 비롯한 각종 공사 장비로 발 디딜 틈이 없었다. 이 생소한 광경을 구경하러 나온 마을 주민들은 엄청난 인력과 장비에 모두 혀를 내둘렀다.
 "북쪽에서 내려오남? 무언 놈의 군바리들이 이리 많노?"
 "지리산 동계훈련이라잖아. 매년은 아니지만 십 년에 한 번은 이런 일도 있재."
 "에잇! 무슨 소리고? 지금이 이명박근혜 정부가? 북쪽과 정상회담도 하는 판국에 예끼!"
 "그러면 와 이리 야들이 설치노?"
 아무것도 모르는 마을 주민들은 모두 한마디씩 했다. 하긴, K고수부지가 어디던가. 작년 정월 달집태우기 때 이 지역 출신 왕춘팔이 화형당한 곳이 아닌가. 마침 고수부지에서 약간의 소란이 있다는 신고를 받고 현장에 나온 나태주는 고개를 갸웃거렸다. 나태주는 도림 지구대에서 충분히 해결할 수 있는 민원에 자신이 동원된 것이 의심스러웠다.
 "무슨 일입니까?"

견벽청야(堅壁淸野) 199

군용 텐트를 치고 있는 현장에 가보니 도림 파출소장과 갓 입사한 여자 경찰 둘이 있었다.

"어이! 나 형사 오랜만이야."

안면 있는 경찰 선배라, 나태주는 고개를 숙였다.

"나경민 경장은 어디 갔습니까? 왜 소장님이 직접?"

"그게… 그러니, 내가 미치고 팔짝 뛸 처지가 아닌가? 아침에 서장님이 전 지구대 직원의 반을 불러들였어."

"서장님이? 어디로요?"

"어디긴? 도평 마을 주차장이지. 아니, 경찰서에 근무하는 나 형사가 그걸 모른다는 게 말이 돼? 경찰서 직원 반도 차출되었다던데."

"그래요?"

이상한 일이었다. 아침에 정 팀장은 물론이고 수사과장과 서장은 자신에게 한마디 하지 않았다. 더군다나 서장은 군이 투입되면 자신이 경찰 쪽 팀장을 맡는다고 했는데, 일언반구가 없는 게 영 마음에 걸렸다.

"이 사람들은 언제 왔습니까?"

나태주는 작업 중인 군인들을 가리켰다.

"오늘 새벽에 왔다 하네. 이상한 건 어제까지 우리에게 아무런 사전 연락이 없었다는 거야. 아직도 이게 군의 통상적인 훈련인지 아니면 어떤 목적을 가지고 이곳에 왔는지 파악이 안 돼."

나태주가 생각하기엔 군이 전격적으로 투입된 것 같았다. 원래 서장의 말대로라면 군은 다음 주쯤 오기로 되어있었다.

"뭐, 간단한 군경 합동 훈련이겠지요. 그런데 무슨 일로 저를 불렀습니까?"

 나태주의 질문에 그제야 파출소장이 골치 아픈 표정을 지었다.

 "저기 저놈! 점마 때문이야."

 얼마 떨어지지 않은 곳에서 술에 취한 남자와 군인들 간의 몸싸움이 벌어지고 있었다.

 "나랑 온 지 얼마 안 되는 신입인 여경만으론 감당이 안 돼."

 "왜 그러는 거죠?"

 "점마가 고수부지에 텐트 못 친다고 군인들에게 지랄염병하고 있잖아. 얼마나 난리를 치는지 군인들도 쩔쩔맨다네. 그러니 내가 어떻게 감당이 되겠어?"

 "아저씨! 제발 나가주세요. 이건 군사작전입니다. 자꾸 이러시면 군법대로 처리할 겁니다."

 중사 계급장을 단 부사관이 사내를 밀어내고 있었지만, 사내도 만만치 않았다.

 "그러이 너거 연대장인지 사단장인지 빨리 불러와. 와, 이런 곳에 군사시설이 들어서는지 내게 설명해야 할 것 아이가!"

 나태주는 일단 상황을 지켜보기로 하였다. 경찰이 왔음에도 별 신경을 쓰지 않는 걸 보면 이 지역의 악성 민원인임이 틀림없었다. 그때였다. 갑자기 군용 지프 한 대가 쏜살같이 현장으로 들어왔다.

 "어이! 김 중사. 그러지 말고 헌병 불러. 그래서 군법에 넘겨버려. 저기 경찰 아저씨들은 있으나 마나 한 존재들이야."

 날랜 몸매에 군복이 잘 어울리는 대위 계급장을 단 장교가 지프에서 내렸다. 그 모습에 술에 취한 사내가 겁먹은 듯 잠시 주춤거리는 듯했으나, 그건 착각이었다. 사내는 군법에 넘기라는 말에 격분했는지 빈 소주병을 그 장교에게 던졌다.

"니이미! 지금이 군사정권 시대가!"

너무 순식간에 일어난 일이라 누구도 말릴 수 없는 상황이었다.

'악.'

병에 얼굴을 맞았는지 장교의 무릎이 꺾였다.

"박 대위님!"

놀란 중사가 장교에 다가가자, 그는 중사를 뿌리치며 총을 뽑았다.

"이 새끼가! 손들어! 죽어 싶어?"

장교는 한 손을 얼굴에 대고, 총을 든 다른 손으로 사내를 정확히 겨눴다. 그런데도 사내는 웃음을 실실 흘리며 대수롭지 않게 반응했다.

"쏠라면 쏴. 어차피 인생 미련도 없다. 자! 자!"

일촉즉발의 순간이었다. 나태주는 안 되겠다 싶어 장교와 사내 사이로 뛰어들었다.

"산음경찰서 나태주 경장입니다. 그만두십시오. 제가 해결하겠으니 총은 거두어 주십시오."

"아까부터 개입해달라고 몇 번이나 요청했건만, 이제야 나타나시네. 됐어요. 저 민간인은 군 장교인 내게 소주병을 던졌단 말이오. 이건 명백한 장교 품위 손상과 폭행죄에 해당하니, 나로선 즉결처분할 수밖에."

'철컥!'

장교는 흥분했는지 정말로 방아쇠를 장전했다. 그 소리가 너무 커서 나태주를 제외한 여러 사람이 뒤로 물러섰다. 나태주는 얼른 사내에게 다그쳤다.

"이봐요! 경위야 어떻든 이분에게 사과해요. 당신 정말 죽고 싶어?"

그런데 사내의 얼굴을 마주한 나태주는 그만 깜짝 놀라고 말았다.

"당신? 공동체 마을 백 촌장?"

그런데도 사내는 술에 취했는지 얼른 나태주를 알아보지 못하다가, 이내 겸연쩍게 웃었다.

"아하! 그때 우리 마을에 오신 형사님이시네요?"

나태주는 이 사태를 수습하기 위해 얼른 수갑을 꺼냈다. 그리곤 그에게 몇 번이나 눈을 깜빡거렸다.

"당신을 폭행죄로 긴급체포합니다. 묵비권을 행사할 수 있고."

"아니? 나 형사. 아는 사람이야?"

그제야 어물쩍 파출소장이 나섰다. 나태주는 그의 팔을 뒤로 꺾어 수갑을 채운 뒤, 큰소리로 장교에게 말했다.

"죄송합니다. 이 지역은 제 관할입니다. 그러니 이자를 경찰서로 데려가 법대로 처리할 테니 노여움 푸십시오."

그길로 고수부지를 빠져나온 나태주는 그를 인근의 허름한 식당으로 데려갔다.

"어떻게 된 일입니까?"

사내, 아니 백 촌장은 술을 깨려는지 얼른 찬물부터 한 그릇 마셨다.

"군대가 우리 마을을 소각한다고 해서 홧김에 그랬습니다. 죄송합니

다."

"네? 소각요?"

백 촌장의 말은 이랬다. 어젯밤, 공동 작업을 끝내고 민들레 마을의 회관에서 주민들과 술을 마시고 있는데, 한 통의 전화를 받았다. 내일 군이 투입되어 마을을 불사를 것이니 얼른 대피하라는, 그가 듣기엔 참으로 엉뚱한 말이었다. 긴가민가 싶은 백 촌장은 새벽까지 술을 마시다 자기 눈으로 확인하고 싶어 걸어서 두세 시간이나 걸리는 도평 마을에 내려왔다.

그런데 과연 전화 내용대로 도평 마을 주차장에 군인과 경찰이 가득 모여 있었다. 백 촌장은 전화의 진위를 알고자 그곳에 모인 군인과 경찰들에게 물었으나, 아무도 대답해 주지 않았다. 그러다 군인들이 자신들은 파견 나온 것이라며, 자세한 걸 알고 싶다면 도림 고수부지에 있는 본대에 가보라는 말을 들었다. 하지만 이곳 고수부지 군인들도 아무것도 모른다며 시치미를 떼는 바람에 홧김에 술을 마시고 행패를 부렸다는 것이다.

"누가 전화한 줄은 아십니까?"

"모르겠습니다. 익숙한 목소리였는데 당시 좀 시끄러워서….''

"뭐라고 말하던가요?"

"아까 말씀드린 대로 두류산의 근거지를 없애기 위해 우리 마을을 태운다는 말이었습니다."

"그래요?"

나태주는 이 군사작전을 누가 흘렸는지 궁금했으나, 그건 알 길이 없었다. 그보다 군 측에서 일주일 후에 시작될 작전을 왜 이리 서둘렀는지 그게 더 알고 싶었다. 그때 백 촌장이 조심스럽게 나태주에게 물었다.

"나 형사님! 전화 내용이 사실입니까?"

나태주는 어떻게 할까, 하다 그냥 고개를 끄덕였다.

"사실입니다."

그로부터 사흘 뒤, 이번 작전을 진두지휘할 군 수뇌부들이 산음경찰서로 들이닥쳤다. 서장과 간부급 경찰들은 그들이 도착하기 삼십 분 전에 마당에서 그들을 기다리고 있다가, 지휘관인 듯한 군 간부가 승용차에서 내리자 일제히 거수경례했다. 형사팀 사무실에서 이 광경을 바라보던 조민태 형사가 한마디 했다.

"쳇! 지금이 군부독재 시대야? 서장이 일개 대령에게 경례하다니."

정 팀장도 씁쓰레한 웃음을 지었다.

"대령이지만 저자는 군부의 실세야. 육사 출신에다 곧 준장 진급을 앞두고 있으니 장성급이라 봐도 되겠지."

나태주는 그들이 도착하면 부르겠다는 서장의 말에 창가에 서서 묵묵히 그들을 바라보다 책상으로 돌아갔다. 그들 앞에서 두류산에 관한 브리핑을 해야 했으므로 그는 약간 긴장한 상태였다. 이미 군은 그사이에 지리산 산음면 도림 마을 K고수부지와 도평 마을 주차장 외에도 지리산 둘레 곳곳에 작전에 필요한 진지를 구축하였다. 그건 지리산을 빙둘러 한꺼번에 화형교와 두류산의 근거지를 완전히 제거하겠다는 군의 강력한 의지였다. 나태주는 오늘 브리핑에서 두류산이 지리산이 아니라 계룡산에 있다는 점을 말해야 할지 고민했다. 서장실에 나태주가 불려간 건 영접 행사가 있은 지 30분 후였다.

"형사과 나태주 경장입니다."

테이블엔 아까 본 지휘관과 영관급, 위관급 장교, 그리고 서장과 간부들이 앉아 있었다.

"이 친구가 그동안 두류산을 잡기 위해 무척 애썼습니다. 그놈에 관해, 지리산에 관해 가장 많이 알고 있는 직원이죠."

서장이 지휘관에게 귓속말로 말하자 대령은 묵묵히 듣고만 있었다.

"브리핑 시작하시죠."

대령의 말에 나태주는 그동안 준비한 두류산의 모든 것에 관하여 상세하게 보고했다. 하지만 나태주가 입 밖으로 침을 튀겨가며 열심히 브리핑했으나, 그들은 듣는 둥 마는 둥 별 반응이 없었다.

'뭐지?'

나태주는 이들의 속내를 도무지 알 수 없었다. 브리핑이 끝나자 지휘관은 서장과 간부 경찰을 대동하고 구내식당으로 가버렸다. 일찍 서두르다 보니 아침 식사를 못 했다는 이유였다. 대신 나태주 앞엔 소령 계급장을 단 젊은 군인이 있었다.

"브리핑은 훌륭했습니다. 이번 작전의 핵심인 두류산의 근거지를 발본색원하는 데 크게 도움이 될 듯합니다. 참! 연대장님이 아무 말 없으신 건, 형사님의 브리핑을 충분히 이해했다는 표시입니다. 연대장님은 브리핑이 마음에 안 들면 조인트부터 까는 분이거든요. 하하."

그 말에 나태주는 마음이 약간 풀렸다.

"백재익 소령입니다. 이렇게 훌륭한 형사님을 뵙게 되어 영광입니다."

소령은 서글서글하였지만, 눈매가 매서웠고 뱀 같은 혀를 가진 요사스러운 사람 같았다.

"나태주입니다. 앞으로 잘 부탁드리겠습니다. 혹시 백 소령님도 식사를 안 했다면 함께 구내식당으로 가시죠?"

"아닙니다. 그보다 여기 흡연구역이 있습니까? 담배를 못 피워 머리가 어지러워서요. 하하."

나태주는 이자와의 만남이 제발 악연이 아니길 간절히 기도했다. 경찰서 옥상이었다. 멀리 지리산 천왕봉에 안개가 짙게 드리고 있었다.

"저기가 유명한 지리산 천왕봉이군요. 생도 시절 동계훈련 때 딱 한 번 가본 적이 있습니다."

백 소령은 담배 연기를 뿜으며 지리산을 응시하고 있었다.

"사관학교 나오셨군요. 진급이 빠르겠습니다. 우리도 경찰대학 나온 분들이 아무래도 여러 면에서 빠르거든요."

나태주는 백 소령이 자신과 나이가 비슷하다고 보았다.

"하하, 요즘도 그런 게 있습니까? 육사든 비육사든 제 하기 나름이죠. 근데 전 3사관학교 출신입니다."

나태주는 앞선 자신의 발언에 약간 무안했다.

"그보다 나 형사님. 아까 브리핑 때 주범인 두류산이 지리산에 있지 않고 계룡산에 있을 수도 있다는 말. 그게 사실입니까?"

"네. 제가 파악한 바로는 계룡산이 확실합니다. 그런데도 우리 쪽에선 제 말을 믿지 않습니다. 그게 답답해서."

나태주의 말에 백 소령은 살포시 웃었다.

"나 형사님은 이번 작전명이 '견벽청야'인 줄 잘 아시죠? 일차적인 우리의 목적은 두류산의 근거지를 이 기회에 완전히 없애는 겁니다. 그런 후에 지리산으로 들어올 수밖에 없는 놈을 생포하는 것. 이게 최종적인 목표입니다."

백 소령의 말은 놀라웠다.

"두류산이 들어올 수밖에 없다구요?"

"하하. 저는 정보장교입니다. 일전 놈이 설악산에서 군 장성을 화형에 처한 후로 우리 쪽에서도 계속 예의주시하고 있었습니다. 그리하여 현재 놈이 계룡산에 있다는 첩보를 입수했습니다. 군 지휘부에서 바로 계룡산을 수색하여 체포하자는 의견도 있었지만, 제가 반대했습니다."

나태주는 갈수록 백 소령의 말이 궁금하기 짝이 없었다.

"왜요?"

"바로 민심 때문입니다. 계룡산은 지리산과 달라도 매우 다릅니다. 한때 조선의 도읍예정지이기도 한 계룡산은 충청권 일대에선 일종의 성지입니다. 하여, 군이 소란스럽게 작전을 펼치면 지역 주민들의 반발이 심한 건 당연할 테고, 무엇보다 주변에 세종시와 육·해·공군 본부가 있지 않습니까? 군 내부 반발도 고려하였습니다."

나태주는 비로소 이들의 속내를 알 것 같았다.

"하지만 지리산 또한 마찬가지 아니겠습니까? 이곳도 주민들의 반발이 만만찮은 곳입니다."

"하하. 지리산은 이미 한국전쟁 때 군이 공비토벌을 했던 곳입니다. 한차례 학습효과가 있어, 주민들이 이해할 것입니다."

나태주는 백 소령의 말에 점점 힘이 빠졌다.

"그렇다면 두류산이 반드시 지리산으로 들어오게끔 포위망을 좁히고 어떤 특정 마을을 소개한다는 말씀입니까?"

소개(疏開)는 '주로 적의 포격으로부터 피해를 줄이고자 전투 대형의 거리나 간격을 넓히거나, 공습이나 화재 따위에 대비하기 위하여 한곳에 집중된 주민이나 시설물을 분산시키는 것'을 뜻하는 군사용어였다.

"맞습니다."

나태주는 침이 빠짝 말랐다.

"그 특정 마을이란 게?"

"솔봉 밑 '민들레공동체 마을'입니다."

틀림없었다. 백 촌장에게 정보를 흘린 쪽은 군이었다. 그렇다면 군 내부에 화형교 신자가 있다는 말이었다. 백 촌장의 말대로, 또 앞에 있는 백 소령의 말대로 민들레공동체 마을에 피해가 간다는 생각에 나태주는 가슴이 답답했다.

"군이 그렇게까지 해야겠습니까? 그 마을에 사는 주민들 생각도 해 주셔야죠."

"주민들 생각? 그런 게 뭐가 중요합니까? 우리는 상부에서 받은 명령대로 움직이는 군인입니다. 이번 기회에 두류산을 잡지 못한다면 이 나라는 앞으로 큰 혼란에 빠질 겁니다."

나태주는 이자와 더는 이야기하고 싶지 않았다. 말을 섞을수록 그는 냉혹하고 목표 지향적인 인물이란 게 두드러졌다. 다만, 나태주는 최대한 공동체 마을에 피해가 가지 않도록 그와 타협하는 게 최선이라는 생각이 들었다.

"소개라 한다면 마을 사람들을 피신하는 정도겠지요?"

그러자 백 소령의 눈빛이 돌아갔다.

"아니요."

"네?"

"완전히 불태울 것이오."

그날 김현규의 무례한 행동에 계룡산의 분위기는 살벌했다. 두류산이 정상으로 돌아온 이상, 이제 집단지도체제니 하는 것은 무의미했다. 두류산은 그날 보인 이적(異蹟)으로 예전의 명성을 되찾았다. 공식적인 화형교의 2인자인 김우태는 회의에서 김현규의 문책을 거론했다. 하지만 두류산은 그날 일을 더는 문제 삼지 않았다. 어쨌거나 김현규가 자신이 병석에 누워있을 때 조직을 잘 이끌었던 점과 희대의 범죄자 전이태를 신도들의 희생 하나 없이 단숨에 화형시킨 점 등을 높이 평가했다.

두류산, 그는 정말 알 수 없는 인물이었다. 그의 얼굴과 몸에는 거짓말같이 화상에 의한 흉터가 하나도 없었다. 이를 두고 젊은 심판 대원들은 그를 정말 신으로 믿기 시작했다. 그건 민지원과 채은지도 마찬가지였다. 민지원은 두류산 앞에서 석고대죄함으로써 용서를 받았고, 채은지는 열성으로 간호한 점 때문에 두류산의 눈도장을 확실히 받았다.

문제는 김유리였다. 가뜩이나 채은지 때문에 두류산의 눈 밖에 났던 그녀는 두류산이 다시 화형교의 수장으로 복귀하자, 입장이 난처해졌다.

"그보다 급히 논의할 게 있습니다."

두류산이 정색하며 좌중을 둘러보자 모두 긴장했다.

"다음 처단자 말씀입니까?"

김우태는 응당 그런 줄 알고 두류산에게 질문했다.

"아니요."

"그게 아니라면? 대체…."

모두 궁금하여 두류산을 주시했다.

"군이 움직이고 있습니다. 저와 여러분을 검거하고 우리의 근거지를 말살하기 위해 놈들이 움직인다는 말입니다."

두류산의 청천벽력 같은 말에 모두 깜짝 놀랐다. 하긴 전혀 예상 밖의 일이었다. 장은태는 행여 두류산이 경찰의 대대적인 작전을 군으로 오인하지 않았냐고 생각했다. 채은지는 두류산이 너무 오래 병석에 있어 어떤 착각을 하지 않았나, 하고 추측했다.

"군이라뇨? 혹시 경찰을 잘못 말씀하신 게 아닌지요?"

부대표인 김우태가 단정적으로 나오자 모두 두류산의 말을 의심했다. 하지만 두류산은 태연했다.

"경찰이 아닌 군이 투입되었습니다."

"네? 에이, 설마요."

김유리마저 고개를 흔들자 두류산은 갑자기 두 손을 들어 기도를 시작했다. 그러자 그의 입에선 도무지 알 수 없는 방언과 말들이 속사포처럼 튀어나왔다.

"군인들이 우리의 본원인 민들레공동체 마을을 습격했습니다. 그들은 마을을 방화하고 우리에게 방조한 주민들을 닥치는 대로 구타하며 쫓아내고 있습니다. 백 촌장의 당황스러운 얼굴이 보입니다. 그리고 불! 불! 불!…."

두류산의 기도와 이적을 본 사람들은 그의 말에 모두 무릎을 꿇기 시작했다. 환상을 보며 그가 말한 것은 무조건 진리요, 진실인 것을 모두 잘 알고 있기 때문이었다. 김우태가 벌벌 떨며 소리쳤다.

"교주님을 잠시 의심했습니다. 죄송합니다. 교주님의 말씀은 일획, 일점도 틀림없는 진리입니다."

김우태에 이어 모두 소리 높여 외쳤다.

"저희의 무례함을 용서하십시오."

두류산의 기도가 끝나자 사람들은 공포감과 불안감에 휩싸였다. 화형교의 본원지이자 근거지인 민들레공동체 마을이 불타는 것은 조직의 심장을 오려내는 것과 같은 일이었다.

"어떻게 하면 되겠습니까?"

이런 긴밀한 상황에서 김현규가 나섰다.

"어떻게 할까요?"

하지만 태연스럽게 두류산은 김현규의 말을 되받았다. 그건 마치 한 번 더 김현규를 시험해보는 것 같았다.

"환상이 사실이라면 막아야 하지 않겠습니까?"

그러자 옆에 있던 김우태가 큰소리로 웃었다.

"경찰도 아닌 군을 우리가 어떻게 저지한단 말입니까? 그건 말도 안 됩니다. 그보다는 이곳도 지리산과 가까우므로 얼른 다른 피신처를 마련하는 게 급선무인 것 같습니다."

김우태의 말에 두류산이 입을 열었다.

"여러분 생각은 어떠하십니까?"

그의 말에 대답하는 자가 아무도 없었다. 그만큼 이번 일은 보지도 듣지도 못한 엄청난 사건이었다. 자신들을 검거하기 위해 경찰이 아닌 군이 투입되었다는 말에 다들 아연실색하였다. 한동안 침묵을 이어가던 중에 장은태가 손을 들었다. 두류산은 이런 와중에 패기가 넘치는 그가 손을 들자 얼굴에 화색이 돌았다.

"말해보게."

"두 가지 의견이 나왔습니다. 하나는 도피하는 것, 다른 하나는 우리가 마을을 구출하는 것, 저는 정면 돌파하자는 쪽에 무게를 두고 싶습니다."

"이유는?"

"민들레공동체 마을은 우리의 심장입니다. 그리고 주민들은 오랫동안 교주님과 우리를 도와 이 땅의 죽어 마땅한 자들의 심판에 혁혁한 공을 세웠습니다. 저는 목숨 바쳐 마을을 지키고자 합니다."

장은태의 말에 모두 몸을 바짝 낮추었다.

'군을 어떻게 상대한단 말인가?'

김우태는 그저 한숨만 내쉬었다. 곁에서 그를 지켜보던 모두는 김우태와 생각이 비슷했지만, 다른 의견을 낼 분위기는 아니어서 두류산의 처분만 기다리고 있었다.

"김우태 부대표님의 의견을 존중하는 한편, 장은태 형제님의 결단도 높이 평가합니다. 이제 저의 생각을 말하겠습니다. 아시다시피 지리산 민들레공동체 마을은 우리 화형교의 성지이자, 요새입니다. 이 근거지를 빼앗기는 것은 저의 수족을 자르는 것과 진배없습니다. 그래서…."

중간에 두류산은 말을 끊고 좌중을 둘러보았다. 그러자 모두는 그의 마지막 말을 듣기 위해 고개를 들었다. 개중에는 침 넘어가는 소리가 들렸다.

'꿀꺽!'

"성전사수를 명합니다!"

오랜만에 찾은 민들레공동체 마을이었다. 나태주는 이곳에 오면서 자신이 왜 나서서 마을을 보호하려는가에 깊은 의문이 들었다.

'이제 이곳에 정이 들어서인가?'

백 촌장이 마을 입구에 기다리고 있다가 나태주가 들어서자 공손하게 마을 회관으로 안내했다. 예전 민채원과 채은지가 사용했던 마을 회관 사무실에는 주민 대표 몇이 초조하게 앉아 있었다. 그들의 애타는 눈을 보는 나태주의 심정도 안타까웠다.

"경찰이 우리를 도와주는 이유가 무엇이오?"

나태주가 앉자마자 어떤 노인이 날카로운 질문을 던졌다.

"두류산과는 상관없습니다. 전 단지 이 지역의 경찰이기 전에 주민으로서 마을 주민이 다치는 걸 보고 싶지 않을 따름입니다."

"군이 마을을 불태우는 건 언제요?"

다른 노인이 물었다.

"D-day는 사흘 후입니다. 그러니 그 앞날까지 모두 귀중품을 챙겨 피신해야 합니다. 만약 남아서 반항하거나 거부한다면 어마어마한 피해를 보게 될 것입니다. 그들은 경찰이 아닌 군이거든요. 군법으로 다스릴 테니 제발 아무런 사고가 없길 바랍니다."

"까짓것! 그때 무진에서 놈들의 구둣발에 밟히고도 이리 살아남았는데, 설마 촛불혁명으로 세워진 정부가 그때만큼 하겠소?"

무진이 고향인 노인이 따지듯 물었다. 나태주는 답답한 마음에 화를 내었다.

"군은 그때나 지금이나 변함이 없습니다. 작전에 방해가 된다면 이번엔 그때보다 더할 수가 있습니다."

나태주는 서약서를 품속에서 꺼냈다.

"빨리 여기 서명이나 해 주세요. 사흘입니다. 사흘 전에 모두 피신하셔야 합니다. 안 그러면 우리도 더는 도울 수가 없습니다."

나태주의 간곡한 부탁에 백 촌장이 마지못해 서명하려 할 때였다. 갑자기 한 노인이 나태주의 멱살을 잡았다.

"우린 도망 안 가! 그날 올 테면 오라고 해. 그분이 우릴 도와주시러 올 테니까!"

나태주는 멱살을 잡힌 상태에서도 노인에게 물었다.

"누가요?"

"누구긴! 두류산이지."

계룡산의 그들은 다음 날, 모두 지리산으로 출발하였다. 지리산으로 가는 길엔 사람들의 눈 때문에 무리 지어 갈 수가 없었다. 그래서 그들은 2인 1조 또는 3인 1조로 등산객을 가장하여 각각 출발했다. 어떤 조는 함양 방면으로, 또 어떤 조는 구례, 하동 쪽으로 이동하였다. 가급적이면 군 병력이 깔린 산음 쪽을 피하자는 의도였다. 하지만 그들은 미처 모르는 게 있었다. 이미 군 병력은 지리산 주위에 지천으로 깔려 있었다. 그래서 그들은 가던 길에 군 병력을 만나면 우회하였으므로 도착시각이 더딜 수밖에 없었다.

두류산은 김우태와 한 조였다. 지리산으로 가는 동안 그들은 공동체 마을을 방어하는 작전을 짜야 했다. 둘은 함양 쪽을 택하였다. 계룡산에서 버스와 택시를 이용하여 함양 마천면으로 이동했다. 여기서 천왕봉을 넘으면 목적지인 민들레공동체 마을이었다. 지리산엔 아직 눈이 녹지 않았다. 눈 덮인 산길을 오르는 건 아무리 초인 같은 두류산이라 할지라도 힘에 부쳤다.

"괜찮으십니까?"

"아직은 걸을 만합니다."

"힘드시면 말씀하십시오. 제가 업고 가겠습니다."

김우태는 두류산의 충직한 부하였다. 그걸 잘 알고 있는 두류산은 그가 이리 말해주는 것만 해도 고맙다고 생각했다.

"그런데 교주님."

"말씀하세요."

"아무런 무기도 없는 우리가 과연 군을 상대로 마을을 지킬 수 있겠습니까? 행여 마음속에 준비하신 거라도."

김우태는 두류산의 지시 때문에 지리산으로 가고 있지만, 가는 내내 불안한 모양이었다.

"별게 있겠습니까? 그저 우리와 마을 사람들이 힘을 합쳐 최선을 다하는 거지요."

두류산의 말에 김우태는 맥이 풀렸다.

"지금이라도 늦지 않았습니다. 다른 곳으로 피신하는 게 어떠한지요? 설악산도 괜찮고, 저기, 태백산도 있지 않습니까? 그곳엔 우리 화형교 신자들이 아직 잘 버티고 있습니다."

김우태의 말에 두류산은 고개를 저었다.

"이미 결정이 난 사항입니다. 그런데 부대표님."

"네."

"부대표님은 그새 마음이 많이 약해졌나 봅니다. 싸워보지 않았는데 벌써 패배를 걱정하시는지요. 역사를 봅시다. 김좌진 장군의 청산리 전투를 생각해보십시오. 무기도 제대로 갖추지 못한 우리 독립군은 일본 정규군을 상대로 대승을 거두었습니다. 그뿐인가요? 봉오동 전투 역시…. 억!"

그때였다. 두류산이 말을 하다 갑자기 가슴을 부여잡고 고통을 호소했다.

"왜 이러십니까?"

"아, 아닙니다. 오랜만에 산행을 했더니, 무리가 왔나 봅니다. 여기서 쉬면 괜찮을 것 같습니다."

두류산이 완전하게 건강을 회복한 게 아니라고 생각한 김우태는 그의 말에도 불구하고 가슴이 답답했다.

한편, 김현규와 김유리는 구례, 화엄사 쪽으로 가다 절 입구에서 군 병력을 발견하곤 급히 피아골 쪽으로 발걸음을 옮겼다.

"놈들이 이런 곳에도 주둔할 줄 몰랐어요."

놀란 김유리가 택시에 내리자마자 볼멘소리를 했다. 피아골 입구에는 간간이 산행을 준비하는 등산객 몇이 주차장 쪽에서 어슬렁거리고 있었다.

"별수 없이 피아골에서 노고단으로 올라가야겠는걸? 그런 후에 산등성이를 타고 천왕봉 쪽으로 갈 수밖에."

김현규는 산을 보며 혼잣말로 중얼거렸다.

"오빤 어떻게 생각하세요?"

"뭘?"

"이번 작전 말이에요. 이게 과연 가능한 일일까요? 일개 민간인인 우리가 경찰도 아닌 군을 상대한다는 게 말이 되냐구요."

김현규는 동생의 말에 짜증이 났지만, 그로서도 어쩔 도리가 없었다. 두류산이 소생한 이상, 그는 이제 집단지도체제의 최고위원이 아닌 일개 평신도였다.

"생각한 바가 있겠지. 그 양반이 허투루 작전을 짜는 사람은 아니거든."

"흥! 군인들 앞에서 도술을 부리려나? 왜 있잖아요. 무협을 보면 구름 타고 바람을 일으키는 고수!"

김유리는 기분이 많이 상한 것 같았다.

"설마…. 그도 나름대로 생각이 있을 거야. 그건 그렇고, 빨리 서두르자. 지리산을 종주하려면 지금부터 부지런히 걸어야 해."

김현규는 동생에게 그렇게 말했지만, 그 역시 달걀로 바위 치는 격인 이 작전 때문에 마음이 불안하긴 매한가지였다. 그때였다. 김유리의 매우 날카로운 볼멘소리가 뒤에서 들렸다.

"오빠! 우리 그냥, 여기서 관둬요."

드디어 D-day였다. 군은 그 옛날, 빨치산을 소탕하는 방식으로 지리산 둘레 아래쪽에서부터 두류산에 동조하거나 근거가 될 수 있는 절, 점집, 사당, 서원 등을 하나, 둘씩 제거하며 천왕봉 쪽으로 올라오고 있었다. 방식은 참혹했다. 비교적 이름이 난 절은 수색과 협박 정도에 그쳤지만, 반항하거나 작전에 방해되는 점집 혹은 서원 등은 아예 불태워버렸다. 당연히 그에 속한 사람들은 거칠게 저항했지만, 군의 막강한 힘 때문에 대부분 속수무책이었다.

군은 지리산 아래부터 시작하여 정상인 천왕봉까지 포위망을 좁혀오고 있었다. 산음 방면은 도평 마을 주차장에서 시작되었다. 이 작전에 나태주가 포함된 것은 당연한 일이었다. 이곳은 군·경 합동작전이었다. 미리 도평 마을 주차장에서 야영하던 군인들과 경찰에 K고수부지 병력이 합류하여 예전, 나태주가 몇 번이나 갔던 길을 오르고 있었다.

그들의 목표는 민들레공동체 마을이었고, 이번 작전의 현장 지휘관은 백 소령이었다.

"주민들에게 대피하라고 했죠?"

백 소령이 나태주에게 넌지시 물었다.

"말은 했지만, 그들이 따를지 그건 저도 알 수 없습니다."

"그래요?"

백 소령은 인상을 구겼다. 그때 그에게 무전이 걸려왔다.

"여기는 천왕봉. 말하라."

"구례, 화엄사입니다. 이쪽 일부 점집의 저항이 심합니다. 어떡할까요? 밀어붙일까요?"

그쪽 현장 지휘관인 모양이었다.

"저항하면 모조리 불사르시오!"

"알겠습니다. 천왕봉에서 뵙겠습니다."

백 소령의 지시에 나태주는 가슴이 뜨끔했다. 아무리 군 작전이고, 자신은 길 안내를 하는 처지지만, 주민 피해가 따르는 이 작전에 나태주는 가슴이 먹먹했다. 마침내 군은 천왕봉과 민들레공동체 마을이 갈라지는 지점에 도달했다.

"여기서 어느 쪽입니까?"

백 소령의 물음에 나태주는 팻말을 가리켰다.

"오른쪽? 그렇다면 여기서 얼마 정도 걸리죠?"

"이 정도 행군 속도면 한 시간쯤 걸릴 겁니다."

나태주의 대답에 백 소령은 군인들에게 10분간 휴식을 명령했다. 왜냐하면, 아래쪽부터 여기까진 눈이 녹아 행군하는 데 별 지장이 없었지만, 위쪽으로는 눈이 쌓여 있었기 때문이었다.

"그래도 눈이 내리지 않아 다행입니다."

나태주는 어물쩍 백 소령의 눈치를 살폈다.

"그렇네요. 조금 춥긴 하지만, 작전하기엔 좋은 날씨입니다."

백 소령은 자리에 앉자마자 담배를 꺼냈다. 그 틈을 이용하여 나태주가 그에게 조심스럽게 말했다.

"백 소령님."

"왜요?"

"만약 마을 주민들이 대피하지 않고 그곳에 있으면, 일단 그곳 대표와 어르신들을 만나 설득하는 게 좋겠습니다."

"……."

백 소령은 아무 말 없이 담배만 피웠다.

"부탁드립니다."

"설득이라? 나 형사님이 직접 찾아가서 대피하라는 경고에도 아랑곳하지 않을 정도면 제 설득이 무슨 소용 있겠습니까? 그냥 바로 끝내는 게 모두를 위해 좋죠."

"그 말씀은?"

"그때 말한 것과 같습니다. 모조리 소개하는 것."

백 소령은 나태주에게 몽니를 부렸다. 그때 또 무전 한 통이 왔다. 그쪽에서 먼저 신분을 밝히자 백 소령은 자리에서 벌떡 일어났다.

"충성! 백 소령입니다. 말씀하십시오."

"어디쯤인가?"

"작전목표지점 한 시간 전입니다."

"구례와 하동, 함양 쪽에서 민원이 너무 발생하고 있다. 원래 목표대로 작전을 진행하되, 해당 주민들에게 욕설, 폭행, 협박 등을 삼가게. 최초 지시한 명령대로만 작전을 전개하게."

"네, 알겠습니다. 연대장님."

연대장이었다. 나태주는 예상한 대로 곳곳에 주민들의 거친 저항이 일어나고 있다고 생각했다.

"보십시오. 연대장님도 민원을 걱정하고 계시지 않습니까?"

나태주는 이 틈을 타 백 소령을 설득하고자 했다. 하지만 백 소령은 나태주의 말을 들은 체도 하지 않았다.

"원래 작전대로 하라잖아요."

"네?"

"소개!"

"……"

나태주는 얼떨떨하여 아무 말도 할 수 없었다. 그런데 그렇게 말하는 백 소령의 눈에 빛이 났다.

"분명히 두류산이 올 것이오. 우리의 작전은 마을을 완전히 불태우고 놈을 생포하는 겁니다."

"두류산이 정말 올까요?"

"하하, 자신의 근거지가 불타게 생겼는데, 오지 않는 게 더 이상하죠. 반드시 올 겁니다. 아니, 옵니다."

나태주는 백 소령의 확신에 다리가 후들거렸다.

"모두 쉬었으면 일어나! 휴식 끝. 출발!"

백 소령이 지시하자 그의 명령은 지리산의 허공을 뚫고 아래로 급속도로 전파되었다.

"휴식 끝. 출발!"

두류산은 김우태와 함께 솔봉, 힌놈의 골짜기에 있었다. 어제 민들레공동체 마을로 들어온 둘은 백 촌장과 마을 지도자를 만나 오늘 있을 군의 작전에 만반의 준비를 시켰다. 그런 후에 아침나절 이곳으로 올라왔다. 백 소령이 이끄는 군 병력이 도평 주차장에서 출발한 지 얼마 되지 않은 시각이었다.

"오백 년 도읍지를 필마로 드나드니, 산천은 의구하되, 인걸은 간데 없다."

두류산이 시조를 중얼거렸다.

"네?"

김우태가 무슨 말인지 몰라 눈을 동그랗게 떴다.

"별것 아닙니다. 고려 시대 '길재'의 시를 한번 읊어봤습니다."

"아!"

과연 힌놈의 골짜기는 거의 폐허였다. 그때 서울의 A 목사를 화형에 처하고 제단까지 세웠지만, 이상하게도 아무런 흔적이 없었다. 다만 그때 두류산이 그려놓은 벽화만 앙상하게 있었다.

"경찰들이 다녀갔나 봅니다."

"그렇네요. 시신도 없어지고, 제단도 이리 망가진 걸 보니."

두류산의 눈에는 눈물이 글썽했다.

"제가 청소하겠습니다. 교주님은 밖에서 바람이나 좀 쐬십시오."

김우태는 두류산의 심기가 불편한 것을 보고 손수 청소를 자처했다. 두류산은 말없이 그곳을 나와 한때, 기거했던 움막을 둘러보았다. 그가 머물렀던 처소에 들어가니 상황은 더욱 참담하였다. 온기 하나 없는 방은 마치 찬바람에 그대로 노출된 텐트 같았다.

'여기서 민지원과 사랑을 나누었구나. 그 뜨겁던 밤도 이젠 찬바람과 냉기만 가득하네.'

두류산은 한동안 방에서 옛 추억을 더듬었다. 그때 김우태의 목소리가 들렸다.

"교주님. 청소 끝났습니다."

두류산은 야릇한 감회를 접고 김우태에게 말했다.

"지금부터 힌놈의 골짜기에서 기도를 시작합니다. 부대표님은 내려가서 마을 주민들과 항전을 준비하십시오. 아마, 놈들이 곧 들이닥칠 듯합니다."

그의 말에 김우태는 고개를 갸우뚱했다.

"기도요? 어떤?"

그러자 두류산은 눈을 부라렸다.

"뭐겠습니까? 놈들을 물리치기 위해 하늘의 뜻을 모으는 기도죠."

김우태는 이 긴박한 상황에서 느닷없이 기도하겠다고 나선 두류산이 좀처럼 이해되진 않았지만, 그의 뜻을 거스를 순 없었다.

"알겠습니다."
"그때 하늘은 어두워지며, 폭설이 내리고 강풍이 불어닥칠 겁니다."
"네?"

기후제

눈 뜨면 달려가고 싶어
가슴 두근거리는 곳
짹짹 조잘조잘
아침 인사하는 귀염둥이

내 마음 바래다주면
흘러가는 맑은 물 위에
환히 비쳐지는 얼굴
피라미들의 환영 인사

개구쟁이 아이처럼 달려와
두 손과 두 발 간질이며
까르르 미끄러지는 웃음 위로
들썩이는 입술의 행복한 반경

동녘에 떠오르는 햇살 따라 설레는 마음
몸 담그면 하얗게 변신하는 먹구름
그리움 찾아 떠난 발길들의 쉼터처럼
그 물에 살짝 몸 담그면 여기가 천국

유유히 흘러가는 강물 위에 모두를 맡기며

> 두려움 없이 하늘 향해 뻗어보는 래프팅 가족들
> 청춘의 깃발 드높이며 힘찬 함성 울려 퍼질 때
> 산과 들의 작은 씨앗 하나까지, 여기저기
>
> ─이정옥, 「경호강 비경」

두류산은 힌놈의 골짜기 제단 앞에 무릎을 꿇었다. 기도에 앞서 그는 환상과 환청으로 민들레공동체 마을의 상황을 보고 듣고 있었다. 그런 후, 무려 한 시간을 그곳에서 피눈물을 흘리며 기도했다.

마침내 민들레공동체 마을에 계룡산에서 출발한 자들이 속속들이 모여들었다. 김유리는 오빠, 김현규의 설득으로 겨우 도착했고, 장은태와 젊은 심판 대원들, 그리고 민지원과 채은지도 어제 오전에 모두 합류했다. 그들은 김우태와 마을 촌장인 백 씨의 지도하에 결사 항전을 준비하기 시작했다. 먼저 마을 정문에 바리케이드를 설치하고 튼튼한 장애물을 설치했다. 백 촌장과 마을 주민들은 마을 주위에 아무도 접근하지 못하게끔 미리 구덩이를 파, 물을 흐르게 하였다.

이 정도면 완벽한 요새였다. 그런 후에 그들은 무기가 될만한 것들은 모두 정문 입구에 쌓아두었다. 괭이, 쟁기, 삽, 낫, 돌 등이었다. 김우태는 젊은 심판 대원들을 시켜 마당 한가운데에 화형 거치대를 설치하게 하고 불을 지폈다. 그리곤 모두를 마당으로 모았다.

"오늘은 결사 항전의 날입니다. 우리 모두 죽는 한이 있더라도 이 성지를 지켜내야 합니다. 비록, 인원과 무기 면에서 우리가 열세이지만, 우리에겐 화형교의 교주이신 '두류산'이 있습니다. 그분이 현재 솔봉에서 우리를 위해 기도하고 있으니, 여러분!"

김우태는 말을 끊고 좌중을 둘러보다 말을 이었다.

"결사 항전합시다!"

그의 말이 끝나자 마당엔 사람들의 함성이 가득했다.

"결사 항전!"

"화형교 사수!"

"죽음으로 지켜내자! 화형교 만세! 두류산 만만세!"

그들의 함성과 패기로 이곳, 민들레공동체 마을은 마치 전쟁터를 방불케 했다. 마침 그때 백 소령이 이끄는 군 병력과 경찰, 그리고 나태주가 마을 입구에 도착했다.

'저건 뭐야?'

깜짝 놀란 백 소령의 눈이 휘둥그레졌다. 뒤를 따르던 군인들도 입을 다물지 못했다. 그들은 마을 입구에 설치한 바리케이드와 웅덩이를 보고 기가 찼다. 게다가 하나같이 낫과 쟁기를 들고 마당에서 열광하는 주민들에게 기가 꺾여버렸다.

"이렇게까지 준비할 줄 몰랐네요. 어떡하시렵니까? 백 소령님."

"……."

나태주는 차라리 잘 되었다고 생각하고 백 소령을 은근히 회유했다.

"그냥 돌아가시죠. 이런 상황에서 무리하게 작전을 전개했다간 우리 쪽이나 저쪽이나 큰 피해를 볼 겁니다."

하지만 백 소령은 나태주의 말을 무시하고 무전병에게 지시했다.

"연대장님 바꿔줘!"

"연대장이다. 무슨 일이야?"

무전기를 받은 백 소령은 현재 상황을 상세하게 보고했다. 연대장은 그의 말을 듣더니 무겁게 명령했다.

"현장 지휘관의 재량에 맡긴다."

연대장의 말에 백 소령은 독사 같은 웃음을 흘렸다. 나태주는 그의 웃음이 불길하게 느껴졌다.

"모두 잘 들으라! 연대장님이 이 작전을 내게 위임하셨다. 모두 전투 준비!"

백 소령의 말에 나태주가 마지막으로 매달렸다.

"안 됩니다. 제발, 주민 대표와 협상부터 하십시오."

"시끄럽소! 여기 지휘관은 나요. 이제 나 형사는 빠지시오. 경찰은 길 안내만으로 충분했으니. 자! 1분대 앞으로! 수류탄 투척 준비."

그러자 일단의 군인들이 수류탄을 들고 앞으로 나왔다. 이제 나태주로선 할 수 있는 일이 아무것도 없었다.

"투척!"

'우르릉. 쾅! 쾅!'

바리케이드가 수류탄으로 산산조각이 나고 있었다. 그 소리에 마당에 서 있던 주민들이 당황하기 시작했다. 하지만 김우태는 침착했다.

"우리도 투척하시오."

그의 명령에 마을 주민들은 각자 입구에 마련한 돌들을 던지기 시작했다.

'악!'

"뭐야? 이건."

군인들의 비명이 지리산을 덮을 정도로 커지자, 백 소령은 화가 치밀었다.

"이것들이! 우리 군을 어떻게 보고! 모두 진격!"

그런데 그때 참모가 나섰다.

"백 소령님! 바리케이드 앞의 구덩이에 물이 흐르고 있습니다. 병사들이 이 날씨에 발을 담갔다간 동상이 걸릴 수도 있습니다. 차라리 우회하여 다른 곳에서 침투하는 게."

"시끄러워. 저길 봐. 마을을 빙 둘러 모두 구덩이가 있어. 똑같은 상황이니 그대로 진격한다. 군인이 동상을 무서워하면 어떡한단 말이야? 모두 진격!"

백 소령의 명령에 용감한 군인 몇이 구덩이에 뛰어들었다. 하지만 이내 그들은 겁에 질려 도로 돌아와 버렸다.

"뭐야?"

"뱀입니다. 독사들입니다."

"뭐? 이 한겨울에 뱀이라고?"

사실이었다. 뱀은 약용으로 쓰려고 마을 주민들이 겨우내 키우고 있었다. 백 촌장이 이 사태를 예감하고 뱀을 풀어놓은 것이었다.

"공병대 불러! 빨리 다리를 놓으라고 해."

백 소령은 화가 치밀어 공포를 쏘았다.

'탕!'

약간의 시간을 벌자, 백 촌장이 무너진 바리케이드 앞에서 고함을 질렀다.

"지휘관! 여기 지휘관이 누구요? 이야기 좀 합시다."

"저놈의 영감탱이가! 나요, 내가 지휘관이요. 무슨 이야기?"

"제발 그냥 돌아가세요. 군인들과 척지고 싶지 않습니다. 그러니 제발 오늘은 그대로 돌아가 주십시오. 그렇지 않으면 우리도 가만있지 않습니다."

백 소령은 마을 주민의 요구에 콧방귀를 뀌었다.

"좋소. 단, 조건이 있소. 첫째, 두류산을 내놓으시오. 둘째, 마을을 불태울 것이니 작전에 협조하고 모두 대피하시오. 그렇지 않으면 모조리 명령 불복종, 국가 반역 혐의로 체포하겠소."

백 소령의 말에 백 촌장과 마을 주민들 사이에서 "우~" 하는 야유가 쏟아졌다.

그때 김우태가 나섰다.

"나는 화형교 부대표인 김우태입니다."

"김우태? 이봐요, 나 형사. 저자를 압니까? 자신이 부대표라는데?"

오랜만에 김우태를 본 나태주는 만감이 교차했다.

"맞습니다."

"그래서요?"

"당신들이 찾는 두류산은 여기에 없습니다. 그러니 돌아가십시오. 만약 우리의 요구를 무시하고 마을을 불태운다면, 군인이라도 하늘이 용서하지 않을 것입니다."

"흥! 그 말을 어찌 믿으라고? 두류산은 분명히 여기에 있어. 나도 그쯤은 파악하고 왔다고."

둘이 신경전을 펼치고 있을 때, 채은지와 민지원은 마을 회관 사무실의 컴퓨터 앞에 있었다. 둘은 아까 군인들이 수류탄을 터뜨린 장면을 동영상 촬영을 하고 인터넷에 유포하고 있었다. 일종의 여론전이었다. 전국의 누리꾼들은 전시상황도 아닌데, 군복을 입고 총을 멘 군인들이 시골 마을을 초토화하는 데 격분하여, 청와대와 국방부, 그리고 산음 경찰서 홈페이지에 즉각 비난 댓글을 달았다. 특히 그들은 채은지가 올린 두류산의 호소문에 광분하였다.

「이날 이때까지 우리 사회의 정의와 공정을 위하여
다수 선량한 국민을 구하고자 힘써왔으나,
군과 경찰은 우리 화형교 마을을 쑥대밭으로
만들려 합니다.
국민 여러분! 도와주십시오. 승리의 그 날까지
투쟁하는 우리 화형교를 지켜주십시오.
추후, 이 작전을 기획한 자들은
판결자 전원 일치로 극형인 화형에 처하겠습니다.」

심판의 날, 두류산

"두류산 만세!"

"정의와 공정을 위하여!"

"죽어 마땅한 자들은 화형으로!"

"군은 물러가라!"

두류산의 비상한 작전이었다. 그런데도 백 소령은 미처 이 사실을 인지하지 못했다.

그는 공병대에 의해 다리가 놓이자 재차 진격을 명령했다. 마을 주민들은 흥분하여 진격하는 군인들에게 돌멩이를 던지는 한편, 모두 일렬로 인간방패를 만들었다. 그런 상황에서도 백 소령이 유유히 다리를 건넜다.

"모두 항복하라. 그러면 목숨을 살려준다."

"쓸데없는 소리! 차라리 우릴 죽여라. 우리의 세금으로 운영되는 국군이 우릴 죽였다고 하면, 국민이 어떻게 나올지 뻔히 알 것이다."

주민들은 서로 양팔을 고정한 채 일체의 움직임도 없었다. 맨 앞에 김우태와 백 촌장이 백 소령을 노려보고 있었다.

"죽여 달라고? 쳇! 내가 그런다고 못 죽일 줄 아나 보지."

마침내 백 소령은 권총을 백 촌장에게 겨눴다.

"빨리 물러나라. 셋 셀 때까지 포위망을 풀지 않으면 당신들은 죽을 거야."

나태주는 이렇게 상황이 전개되면 후에 걷잡을 수 없는 일이 발생한다 싶어 백 소령의 참모에게 사정했다.

"제발 멈춰주십시오. 만약에 주민 한 명이 죽으면 당신들도 후에 문책당할 게 뻔합니다. 제발요! 그때 무진 사태를 생각하십시오."

하지만 참모 역시 어찌할 줄 몰라 발만 동동 구르고 있었다.

"하나… 둘… 셋!"

'탕!'

총소리에 마을 주민들은 모두 움찔했다. 그래도 이 긴박한 상황에서 대열을 이탈한 사람은 아무도 없었다. 백 촌장은 이렇게 자신의 삶이 끝나는구나, 하고 눈을 감았다. 하지만 백 소령의 총알은 허공을 날고 있었다. 나태주가 몸을 던져 백 소령을 밀어버린 것이다.

'나태주 형사?'

김우태는 그가 나태주인 것을 확인하고 깜짝 놀랐다.

"이 짜빠리 새끼가! 어디서 군 장교인 날!"

백 소령은 벌떡 일어나더니 구둣발로 나태주의 면상을 갈겼다.

'악!'

나태주의 얼굴엔 붉은 피가 철철 흘렀다. 이 상황에서 백 촌장이 대열을 이탈하여 나태주 앞으로 달려왔다.

"나 형사님! 괜찮으십니까?"

백 소령은 이때다 싶어 군인들에게 명령했다.

"착검하고 백병전 전개하라!"

하지만 백 소령의 참모인 대위가 말을 끊고 재차 명령했다.

"착검은 취소한다. 그냥 백병전이다."

"뭐야? 이 새끼는? 야! 네가 이곳 현장 지휘관이야?"

백 소령은 흥분하여 그 대위의 뺨을 갈겼다. 그래도 대위는 차렷 자세로 그에게 말했다.

"인명 살상은 금하라는 연대장님의 지시가 있었습니다. 죄송합니다."

"언제?"

"방금 무전이 왔습니다. 지금 인터넷에 이 상황이 실시간으로 중계된다고 합니다. 그래서."

"뭐? 인터넷 중계? 흠! 그렇다면 마을 안에서 누군가 우릴 찍고 있다는 말이네. 이 말은 분명히 두류산이 배후에서 조종하고 있다는 증거야. 잘 되었네. 오늘 놈이 내 앞에서 생포되는 장면이 인터넷 생방송으로 나가면 되겠네. 모두 돌격!"

군인들은 참모의 지시로 착검은 하지 않은 채 무작정 마을 사람들에게 돌진했다. 개중에는 개머리판을 휘두르고, 몽둥이를 사용하는 자도 있었지만, 대부분 몸으로 방어선을 뚫으려 했다. 순식간에 여기저기서 비명이 들리고 고함이 터져 나왔다.

"막아! 막아야 해!"

"뚫어! 그대로 밀어!"

예상외로 마을 주민들의 저항은 거셌다. 한참 동안 실랑이를 벌여도 방어선이 뚫리지 않자, 백 소령은 드디어 결정을 내렸다.

"내가 책임진다. 모두 거총! 필요하면 사살해도 좋다."

백 소령의 지시에 군인들은 모두 총을 겨눴다. 그제야 마을 사람들은 겁을 먹고 뒤로 물러나기 시작했다. 그런데 그때 이상한 일이 일어나기 시작했다. 멀쩡한 하늘이 갑자기 컴컴해지면서 눈발이 날리더니 이내 폭설로 변하고 말았다. 그러더니 이번엔 솔봉 쪽에서 강풍이 세차게 불기 시작했다. 이에 총을 겨누던 군인들은 하나둘씩 강풍에 구덩이 쪽으로 떨어지기 시작했다. 김우태는 불과 몇 시간 전에 두류산이 한 말이 생각났다.

'하늘은 어두워지며, 폭설이 내리고 강풍이 불어닥칠 겁니다.'

마을 사람들은 모두 마당에 엎드렸다. 그런데 이상한 건 마당, 화형 거치대에 피워 둔 불은 꺼지지 않았다. 바람이 불면 불수록, 눈발이 거세면 거셀수록 마당의 불은 마치 한겨울 동백이 염염히 타오르듯 훨훨 타고 있었다. 그때 누군가 큰소리로 외쳤다.

"그분이 오셨다!"

"누구?"

"누구긴? 우리의 구원자이자, 생명이신 교주님이지."

김우태는 직감적으로 두류산이 온 것으로 이해했다. 하지만 나머지는 두류산이 현재 솔봉 힌놈의 골짜기에서 기도하고 있다고 믿었다. 그래서 지금 폭설이 내리고 강풍이 몰아치는 게 아닌가. 장은태와 김유리, 심지어 채은지와 민지원마저 그곳에 있는 두류산이 축지법을 쓰지 않고서야 이리로 단시간에 올 리가 없다고 생각했다.

그런데 아니었다. 두류산은 분명 이곳, 마당의 화형 거치대 위에 서 있었다. 천지는 캄캄했지만, 거치대 주위론 불길이 치솟고 있었다.

"아아… 뭐지?"

두류산은 타는 불 위에서 두 손을 위로 뻗어 하늘을 향해 주문을 외고 있었다. 그의 머리 뒤엔 찬란한 후광이 비치고 있었다. 마당에 엎드려 있던 주민들은 모두 일어나 무릎을 꿇었다. 김우태와 백 촌장은 이 광경에 그냥 멍한 상태로 서 있었다. 이젠 폭설과 강풍도 두렵지 않았다. 자신들의 교주가 마치 신처럼 불 위에서 기도하고 있으니 이 싸움은 끝이라고 생각했다.

나태주는 이게 꿈인가 싶었다. 두류산, 그는 사람도 아니고 신도 아니라고 생각했다. 그런 나태주보다 더 놀란 이는 바로 백 소령이었다.

그는 몇 번이나 자신의 눈을 비볐다.

"저게 뭐야? 귀신이야? 사람이야?"

주민들과 마찬가지로 땅에 엎드려 있던 군인들도 이 광경에 넋이 나갔다. 누구도 총구를 마을 주민들에게 겨눌 생각을 하지 못하였다. 그때 주문을 외우던 두류산이 정면을 응시하며 짧게 말을 뱉었다.

"에바다!"

그러자 놀라운 일이 일어났다. 주민들뿐만 아니라 군인들의 입에서 알 수 없는 방언이 터져 나오면서 이곳은 아수라장이 되었다. 원래 에바다, 하는 용어는 성경에 나온 말로 '열려라'란 뜻이었다. 이리되니 군인들은 주민들에게 품었던 악감정이 순식간에 사라졌다. 주민들 또한 군인들이 그저 자식, 손자 같은 마음이 들었다.

이때부터 하늘이 열리면서 태양이 나타났다. 이어 폭설과 강풍이 서서히 소멸하기 시작했다. 백 소령은 상황이 이상하게 돌아간다 싶어 군인들에게 고함쳤다.

"거총! 총 들어! 빨리 진격하란 말이다."

하지만 군인 중 누구도 총을 든 자는 없었다. 화가 치민 백 소령이 이번에 자신의 부하들에게 총을 겨눴다.

"명령 불복종하는 자는 즉결에 처한다. 누구야? 누가 먼저 내 총에 죽고 싶어?"

그의 표정은 마치 악마 같았다. 나태주는 그를 말리고 싶었지만, 너무 늦었다고 판단했다. 역시 나태주의 판단은 정확했다. 갑자기 백 소령의 손이 떨리면서 그만 총이 땅바닥으로 떨어졌다. 이뿐만 아니었다.

백 소령은 자신의 의지와는 상관없이 점점 두류산 쪽으로 뒷걸음질 치고 있었다.

"어어? 백 소령님 왜 그러십니까?"

놀란 대위가 그를 붙잡았지만 역부족이었다. 결국, 백 소령은 두류산이 있는 화형 거치대 앞에 맥없이 서 있었다. 두류산이 진중한 표정으로 주민들에게 물었다.

"이자를 어떡할까요?"

주민들은 모두 일어나 두 팔을 벌려 환호성을 질렀다.

"화형!"

"죽여라!"

"죽어 마땅한 놈들은 화형으로!"

아까와는 달리 백 소령은 겁에 질려 벌벌 떨고 있었고 그의 바지는 지린 오줌으로 축축했다. 장은태와 김우태가 그런 백 소령을 꽁꽁 묶었다. 마을 주민들의 함성은 한껏 고조되었다.

"죽여라!"

화형 거치대 위의 두류산이 이번엔 인자한 얼굴로 물었다.

"너는 살기를 원하느냐? 아님, 뜨거운 불에서 죽길 원하느냐?"

마치 신과 같은 음성이었다. 그의 신령스러운 목소리를 들은 마을 주민들 몇은 눈물을 펑펑 흘리고 있었다.

'신이 임재하였다. 우리를 이 위태로운 상황에서 구원하고 영원한 생명으로 인도할 분.'

"제, 제발 살려주십시오. 제발…."

백 소령은 아까의 호기로운 군인이 아니었다. 이제 그는 한 줌도 안 되는 생명을 구걸하는, 그냥 사람이었다. 이 모든 것은 인터넷으로 실시간 중계되고 있었다. 그때 장은태가 나섰다.

"안 됩니다. 이자는 마땅히 죽여야 합니다. 교주님! 우리가 처단하겠으니 그곳에서 내려오십시오."

이번엔 백 촌장이었다.

"맞습니다. 이자는 선량한 이 땅의 국민에게 총구를 겨누었습니다. 우리 세금으로 나라를 지키는 자가 감히 우리를 총으로 겁박했으니 화형을 명하십시오."

두류산은 그들의 말을 듣더니 최종적으로 김현규에게 물었다.

"형제님은 어떻게 생각하십니까?"

모두 김현규에게 눈이 쏠렸다. 그는 잠시 생각에 잠기더니 이내 말을 꺼냈다.

"저분들의 생각이 옳습니다. 그때 무진시에서도 놈들은 선량한 시민들에게 무차별 폭행을 가하는 한편, 살상도 서슴지 않았습니다. 그때의 광경이 눈앞에 선합니다. 두 번 다시 이런 선례가 없도록 화형에 처하는 게 맞습니다."

"죽여라!"

"화형에 처해라!"

이제 결정의 공은 두류산에 넘어갔다. 이 장면을 지켜보던 채은지와 민지원은 살이 떨렸다. 만약 두류산의 허락이 떨어진다면 다시금 끔찍한 화형 장면을 방송으로 내보낼 터였다. 두류산은 화형 거치대에서 하늘을 보며 무릎을 꿇었다. 주위엔 아직 불이 훨훨 타고 있었고 그의 머리 뒤엔 후광이 선명했다. 이내 결심이 섰는지 두류산이 자리에서 일어났다. 그때 누군가의 고함이 들렸다.

"안 돼요!"

마침내 민지원이 방송을 하다말고 마을 회관에서 뛰어오고 있었다. 그녀는 화형 거치대 앞에 무릎을 꿇었다.

"교주님! 제발 이자를 살려주세요."

민지원의 눈에 눈물이 흐르고 있었다.

"이유가 뭐지?"

"이자는 그때 강원도에서 화형당한 군 장성의 아들입니다. 우리 화형교에 의해 죽은 아비의 복수를 하고자 이렇게 무리한 겁니다."

"그대가 어찌 아오?"

"방금 인터넷 댓글이 올라왔습니다. 이자의 여동생이 제발 살려달라고 올렸습니다. 아들로서 아비의 원수를 갚고자 하는 건 당연한 일입니다. 복수는 복수를 부를 뿐입니다."

그러자 백 소령의 눈에선 폭풍 같은 눈물이 흘렀다. 민지원이 더욱 고통스러운 목소리로 애원했다.

"저는 죽은 동생의 복수를 위해 의도적으로 교주님께 접근하였습니다. 또 배신도 하였습니다. 하지만 교주님은 이런 저를 사랑으로 받아주셨지요. 제발 저를 봐서라도 이자를 용서해주십시오."

두류산이 그런 지원을 지그시 바라보며 물었다.

"나를 사랑하느냐?"

"네. 사랑하나이다."

"진정으로 나를 사랑하느냐?"

"진정으로 사랑하나이다."

마침내 두류산의 결정이 내려졌다.

"이자의 오른손을 태워라. 두 번 다시 총을 잡지 못하도록."

두류산의 말에 장은태와 김우태는 백 소령의 오른손을 불태웠다. 그러자 이를 지켜보던 군인들은 혼비백산했다.

"아악!"

두류산이 화형 거치대에서 내려오자 거짓말같이 불꽃은 서서히 시들었다. 그는 반대편에서 우왕좌왕하는 군인들에게 명령했다.

"해산!"

그 한마디에 군인들은 백 소령을 부축하여 재빨리 산 밑으로 도망가기 시작했다. 나태주는 이 광경이 넋이 나가 한동안 멍하니 서 있다가 두류산과 눈이 마주쳤다. 두류산의 눈은 불꽃처럼 타오르고 있어, 감히 범접할 수 없었다.

"만세!"

"위대한 교주님, 두류산 만세, 만만세!"

주민들의 열띤 함성에 나태주도 그만 힘없이 산에서 내려올 수밖에 없었다.

산음경찰서 상황실에서 인터넷으로 이 모든 것을 지켜보던 이 작전의 총 책임자인 연대장과 경찰서장 등 간부들은 아연실색했다. 특히 나태주로부터 받은 상황을 서장에게 보고하려고 상황실에 들른 정 팀장은 이 말도 안 되는 상황에 어이가 없었다.

"이건 말도 안 돼!"

서장이 책상을 치며 흥분하자 옆에 연대장은 골치가 아픈지 머리를 쓸어 넘겼다.

"넌 뭐야?"

서장이 정 팀장에게 물었다.

"아! 네. 나태주 형사에게 받은 보고서입니다. 브리핑할까 해서요."

"시끄러워! 넌 이 상황을 보고서도 브리핑이야? 우리가 완전 개박살 났는데 보고는 무슨 보고? 그냥 여기 두고 가."

정 팀장은 마치 봉변을 당한 것 같아 나가려 하는데 연대장의 목소리가 들렸다.

"서장님. 경남지방청에 경찰병력을 요청해주십시오. 우리도 할 수 없이 특전사를 불러야 할 것 같소."

'뭐? 특전사?'

정 팀장은 머리에 한 방 맞은 것 같았다. 일반 군도 모자라서 이젠 군의 정예부대인 특전사를 부른다는 연대장이 한심스럽게 느껴졌다.

"그럴까요? 이 기회에 두류산 저놈을 완전 박살 내야겠죠?"

서장은 바로 경남지방경찰청에 전화를 돌렸다. 이에 연대장은 참모에게 지시했다.

"특전사에 추가 병력 요청하고 육군항공대에 아파치 헬기 요청해!"

상황실은 서장과 연대장의 지시로 한층 바쁘게 돌아가고 있었다. 정 팀장은 방송으로 두류산이 민들레공동체 마을에 있는 것을 확인하곤,

얼른 사무실로 내려갔다. 그는 꿍꿍이속이 있었다. 그는 조민태 형사를 몰래 불렀다.

"네? 우리가요?"

"그래. 얼마나 좋은 기회야? 지금 두류산은 마을에 있어. 그리고 민지원도 그곳에 있단 말이야. 그년이 잠시 날 외면했지만, 이번엔 우리를 꼭 도와줄 거야. 이봐. 조 형사! 우리가 잡자."

그래도 여전히 조민태 형사는 고개를 갸웃거렸다.

"아까 인터넷 보셨잖습니까? 군도 못 당하는 놈을 우리가 무슨 수로 잡는단 말입니까? 더군다나 이제 두류산은 인간이 아닌 것 같더라구요. 그는 도술을 부리는 신이란 말입니다."

"이게 미쳤나? 예끼! 정신 차려. 그놈은 그냥 사람일 뿐이야. 천지가 컴컴해지고 폭설과 강풍 따위는 지리산에선 흔히 있는 일이야."

"네?"

"넌 삼국지도 안 읽어봤냐? 제갈공명이 기후제를 지내 적벽대전을 승리로 이끌었다지만, 그건 그가 그곳 기후를 잘 알아서 그래. 지리산도 기후변화가 심한 곳이야. 따져보면 두류산은 단순한 이상기후 변화를 잘 이용한 것뿐이야."

"좋아요. 그건 그렇다 쳐요. 아까 보니 두류산이 불타는 화형 거치대에 눈썹 하나 안 타고 서 있는 건 어떻게 설명하렵니까?"

그러자 정 팀장은 슬그머니 웃었다.

"넌 정말 몰라도 너무 모른다. 마술 안 봤어? 마술사도 불타는 곳에 화상 하나 없이 견디잖아. 특수 옷을 입어서 그래. 넌 두류산이 정말 신으로 보이냐? 내가 보기엔 얄팍한 마술 지식을 이용하는 사이비 교주로 보인다."

정 팀장의 말에 조민태 형사는 긴가민가한 얼굴이었다.

"알겠습니다. 그런데 우리가 놈을 어떻게 잡죠?"

"모든 길엔 여자가 통하는 법이지. 민지원을 이용하자고. 놈은 분명히 그녀가 주는 독배를 마실 거야."

정 팀장의 얼굴에 음흉한 미소가 드리워지고 있었다.

군과 경찰을 물리친 민들레공동체 마을에선 축제가 열렸다. 이 모든 게 두류산의 도술, 즉 영적인 능력이라는 데엔 이견이 없었다. 마을 주민들은 물론 한때 정적이었던 김현규까지 두류산의 신비스러운 능력을 인정했다. 그의 여동생 김유리마저 한때 이 조직을 떠날까, 하고 생각한 걸 후회하고 있었다.

이제부터 두류산은 진짜 신(神)이었다. 일부 나이든 주민들은 잔치 준비에 바빴고 장은태를 비롯한 나머지는 한바탕 소란을 피운 전장을 치우기 시작했다. 이쯤에서 젊은 심판 대원들은 완전히 두류산을 신뢰하기 시작했다.

"봤어요? 순식간에 천지가 어두워지고 폭설과 강풍이 불었잖아요?"

"최고입니다! 교주님은 사람들이 말하는 시시한 종교지도자가 아니라, 진짜 신입니다."

그들의 말에 김우태는 한편 수긍하면서도 도대체 두류산이 어떻게 깊은 화상에서 완전히 치유되었는지, 힌놈의 골짜기에서 어떤 기도를 했기에 이런 신통한 일이 벌어졌는지 궁금했다. 장은태는 김우태가 무슨 생각을 하는지 귀신같이 알아맞혔다.

"깊이 생각할 필요가 뭐 있습니까? 교주님 몸에 신이 내린 거죠. 딱히 그 말밖에 설명할 수 없습니다."

"그렇지? 원래부터 반신이었던 그분은 그때 상처를 입은 후로, 깊은 잠을 자다 별안간 신이 내린 거야. 나도 그렇게 생각해."

"세상에 불 속에서도 전혀 화상을 입지 않고 서 있을 수 있다니…."

장은태는 혼잣말로 중얼거리다 김현규가 나타나자 그에게 물었다.

"그때 말씀하신 것처럼 혹시 교주님이 '오신다는 그분'이 아닌지요?"

정감록과 격암유록에 통달한 김현규였지만, 장은태의 질문은 좀 의외였다.

"그분이라니?"

어느새 왔는지 채은지도 옆에 있다가 한마디 했다.

"교주님이 재림예수님이란 말이어요?"

장은태는 고개를 저었다.

"아니! 우리가 계룡산에 있을 때 오신다는 그분 말입니다."

"정도령?"

채은지가 놀란 표정으로 그리 되묻자, 김현규는 심각한 표정으로 말했다.

"아직은 몰라. 하지만 우리가 기다리던 정도령만큼이나 교주님은 신적인 능력을 완벽하게 갖추었어. 조금 더 기다려 보자고."

그때 마당에 음식 준비를 하던 민지원이 모두에게 소리쳤다.

"어서 모이세요! 음식 준비가 끝났습니다."

드디어 축제가 시작되었다. 이미 주위는 어둑해지면서 지리산 천왕봉으로 해가 천천히 지고 있었다.

"이 야밤에 지리산행이라니!"

조민태 형사가 투덜대며 승합차에서 장비를 내렸다. 나머지 형사팀의 형사 서너 명도 마찬가지였다. 정 팀장의 지시였지만, 이런 한겨울에 지리산으로 올라가는 건 아무리 생각해도 미친 짓 같았다. 그래도 먹고살려면 어떡하겠는가. 상관인 정 팀장의 명령에 복종해야 올봄에 있을 인사고과에 좋은 점수를 받을 수 있었다. 정 팀장은 미리 차에서 내려 무기와 장비를 챙기고 있었다. 그의 수중에는 권총 한 자루와 만약을 대비한 수류탄 그리고 연막탄이 있었다.

"나태주에게 연락하셨습니까?"

조민태 형사가 정 팀장에게 물었지만, 그는 고개를 저었다.

"왜요?"

"나 형사는 군경합동 소속이야. 자칫하다간 정보가 새어나갈 수 있단 말이야. 이 작전도 사실은 수사과장도 모르는 일이야."

"네? 그럼 뭐라고 말씀하셨습니까?"

"그냥 통상적인 잠복근무라고 말했지. 산음군 내에 최근 절도 사건이 몇 건 있었잖아. 그놈들을 잡는다고 했지."

조민태 형사는 정 팀장의 말에 화가 치밀었다. 만약 두류산을 잡다가 자칫 불상사가 생기면, 이건 여러모로 애매한 상황에 도달할 게 뻔했다.

"자, 모두 준비되었지? 출발하자고."

정 팀장은 두꺼운 패딩에 달린 모자를 푹 눌러쓴 채 도평 마을 주차장을 빠져나갔다. 그들의 목적지는 민들레공동체 마을이었다.

한편, 그 시각 나태주는 산음경찰서 상황실에 있었다. 상황실은 패색이 짙은 전쟁터의 야전 천막 같은 분위기였다. 연대장이 오늘 있었던 일을 소상히 밝혀달라고 했기에 나태주는 브리핑 준비를 하고 있었다. 하지만 그들은 배가 고프다며 저녁 식사차 구내식당에 가버려, 나태주는 어이가 없었다. 그 역시 낮에 지리산에서 차가운 김밥 반 줄밖에 먹지 않아 배가 몹시 고픈 상태였다.

'이래서 끗발이 중요한 거야. 끗발이 낮은 내가 참아야지.'

나태주는 커피 한 잔으로 저녁을 때우면서 오늘 작전의 개요, 성과, 문제점 등을 준비했다. 그런데 그때 낯선 번호로 전화가 한 통 왔다.

"여보세요?"

상대방은 대답하지 않았다. 브리핑 준비로 마음이 바빴던 나태주는 장난 전화인가 싶어 끊으려 했다. 그런데 수화기 너머에서 굵은 중저음의 남자 목소리가 들렸다.

"접니다. 나태주 형사님."

"누구?"

나태주는 이상한 예감이 들었다.

"백우천입니다."

"……"

나태주는 긴가민가한 생각이 들었지만, 이내 그인 줄 알았다.

"두류산?"

"네. 저의 신간『A Day Of Reckoning Ⅱ』을 읽고 계시는지요? 아님, 다 읽어보셨는지요?"

나태주는 아까 낮에 그의 초인적인 능력을 봤기에 몸이 떨렸다.

"아니요. 중간쯤 읽었습니다만."

"하하. 그렇습니까? 하긴, 그러니 아무것도 모르고 군을 대동하여 우리 마을에 올라왔군요."

"그게 무슨?"

"그냥, 책을 다 읽어보십시오. 나 형사님도 아시다시피 그 책은 일종의 예언서지요. 성경의 요한계시록 같은…."

나태주는 짜증이 났다. 두류산은 지금 전화로 자신의 승리를 자축하며 자신에게 비아냥거리고 있다는 생각이 들었다.

"오늘은 우리가 졌습니다. 하지만 조만간…."

"조만간 또 쳐들어 오겠다? 그러니 책의 결말을 보시라고 이렇게 말씀드리는 겁니다."

두류산의 목소리엔 자신감이 가득했다. 나태주는 섬뜩한 기분이 들어 그에게 되물었다.

"결말에 어떤 내용이?"

이번엔 두류산이 호탕하게 웃었다. 하지만 듣는 나태주의 처지에선 그의 웃음이 매우 껄끄러웠다.

"이번엔 옛정으로 나 형사님을 살려두었습니다. 그래도 우린 민서라, 아니 민채원을 두고 서로 육정을 나누었으니까요. 하하. 하지만 다시 오는 날엔 그 정을 끊도록 하겠습니다."

"날 죽이겠다는 말입니까?"

"그럼요. 군의 앞잡이, 아니 개가 되어 우리 마을을 쳐들어온다는데, 제가 가만히 있을 순 없죠."

두류산은 갈수록 가관이었다. 나태주는 그만 전화를 끊고 싶었지만, 이상하게도 마음뿐이었다.

"음…."

"그쪽 지휘관에게 전하시오. 만약 한 번 더 우리 마을로 쳐들어온다면, 모두 수장(水葬)시킬 것이니 알아서 판단하시라고요. 그러니 얄궂은 특전사니 아파치 헬기 따위는 빨리 포기하라고 말씀해 주시오."

두류산의 말은 거짓말 같지 않았다. 나태주의 심장은 급격히 빨라졌고 호흡은 거칠어지기 시작했다. 두류산은 모든 것을 알고 있었다. 그건 군 내에 내통자가 있든지, 아니면 그의 신비스러운 능력 때문일 것으로 생각했다. 나태주는 모든 것을 포기하는 심정으로 대답했다.

"알겠습니다. 그런데 그보다."

"뭐요?"

백우천의 목소리는 짜증이 날 만큼 침착했다.

"인제 그만합시다. 백우천 씨의 심정이야 저도 이해합니다. 부모님을 기획부동산 사기 때문에 잃은 것, 우리도 잘 알고 있습니다. 이제 그런 놈들을 다 죽였잖아요. 그러니 제발 여기서 멈추고 순순히 자수하십시오."

"하하. 자수? 이봐요. 나태주 씨. 지금 날 회유하는 거요?"

"아닙니다. 안타까워서 그럽니다. 결국, 군이든 경찰에 잡혀 형장의 이슬로 사라질 당신 아닙니까? 자수하면 정상참작이 됩니다. 어떻든 살아야 『A Day Of Reckoning Ⅲ』도 나오지 않겠습니까?"

"집어치워요. 이만 끊겠소. 아까 내가 한 말 명심하시오. 또다시 마을에 올 땐 당신도 무사하지 못할 겁니다. 그럼."

전화를 끊자 나태주에게 공포와 충격이 밀물처럼 밀려들었다.

이상했다. 민지원은 분명 그를 사랑하고 있었다. 그래서 그녀는 재차 그가 있는 쪽으로 들어왔고 그에게 용서를 빌었다. 그랬는데 또 마음이 변하고 있었다. 과연 이게 흔들리는 여자의 마음일까. 오늘 낮 군과의 전쟁 중에 민지원은 채은지와 함께 이 장면을 생생하게 인터넷 생중계를 하고 있었다. 응원과 격려 등 수많은 댓글과 함께 후원을 해 주겠다는 시민들의 말에 민지원은 계좌번호와 자신의 카톡 아이디를 공개했다. 대개가 사심 없이 카톡으로 응원의 메시지를 보냈지만, 어떤 자가 보낸 카톡 메시지는 특이했다.

'동생을 죽인 놈과 함께 있다뇨.'

'하늘에 있는 동생이 슬프게 생각할 겁니다.'

'제발 정신 차리세요. 두류산은 당신의 동생을 죽인 자입니다.'

민지원은 궁금해서 답글을 남겼다.

'누구세요?'

'정도올입니다.'

여기서 민지원은 카톡을 끊어야 했다. 그런데도 그녀는 옛 생각에 그만 끊지 못하였다.

'잘 계시는지요? 그땐 제가 죄송했습니다.'

'그보다, 2억 드리겠습니다. 연락해주십시오.'

이게 화근이었다. 그러지 않아도 민지원은 정 팀장에게 받을 돈이 남아 있었다. 그걸 무시하고 계룡산으로 들어왔지만, 그녀는 그 돈이 계속 생각이 났다.

'무슨 2억?'

'전화해 주십시오.'

민지원은 군이 철수하자 마을 회관 뒤에서 정 팀장에게 전화했다.

"뭐예요? 이젠 저더러 그런 일도 시키세요?"

"2억입니다. 비밀은 꼭 지켜드리겠습니다. 일이 성공하면 추가로 1억을 더 드릴게요. 도와주십시오."

민지원은 정 팀장의 유혹을 거절할 수가 없었다. 어차피 두류산은 이제 사람이 아니라 신이라고 그녀는 생각했다. 그렇다면 이런 남자와 평생을 할 순 없었다. 그녀는 자신의 동생, 민채원을 버렸듯이 언제든 자신도 버릴 수 있다고 생각했다. 그리고 다 합하면 3억. 이 돈은 여자 혼자 몸으로 살아가며 벌 수 있는 금액이 아니었다. 민지원은 그만 자신의 고향, 서울로 가고 싶었다.

"알았어요. 준비할게요."

축제가 한창일 때 민지원은 그녀의 경쟁자인 채은지에게 술을 엄청나게 먹였다. 그래야지만 그녀가 두류산의 처소에 갈 수 있었기 때문이었다. 민지원은 한겨울임에도 속이 드러나는 엷은 원피스를 입고 겉에 두꺼운 패딩을 걸쳤다. 그녀는 두류산 옆에 붙어 그의 눈을 가렸고 자꾸 몸을 밀착했다. 그 사이 술에 취한 채은지는 그만 장정들에 의해 마을 회관에 옮겨졌다.

밤 12시 무렵 축제는 막이 내렸다. 각자 흩어져 숙소로 갈 때 민지원은 두류산을 부축하여 예전에 쓰던 지하실로 내려갔다. 둘만 있는 완벽한 밤이었다. 민지원의 요염한 자태에 넋이 나간 두류산은 드디어 신이 아닌, 사람 아니, 한 마리 수컷으로 돌아왔다. 두류산이 겉옷을 벗고 덤벼들 때, 민지원은 그에게 수면제를 탄 술, 즉 독배를 권했다. 두류산은 민지원이 준 독배를 마시고 깊이 잠들었다. 그가 코까지 골며 잠든 것을 확인한 민지원은 몰래 그 자리를 빠져나왔다. 바깥은 몹시 추웠지만, 긴장한 그녀는 추위를 느낄 새가 없었다. 축제가 끝난 마당에는 꺼진 불의 마지막 연기가 스멀스멀 오르고 있었다.

멀리 마을 입구에서 불빛이 번쩍했다. 그걸 보고 민지원은 자신의 휴대전화 손전등을 두 번 깜빡였다. 검은 그림자들은 그렇게 마당을 가로질러 그녀 곁에 왔다.

"어찌 되었소?"

정 팀장이 낮은 목소리로 물었다.

"잠들었어요."

"확실한가요?"

"네."

정 팀장과 팀원들은 쓰고 있던 모자를 더욱 눌러 쓰고 마스크를 위로 올렸다. 그들은 민지원의 안내로 지하로 진입하였다. 잠든 두류산을 보자 정 팀장은 감회가 새로웠다. 자신의 형을 죽인 이 남자, 스스로 신이라고 자처하는 이 사내, 수많은 사람을 화형시킨 장본인, 초능력을 소유한 반인반신. 그를 직접 본 정 팀장은 당장이라도 죽이고 싶었다. 그래서 형의 복수를 끝내고 자신도 그만 이 고통에서 벗어나고 싶었다. 하지만 주위엔 팀원들이 있었다. 자신과는 달리 두류산을 생포하여 승진과 포상을 꿈꾸는 자들이었다. 아직 두류산은 미동도 없었다.

"어떡할까요?"

조민태 형사가 낮게 물었다.

"일단 묶어!"

정 팀장의 지시에 팀원들은 준비한 밧줄로 두류산의 몸을 세게 묶고 조였다. 그리곤 그의 손에 수갑을 채웠다. 그때까지 두류산은 독에 취해 반항조차 하지 못하였다. 이 모습을 본 민지원의 심정은 착잡했다. 그를 두 번이나 배신했다는 죄책감에 고개를 떨구었다.

"이젠?"

조민태 형사가 홀가분한 심정으로 물었다.

"깰 때까지 기다려야지, 어떡하겠습니까?"

다른 팀원이 반문하자 정 팀장이 소리쳤다.

"아니! 놈을 깨워야지."

정 팀장은 결박된 두류산에 다가가더니 그의 얼굴을 세차게 쳤다. 그리곤 구둣발로 그의 몸을 짓밟기 시작했다.

"팀장님! 이러시면 안 됩니다. 나중을 생각하십시오."

조민태 형사와 팀원들은 씩씩거리는 그를 뜯어말렸다.

"놔둬! 이 새끼를 그냥 죽여버릴 거야."

흥분한 정 팀장은 아까의 생각과는 달리, 권총을 꺼냈다. 그러자 지하실은 일대 소란에 휩싸였다.

"안 됩니다."

"이것 놔!"

"참으셔야 합니다."

그 급박한 과정에 두류산은 눈을 지그시 떴다. 그리곤 무슨 일인가 싶어 주위를 둘러보다 민지원과 눈이 마주쳤다. 순간, 민지원은 눈을 돌리려 했으나, 차마 그럴 순 없었다. 이 상황에서 두류산의 눈은 그윽했고 참으로 순수했다.

"교주님. 죄송해요."

민지원은 이 말만 하고 돌아서서 울어버렸다.

"두류산, 네 이놈! 이제 깼어? 이 썩을 놈아."

정 팀장은 팀원들에게 두 팔을 잡힌 채 씩씩거렸다. 그런데도 두류산은 알 수 없을 정도로 태연했다.

"누구?"

"네놈이 죽인 합동수사본부장의 동생이다. 내 형님을 죽인 네놈을 오늘 내가 처단하러 왔다."

이에 두류산은 호탕하게 웃었다.

"아하! 그때 산음경찰서에 꾸려진 합수부의 그분? 그의 동생이란 말

254

이오?"

"그렇다. 네놈 손에 억울하게 돌아가신 내 형님."

"어쨌든 미안하오. 그때 그분이 우리가 하는 일에 꽤 방해되었거든. 두어 번이나 경고했지만, 말을 듣지 않아 어쩔 수 없이 그리했소. 유감이오."

"뭐야? 이 잡범 같은 놈이!"

그때 조민태 형사가 나섰다.

"널 살인·방화 교사죄, 폭행·감금죄, 공무집행방해죄, 사기·기망죄, 내란죄로 체포한다. 넌 미란다 원칙에 의해…."

하지만 두류산은 고개를 저었다.

"그리는 안 될 것입니다. 이봐요. 지원 씨."

두류산은 침착한 어조로 민지원을 불렀다. 깜짝 놀란 민지원은 얼굴을 어디에다 둘지 모를 만큼 당황했다.

"네?"

"손님들 왔으니 커피 좀 내어오세요."

두류산의 이상하리만큼 태연한 태도에 정 팀장을 비롯한 모두는 멍한 상태가 되었다.

'이게 미친 것 아냐?'

정 팀장은 속으로 이리 생각했다.

"커피를요?"

"네. 참! 이 분위기가 너무 뜨거우니 냉커피가 낫겠군요. 어서요."

민지원은 이 이상한 분위기 속에서 두류산의 지시를 거부할 수 없어,

지하에 딸린 주방으로 향했다. 그때 정 팀장이 그녀를 말렸다.

"지원 씨. 그럴 필요 없어요. 그만두세요. 그리고 이봐! 두류산. 넌 체포되었어. 상황파악이 안 돼? 그러고도 커피가 마시고 싶어?"

"어떻든 커피 한잔합시다. 지원 씨. 괜찮아요. 얼른 주방에 가서 커피 타오세요."

민지원이 정 팀장의 만류에도 주방으로 뛰어가자 지하실의 분위기는 기묘하게 흘러갔다. 한동안 소강상태였다. 잠시 후, 민지원이 커피를 가져오자 두류산이 입을 열었다.

"여기까지 날 잡으러 오신다고 고생하셨으니 시원하게 한 잔 씩 마시세요. 지원 씨, 나도."

민지원은 정 팀장의 눈치를 보며 커피를 두류산의 입에 갖다 대었다. 정 팀장과 팀원들은 어이가 없었지만, 모두 탁자 위에 놓인 차가운 커피를 한 모금했다. 민지원이 물러나자 두류산은 알 듯 모를 듯한 웃음을 짓더니, 이내 수갑 찬 손목을 모은 후 손바닥을 비비기 시작했다. 그때까지만 해도 모두 그가 몹시 추워서 그러는 줄만 알았다. 그런데 아니었다. 두류산이 계속 손바닥을 비비자, 옅은 연기가 피어오르기 시작했다.

'뭐야? 뭐지?'

놀랄 일이었다. 두류산의 손바닥에서 작은 불꽃이 일었다. 그러더니 그 작은 불꽃은 이내 두류산의 몸에 번졌다. 순간 두류산의 몸이 불길에 휩싸이더니 그를 묶고 있던 밧줄이 순식간에 타고 말았다. 커피를 마시던 모두는 너무 놀라 멍하니 이 광경만 바라보고 있었다.

'아니야. 이건 사기야. 하찮은 저질 마술일 뿐이야.'

정 팀장은 그의 초인적인 능력을 깎아내리고 싶었다. 하지만 나머지는 두류산의 신비한 능력을 보자 정신이 혼미해졌다. 마침내 수갑과 밧줄은 끊어졌고 두류산은 자유의 몸이 되었다. 그는 침상 옆에 있는 작을 벨을 눌렀다.

"여러분! 전 공무를 집행하는 당신들을 해칠 마음이 없습니다. 저는 어떤 명분이 있어야 행동에 옮기는 사람입니다. 오늘 여기까지 오시느라 정말 수고하셨습니다. 이제 안전하게 돌아가는 일만 남았습니다."

"저 벨은 뭐야? 왜 누른 거야!"

공포와 충격에 쌓인 가운데에서 조민태 형사가 외쳤다.

"곧 우리 식구들이 들이닥칠 겁니다. 아무도 불행한 일을 원하진 않습니다. 그러니 조용히 돌아가십시오."

하지만 정 팀장은 그럴 생각이 없었다.

"무슨 개소리! 잡아! 놈을 체포해!"

정 팀장의 말에 정신이 든 팀원들은 두류산을 덮치기 위해 몸을 날렸다. 그런데 그럴 때마다 두류산의 근처에서 모두 몸이 튕겨 나왔다.

'억.'

두류산 주위로 강력한 자기장이 돌고 있는 것 같았다. 당황한 정 팀장이 재차 권총을 발사했으나, 총알마저 튕기고 말았다.

"팀장님! 이건 사람이 아닙니다."

바닥에 쓰러진 조민태 형사가 겁에 질린 목소리로 외쳤다. 정 팀장 역시 이 놀랄만한 상황에 다리가 후들거렸다. 그때 지하실 입구에 사람들이 나타났다. 그들의 손엔 낫과 쟁기 등이 들려있었다.

마침 나태주의 가방엔 두류산의 신작 소설집이 있었다. 그는 얼른 그 책을 꺼내 중, 후반부를 펼쳤다.

「그는 군인들이 몰려오자 할 수 없이 수문을 열기로 마음먹었다. 원래 의도는 좋은 말로 그들을 물리치려고 했으나, 상대편은 막무가내였다. 권총을 든 지휘관이 주인공에게 어서 항복하라고 재촉했다. 하지만 그는 손가락으로 산 쪽을 가리켰다.
"뭐?"
지휘관은 가소롭다는 표정을 짓고 있었다.
"둑이 터질 것이오. 모두 수장(水葬)된단 말입니다."
"푸하하. 저 산? 저 산에 둑이 있단 말이야? 금시초문인데? 좋아. 둑이 있다고 쳐. 그런데 이 엄동설한에 물이 꽁꽁 얼어있을 텐데?"
지휘관이 계속 믿지 않자, 그는 대치하고 있는 마을 주민들에게 옆 산으로 이동하라고 지시했다. 주민 중에는 믿지 못하는 자가 몇 명 있었지만, 대다수는 그의 말을 신뢰했다. 그는 눈을 지그시 감고 선 채로 주문을 외었다. 그 모습이 너무 엄중하고 신비스러워 군인 중 몇 명은 그에게 경외감을 느꼈다. 주민들이 옆 산으로 대피하자, 화가 난 지휘관이 총을 높이 들었다.
"돌격, 앞으로!"
그런데도 군인들은 좀처럼 앞으로 나서지 못했다. 그들이 마지못해 발을 뗀 것은 그의 기도가 끝난 후였다. 군인들은 마침내 함성을 지르며 마을을 태우기 위해 진입했다. 그런데 그때였다. 마을 뒷산이 꿈틀거리더니 땅이 갈라지는 소리가 들리기 시작했다.
'뭐지?'
돌진하는 앞의 무리가 마을 입구에 멈추었다.
'쩍!'
'우르릉 쾅쾅!'
놀라운 일이었다. 군인들의 눈앞에 시커먼 황토물이 벼락같이 몰려오고 있었다. 속도가 너무 빨라 아무도 대피할 시간이 없었다.

"아악! 물이다!"
"피해!"
삽시간에 마을 마당은 물바다로 변했고 지휘관을 비롯한 군인들 반이 물에 수장되었다. 그런데도 그는 마치 물 위를 걸어 유유히 산 쪽으로 향하고 있었다. 구사일생으로 목숨을 건진 일부 군인들이 동시에 외쳤다.
"사람이 아니다. 저분은 신(神)이야!"」

나태주는 책을 읽은 후 사태의 심각성을 걱정했다. 마침 저녁밥을 먹고 온 서장과 연대장 일행이 상황실에 들어오고 있었다.
"오늘 상황, 브리핑 준비되었으면 시작해."
서장은 짧게 말하곤 자리에 앉았다. 반대편엔 연대장이 인상을 구기며 의자를 빼고 있었다. 나태주는 어떻게 할까, 하다 먼저 오늘 상황부터 있는 대로 털어놓기로 했다.
"예상했던 대로 역부족이었습니다. 오늘 승부는 우리 쪽이 완벽하게 졌습니다."
그러면서 나태주는 오늘 있었던 상황 하나도 빠트리지 않고 브리핑했다.
"이유가 뭐라고 생각합니까?"
불편한 심기를 감추지 못하는 연대장이 물었다.
"그를 너무 과소평가하였습니다."
"누구?"
"화형교 교주, 두류산 말입니다."
나태주의 말에 연대장이 탁자를 쳤다.
"그놈을 과소평가했다고? 아니요. 내가 보기엔 현장 지휘관인 백 소령을 내가 너무 과대평가한 것 같소."

연대장의 말에 서장이 되받았다.

"아까 인터넷을 보니 백 소령은 나름대로 지휘를 잘했던 것 같은데. 아닙니까?"

"아닙니다. 백 소령은 폭설이 내리고 강풍이 불기 전에 전격적으로 마을을 제압해야 했어요. 그런데도 무슨 이유에서인지 그는 엉거주춤한 상태로 일관했어요. 모든 작전은 전광석화처럼 신속하게 해야 하건만."

연대장의 말에 나태주가 나섰다.

"그렇지 않습니다. 백 소령은 서장님 말씀대로 대항하는 마을 주민들에게 강경 진압을 시도했습니다. 그런데도 실패한 원인은 아까 말씀드린 대로 두류산의 초인적인 능력 때문입니다."

"뭐요? 초인적 능력? 그렇다면 아까 천지가 컴컴해지고 폭설과 강풍이 불어닥친 게 모두 놈의 초인적 능력이란 말이오?"

"네."

나태주는 지지 않았다.

"이봐요. 나 형사. 당신 미친 것 아니오? 세상에 인간이 자연환경을 인위적으로 조절한다는 게 말이나 되오?"

"그렇다면 연대장님은 아까 그 현상을 어떻게 생각하십니까?"

"그건, 그냥 우연의 일치요. 우리나라도 가끔 예고 없이 개기일식이 일어나잖소. 그리고 폭설과 강풍은 이런 산에서야 흔한 일이죠. 안 그래요? 서장."

괜스레 자신을 호명해서 난처한 서장은 고개를 끄덕였다.
"개연성 있는 말씀입니다."
"아닙니다. 그는 이제 반인반신이 되었단 말입니다. 그 자연현상은 두류산이 만든 게 확실합니다."
그래도 연대장이 믿지 않자 나태주는 아까 두류산과 통화한 녹음파일을 틀었다. 그러자 모두의 눈이 휘둥그레졌다.

화형교를 해산하라

새벽같이 달려가서
그대를 보고싶다

푸른 공기 속으로 노랗게 피어나는
예감의 꿈을 꾸고 싶었다

마디마디 저려 오고 찬바람 나는
서릿발로 번지는 통증을 참아내며

피 끓는 청춘의 불꽃을 살라
축복 같은 등불을 밝혀주나니

그대 피기 시작하는
새벽 돋는 이른 봄이
예사롭지 않은 줄 누가 알겠나

—이산, 「산수유」

"우릴 어쩔 셈이오?"
마을 주민들이 낫과 쟁기 등을 들고 압박해오자 겁에 질린 정 팀장은 완전히 기가 꺾였다.

"어떻게 할까요?"

전세가 역전이 된 지하는 분위기가 괴괴했다. 두류산은 웃으면서 정 팀장의 말을 되받았다.

"그냥 살려주시오."

정 팀장은 이곳에 들어오기 전과는 180도 달랐다. 그는 두류산 앞에 무릎을 꿇었다. 그건 완전한 항복을 의미하는 거였다.

"나도 무고한 경찰을 더는 죽이고 싶진 않소. 이대로 떠나가세요. 가서 지휘본부에 이렇게 전해주세요."

두류산의 말에 정 팀장은 안도의 한숨을 쉬었다.

"뭐라고 전할까요?"

"다시 이곳에 군 병력을 끌고 온다면 모조리 수장시킬 테니, 그만 병력을 해산하라고 하십시오."

"수장?"

정 팀장은 순간 두류산이 아무리 신과 같은 존재라고 이 엄동설한에 물이 어디 있다고 이런 말을 꺼내는가 싶었다. 하지만 두류산은 정 팀장의 빤한 계산을 눈치 챘다.

"모두 물러서세요. 자! 형사님들, 나와 같이 밖으로 나갑시다."

두류산이 먼저 지하 문을 열고 나가자 이어 정 팀장을 비롯한 형사들과 마을 주민들이 뒤를 따랐다. 밖은 몹시 추웠다. 천왕봉에서 불어오는 찬 바람에 얼음 같은 냉기가 마당을 돌아다녔다. 두류산은 마당 한가운데에 서서 주문을 외었다. 그러자 뒤쪽에 서 있던 마을 주민 중 한 명이 혼잣말로 중얼거렸다.

"완전 제갈공명일세."

겨우 3분이 지났다. 그런데 마을 뒤쪽 솔봉 쪽에서 이상한 굉음이 들렸다. 정 팀장은 설마, 하고 뒤를 보았는데 그때였다.

'우르릉 쾅쾅.'

갑자기 폭포 같은 대량의 물이 쏟아져 내렸다. 그 물은 마을 옆 개울가를 완전히 덮을 만큼 많았다. 마치 산사태를 일으킬만한 물이었다.

'쏴아아~ 쿵쾅, 쿵쾅.'

"이건 아냐. 완전히 미친 짓이야!"

정 팀장은 넋이 나가 한동안 멍하니 서 있었다. 한밤의 신비스러운 광경을 목격한 정 팀장과 일행들은 뒤도 돌아보지 않고 산 밑으로 뛰기 시작했다. 단, 그 자리에 얼음처럼 서 있는 자가 있었는데 그녀는 민지원이었다.

"함께 내려가세요."

두류산이 그녀에게 부드럽게 말했지만, 그녀는 완전히 얼어있었다.

"죽여주세요."

민지원의 눈에는 공포 어린 눈물이 쏟아졌다.

"맞아요. 그년 말대로 이젠 죽여야 합니다. 교주님을 두 번이나 배신했어요."

마침 잘되었다 싶었던 김유리가 나섰다. 뒤에 서 있던 김우태와 장은태 그리고 채은지도 이번에 고개를 끄덕였다. 그들은 모두 두류산의 결정을 기다리고 있었다. 그런 모두의 바람 때문에 두류산의 마음이 흔들렸다. 그는 김현규를 불렀다.

"어쩌면 좋겠습니까?"

두류산은 사람들 몰래 눈을 껌뻑거렸다.

"제게 위임하시겠습니까?"

두류산의 마음을 읽은 김현규도 말을 하면서 눈을 껌뻑였다.

"네. 조용히 처리 바랍니다. 전 피곤해서 이만."

두류산은 검은 봉투를 김현규의 손에 쥐여주었다. 봉투에 뭐가 들어 있는진 몰라도 뾰족한 부분이 만져졌다. 직감적으로 김현규는 그게 칼인 줄 알았다. 그가 지하로 들어가자 김현규는 소리쳤다.

"저년을 묶어라!"

장은태와 젊은 심판 대원 몇이 밧줄로 민지원을 꽁꽁 묶었다.

"모두 알다시피 저 여자는 우리 화형교의 배신자입니다. 민지원은 두 번이나 우리를 배신했습니다. 그렇다면 마땅히 불로 공개 처형하는 것이 맞으나, 여기 이 장소는 어제 우리가 승리를 거둔 신성한 장소이므로 그렇게는 않겠습니다."

"그러면 어떻게 한단 말이오?"

"우리 마을을 벗어나 저 밑에 있는 개울에서 참수하겠습니다."

그리고 봉투를 열어 칼을 꺼냈는데 안에 칼 외에도 두툼한 뭔가가 있었다. 그래도 마을 주민들이 쭈뼛거리자 김현규는 다시 소리쳤다.

"모두 해산!"

그리곤 묶인 민지원을 앞세우고 마을 밑으로 내려갔다. 개울가에 도착하기까지 둘은 아무런 말이 없었다. 민지원은 모든 것을 체념한 듯 고개를 숙이며 걸었다. 그녀는 처음 두류산을 만난 것부터 현재까지 다 사다난했던 지난 일을 추억하며 눈물을 흘렸다.

"거기 서시오."

민지원은 이게 마지막이다 싶어 눈을 감았다.

"마지막으로 할 말은 없소?"

"……."

겨울 칼바람이 민지원의 옷깃을 스쳤다. 눈을 감아도 멀리 천왕봉에서 비추는 달빛이 느껴졌다. 그녀는 부모님도 동생도 죽은 마당에 이제 더는 살 마음이 없었다.

"그분에게 전해주세요."

"무슨?"

"당신은 정녕 신입니다. 그런 신을 저는 진정으로 사랑했다구요."

"알았소. 잘 가시오. 그분께 그리 전해주리다."

마지막 말을 들은 김현규는 아까 두류산이 준 칼을 높이 들었다. 칼은 달빛을 받아 노랗게 번쩍거렸다.

'번쩍'

"악!"

그런데 자신의 몸에 밧줄이 떨어져 나간 민지원은 소스라치게 놀랐다.

"그분의 뜻입니다. 부디 이곳에 있었던 일은 모두 잊고 멀리서 행복하게 사세요."

김현규는 칼을 뺀 검은 봉투를 민지원 앞에 떨어뜨리곤 마을 쪽으로 올라갔다. 한참을 그 자리에서 멍하니 서 있던 민지원은 봉투를 열어보았다. 놀랍게도 그 안에는 편지 한 통과 돈뭉치가 들어있었다. 민지원은 이 모든 일을 두류산이 예견했다고 생각했다. 그녀는 그 자리에서 무릎을 꿇고 통곡했다.

"제가 잘못했어요! 흑."

그때 멀리 나무 사이로 검은 그림자가 얼핏 보였다.

"교주님?"

민지원이 벌떡 일어나 그쪽으로 달려갔을 땐 그림자는 이미 사라지고 없었다.

산음경찰서 군경합동 상황실은 나태주가 들려준 녹음파일을 듣고 아연실색한 분위기였다. 가뜩이나 오늘 인터넷 생중계로 두류산의 기이한 이적을 본 모두는 '수장'이라는 단어가 나오자 머리를 흔들었다. 특히 서장은 자신이 경남지방경찰청에 추가 병력을 요청한 게 실수라고 여길 만큼 두려웠다.

"이게 사실이라면 이번 작전에 우리는 빠지겠습니다."

"뭐요?"

연대장이 발끈했다.

"그렇지 않습니까? 우리는 관내 사건 처리할 것도 많은데 오늘 반 이상의 경찰이 그곳에 투입되었습니다. 그런데 결과가 어땠습니까?"

"이보시오. 서장! 이 작전은 윗선에서 지시한 군·경 합동작전이오. 그런데 그 지시를 거부하다니요?"

그러자 되려 서장이 짜증을 내었다.

"우리 직원들이 두 번 다시는 그곳에 가고 싶지 않다는 걸 내가 어떡합니까?"

그건 사실이었다. 각 부서에서 차출되어 민들레공동체 마을에 다녀온 경찰들은 부서장에게 강력하게 불만을 표시했다. 그래서 각 부서장은 서장에게 단체 카톡으로 이런 상황을 모두 보고하였다. 서장이 예상외로 세게 나오자 연대장은 주춤했다. 이때를 노려 나태주가 나섰다.

"연대장님! 맞습니다. 지금 경찰뿐만 아니라 군인들의 사기도 뚝 떨어져 있습니다. 그러니 차라리 연대장님을 비롯한 간부님들이 마을로 찾아가 협상을 하는 게 나을성싶습니다."

"뭘 협상하란 말이오?"

"이를테면 민들레 마을을 철거하는 대신에 다른 곳으로 이주하는 방법 등이 있지 않겠습니까?"

연대장은 나태주의 말에 짐짓 기분이 상한 모양이었다.

"무슨 소리! 우리가 그따위 시골 마을 철거 때문에 온 줄 아나? 우리는 현 시국을 어지럽히는 두류산과 그 일당들을 체포하러 왔다고!"

"그건, 아마 어려우실 겁니다."

"됐고! 이번 작전엔 우리만 갑니다. 경찰은 빠지시오. 특전사 요청해 두었으니 곧 올 거요. 그리 알고 서장은 관내 민생문제나 해결하시오. 이제 우리 측 인원만 빼고 모두 나가시오."

나태주는 아무래도 연대장이 오판하는 것 같아 마음이 불안했다.

그로부터 사흘 뒤, 대한민국 국군의 최정예부대인 특전사 요원들이 산음경찰서 앞마당에 도착했다. 그들뿐만 아니었다. 육군항공대 소속 전투용 헬기 한 대도 있었다. 연대장은 직접 헬기를 타고 현장지휘를 할 모양이었다. 병력은 기존 인원에다 특전사 요원까지 합하여 대략 오십여 명이었다. 병력이 먼저 출발하고 한참 뒤에 헬기가 떴다.

"저걸로 되겠어?"

창가에서 줄곧 이 광경을 지켜보던 조민태 형사가 시큰둥하게 물었다. 나태주는 마을 주민들이 걱정되어 두류산에 문자메시지를 보냈다.

'특전사 투입. 피해 발생 우려. 얼른 대피 바람.'

그에게서 곧바로 답장이 왔다.

'불멸의 화형교 진가를 보여주겠소.'

헬기가 먼저 도착하여 민들레 마을 상공을 선회하고 있었다. 그런데 이상한 일이었다. 마을 주민들은 어디로 갔는지 아무도 보이지 않았고 마당에 누군가 홀로 앉아 있었다.

"주민들이 모두 대피한 건가? 그런데 저놈은 뭐야?"

연대장은 부관에게 물었다. 소령 계급장을 단 장교는 얼른 망원경으로 마당을 주시했다.

"저놈이 두류산인가 봅니다. 어제 인터넷으로 본 놈과 인상착의가 비슷합니다."

두류산은 위아래로 하얀 한복을 입고 있었다. 전날 마당에 눈이 많이 내려 얼핏 보면 그는 마치 없는 것 같았다. 그는 불이 붙은 화형 거치대 옆에서 꿇어 앉은 채로 몇 시간째 기도만 하고 있었다.

"놈이 뭘 하는 거지? 이봐! 우리 병력은 오고 있는지 무전부터 넣어

봐."

"곧 도착한다는 연락이 왔습니다. 아! 저기 오고 있네요. 마을 입구에 도착하였습니다."

막 마을 입구에 도착한 군인들도 황당한 건 마찬가지였다. 마을 앞에는 방어벽과 주민은 물론 쥐새끼 한 마리도 없었다.

"우리가 온다고 벌써 도망가버렸나?"

"하긴 우리 이름만 들어도 오줌을 지리긴 하지. 하하."

그때 현장 지휘관이 나섰다. 그는 특전사 대위였다.

"모두 대기! 우리는 헬기에서 명령만 오면 마을로 돌진한다. 모두 거총하고 방심하지 말도록!"

그러자 특전사 요원들의 비아냥거리는 소리가 곳곳에서 났다.

"뭐가 있어야 방심이라도 않지."

"도대체 이만한 일로 우리를 왜 불렀지?"

하지만 그때 이곳에 왔던 기존 군인들은 오히려 너무 조용한 마을 분위기를 이상하게 생각했다.

"연대장님! 어떡할까요? 병력은 모두 진격 일보 직전입니다만."

연대장은 너무 조용한 게 찜찜했지만, 그건 마을 주민들이 특전사가 온다는 것을 알고 모두 대피했다고 생각했다.

"마을을 소개할 준비도 되었나?"

"네. 특전사 요원들에게도 모두 설명하였습니다. 건물 한 채도 남김없이 불에 태우고 반항하는 자는 체포하라고 지시하였습니다."

"두류산은?"

"몽타주를 보여주었으니 얼굴을 인식할 겁니다. 생포하도록 지시했습니다."

연대장은 입술을 꽉 깨물었다. 그리곤 마이크를 쥐었다.

"작전개시!"

특전사 대위가 작전지시를 받았다.

'작전개시.'

"모두 들어라! 명령이 떨어졌다. 작전개시!"

이어 '우' 하는 함성이 마을을 뒤덮더니 앞줄의 특전사 요원들이 마을 안으로 진격했다. 대위가 맨 앞줄에서 뒤를 돌아보며 외쳤다.

"화염 방사기 요원 어디 있나? 저기 보이는 마을 회관부터 태워버려!"

그런데 돌진하던 군인들은 마당에서 꼼짝하지 않고 기도하던 두류산과 눈이 마주치자, 모두 걸음을 멈추었다. 헬기에서 이 광경을 보던 연대장은 기가 찼다.

"저 앤, 도대체 뭐야?"

연대장의 말이 끝나기도 전에 두류산은 헬기를 무섭게 노려보았다.

"어어, 왜 이러지?"

"뭐야? 뭔데 그래!"

상공에 떠 있던 헬기가 중심을 잃고 제자리에서 빙빙 돌고 있었다. 절체절명의 순간이었다. 헬기는 마치 잠자리가 큰 거미줄에 걸린 듯 맥을 못 추었다. 심지어 엔진 가동이 되지 않는지 프로펠러 도는 소리도 급격하게 약해졌다. 조종사는 핸들을 아무리 조종해도 말을 안 듣자 비상착륙을 시도했다.

"이봐! 왜 그래?"

연대장이 다급하게 물었다.

"모르겠습니다. 헬기가 아예 말을 듣지 않습니다."

조종사는 두류산이 있는 마당을 보고 그쪽으로 착륙을 시도했다. 그런데 그것마저도 쉽지 않았다. 갑자기 천왕봉 쪽에서 돌풍이 세차게 불어왔다. 예상치 못한 돌풍은 곧 회오리바람으로 바뀌었다. 그러기를 몇 차례. 이제 헬기는 엔진으로 도는 게 아니라, 회오리바람으로 허공에서 제자리를 빙빙 돌고 있었다. 그래도 연대장은 아직까진 의연했다. 그는 마당에 있는 대위에게 작전을 계속하라고 지시했다. 대위가 재차 명령했다.

"명령이다. 헬기 상황은 신경 쓰지 마라. 그대로 진격하라!"

군인들은 약간 찜찜했지만, 그래도 대다수가 특전사 요원들이었다. 그들은 용감무쌍하게 마당으로 진격했다. 하지만 군인들이 들이닥치는데도 두류산은 꼼짝하지 않고 마당에 앉아 있었다. 그때 대위가 작전을 변경했다.

"A조는 마을 회관 방화, B조는 놈을 생포하라!"

군인들은 조를 나누어 한 무리는 마을 회관으로 곧장 뛰었다. 그리곤 준비해 간 화염 방사기에 불을 붙이는 순간, 갑자기 안쪽에서 엄청난 양의 물이 쏟아졌다. 소방호스로 물을 뿌리는 자는 장은태였다. 화염 방사기가 실패하자 군인들은 장은태를 제압하려 떼로 달려들었다.

그때 무수한 돌이 날아들었다. 마을 회관 창문에 김우태를 비롯한 젊은 심판 대원들이 새총을 비롯한 돌팔매질을 했다. 군인들 몇이 돌을 맞고 마당에 쓰러졌다. 화가 난 군인들은 백병전할 태세로 출입문으로 달렸다. 그러자 장은태를 비롯한 젊은 심판 대원들은 죽기를 각오하고 싸웠다. 출입구 앞쪽은 그야말로 아비규환이었다. 이 광경을 두류산이 줄곧 보고 있었다.

한편, 두류산을 생포하려던 군인들은 좀처럼 그에게 접근조차 할 수 없었다. 두류산을 중심으로 원을 그리면서 회오리바람이 돌고 있었기 때문이었다.

"어떡할까요? 바람 때문에 접근이 어렵습니다."

군인 중 한 명이 대위에게 묻자 그는 헬기 쪽으로 무전을 날렸다.

"생포는 어렵겠습니다. 사살할까요?"

빙빙 도는 헬기 안에서 어지럼증에 시달리는 연대장은 무전기 소리도 잘 들리지 않았다. 그는 얼른 이 고통스러운 곳에서 그만 내리고 싶었다.

"뭐라고?"

대위가 한 번 더 소리쳤다.

"놈을 사살할까요?"

그런데 그때였다. 두류산이 포위망을 뚫고 유유히 대위 앞으로 다가왔다. 군인들은 두류산의 의연한 태도에 뒷걸음치며 길을 터주었다.

"뭐야? 넌!"

"무전기 이리 줘봐요."

두류산의 목소리가 어찌나 엄중한지 대위는 두말없이 무전기를 넘겼다.
"연대장님. 저는 이곳의 책임자입니다."
두류산이 무전을 날리자 허공의 회오리바람은 약간 잦아들었다.
"누구? 두류산?"
연대장은 헬기 밖으로 고개를 내밀어 그인 줄 확인했다.
"그런데?"
"협상합시다. 더는 연대장님과 군인들을 해치고 싶지 않습니다."
"협상? 아니, 독 안에 든 쥐가 항복이지 웬 협상?"
"빨리 협상하지 않으면 헬기를 추락시키겠습니다. 연대장님은 이 회오리바람이 그저 생긴 줄 아십니까?"
그러면서 두류산은 헬기 밖으로 고개를 내민 연대장의 눈을 째려보았다. 순간 회오리바람이 아까보다 훨씬 심하게 불면서 헬기가 미친 듯이 돌았다. 연대장은 도무지 정신을 차릴 수가 없었다.
"이봐! 부, 부관. 자넨 이, 이게 놈이 일으킨 바, 바람이라 생각하나?"
이미 두류산의 능력을 눈치챈 부관은 얼른 대답했다.
"네. 이러다 죽을 수도 있습니다. 얼른 놈의 협상을 받아들이십시오."
"어이! 조, 조종사! 비, 비상착륙이 어렵나?"
"네. 제 마음대로 되지 않습니다."
부관과 조종사의 의견을 들은 연대장은 다급하게 무전기를 들었다.
"좋아. 이게 과연 네 능력이라면 지금이라도 멈추어봐. 그러면 생각한번 해볼 테니."

놀라운 일이었다. 연대장의 말이 끝나자마자 거짓말같이 회오리바람은 멈추었다.

'휴. 십년감수 했네. 저놈은 도대체 인간이야? 뭐야?'

옆에서 두류산과 연대장의 무전을 듣던 대위는 소름이 확 돋았다.

"조종사! 헬기를 마당에 착륙시켜."

연대장이 가까스로 헬기에 내릴 때까지 마을 회관 앞의 치열한 백병전은 계속되었다. 역시 특전사 요원들이었다. 그동안 지리산에서 지옥훈련으로 강한 육체와 정신을 가진 화형교 사람들이라도 특전사엔 상대가 되지 않았다. 그런 상황에서도 화형교 사람들은 악으로, 깡으로 특전사 요원들과 끝까지 맞싸우고 있었다.

"저기부터 멈춰주시죠."

두류산이 부드럽게 연대장에게 부탁했다.

"대위! 그만 철수시켜."

대위가 마을 회관 앞 특전사 요원들에게 작전 중지를 명령하는 사이에 헬기는 마당에 무사히 착륙했다. 연대장은 바람을 뚫고 마침내 두류산과 마주했다.

"조건은?"

연대장은 협상에서 우선권을 챙기려 거만한 태도를 보였다. 이를 간파한 두류산은 대답 대신 손끝으로 마을 회관 우측을 가리켰다. 놀라운 일이었다. 지금은 한겨울이었다. 그런데도 그곳엔 금방이라도 쏟아져 내릴 듯한 물이 둑안에 갇혀있었다.

'저건?'

연대장은 애써 당혹감을 감추려 했지만, 그의 얼굴엔 이미 공포가 가득했다.

"여차하면 둑을 터뜨릴 뻔했습니다. 협상에 응해주시어 감사드립니다."

연대장은 '수장'이란 단어가 떠올랐다.

"뭘, 뭘요. 피, 피차 서로 양보하는 게 도리죠."

"마을 회관 안으로 들어가시죠. 따뜻한 차라도 대접하겠습니다."

두류산의 말에 연대장은 대위와 부관에게 함께 들어가자고 눈짓했다. 두류산은 그새 자신의 뒤에 서 있는 김우태에게 지시했다.

"마을 사람들에게 일러 여기 군인분들께 따뜻한 물과 음식을 나눠주세요. 그리고 마당 곳곳에 불을 피워주시고요."

마침내 두류산의 뜻대로 서로가 피를 보지 않고 협상이 진행되었다. 마을 회관 사무실 소파에 연대장 일행과 두류산, 그리고 김현규가 마주 앉았다. 채은지가 인터넷 동영상 촬영을 멈추고 따뜻한 차를 내어놓았다. 연대장이 두류산에게 조건을 물었다.

"군이 철수하는 조건으로 우리도 이 마을을 영원히 떠나겠습니다. 그리고 군의 체면도 있고 하니, 그동안 사무실로 썼던 마을 회관을 없애겠습니다. 단, 이곳 마을 주민들은 그대로 살게 해 주십시오."

"그것뿐이오?"

연대장은 두류산에게 더 바라는 눈치였다.

"왜요? 저에 대한 체포가 필요하십니까?"

"그야 당연한 것 아니오? 당신의 체포와 화형교의 해산이 우리가 이곳에 투입된 목적입니다."

"그 둘을 모두 가지시겠다면 이 협상은 결렬입니다."

두류산은 단호하게 말했다. 그러자 연대장은 팔짱을 꼈다.

"좋소. 이미 우리 쪽에서 큰 그림을 제시하였으니 이제 둘 중의 하나를 택하시오."

큰 그림이란 아까 두류산이 말했던 두 가지였다. 그간 화형교의 근거지였던 마을 회관을 없애는 것과 이곳을 영원히 떠나겠다는 것이었다. 두류산은 끙, 하는 신음을 내뱉곤 입술을 앙다물었다. 그건 그가 중대 사항을 결정할 때마다 하는 그의 버릇이었다.

"이 시간부로 우리 화형교 조직을 해산하겠습니다."

두류산의 말에 가장 놀란 이는 김현규였다.

"교주님! 그, 그건 안 됩니다."

연대장은 그런 김현규를 빤히 쳐다보면서 음흉하게 웃었다.

"그것, 참 좋은 소식이네요. 좋습니다. 그 조건, 받아들입니다."

연대장의 말에 대위와 부관도 고개를 끄덕였다. 그들로 봐선 힘들이지 않고 목적을 달성한 셈이었다. 두류산의 체포는 추후 경찰의 몫으로 남겨도 될성싶었다. 화형교의 해체와 근거지 소개만으로도 군의 특전사 투입은 성공적이었다.

"자! 그렇다면 이건 문서로 남깁시다. 우리도 위쪽에 보고해야 하니 말이오."

"물론이죠. 서명이 끝나면 당장 군을 철수해주시고 추후 마을 주민들에겐 털끝 하나 건드리지 마십시오."

옆에 있던 김현규는 계속 안 된다며 울부짖었으나, 상황은 이제 돌이킬 수 없었다. 두류산은 채은지에게 눈짓했다. 그녀가 깨끗이 정리된 문서 두 장을 테이블에 놓았다.

"아니? 이건…."

연대장은 문서를 보고 화들짝 놀랐다.

종이에는 이미 두류산이 말한 내용대로 모두 적혀있었다. 그렇다면 이 모든 것은 그가 미리 기획하고 예상한 일이었다. 그런데 이 문서에는 구두로 약속한 것 외에도 하나가 더 들어가 있었다.

'두류산은 이 모든 것을 책임지고 스스로 자결한다.'

나태주와 정 팀장을 비롯한 형사팀원들은 사무실에서 실시간으로 특전사 요원들의 작전을 지켜보고 있었다. 그들은 특전사 요원들이 마을로 진격하여 화형교 사람들과 백병전을 벌이는 장면을 보곤 모두 한마디씩 했다.

"저것 봐. 특전사 요원들이 투입되니, 두류산 일당들도 형편없네. 곧 진압되겠어."

"역시 우리보다 군인들이 낫긴 하다."

하지만 나태주의 생각은 달랐다. 가끔 화면에 등장하는 두류산이 아직 완전한 능력을 발휘하지 않는다고 느꼈다. 그런데 화면이 재차 하늘을 비추자 팀원들은 생각이 달라졌다. 회오리바람으로 공중에 빙빙 도는 헬기를 보고 모두 혀를 내둘렀다.

"아닌가베. 두류산이 움직이기 시작했어. 마른하늘에 회오리바람은 오직 그만이 할 수 있어."

"저러다 헬기가 추락하는 게 아니야? 그러면 일이 더 커질 건데."

하지만 그것도 잠시, 헬기가 무사히 착륙하고 마당에서 연대장과 두류산이 대화를 나누는 것을 보고 가슴을 쓸어내렸다. 이어 방송은 그들이 마을 회관으로 들어가는 장면에서 끝이 났다.

"에이! 말소리가 안 들리니 도대체 어떤 상황인지 도통 모르겠다."

그랬다. 인터넷 방송은 화면과 간단한 자막, 그리고 배경 효과음만 들릴 뿐, 사람 목소리는 전혀 들리지 않았다. 이건 사전에 두류산과 채은지가 짠 것 같았다. 그때 두류산에 혼이 났던 정 팀장은 나태주를 옥상으로 불러냈다. 담배나 태우면서 상황에 관한 이야기나 나누자는 눈치였다.

"어떻게 될 것 같아?"

정 팀장이 나태주에게 담배 한 개비를 건넸다.

"마을 회관 안에서 협상을 할 모양입니다. 그나마 다행이에요."

"그쯤은 나도 알아. 결과가 어떻게 될 것 같냐니까?"

"글쎄요. 아마 두류산이 의도한 쪽으로 결말이 나오지 않을까요?"

나태주는 그때 자신이 두류산에 문자를 잘 보냈다고 생각했다.

"놈의 의도가 뭔데?"

"결국, 마을 주민들을 위한 협상을 시도할 겁니다."

"그럴까?"

옥상에서 내려와 사무실에 들어서자 TV를 보던 조민태 형사가 급하게 손짓했다.

"팀장님! 저것 보세요."

정 팀장과 나태주는 얼른 TV 앞에 섰다. 밑에 자막이 흐르고 있었다.

「지리산 민들레 마을에 화형교 근거지 제거 및 두류산 생포 작전에 투입된 특전사, 마침내 작전 성공.」

"뭐얏! 어이! TV 끄고 인터넷 방송 연결해 봐."

인터넷 생방송이 재개되었다. 화면이 조금 흔들리는 거로 봐서 사람이 카메라를 들고 직접 찍는 것 같았다. 연대장이었다. 그는 위풍당당한 태도로 종이 한 장을 흔들며 마을 회관을 나오고 있었다.

"저게 뭐야?"

마침 연대장이 들고 있던 종이의 화면이 확대되었다.

"협상 전문입니다."

나태주는 재빠르게 확대된 문서의 내용을 읽었다. 눈이 침침한 정 팀장은 초조한 표정으로 나태주의 말이 나오길 기다렸다.

"뭐라고 되어있어?"

"화형교 해체, 마을 회관 폐쇄, 두류산의 자진 등 세 가지에 합의했습니다."

정 팀장은 세 가지 협상 건 중 제일 마지막 건에 눈이 휘둥그레졌다. 그건 나태주도 마찬가지였다.

"자진(自盡)이 뭐야?"

"스스로 목숨을 끊는다는 말 아닙니까?"

둘은 어이가 없어 서로 얼굴을 마주 보았다.

그러니까 어제였다. 특전사가 투입되기 하루 전이였다. 두류산은 나태주에게 문자를 받고 호기롭게 그리되면 놈들을 모조리 수장하겠다고 엄포를 놓았다. 하지만 곰곰이 생각해보니 마을 주민의 안위가 문제였다. 그들은 이곳이 아니면 갈 데 없는 불쌍한 사람들이었다. 마을을 조성할 때부터 자신과 함께했던 사람들이었다. 그들은 국가의 폭력에 상처 입고, 사기꾼들에게 당하며, 가족들에게조차 버림받은 사람들이었다. 두류산은 자신의 능력으로 특전사이든, 해병대이든, UDT이든 모두 물리칠 수 있었다. 하지만 그 과정에서 불행한 일은 얼마든지 일어날 수 있었다. 그는 초저녁부터 채은지와 술을 마시기 시작했다. 언제나 그렇듯 채은지는 그의 편이었다. 한때 민지원과의 관계 때문에 다소 틀어지긴 했지만, 그녀는 그의 마음을 충분히 이해했다.

"회의 소집하세요."

채은지는 울먹이며 두류산에 조언했다. 마침내 지하벙커에 화형교 주요 사람들이 모였다. 두류산은 가감 없이 자신의 견해를 피력했다. 두류산의 깜짝 발표에 모두는 숨을 죽였다. 제일 먼저 반발한 자는 역시 젊은 장은태였다.

"그러니까 우리의 근거지인 마을 회관을 없애고, 조직을 해산한다는 말씀이네요?"

그다음은 김현규였다.

"그건 말도 되지 않습니다. 이건 교주님만의 조직이 아닙니다. 그동안 수많은 사람이 피땀 흘려 일궈낸 우리의 조직이란 말입니다. 저는 무조건 결사 항쟁입니다."

그는 화가 치민 듯 책상을 맨손으로 내리쳤다. 옆에서 묵묵히 생각에 잠겨있던 김우태가 말을 꺼냈다.

"소나기가 올 땐 잠시 피해라는 말이 있죠. 교주님 뜻대로 하겠습니다. 무엇보다 마을 주민들의 안전이 우선이니까요."

김우태의 말에 두류산은 약간 힘이 났다.

"고맙습니다. 이렇게 결정한 저도 마음이 무겁습니다."

"그런데 교주님! 이건 당분간이죠? 이대로 우리가 해산하는 것은 아니죠?"

이번엔 김유리가 두류산을 빤히 쳐다보며 물었다.

"지금 모두 현상 수배자입니다. 군이 물러간다 해도 이젠 경찰이 나와 여러분들을 추적할 겁니다. 이미 우리에겐 막대한 현상금도 걸려 있어요. 그러니, 이제 그만 해산하는 게 현명한 방법입니다."

"그러니까 잠시 잠수타는 거지, 해산까진 아니란 말입니다. 우리는 이대로 해산할 수 없습니다."

김현규를 비롯한 장은태, 김유리의 생각은 변함이 없었다. 단지 부대표인 김우태만 두류산의 결정에 따르는 정도였다. 결국, 회의는 결론을 내지 못하고 끝났다. 두류산은 내일 자신의 방법으로 문제를 해결해야겠다고 생각하고 채은지를 따로 불렀다.

연대장이 마당에 서서 군인들에게 철수 명령을 내리고 있었다. 그 뒤로 두류산과 채은지가 굳은 표정으로 나오고 있었다.

"저것 봐. 두류산의 표정이 심상찮네. 정말 자결할 건가?"

정 팀장은 마른 침을 삼켰다.

"그건 두고 봐야죠."

나태주 역시 두류산의 속셈이 무엇인지 몰랐다. 이어 화면에는 군인들이 철수한 텅 빈 마당에 두류산과 채은지가 있는 장면이 방영되고 있었다.

"뭘 하는 거지?"

화면엔 아무런 설명도 자막도 없었다. 그 시각, 김우태, 장은태, 김현규, 김유리 등 젊은 심판 대원들은 마을 안 지하벙커에 있었다. 어제 두류산이 모든 일이 끝나면 인터넷 방송으로 자신을 지켜보라고 말했기 때문이었다. 두류산이 화면을 정면으로 응시하고 있었다. 그러더니 이내 볼륨이 커졌다.

"아! 놈이 무슨 말을 하려나 봐."

정 팀장은 의자를 바싹 당겨 앉았다. 이어 두류산이 비장한 표정으로 입을 열었다.

"국민 여러분! 존경하는 신자 여러분! 그리고 방송을 보는 산음경찰서 직원 여러분! 저는 화형교 교주 두류산입니다. 저는 그동안 있었던 우리 화형교 신자들이 저지른 모든 불법적인 범죄행위를 깊이 반성하며, 우리 때문에 피해를 본 피해자분들께 진심으로 사과의 말씀 드립니다. …(중략)… 이곳에 남아 있는 신자분들은 모두 해산하십시오. 그동안 저를 도와 '죽어 마땅한 자들'을 처단하느라 정말 고생 많았습니다. 감사합니다."

두류산의 말이 끝나자마자 우레와 같은 소리가 들렸다. 방송을 보던 사람들은 모두 숨을 죽였는데 곧이어 엄청난 일이 일어났다.

'우르릉. 쾅쾅!'

둑이 터져 엄청난 양의 물이 마을 회관을 먼저 삼켜버렸다. 그리고 그 폭포 같은 물은 두류산과 채은지를 산 채로 수장하였다. 당연히 여기서 방송은 끝이 나고 말았다. 그러자 인터넷으로 방송을 보던 모든 사람은 충격에 빠졌다. 각각 다른 상황에 있는 사람들은 공포의 도가니였다. 전국에서 비명과 고함이 터졌고, 어린아이들과 함께 보던 부모들은 방송이 끝나기 전에 접속을 끊어버렸다.

"뭐야? 말도 안 돼! 우리가 범죄자라고?"

지하벙커에 있던 김현규가 고함쳤다. 나머지는 망연자실하게 허공만 뚫어지게 보고 있었다.

"이게 마지막이라고?"

이어 김유리는 펑펑 울기 시작했다. 옆에서 멍하니 있던 장은태는 좁은 지하벙커를 돌아다니며 닥치는 대로 벽을 치기 시작했다.

"제기랄! 죽으려면 혼자 죽지. 채은지는 왜 데려가! 지가 진시황제야?"

김우태는 두류산이 수장되는 모습을 보곤 아예 눈을 감아버렸다. 산음경찰서 형사팀들 역시 처음엔 어안이 벙벙했다. 특히 정 팀장은 불과 며칠 전에 두류산을 만나서인지 허탈감을 감추지 못하였다.

"이 자식 말이야. 이렇게 죽으니 그때 내게 체포되면 좀 좋아? 결국, 형님의 원수를 내 손으로 잡지 못하네. 젠장!"

나태주 역시 너무 놀라 아무 말도 할 수 없었다. 시간이 조금 지나자 조민태 형사를 비롯한 나머지는 환호했다.

"이제 다 끝났네. 일 년 넘게 놈 때문에 시달렸어. 이젠 끝이야, 끝."

이뿐만 아니었다. 그때 정월 대보름날 각각의 장소에서 죽어 마땅한 자들을 화형에 처하다 방화·살인죄로 교도소에 수감된 화형교 신자들은 충격이 한층 더했다. 영원불멸할 줄 알았던 교주의 죽음은 자신들의 신념을 송두리째 흔들었다. 하지만 이들 중엔 아직 두류산의 죽음을 아예 모르는 자가 있었다. 그자는 두류산을 배신한 대가로 화형교에서 쫓겨난 민지원이었다. 그녀는 자신의 고향인 서울로 가지 않고 지리산 대원사의 조그만 암자에서 허드렛일을 하며 지내고 있었다. 그녀가 두류산의 죽음을 안 것은 대원사에 다녀온 암자의 주지 스님으로부터였다.

"거… 있잖아. 저 위쪽에 민들레 마을에 산다는 그놈. 그래 대명천지에 불로 사람을 죽인다는 그 미친놈이 오늘 결국 죽었다네?"

"네? 화형교 교주이신 두류산 말씀입니까?"

"그려, 사이비 종교 교주. 어쨌든 그놈이 불이 아닌 물로 죽었다 하네. 지금 대원사 계곡에 물이 엄청나게 불어있어. 산 채로 수장당했다고 하던데."

민지원은 온몸에 힘이 빠지면서 눈앞이 캄캄했다.

그날 밤, 산음 읍내의 한 식당은 축제 분위기였다. 제일 큰방은 이번 작전을 성공적으로 이끈 연대장 일행과 산음경찰서장을 비롯한 간부들이 차지했다. 그다음으로 큰방엔 각각 작전에 참여한 육군 그리고 특전사 요원들이 있었고, 형사팀 식구들은 제일 초라한 방에 있었다.

"제 술 한잔 받으십시오. 연대장님의 탁월한 전술 덕분에 이번 작전이 성공했습니다. 특히 이번에 특전사를 투입한 게 '신의 한 수'입니

다."

서장은 무릎을 꿇어 연대장에게 술을 따랐다.

"과찬이십니다. 운이 좋았죠. 특전사뿐만 아니라 서장님의 따뜻한 지원 덕분에 성공할 수 있었습니다."

"하하."

"자! 건배하시죠. 오늘 작전 성공을 위하여!"

"위하여!"

그들만의 승전축제였다.

'ㅁ' 자 형태로 된 방 구조였다. 중간에 마당이 있는 탁 트인 구조라 맨 끝방에 있던 형사팀들도 그들의 말을 다 들을 수 있었다.

"니미미! 군바리들이 상전이네그려."

"안 그렇겠냐? 자기들도 나름대로 고생했지 뭐. 특히 특전사 애들 백병전하는 것 봤잖아. 와! 진짜 날래더라."

"에이. 그리 생각하면 화형교 애들도 대단하지. 하나도 안 밀렸잖아. 안 그래?"

팀원들이 제각기 한마디 했음에도 정 팀장과 나태주는 아무 말 없이 술만 마시고 있었다.

"어쨌든 죽 쑤어서 개줬네. 그동안 고생한 나 형사가 억울하겠어."

조민태 형사가 농담 반, 진담으로 말했다.

"그래도 썩은 이가 빠진 듯 속이 다 시원합니다. 이제 윗선에서도 우릴 괴롭히지 않을 거잖아요."

막내 형사는 정말 후련한 듯 소주와 맥주를 섞은 폭탄주 한 잔을 시원스레 마셨다.

나태주는 그들의 말에 아무런 반응도 하지 않았다. 그런데 그때 상석에서 술 마시던 수사과장이 들어왔다. 그는 양복 상의에서 봉투 하나를 꺼내 정 팀장에게 줬다.

"이게 뭡니까?"

"그동안 수고했다고 서장님이 주시네. 격려금이야. 마치고 형사팀끼리 2차 해."

봉투를 보자 팀원들은 환호했다.

"와! 역시 서장님은 통이 크셔!"

"2차는 오랜만에 개장국 집에 한번 가자."

하지만 정 팀장은 별 감응이 없는지 봉투를 집어 술상 가운데에 던져버렸다.

"니네들끼리 가서 많이들 처먹으세요."

그의 느닷없는 행동으로 술자리는 순식간에 얼어붙었다. 나태주는 그의 심정을 모르는 바는 아니었지만, 정 팀장의 돌출행동에 짜증이 났다. 결국, 수사과장이 무안한 기색으로 정 팀장 옆에 앉았다.

"알아, 알아. 정 팀장의 심정을 내가 모르는 바도 아니지. 형님의 복수를 갚으려고 일부러 이런 깡촌에 지원했는데, 일이 이렇게 되어버렸어. 그래도 어쩌겠나? 어쨌든 놈이 죽었으니, 지하에 계신 형님이 분명히 좋아할걸세. 기분 풀어."

수사과장의 위로에도 정 팀장은 굳은 표정을 풀지 않았다.

"저는 오늘부로 그만두겠습니다. 원적지로 발령내주십시오."

"뭐?"

"놈도 죽은 마당에 제가 이곳에 남아 있을 필요가 있을까요?"

그러자 수사과장이 호탕하게 웃었다.

"모두 주목!"

수사과장이 안면을 바꾸고 엄중하게 말하자 좌중은 일순간 경직되었다.

"그동안 정 팀장을 비롯한 모두 대단히 수고 많았다. 하지만 두류산이 죽었다고 우리 할 일이 끝난 건 아니다."

"뭐야, 뭐야?"

모두 어리둥절했지만, 나태주는 이다음에 나올 수사과장의 말을 짐작했다.

"놈의 잔챙이들. 그래, 파악한 바로 김우태, 장은태, 김현규, 김유리, 민지원 등 젊은 조무래기들. 이놈들을 마저 잡아 처넣어야 우리의 임무는 끝난다."

한 형사가 반문했다.

"과장님. 일이 이리된 이상 놈들이 지리산에 남아 있겠습니까? 모두 뿔뿔이 흩어졌을 건데."

조민태 형사도 나섰다.

"맞습니다. 이제 그건 우리가 아니라 서울지방경찰청 소관이죠."

형사들이 반박하자 수사과장은 열에 받쳤다.

"시끄러워! 그쪽에서 잔챙이들 소탕 임무를 우리 쪽으로 위임했어. 그러니 오늘 마음껏 마시고, 내일부터 그놈들 체포하는 데 총력을 기울이라고. 이건 내가 아닌 서장님 지시사항이야."

"이런 썅!"

누군가 입에서 욕이 나왔다. 하지만 나태주는 올 것이 왔다는 심정으로 폭탄주를 그대로 입에 털어 넣었다.

마을 지하벙커 안의 분위기는 침울했다. 그 누구도 입을 열지 않고 고개를 숙이거나 천장만 멍하니 바라보고 있었다. 이런 말도 안 되는 상황에 놓인 가운데 김우태가 나섰다. 일인자의 유고 시 조직을 이어받는 게 화형교 부대표의 의무였다.

"모두 제정신이 아닌 걸 잘 알고 있습니다. 하지만 이럴 때일수록 우리 스스로 난관을 돌파해야 합니다."

김현규가 그의 말을 받았다.

"이 상황에서 우리가 뭘 어찌하자고요? 자칭 신이라 자처하던 그가 죽은 마당에."

"우선 그분의 순교에 관하여 묵념부터 합시다."

김우태의 말에 장은태가 발끈했다.

"뭐요? 순교라고요? 이따위 게 무슨 순교입니까? 이건 명백한 도피이자, 책임회피일 뿐이라고요. 아직 우리가 할 일이 얼마나 많이 남아 있습니까?"

그런 장은태를 말린 건 김유리였다.

"부대표님 말씀이 옳아요. 그분에 관한 평가는 나중에 하기로 하고 교주님과 채은지 양의 명복부터 비는 게 맞는 것 같아요."

김유리가 자세를 고치자, 뒤에 있던 백 촌장이 거들었다.

"김유리 씨의 발언에 한 표! 그렇습니다. 우리 교주님은 순교가 맞습니다. 그분은 우리 마을 주민들을 살리기 위해 스스로 죽음을 택하셨습니다. 흑!"

백 촌장의 말이 결정적이었다. 뒤에 있던 젊은 심판 대원들이 하나, 둘씩 바닥에 꿇어앉자, 장은태와 김현규도 마지못해 그리하였다. 결국, 그 자리에서 두류산의 명복을 비는 의식이 행하여졌다. 그리곤 이후 자신들의 거취 문제를 논하느라 지하벙커의 분위기는 뜨겁게 달아오르고 있었다.

"그분의 유언입니다. 모두 해산하는 게 맞습니다."

김우태가 선제적으로 발언했다.

"해산? 그건 말도 안 됩니다. 차라리 부대표님이 승계하여 우리 화형교를 계속 이어가야 합니다."

장은태의 말도 결코 틀린 말이 아니었다. 그의 발언은 젊은 심판 대원들의 지지를 받았다. 하지만 그동안 신중모드를 유지한 김우태가 설득했다.

"지금 상태에서 조직을 이끌어나간다는 건 솔직히 위험합니다. 내일이 되면 경찰이 닥칠 것입니다. 그럴 바에야 잠시 흩어지고 추후, 좋은 날을 기약합시다. 어떻습니까?"

김우태의 말이 먹혀들었는지 김현규가 고개를 끄덕였다.

"좋은 날이라. 그것 괜찮네요. 모두 잠수 타다가 좋은 날에 다시 모입시다."

"그 좋은 날이 언제라는 거죠?"

김유리가 눈을 반짝이며 물었다.

"그날로부터 사흘 전!"

무진시 민주화 항쟁 기념식 사흘 전이었다. 그건 김현규의 의도가 분명 있다는 의미였다. 화형교 내 김유리가 주장한 태두필의 처단이었다. 그것을 오빠인 김현규가 말하는 거였다. 김현규의 중재에 장은태와 젊은 심판 대원들도 마음이 움직였다. 그때 김우태가 마지막으로 결론을 매듭지었다.

"좋습니다. 김현규 님의 의견을 받아들이는 것으로 오늘 회의를 종결합니다."

무고한 생명을 빼앗고 총칼로 시민들의 자유를 억압한 태두필의 처단이 결국 이루어진다고 생각한 김유리는 눈물을 훔쳤다. 그녀가 경찰을 그만두고 화형교에 입단한 가장 큰 이유였다.

'아버님, 어머님. 조금만 기다리세요.'

마지막으로 김우태가 백 촌장에게 지시했다.

"촌장님은 솔봉 아래 움막과 힌놈의 골짜기를 잘 관리하십시오. 혹 교주님의 영(靈)이 그곳을 자주 찾을지도 모릅니다."

"여부가 있겠습니까?"

"그렇다면 우리는 각자 흩어져 있다가 그날 솔봉 아래, 힌놈의 골짜기에서 만나는 거로 하겠습니다. 모두 안녕히 가십시오."

산음경찰서 형사팀 사무실에 나태주 혼자만 열심히 일하고 있었다.

어제 늦게까지 술잔을 기울인 대다수 형사는 술이 깨지 않아 책상에 널브러져 있었다. 어제 나태주는 2차를 가지 않았다. 대신 그는 새벽까지 두류산이 남겨놓은 소설을 읽었다.

그런데 그의 장편소설을 다 읽은 나태주는 의아했다. 소설의 내용대로라면 군인들과의 전쟁 중에서 주인공은 아직 죽을 때가 되지 않았다. 오히려 군인들을 수장(水葬)시켜 사회적으로 큰 문제가 되었다.

'소설과 현실의 오류에서 오는 착각일까?'

나태주는 그 정도로만 이해했다. 어쨌든 나태주는 아침부터 화형교 범죄자 리스트에 올라와 있는 자들의 인적사항을 모두 출력했다. 출생연도부터 출생지, 학력, 나이, 성격 등 수사에 참고가 될만한 것들을 모조리 뽑아내었다.

그때 아침 회의를 마친 정 팀장이 들어왔다. 정 팀장은 책상에 엎드려 있는 팀원들을 보고도 아무런 말도 하지 않았다. 대신 홀로 열심히 컴퓨터를 두드리고 있는 나태주를 불렀다.

"부르셨어요?"

정 팀장은 몹시 피곤한 기색이었다. 술도 못 하는 양반이 어제 과음했다고 나태주는 생각했다.

"나 형사."

"네."

"이번 사건 지휘를 당신이 하는 게 어떻겠소?"

"무슨 말씀을?"

"서장이 화형교의 나머지 조무래기들을 검거하면 1계급 특진을 약속했습니다. 이번 기회에 진급이나 해요. 그동안 고생했는데."

"함께 하면 되잖아요."

"그 말이 아니란 걸 잘 알잖소? 난 내일부로 이곳을 떠납니다. 제 할 일은 이제 없어요. 그러니 당신이 팀장 대리가 되어 팀원들을 지휘하란 말입니다. 서장님과 수사과장의 승낙도 받아놨어요."

"제가요? 저보다 선임인 조 형사님도 계신데요?"

"요즘 경찰조직은 연공서열이 아닙니다. 당신이 적임자입니다. 오늘 내게 업무 인수인계를 받으세요. 아! 지금은 아니고 오후부터. 난 사우나 좀 다녀와야겠어요. 어제 너무 무리했나 봐."

정 팀장의 말에 나태주는 어안이 벙벙했다.

다음 날, 정 팀장은 정말 한직인 경찰학교 총무과로 발령이 났다. 그의 말대로 나태주가 산음경찰서 형사팀의 팀장이 된 것이다. 비록 팀장 대리이지만, 이건 나태주로선 아주 좋은 기회였다. 팀장 대리가 된 이상, 나태주는 화형교 조직원들을 일망타진하여 이 사건을 그만 끝내고 싶었다. 정 팀장이 떠나고 난 오후에 그는 팀원들을 모두 소집하여 검거 작전을 지휘했다.

나태주보다 선임자였던 조 형사는 내심 불편했지만, 그래도 상관 대접을 해 주었고, 나머지도 그런대로 별 불평이 없어 보였다. 왜냐하면, 이 화형교 사건만큼은 나태주가 가장 잘 알기 때문이었다. 나태주가 화면을 띄어놓고 회의를 주재했다. 화면엔 화형교 간부들의 프로필이 차례대로 뜨고 있었다.

「첫째, 김우태. 주소는 경기도 광주. 학력은 고졸. 특기 사항은 유도, 태권도 주짓수 모두 3단 이상. 나이 39세. 현 부대표. 성격은 신중하면서도 두류산에 관한 충성심이 제일 높음. 주요 근거지는 서울로 추정.

둘째, 장은태. 나이 27세. 주소 경남 J시. 학력 대졸. 특이 사항, 민채원(민서라)에게 포섭되어 화형교에 입문. 두뇌가 비상하면서도 행동력이 강함. 주요 근거지는 경남.

셋째, 김현규. 나이 32세. 학력 대졸. 전직 교사. 주소 무진. 무진시 학살사태 때 부모님 잃음. 김유리의 오빠. 두류산과 맞먹을 정도로 견문과 학식이 높음. 요주의 인물. 주요 근거지는 무진, 계룡산 일대.

넷째, 김유리. 나이 27세. 학력 대졸. 전직 경찰. 주소 무진. 무진시 학살사태 때 부모님 잃음. 김현규의 여동생. 매사에 과감하고 성격이 센 편. 주요 근거지는 남도 일대와 무진 일원.

다섯째, 민지원. 나이 33세. 학력 대학원 졸. 특이 사항, 민서라(민채원)의 언니, 동생 사망 후 스스로 화형교에 입단. 두류산과 연인 관계. 주요 근거지는 서울 일원.」

"그리고 나머지 젊은 심판 대원들의 신상은 나눠준 유인물을 참고하십시오."

이제 그들의 검거는 시간문제였다.

한편, 김현규와 김유리는 고향, 무진이 아닌 계룡산으로 향했다. 어차피 고향에 가봐야 잠복 중인 경찰에 의해 체포될 게 뻔했다. 그런데 김우태는 갈 곳이 없었다. 처음엔 강원도 쪽을 생각하던 그는 그나마

지인들이 있는 서울로 향했다. 그리고 장은태, 그는 산음과 가장 가까운, 부모님이 계시는 J시로 마음을 굳혔다. 나머지 젊은 심판 대원들은 각자 알아서 뿔뿔이 흩어졌다.

낙담한 장은태는 홀로 산에서 내려오고 있었다. 다른 사람들과는 달리 그는 도평 마을 쪽으로 방향을 잡았다. 그곳에서 마을버스를 타고 대원사 입구 주차장까지만 가면, J시로 가는 직행버스가 있었다. 2년 넘게 화형교에 몸담았지만 제대로 챙길 짐은 없었다. 그냥 옷가지 몇 벌과 신발 등이 전부였다. 모든 게 허망했다. 2년 전, 자신의 집에 머물던 민서라의 추천으로 화형교에 입단했다. 그리곤 두류산과 민서라의 지시로 천하의 악인들을 손수 처단했다. 하지만 흠모했던 민서라가 죽었고 이어 자신의 우상이던 두류산마저 죽었다.

도평 마을까지 온 장은태는 몹시 배가 고파, 마을 어귀의 식당에 들렀다. 그런데 식당 입구에 화형교 식구들의 현상수배 전단지가 붙어 있었다.

'그새 경찰이 다녀갔나?'

자신을 비롯한 화형교 식구들의 얼굴이었다. 장은태는 방금 헤어진 그들의 사진을 보고 눈물을 훔쳤다. 그리곤 모자를 더욱 깊게 눌러쓰고 마스크를 바짝 위로 당겼다. 다행히 주인은 나이가 든 할머니였다. 장은태는 국밥 하나와 소주 한 병을 시켰다.

"처음 보는구먼. 그래, 등산 갔다가 산에서 내려오는 거요?"

"예. 노고단에서 출발해 2박 3일 일정으로 등산 갔다 옵니다."

장은태는 의심을 피하려 창문 쪽을 보며 말했다.

"그런데 어떻게 내려가려고?"

"네?"

"뉴스 못 봤어? 어제 저, 윗마을에서 물이 엄청나게 내려왔잖아."

"그런데요?"

"아직 물이 안 빠졌지. 버스 타려면 아서. 길이 다 끊어졌구먼."

노파의 말은 거짓이 아닌 것 같았다.

"괜찮습니다. 정 안되면 직행버스 타는 곳까지 걸어가면 되죠, 뭐."

그러자 노파는 장은태를 힐끔거렸다.

"하긴. 보니까 아직 젊네. 그래도 두어 시간은 걸릴 거야."

노파는 얼른 따끈한 국밥과 소주 한 병을 쟁반에 가지고 왔다. 장은태는 얼마나 배고팠던지 혀를 데어 가며 국밥을 먹으면서 소주를 곁들였다. 노파는 심심했던지 장은태 뒤에서 혼잣말했다.

"대원사 쪽에 경찰들이 많을 텐데. 아침에 포스터인지 전단인지 붙이러 온 경찰들이 식당에 들렀거든. 그 치들이 말하는 걸 내가 들었어. 그 뭐라더라? 불놀이를 좋아하는 종교집단 환자들이 그리로 올 수 있다고 며칠 동안 검문한다던데?"

장은태는 국밥을 먹다 말고 멈칫했다.

'이 노파가 날 알고 하는 소리인가?'

장은태는 노파의 말에 아무런 대꾸도 하지 않고 꾸역꾸역 밥을 삼켰다. 그런데 그때였다.

"이봐! 젊은이. 내 말 듣고 있남?"

'이런 제기랄! 뭔 말이야?'

장은태는 이러지도 저러지도 못한 채 남은 소주를 병째로 들이켰다.

"지금 내려가면 안 돼. 무조건 잡힌단 말이야."

장은태는 마침내 화가 나서 뒤돌아섰다.

"할머니! 그게 무슨 말씀입니까? 도대체 알아들을 수가 없단 말입니다."

그러자 노파는 손가락으로 산 아랫길을 가리켰다.

"저리로 내려가. 조금 멀긴 해도 끝 지점에 버스 정류소가 있어. 거기가 안전해."

창밖으로 보니 과연 비탈길이 이어져 있었다.

"아니, 누구시길래?"

"내가 그 마을 백 촌장 누나야. 자네 말 많이 들었어. 마을 사람들을 참으로 위해줬다지? 그래, 그동안 수고 많았어."

노파의 말에 장은태는 울컥, 하고 눈물을 삼키며 일어섰다. 그런데 식당을 나서려는 그의 뒤에서 노파가 혼잣말로 중얼거렸다.

"어제 오후인가. 대원사 앞 계곡에 사람 둘이 떠내려 왔다 하네. 하나는 죽고 하나는 산 모양이야. 내려가다 보면 조그만 암자가 있어. 가 보든지."

"……."

예행 연습

얼마나 복잡했을까
목숨 같은 왕위 내려놓을 때
화살 침 햇살 힘에
어둠이 꽁지 내리듯
쇠잔한 낮달의 가슴
만감을 홀로 삼켰다

산하와 백성들의
상한 맘도 아물 거고
엄천강 풀꽃들도
침묵으로 추스를 것
백성들 사랑한 맘은
솔잎처럼 늘 푸르리

—백현종, 「마음―구형왕릉에서」

    그날, 민지원은 혹시나 하는 마음에 대원사 앞 계곡으로 향했다. 주지 스님의 말이 사실인지 알 수는 없지만, 그녀가 생각해도 두류산은 죽은 것 같았다. 아무리 신이라도 둑이 터져 한꺼번에 방류된 물의 수

압은 상상조차 되지 않았다. 그런데 계곡으로 들어가는 초입부터 말썽이었다. 아직 불어난 물이 가라앉지 않았다.

'콸콸.'

까닥하면 자신도 그 물에 휩쓸려 떠내려갈 것 같았다. 얼음장같이 찬물이었다. 민지원은 일단 계곡 기슭으로 올라갔다. 시신이 있다면 물가로 나왔겠다 싶었다. 대원사 앞 다리 근처였다. 표면적으로 별 이상한 건 없었다. 그저 미친 듯이 흘러가는 계곡물과 간간이 떠내려 온 쓰레기 정도였다. 그런데 다리 난간에 큰 쓰레기 더미가 있었는데 그 밖으로 튀어나온 검은 물체 두 개가 보였다.

'뭐지?'

민지원은 신발을 벗고 치마를 걷었다. 다행히 계곡물은 다리 난간에 부딪혀 유속이 떨어지고 있었다.

'앗!'

주지 스님의 말이 맞았다. 두 구의 사체가 있었다.

'나머지 한 구는 누구지?'

그래도 민지원은 둘 중 한 명이 두류산이 아니기를 바랐다. 사체는 물에 떠내려오는 동안 바위에 부딪친 탓에 엉망이었다. 민지원은 조심스럽게 계곡물을 건너갔다.

사체 한 구가 다른 사체를 마치 보호하려는 듯 덮고 있었다. 민지원은 위에 있는 사체를 돌아 눕혔다. 놀랍게도 그 사체는 채은지였다.

'채은지?'

민지원은 채은지가 두류산을 살리기 위해 그를 품었다고 생각했다. 그리 생각하니, 자신뿐만 아니라, 그녀도 두류산을 정말 사랑했다고 느꼈다. 그녀는 서둘러 밑에 있는 사체를 확인했다. 순간 그녀의 눈엔 설핏 눈물이 고였다. 틀림없는 두류산이었다.

'교주님! 흑!'

한참을 울고 난 뒤, 민지원은 마을 사람에게 전화를 걸었다. 비록 이렇게 인연이 끝났지만, 둘을 양지바른 곳에 묻어주는 게 도리인가 싶었다. 잠시 뒤, 마을에서 건장한 장정 둘이 내려왔다.

"이것들이오?"

"네. 제가 묵는 암자 근처에 묻어주면 좋겠습니다."

그런데 장정 중 한 명이 곤란한 표정을 지었다.

"아니, 연고자도 없는데 함부로 매장했다간 후에 무슨 날벼락이 있으려고?"

민지원은 재빨리 돈을 꺼냈다. 그들이 쉽게 만져보지 못할 많은 돈이었다.

"제가 아는 분이에요. 일단 가매장한 뒤 유족에게 연락할 거니까, 아무런 걱정하지 마세요."

장정들은 돈을 보더니 안색이 변했다. 결국, 암자 근처에 가매장할 곳을 찾아 사체를 따로따로 안치했다. 다행히 마을에서 비상시에 사용하려던 관이 있었다. 장정들은 관 뚜껑만 닫고 봉분을 덮지 않았다. 민지원이 내일이라도 수의 정도는 입혀야 한다고 우겼기 때문이었다. 마침 날도 어두웠다. 장정 둘은 내일 수의를 구해오겠다고 약속했다.

다음 날 오후였다. 민지원은 주지 스님 몰래 어제 그 장소로 갔다. 약속대로 장정들이 수의 두 벌을 가져왔다. 그런데 여기서 놀라운 일이 벌어졌다. 장정 중 한 명이 관 뚜껑을 열다가 비명을 질렀다.
"왜? 무슨 일이야?"
옆에 있던 장정이 물었다.
"저, 저기. 관뚜껑이 스스로 움직여."
그건 두류산의 것이었다.
"설마?"
나머지 장정이 용감하게 뚜껑을 열어젖혔다.
'헉!'
관속의 두류산이 꿈틀거리고 있었다.

장은태는 노파가 일러준 대로 비탈길을 따라 내려갔다. 한참을 가다 보니 산기슭에 암자가 하나 있었다. 오는 내내 장은태는 궁금했다.
'누가 죽었고, 누가 살았단 말인가?'
암자는 낡고 조그마했다. 마당에 주지 스님이 서 있었다. 장은태는 이곳이 노파가 말한 곳인가 싶어 그에게 넙죽 절했다.
"누구신지?"
스님이 물었지만 장은태는 갑작스레 물에 떠내려온 사람이 여기에 있느냐는 말을 할 수가 없었다.
"등산 왔다가 도평 마을에서 버스를 놓쳤습니다."
마침 날도 어둑해지고 있었다.

"그런데?"

주지 스님은 예상외로 깐깐했다.

"하룻밤만 지내게 해 주시면 내일 일찍 가겠습니다."

"그건 곤란한데? 보시다시피 여긴 법당 하나 그리고 방 두 개가 있는데 사람이 다 찼거든."

장은태는 이때 기지를 발휘했다. 낙담한 듯 고개를 숙이고 뒤를 돌아 걸을 때, 오른쪽 다리를 절뚝거렸다.

"잠깐! 많이 다쳤나 보네."

"네. 절벽에서 떨어졌습니다. 거기서 먹을 것도 다 잃어버렸지요."

"저런? 언제부터 굶었는데?"

"이틀 동안 아무것도 못 먹었습니다만."

장은태의 하소연에 스님은 안 되겠다 싶었던지 인상을 구겼다.

"에이! 일단 들어와. 정 안되면 나랑 같은 방을 쓰면 되지."

장은태는 스님의 말에 안도의 한숨을 쉬었다.

"방이 두 개라면서요?"

"응. 저 위에 있는 방은 젊은 처자가 쓰고 있어. 그러니 그 방은 안 되지."

그때 아랫마을에 약을 구해오던 민지원이 먼발치에서 장은태를 발견하고 얼른 수풀 뒤로 숨었다.

'장은태가 여길?'

민지원은 수풀에서 주지 스님에게 전화를 걸었다.

"빨리 안 오고 뭣해? 배고픈데. 그리고 손님도 왔어. 빨랑 와."

"아뇨. 스님. 제가 지금 급한 일이 생겨 오늘 못 들어갑니다. 배고프시면 부엌에 밥과 반찬이 있어요. 죄송해요."

민지원은 마을을 찾아가서 장정 둘을 다시 만났다.

"뭐요? 이 시간에?"

민지원은 그때보다 곱절이 많은 돈을 내밀었다. 해가 지길 기다렸다가 민지원과 장정 둘은 암자 근처로 올라갔다. 장정들은 채은지에게 수의만 입히고 매장한 후, 관에 있는 두류산을 꺼내 교대로 둘러업었다. 그리하여 컴컴한 밤에 두류산은 가까스로 솔봉, 힌놈의 골짜기로 올라갈 수 있었다. 모두 돈의 힘이었다.

"이건 절대 비밀입니다."

민지원은 입단속용으로 그들에게 추가 돈을 쥐여 주었다.

"물론이죠."

나태주는 팀원들에게 전원 출장을 명령했다. 형사들은 팀을 나누어 출발하였다. 1팀이 김우태와 민지원의 검거를 위해 서울로 갔고, 2팀은 김현규와 김유리 체포를 위해 무진시로 내려갔다. 그리고 나태주는 장은태 검거를 위해 형사 한 명을 데리고 그의 고향인 J시로 향했다.

실로 오랜만이었다. 나태주는 한때 장은태와 민서라가 살던 원룸 건물 앞에 도착했다. 장은태의 아버지가 J시 남강 변 사건으로 실형을 살고 있어 현재 원룸을 누가 운영하는지는 몰랐다. 날씨는 을씨년스러웠다. 나태주는 그때 장은태의 아버지와 함께 허름한 대폿집에서 술을 마시던 기억이 새로웠다.

'아니, 형사 양반! 지금까지 내 이야기를 콧구멍, 귓구멍으로 들었소? 백번천번 생각해도 나는 그 미친년이 순진한 내 아들과 친구를 꾀어 어디론가 데려갔다고 믿어요. 그년은 악마입니다.'

그는 그때 민서라를 악마라고 여겼다.

'날 많이 원망할 테지.'

원룸 건물 입구로 들어간 나태주는 1층 주인집 문을 두드렸다.

"누구세요?"

백발의 노파가 문을 빼꼼하게 열었다. 나태주는 그녀가 장은태의 어머니인 줄 알았다.

"경찰입니다."

나태주는 얼른 신분증을 제시했다.

"경찰이 왜?"

"아드님 문제 때문에 왔습니다만. 장은태 씨가 혹시 집에 왔습니까?"

"장은태가 누구요? 아! 전에 계시던 양반 외동아들? 그 애는 멀리 타지에 있다고 하던데? 그런데 왜?"

"네? 그럼 이 건물이 팔렸습니까?"

"그럼. 내가 샀어."

"원주인은요?"

"그 집 아저씨는 부산, B교도소에 있잖아. 그래서 아주머니가 옥바라지한다고 그 앞에 방을 얻었다던데?"

나태주는 아차, 싶었다. 그새 일이 이렇게 된 줄 미처 몰랐던 탓이었다.

"할머니. 중요한 일이라서 그러는데, 그 집 아주머니 연락처 좀 주시겠어요?"

다행히 노파는 그 전화번호를 알고 있었다. 나태주는 장은태가 어떤 방법을 통해서라도 어머니 집으로 올 것 같았다. 그래서 그의 어머니 전화번호를 역추적하여 집을 알아두었다. J시에서 간단하게 점심을 먹고 나태주는 후배 형사와 함께 부산으로 출발했다. 교도소에 있는 장은태의 아버지부터 면회하기 위해서였다.

부산, B교도소 앞이었다. 정면 위병소 앞에는 콧날이 오뚝하고 키가 늘씬한 경비교도대원이 M-16 소총을 옆구리에 찬 채로 어슬렁거리고 있었다. 그의 동그란 반쪽짜리 철모는 햇빛을 받아 매우 번뜩였다. 그의 옆에는 철제로 된 바리케이드가 있었다. 그것은 마치 현재와 과거를 차단하는 경계선인 것 같았다.

"여기가 어딘 줄 알아?"

나태주는 면회 신청을 하다 후배 형사에게 물었다.

"교도소죠. 뭐, 딴 게 있습니까?"

"이곳에서 그때 '희대의 탈옥범'인 신창원이가 탈출했잖아. 저길 봐. 그 누구도 넘나들 수 없는 완벽한 사각형의 요새인데."

나태주가 신창원을 언급한 건 그가 마치 두류산과 비슷했기 때문이었다.

"아. 네. 그 유명한 907일 동안 도주했던 자네요. 선배 경찰에게 이야기 많이 들었습니다."

"그래. 그때 우리 선배님들이 많이 잘렸지. 그놈 때문에."

잠시 후, 면회실에 불이 들어왔다. 나태주는 후배 형사를 남겨두고 홀로 면회실에 들어갔다.

"자네구먼? 나태주 형사."

장은태의 아버지는 그새 팍삭 늙어있었다.

"지내실만합니까? 어르신. 그동안 못 찾아뵈어 죄송합니다."

하지만 그는 슬며시 웃기만 했다.

"왜? 혹시 우리 은태가 여기 왔을까 봐?"

"아직 안 왔습니까?"

"그럼. 자네가 체포해서 유치장에 넣기 전에 이리로 한번 데리고 와. 그놈도 죗값을 치러야 할 테니."

그의 표정이 얄궂었다. 웃는 것도 아니고 우는 것도 아닌 덤덤한 얼굴이었다.

"집이 교도소 앞마을 파란색 대문이죠?"

"그것도 아는구먼."

"방송을 봤을 테니 두류산이 죽은 건 아시죠? 이제 조직이 완전히 와해되었습니다. 아드님이 곧 집으로 올 겁니다."

그런데 그는 콧방귀를 뀌었다.

"아니, 형사인 양반이 이리도 둔할까? 두류산? 그는 죽지 않았어."

하도 완강한 말투라 나태주는 의아했다.

"네?"

"여기에 지난 정월 대보름날 달집태우기, 그래. 해운대에서 '화형'인지 '불행'인지 저지른 놈이 수감되어 있잖아."

"그래서요?"

"그놈 말로는 두류산은 오는 5월까진 절대 죽지 않는다던데? 그날 두류산은 온 국민이 놀랄만한 일을 저지르고 하늘로 올라간댔어."

나태주는 머리가 쭈뼛거렸다.

"그게 무슨 말입니까?"

"말 그대로야. 여기 수감된 놈은 두류산과 초창기 때부터 함께 일한 핵심 일꾼들이야. 그들의 맹세문 맨 끝에 그렇게 명시되어 있다잖아."

나태주는 가슴이 덜컹, 하고 내려앉았다.

'결국, 신이 되겠다?'

나태주는 이 일의 전모를 장은태가 알고 있을 거로 생각했다.

"알겠습니다. 아드님을 잡으면 제일 먼저 이리로 데리고 올게요. 그럼."

나태주는 서둘러 면회실을 빠져나왔다.

한편, 장은태는 암자에서 딱 하루를 머물고 다음 날 새벽에 내려왔다. 백 촌장의 누나가 말한 대로 두류산과 채은지 중 한 명이 살아 있다는 것을 확인도 못 한 상태였다.

'내게 거짓말을 할 분은 아닌 것 같은데. 혹시 잘못 알고 있는 건 아닐까?'

장은태는 민지원이 두류산을 빼돌릴 줄은 꿈에도 생각지 못하였다.

그길로 장은태는 시외버스를 타고 부산으로 내려왔다. 은태는 아버지가 그때 J시 남강 변 사건으로 B교도소에 수감된 것과 자신의 집이 그 앞으로 이사한 줄 진작 알고 있었다. 그는 중간에 어머니와 간간이 연락하고 있었다. 암자에서 일찍 출발하였음에도 B교도소 앞에 도착한 건 날이 어둑어둑해지는 저녁 무렵이었다. 장은태는 행여 누가 볼까 봐, 완전히 어두워지길 기다렸다.

드디어 집에 불이 켜졌다. 안방에 그림자가 왔다 갔다 한 것을 본 장은태는 그 그림자가 어머니인 줄 알았다. 그는 파란색 대문 옆 담장을 뛰어넘었다.

'똑, 똑.'

장은태는 배가 몹시 고팠다. 어서 어머니가 해 주는 된장찌개가 먹고 싶었다.

"누구세요?"

"엄마! 저예요. 은태. 장은태입니다."

그러자 현관 안에서 익숙한 목소리가 들렸다.

"아이고! 내 새끼. 이제야 왔구나."

장은태는 어머니의 목소리를 듣자 목이 메었다. 민서라를 따라 집을 나온 지 거의 2년 만이었다. 그런데 이번엔 어머니의 날카로운 목소리가 밤을 갈랐다.

"은태야! 얼른 도망가. 도망가거라!"

장은태는 직감적으로 일이 틀어졌다 싶었다. 하지만 이미 늦어버렸다. 장은태의 목덜미엔 서늘한 느낌이 들었다. 나태주가 총구를 겨누고 있었다. 마침 현관문이 열리면서 낯선 형사가 총을 겨눴다.

"장은태! 살인 및 살인교사, 방화, 폭행 혐의로 널 체포한다."

나태주 팀의 쾌거였다.

조민태 형사와 일행은 무진시에 급파되었다. 바로 김현규와 김유리 남매를 전격적으로 체포하기 위해서였다. 조민태 형사는 김유리와 산음경찰서에 함께 근무하였기에 그녀의 동선을 대충 알고 있었다. 그는 김유리가 지리산에서 하산하면 제일 먼저 부모님이 묻힌 민주화 묘지로 갈 거로 예상했다. 따라서 팀을 두 개로 나누어 한 조는 본가에 보내고 그는 다른 형사와 함께 관리사무소로 갔다. 그곳에서 조민태는 관리사무소의 CCTV부터 확인하였다. 그날 민들레 마을 사건 후 둘이 방문하지 않은 것을 확인하곤 조민태 형사와 일행은 묘지 안 '자유의 문' 근처에서 잠복했다.

"여기로 올까요?"

동료 형사는 초조한 듯 시계를 자꾸 보았다.

"물론이지. 둘 다 얼굴이 알려졌지. 그래서 지리산 하산 후 대중교통 이용이 힘들었을 거야. 그렇다면 방법이 뭘까? 등산객을 가장하여 조계산 줄기를 타고 무진산 쪽으로 이동했겠지. 물론 이 과정에서 몇 구간은 시골 버스를 이용하여 시간을 단축할 수도 있었을 거야. 그러면 오늘 정도 도착하게 되는 거지."

조민태의 추측은 맞았다. 잠복 너덧 시간이 되었을 때. 관리사무소 측에서 긴급전화가 왔다. 용의자로 보이는 남녀가 지금 막 들어갔다는 정보였다. 조민태는 바짝 긴장하고 실탄 장전부터 했다. 무려 일 년에 걸친 추격전이라 새삼 감회가 새로웠다. 그들만 잡으면 1계급 특진은 물론이고 지긋지긋한 시골에서 휘황찬란한 도시로 전출 갈 수 있었다. 둘은 '자유의 문' 뒤에 바짝 붙었다.

"저기 남녀가 옵니다. 맞습니까?"

동료 형사의 말에 조민태는 고개를 내밀었다. 분명했다. 여자는 김유리였고 남자는 그녀의 오빠 김현규였다. 한때 한솥밥을 먹던 그녀와 그녀의 피붙이를 체포해야 하는 마음은 아팠지만, 이건 공적인 일이었다.

김현규와 김유리는 주위를 힐끗거리다 부모님의 묘소로 이동했다.

"어떡할까요? 지금 체포합니까?"

여기서 조민태의 마음이 살짝 흔들렸다.

"아니야. 최소한 부모님께 술 한 잔 정도 올리는 건 봐줘야 하지 않겠어?"

그렇게 말하곤 둘을 따라가는데 갑자기 앞에서 초등학생들이 몰려들었다. 아이들은 단체로 참배를 온 것 같았다. 그중 한 아이가 조민태를 보고 소리쳤다.

"야! 권총이다. 아저씨 이거 진짜예요?"

아이의 소리에 갑자기 김유리가 뒤를 돌아봤다. 하필이면 아이들 너머로 조민태와 눈이 마주친 것이다.

'이런!'

조민태는 얼른 고개를 숙였다. 하지만 김유리와 김현규는 벌써 눈치를 채고 달리기 시작했다.

"박 형사! 쫓아가."

조민태 형사는 달라붙는 아이들 때문에 쉽게 그곳에서 헤어 나오지 못하였다. 저만치서는 추격전이 한창이었다.

"얘들아. 나와 봐. 아저씬 바빠."

박 형사가 김현규 남매를 거의 따라간 모양이었다. 둘은 손을 높이 들고 있었고 그가 총을 겨누고 있었다. 아이들을 겨우 떼어 놓은 조민태가 그쪽으로 달려갈 때였다. 갑자기 박 형사가 앞으로 꼬꾸라지고 있었다.

'억!'

"뭐야?"

그새 김현규가 단도를 날린 것이다. 조민태는 긴급상황이라 판단하고 김현규를 향해 총을 쐈다.

'탕!'

김현규가 배를 움켜잡고 앞으로 쓰러졌다. 원래 무릎을 쏘려고 했지만, 총알이 빗나간 모양이었다. 놀란 김유리가 그의 상태를 살피고 있었다. 그때 김현규가 눈을 껌뻑했다. 그는 만약의 상황을 대비해서 방탄조끼를 입고 있었다. 다행히 박 형사도 치명상이 아니었다. 어깨 주위에 칼을 맞은 모양이었다. 조민태는 총을 겨눈 채, 관리사무소에 긴급지원을 요청했다.

"복부를 쏘면 어떡해요? 총격 수칙대로 대퇴부 아래로 조준하셔야죠!"

김유리의 항의였다. 원래 알고 있던 얼굴이니 조민태는 미안하기도 하고 쑥스럽기도 했다. 그런데 그게 실수였다.

"오빠가 먼저 칼을 썼잖아. 119 불렀으니 괜찮을 거야. 많이 다쳤나?"

김현규의 상태를 보려 무릎을 구부렸을 때 김현규가 재빨리 조민태의 총을 낚아챘다.

"손들어!"

조민태는 깜짝 놀라 두 손을 치켜들었다.

"유리야! 도망가. 빨리."

김유리는 조민태 형사에게 한마디 했다.

"이런 상황에서 만나 대단히 유감이네요. 조 선배님."

그녀는 오빠와 조민태의 얼굴을 번갈아 보다, 재빨리 뛰기 시작했다. 어쨌든 그날, 조민태 일행은 비록 김유리는 놓쳤지만, 김현규를 체포하는 데 성공했다. 장은태에 이어 두 번째였다. 그렇게 화형교 조직은 서서히 무너지고 있었다.

솔봉, 힌놈의 골짜기였다. 두류산은 일주일 만에 예전 그가 머물던 방에서 깨어났다. 그는 그 기간에 채은지의 꿈을 꾸었다. 그날, 댐의 둑을 터뜨릴 때만 해도 두류산은 자신이 있었다. 아니, 자신의 능력을 과신했다는 말이 옳았다. 두류산은 전날 분명히 신의 계시를 받았다고 생각했다. 물 폭풍이 자신에게 밀어닥치더라도 그는 잠시 막아낼 힘이 있었고, 이후 순간 이동이 가능하다고 믿었다. 그래서 댐이 터지면 채은지를 안고 안전한 곳으로 이동하고자 했다. 그런데 그게 아니었다. 꿈속에서 채은지는 물에 흠뻑 젖은 채 저만치서 울고 있었다. 두류산이 가까이 다가가려 해도 그녀는 그만큼 멀어졌다. 그러다 끝내, 그녀는 절벽 아래로 떨어졌다.

"안 돼!"

두류산이 정신을 차리자, 밖에서 약을 달이던 민지원이 얼른 들어왔다.

"깨어나셨네요."

눈앞에 보이는 여자가 민지원인 줄 꿈에도 생각지 못한 터라, 두류산은 당황했다.

"당신이?"

"전후 사정이야 있다가 말해도 돼요. 그보다 이젠 괜찮아요?"

"여기가 어디요? 그리고 채은지는?"

민지원은 두류산이 자신을 보고 있음에도 그 여자를 찾는 게 못마땅했지만, 그들의 사랑을 한편으로 이해하기로 했다.

"여긴 안전해요. 힌놈의 골짜기랍니다."

그리고 민지원은 채은지의 죽음을 포함한 그간의 사정을 두류산에게 모두 말했다. 그 말에 두류산은 발악하듯 괴성을 질렀다.

"결국, 나 때문에 은지가 죽었어."

민지원은 다른 여자 때문에 자책하는 두류산이 솔직히 미웠다. 그래도 그녀는 사실을 알려주어야겠다고 마음먹었다.

"발견 당시 은지가 교주님의 몸을 감싸고 있었어요. 아마 제 딴에 교주님을 살리고 싶었나 봐요."

'흑.'

민지원은 돌아누운 두류산에게 자신이 알고 있는 사실을 마저 말해야 하나, 하고 망설였다. 그건 아까 계곡에 물 뜨러 가다가 잠시 휴대전화로 전해 들은 뉴스였다.
"더 나쁜 소식이 있어요."
"……."
두류산은 그녀의 말을 듣는 둥 마는 둥 했다. 그래도 그녀는 말하고 싶었다. 그래야만 두류산이 최악의 상태까지 가서, 그 심연의 바닥을 치고 올라올 수 있다고 믿었다.
"김현규 씨와 장은태 씨가 체포되었어요."
"정말이요?"
두류산의 어깨가 들썩였다.
"모두 교주님이 죽은 줄 알고 해산하다 그리된 모양이에요."
"나머진요?"
"잘은 모르겠지만, 교주님이 안 계시니 뿔뿔이 흩어졌겠지요."
그로부터 약 한 시간 동안 둘은 아무 말도 없었다. 어색한 정적을 깨고 두류산이 자리에서 일어났다. 그런데 두류산의 표정은 민지원이 예상한 그대로였다. 그의 얼굴엔 절박함과 비장함이 묻어있었다. 두류산은 민지원이 달인 약사발을 단숨에 들이켰다.
"내일부터 기도를 시작할 터이니, 힌놈의 골짜기 안에 간단한 제상을 준비해주세요."

장은태와 김현규를 서울지방경찰청에 인계한 나태주는 이제 대원사 계곡의 물이 빠지기만을 기다렸다. 그러면서도 서울에서 김우태와 민지원의 검거를 위해 발로 뛰는 팀원들을 수시로 격려하고 보고를 받았다. 그 팀의 활약과는 별도로 이제 여기선 두류산의 시신을 수습할 일이 남았다.

"장마 때도 사흘이면 물이 빠지는데, 두류산 그놈의 도술은 얼마나 대단하길래 겨울에도 물이 차고 넘치게 했지?"

옆에서 조서를 꾸미던 조민태 형사가 볼멘소리를 했다. 나태주는 장은태와 김현규를 서울지방경찰청으로 이관한 마당에 조 형사가 무슨 조서를 꾸미는지 의아했다.

"지금 뭐 하시는 겁니까?"

"아! 이거? 아무것도 아냐."

나태주가 수상하다 싶어 조 형사가 작성 중이던 조서를 봤다. 그런데 그건 일반적인 조서가 아니라 '공적 조서'였다.

"아니? 이걸 벌써 작성하는 겁니까? 아직 사건이 해결도 되지 않았는데?"

그러자 조민태가 화를 냈다.

"무슨 소리야? 서장님이 분명히 말했잖아. 할당된 놈만 잡으면 1계급 특진과 포상금 지급한다고."

그 말에 나태주는 웃음이 나왔다.

"나머지 놈들마저 체포하고 오늘내일 두류산의 시신을 수습해야 일이 마무리되는 겁니다."

들뜬 기분으로 자판을 두들기던 조 형사가 벌떡 일어났다.

"어이! 팀장 대리. 분명히 말하는데 우리 조는 김현규 그놈을 체포했어. 그럼 우리는 여기서 끝이야. 김우태와 민지원은 서울로 간 팀원들이 잡아 올 거고."

"두류산 시신 수습은요?"

"에이! 난 안 해. 난 여기까지만 할 거야. 그리고 이제 발령받아서 도시로 나갈 거라고. 그러니 내 일에 방해 마. 놈의 시신은 너 혼자 찾든지!"

조민태가 필요 이상으로 흥분하자, 나태주도 슬며시 화가 났다.

"두류산이 아직 살아 있을 가능성도 있습니다. 만약 시신이 발견되지 않으면, 지금 우리 작전은 말짱 도루묵이라고요!"

"뭐야! 이게 지금 선배인 내게 가르쳐 드는 거야? 보자 보자 하니."

조민태는 화가 치밀어 책상에 있는 서류철을 들었다. 아마 옆에서 말리지 않았다면 나태주에게 내리칠 기세였다. 그때 수사과장이 들어왔다.

"뭣들 하나?"

"……."

수사과장의 적절한 등장으로 사무실 분위기는 금세 정리되었다.

"어이! 나 팀장. 대원사 계곡에 물이 완전히 빠졌다 하네. 지금이라도 수색작전을 시작하지."

"네. 알겠습니다. 의경 1분대만 내어주십시오. 여기 계시는 조민태 선배님과 지금 다녀오겠습니다."

대원사 계곡은 언제 그랬냐는 듯 겨울답게 군데군데 얼음이 얼어있었다. 일부 구간엔 마치 봄맞이 가는 소량의 물이 굽이굽이 흐르고 있었다. 나태주는 대원사 앞 다리부터 도평 마을까지 전 구간을 수색하기로 했다. 그리하여 조민태 형사를 필두로 A조는 도평 마을에서, 나태주가 이끄는 B조는 밑에서 출발하여 중간 지점에서 만나기로 하였다.

나태주는 B조를 여러 개로 나누어 2인 1조 수색을 지시했다. 그런데 수색 30분 만이었다. 다리 밑을 수색하던 의경대원에게서 무전이 왔다.

"뭔데?"

"빨리 와보십시오. 다리 난간에 뭔가 걸려 있습니다."

그곳은 그때 민지원이 두류산과 채은지를 발견한 곳이었다. 나태주가 빠른 걸음으로 난간 쪽으로 다가섰다.

"여자 귀걸이 한 짝과 남자 신발입니다."

마침 난간 쪽이 얼어 수풀과 잡쓰레기가 엉킨 상태라 그대로 보존된 것 같았다.

나태주는 비닐장갑을 낀 채, 귀걸이와 신발을 유심히 살폈다. 그런데 놀라운 일이었다. 귀걸이엔 이니셜이 새겨져 있었는데 맨 앞은 보이지 않고 중간 부분에 'B, W, C'라고 되어있었고, 신발도 똑같은 이니셜이 칼로 새겨져 있었다.

'백 · 우 · 천'

두류산의 신발이었다. 나태주는 소스라치게 놀란 와중에도 대원들에게 소리쳤다.

"이 근방을 샅샅이 뒤져라!"

나태주는 그가 죽었든지, 살았든지 이 근방에 있다고 확신했다.

서울에 비가 내리고 있었다. 보기에 따라 처연한 비 같기도 하고 봄을 재촉하는 비 같기도 했다. 어느새 겨울이 지나가는 모양이었다. 이 비만 그치면 봄이 올 터였다. 김우태는 명동성당 근처를 홀로 돌아다니고 있었다. 두류산과 처음 만났을 때가 여기였다. 온라인 카페에서 활동하다 두류산이 오프라인에서 만나고 싶다고 했을 때 김우태는 기뻤다. 학력이나 지식 면에서 월등한 카페 회장이 일개 건달 출신인 자신을 환대해주리라고는 생각지 못한 일이었다. 그날, 명동성당 근처의 선술집에서 그들은 나이 차가 남에도 악인들의 직접 처단엔 뜻을 같이했다.

'하지만 이게 뭐야? 그분은 죽고 장은태와 김현규는 체포되었는걸.'
김우태는 솔직히 모든 걸 포기하고 싶었다. 고향을 떠나온 지도 어언 이십 년이 훌쩍 넘었다. 건달 생활에다 화형교에 모든 걸 거느라고 그동안 결혼도, 돈도 모으지 못했다. 김우태는 이 길을 걷다 그냥 경찰에 체포되는 게 더 낫겠다 싶었다. 급히 도주하느라 수중엔 돈도 얼마 없었다. 김우태는 배가 몹시 고팠다. 돈을 세어보니 밥 한 끼 정도 값은 되었다. 김우태는 간단하게 요기하고자 골목으로 접어들었다. 그런데 누군가 김우태의 등 쪽에 칼을 들이대었다.
'헉!'
"조용히 하쇼. 저기 왼쪽 골목 보이죠. 그리 갑시다. 천천히."
등 뒤에 칼이 있으니 김우태는 꼼짝없이 그의 말을 따랐다. 그 상황에서도 김우태는 그가 총이 아닌 칼을 들었으므로 경찰이 아닌 것쯤은 알 수 있었다.

"누구요?"

"쉿! 앞으로 도십시오."

골목길에 들어서자 뒤에 있던 사내는 칼을 거둬들였다. 그리곤 공손하게 사과했다.

"부대표님! 죄송합니다. 화형교 서울지부 회장 최인락입니다."

'최인락?'

김우태는 기억이 났다. 화형교 조직이 커져 서울을 비롯한 전국에 지부를 둘 때, 그가 추천한 자였다.

"그래, 인락이. 오랜만이야. 그런데 어떻게?"

"경찰이 부대표님을 체포하려고 쫙 깔렸는데 이리 돌아다니시면 어떡합니까?"

"내가 서울에 온 걸 알았나?"

"그날 사건이 터지고 서울에 올 걸 예상했습니다. 그런데 제게 연락이 없어서 회원들을 풀었죠. 마침내 오늘 명동성당 근처에 있다는 연락을 받고 급히 달려왔습니다."

김우태는 기억을 더듬었다.

'아! 그자구나.'

명동성당 앞에서 구걸하던 거지가 있었다. 김우태는 수중에 돈이 얼마 남지 않았음에도 그에게 만 원짜리 지폐 두 장을 주었다. 그때 자신을 쳐다보던 거지가 깜짝 놀란 표정으로 말했다.

"어서 피하세요."

그리곤 만 원 한 장을 도로 돌려주었다. 별 이상한 거지 다 봤네, 했던 그가 화형교 신도인 것이었다.

"자세한 사정은 장소를 옮긴 후에 말씀드릴게요. 따라오십시오."

차를 타고 이동한 곳은 서울의 변두리였다. 지하였는데 안에 책이 가득했고 구석에 인쇄기가 있었다.

"자네 출판사 하나?"

"그냥, 책도 팔고 인쇄와 제본 정도합니다. 동네 책방이지요. 배고프시죠? 짜장면 시켜드리겠습니다."

잠시 후 김우태는 게걸스럽게 짜장면과 고량주 한 병을 해치웠다. 그러니 조금 살 것 같았다. 그사이 최인락은 누군가와 통화하고 있었다. 그러다 김우태가 식사를 마친 것을 확인하곤 그에게 전화기를 내밀었다.

"누구?"

김우태는 느닷없는 그의 행동에 의안이 벙벙했다.

"받아보시죠. 아는 분입니다."

김우태는 미심쩍은 표정으로 전화를 받았다.

"김우태입니다만."

"부대표님! 저예요. 지원이, 민지원입니다."

김우태는 상대방이 민지원이라는 사실에 깜짝 놀랐다.

"짧게 말할게요. 교주님의 지령입니다. 하나, 화형식 거행. 둘, 김현규와 장은태 구출입니다. 상세사항은 또 알려드릴게요. 그럼, 이만."

전화가 끊어졌다.

'뚜, 뚜, 뚜.'

"여보세요, 여보세…."

김우태는 민지원이 어떤 근거로 교주님의 지시 운운하는지 감이 오질 않았다. 마신 술에 더 취할 지경이었다. 그때 최인락이 원고 한 뭉텅이를 김우태 앞에 내어놓았다.

"믿기지 않으시죠? 하지만 저는 알고 있었습니다. 교주님은 죽지 않았습니다. 왜냐하면, 이게 증거니까요."

김우태는 최인락까지 엉뚱하게 나오자 더 헷갈렸다.

"그게 무슨 말이야?"

"이 원고는 교주님이 집필하신 「심판의 날Ⅱ」입니다. 교주님은 이 일을 끝내기 전까지 결코 죽을 분이 아닙니다."

"이 일이라니?"

"마지막 날에 심판이 있을 것이다. 5월 ○일."

"그렇다면?"

"네. 상상하는 것 같이 그날 교주님은 무진 학살사태의 원흉, 태두필의 역사적인 처단을 실행할 것입니다. 우리 화형교의 궁극적인 목표이죠. 그리고 그날, 그분의 책 『심판의 날Ⅱ』이 전국서점에 깔릴 겁니다."

김우태는 무엇보다 두류산이 살아 있음에 감사했다. 그는 곧바로 바닥에 무릎을 꿇었다.

"두류산 만세!"

김우태는 그 자리에서 감사의 눈물을 흘렸다. 그리곤 나약했던 자신을 비판하고 반성했다. 한참 후에 일어난 자리에서 김우태가 물었다.

"교주님은 어디 계시지?"

"그건 저도 모릅니다. 어쨌든 민지원 씨가 안전한 곳에 보호하고 있답니다."

"민지원 씨와의 연락은?"

"그건 제 마음대로 할 수 없습니다. 그쪽에서 전화가 걸려와야 합니다. 그때만 가능합니다."

김우태는 두류산이 철저한 보안 상황에서 일을 지시한다고 판단했다. 그러자 민지원이 한 말이 떠올랐다.

"아까 민지원이 말한 게 뭐지?"

"오로지 그날을 위해 두 가지 지령을 내린 겁니다. 하나는 서울 모처에 화형식을 거행하고 그 틈을 타서 김현규와 장은태를 구출하라는 명령입니다. 그 두 분은 그날의 거사 때 없어선 안 될 사람들이죠."

"그 일을 나와 그대가 한다?"

"네. 그런 셈입니다. 정확히 말하자면, 부대표님과 저, 그리고 서울 지부 회원들이죠."

김우태는 그의 말에 벌써 가슴이 벌렁거렸다.

그날 대원사 계곡 수색에 실패한 나태주는 낭패감에 빠졌다. 두류산과 채은지의 사체는 아무 곳에서도 없었다. 물론 한나절 수색으로 둘의 사체를 찾을 순 없었다. 하지만 나태주는 장은태의 아버지에게 들은 말이 내내 마음에 걸렸다. 그리고 결정적인 증거, 여자의 귀걸이와 두류산의 신발 등은 그들이 죽었다는 확실한 증거가 아니었다. 그렇다면 이들은 살았든지, 죽었든지 간에 누군가에 의해 옮겨졌다는 가설이 생겼다.

'정말 살았을까?'

나태주는 일단 수사과장에게 보고부터 하기로 했다. 그새 수색조들은 오늘 일과를 종료하고 대원사 앞에 모여 있었다. 해가 서편으로 넘어가고 있었다.

"그래서 사체를 못 찾았다고?"

"네."

수사과장은 안절부절못한 느낌이었다.

"일단 자네만 서로 들어와. 그리고 나머진 인근 모텔이든, 펜션이든 모두 재워. 사체를 찾기 전까진 수색 종료는 없어."

나태주는 조민태 형사에게 뒷일을 맡기고 경찰서로 출발했다. 수사과장은 서장실에 있었다. 서장에게 호되게 당한 듯 그의 얼굴은 벌겋게 달아올라 있었다. 나태주가 노크하자, 안에서 신경질적인 목소리가 들렸다.

"들어와!"

서장이었다. 나태주는 꾸벅, 인사하고 수사과장 옆에 앉았다.

"사체가 없더라고?"

서장은 단도직입적으로 물었다.

"샅샅이 수색했지만 없었습니다. 다만 현장에서 두류산의 것으로 추정되는 신발 한 짝, 채은지의 것으로 여겨지는 귀걸이 한 짝을 발견했습니다."

"음. 그건 들었어. 그렇다면, 둘의 사체가 감쪽같이 사라졌다는 거네?"

"사체인지 아니면 산 상태에서 없어졌는진 확실하지 않습니다."

나태주의 말에 서장의 얼굴이 붉어졌다.

"이봐! 나태주."

"네."

"이 사건은 완전히 종결되었어. 청장님뿐만 아니라 민정수석실, 그리고 코드 원에게도 보고가 끝났지."

나태주는 서장의 말에 어떤 의도가 있다고 생각했다. 그 순간 옆에 있던 수사과장이 거들었다.

"그건 서장님 말씀이 옳아. 이 사건은 완전히 끝났어. 사체를 수습하든 말든."

"네?"

이번엔 서장이 부드럽게 말했다.

"그러니까 내 말은 말이야. 한 사흘 정도 수색을 더 해보다가 그래도 연놈들의 사체가 없으면."

나태주가 반문했다.

"없으면요?"

"뭐, 이를테면 연고 없는 시신 두 구를 이용할 수도 있다는 거지."

서장의 말에 나태주는 기가 막혔다.

"저더러 허위보고를 하란 말씀입니까?"

"아니, 꼭 그런 건 아니지만, 자네도 알다시피 이 일이 완전히 마무리 안 되면 민심이 가라앉질 않아. 괜히 윗사람들 심기를 건드리면 우리가 더 피곤해져."

더 기가 찬 건 수사과장의 첨언이었다.

"시신 두 구는 무리고. 그냥 대충 한 구만 투입해. 나머지 사체는 동물들이 훼손했다고 발표하면 되니까."

나태주는 여기서 정신을 똑바로 차려야겠다고 생각했다. 아무리 자신의 상관이지만, 허위로 사건을 조작한다는 건 있을 수 없는 일이었다.

"시신을 감정할 국과수 그리고 이 사건을 주목하는 언론 등을 생각해보십시오. 만약에 들통나면 저나 서장님, 과장님은 된통 당하게 됩니다."

그러자 서장이 갑자기 크게 웃었다.

"그건 우리가 알아서 할게. 어차피 이 지시가 위에서 내려왔으니까. 국과수든 언론이든 별소릴 못할 거야."

나태주는 이런 지시가 윗선까지 연결되어 있다는 사실에 억장이 무너졌다.

"그건 안 됩니다!"

나태주의 단호한 말에 둘은 깜짝 놀랐다.

"뭐라?"

"두류산이 만약 살아 있다면요? 죽은 줄 알았던 그놈이 또 화형식을 실행한다면요? 그땐 어떡하시렵니까?"

수사과장이 인상을 찌푸렸다.

"이 새끼 봐라. 살살해줬더니. 나태주!"

"네. 과장님."

나태주도 지지 않았다.

"놈은 죽었어! 웬 계집과 함께 물에 떠내려갔다고!"

"아직 확실치 않습니다."

둘이 팽팽하게 맞서자 서장이 끼어들었다.

"이렇게 하지. 일단 계속 수색해 봐. 단 일주일 준다. 그런데, 만약에 그 기간 안에 놈의 사체를 못 찾으면."

서장이 말을 하다가 끊었다. 팽팽한 긴장감이 흘렀다.

"내가 말한 방식으로 한다. 아! 알아. 만약 놈이 살아 있어 또 사건을 저지른다면. 이게 문제지?"

"그런 셈입니다."

"그땐 놈이 아닌 다른 놈의 모방범죄라고 우기는 거지. 안 그래?"

서장은 말도 안 되는 소리를 자신만만하게 지껄였다. 나태주는 이게 모두 윗선에서 내려온 매뉴얼에 근거한다고 추측했다.

"이제, 나가 봐."

서장은 나태주 앞에 봉투를 던졌다.

"위에서 내려온 거야. 애들 밥 잘 사 먹이고 따뜻한 데 재워."

나태주는 봉투를 집어 들곤 경례도 없이 서장실을 나왔다.

'니이미!'

그리곤 조민태 형사에게 전화를 걸었다.
"모두 야간수색 들어갈 준비 하십시오."

김우태는 최인락의 출판사에 머물면서 몸을 만들기 시작했다. 오랫동안 산에 머물면서 기력이 쇠한 것도 있지만, 두류산이 죽었다는 상실감에 스트레스가 심했다. 게다가 누군가에 쫓기고 있다는 심리적 압박감에 몸과 마음이 허할 대로 허했다. 도피 기간에 제대로 먹지도 자지도 못한 이유도 있었다. 마침 출판사가 있는 마을 뒤편에 조그마한 산이 있었다. 서울 변두리라 사람들의 이동도 거의 없었다. 김우태는 하루 한 번 산에 올라가 체력을 단련했다.

최인락은 구속된 김현규와 장은태의 재판 과정과 재판 일자 등을 세세하게 알아보고 있었다. 그러기 위해 그동안 축적한 인맥들을 모두 동원하였다. 경찰, 교도관, 언론사 기자, 법무부 직원 등이었다. 화형교 서울지부 신도들을 규합하는 것도 그의 몫이었다. 그리고 둘은 두류산으로부터 지령이 오기를 기다렸는데, 정말 보름 후 민지원에게서 연락이 왔다. 그날은 최인락의 출판사에 화형교 서울지부 간부들도 있었다. 최인락이 조심스럽게 전화를 받아 메모하기 시작했다.

「화형 처단식 : 개나리 슈퍼 사건 당시 수사과장과 담당 검사
 구출 작전 : 이에 맞춰 장은태와 김현규 이동 시 호송차 탈취.」

민지원은 그때처럼 지령만 전하고 황급히 전화를 끊었다.
"이게 다입니까?"
김우태와 서울지부 간부들이 최인락을 둘러쌌다.

"뭐야? 이 사건은 재심으로 피해자가 구제받았잖아. 그런데 그 사건 수사과장과 검사?"

한 간부가 의아한 표정이었지만, 김우태는 알 것 같았다.

"그 사건 배석 판사였던 현 국회의원은 재심 결과 후 진심을 담아 사과했습니다. 하지만 수사과장과 담당 검사는 아직도 자신이 옳다고 주장하고 있지요."

김우태의 말에 모두 놀란 표정이었다.

"억울하게 옥살이한 피해자의 원한을 풀어주자는 뜻이겠지요. 알다시피 허위자백을 강요하고 피해자를 법정에 세운 놈들은 공소시효 만료가 되었습니다. 따라서 이놈들을 법이 아닌 화형으로 처단하라는 말씀입니다."

"그렇네요. 이놈들의 화형식 때 어수선한 틈을 타서 장은태와 김현규를 구출하라는 말이네요."

최인락이 되받자, 화형교 서울지부 간부들의 볼멘소리가 나왔다.

"놈들 처단이야 가능하지만, 호송차 탈취는…. 이건 너무한 지령 아닙니까?"

이에 김우태가 그들을 설득했다.

"교주님의 말씀은 일점일획 그른 게 없습니다. 말씀대로 진행해야 합니다. 아직 시도해본 적은 없지만, 작전만 잘 짠다면야 가능합니다."

최인락이 책상에 앉아 턱을 괴고 있었다.

"교주님 말씀에 일리가 있어요. 우리가 법정 혹은 교도소에 있는 두 분을 어떻게 뺄 수가 있겠습니까? 제일 좋은 방법이 호송 버스를 탈취하는 겁니다."

최인락의 설명에도 간부들은 한숨만 내쉬었다.

"지금 장은태와 김현규는 어디에 있습니까?"

또 다른 간부가 물었다.

"긴급 구속되어 재판을 기다리고 있지요. 서울구치소에 있습니다. 둘 다 1급 살인죄라 1차 재판이 빨리 진행될 거로 알고 있어요."

최인락이 대답하자 그가 또 물었다.

"둘 다 무기징역 아니면 사형이겠네요? 그러면 호송 버스 경비도 삼엄할 터인데."

이번엔 김우태가 나섰다.

"그래서 경찰과 언론의 시선을 돌리자는 것 아닙니까? 재판 끝내고 구치소로 들어올 시간에 맞춰, 놈들을 화형시키면 되겠습니다."

"그것도 실시간 중계로."

최인락이 김우태의 의견에 힘을 실어주었다. 그리곤 좌중을 둘러보았다.

"어떡하시겠어요?"

간부들은 서로 눈치를 보았다. 하지만 그들도 교주가 내린 지시를 거부할 순 없었다.

"한번 해봅시다."

그들이 동의하자, 최인락은 곧바로 전화기를 들었다.

"쉿!"

그가 전화한 곳은 법무부 교정국이었다. 그곳에도 화형교 신자가 있었다.
"다음 달, 12일? 확실해?"
전화를 끊은 최인락이 흥분된 목소리로 말했다.
"다들 들었죠? 교주님 없이 우리 단독으로 위대한 의식을 행하는 날이 다음 달 12일입니다. 이번 작전의 총책임자를 김우태 부대표님으로 정하려 하는데 좋습니까?"
"찬성입니다."
"당연히 그래야죠."
그들의 찬성과 환호에 김우태는 어깨가 무거웠다. 그때부터 김우태는 어쩌면 마지막이 될지도 모르는 그 계획의 실행을 세밀하게 짜기 시작했다. 이 모든 것은 그날을 위해서였다.

한편, 무진시 민주화 묘지를 홀로 빠져나온 김유리는 급한 대로 대학 동창 집에 숨어들었다. 동창 역시 김유리와 마찬가지로 무진 학살사태 때 부모님을 잃은 친구였다. 하지만 김유리처럼 화형교에는 가담하지 않고 여행 작가로 홀로 살아가고 있었다. 그녀는 한밤중에 뛰어든 김유리를 싫은 내색 없이 받아주었다. 범인 은닉죄로 처벌될 수 있는 상황이었지만, 그녀는 그런 건 아무것도 아니라 생각했다. 그녀는 우선 김유리를 위해 따뜻한 밥을 지었다. 도피하는 과정에서 아무것도 먹지 못한 김유리는 따스한 친구의 정에 눈물이 나왔다. 그런 김유리에게 그녀는 전후 사정을 묻지 않았다. 그저 마음 편히 먹게 하고 김유리를 자신의 방에서 재웠다.

다음 날 아침, 그녀는 취재차 지방으로 떠났다. 직업상 친구가 찾아와도 함께 있을 순 없었다. 3박 4일의 여정이었다. 김유리는 친구가 없는 방에서 사흘 동안 내리 잠만 잤다. 사흘 후 겨우 깬 김유리는 친구가 해놓은 밥을 먹었다. 내일이면 그녀가 올 터였다. 미안한 마음을 느낀 김유리는 친구의 방을 청소했다. 그런 와중에 책장에서 그녀의 일기장이 툭, 하고 떨어졌는데 공교롭게 읽기 좋게 펼쳐졌다. 그런데 펼쳐진 면에 익숙한 문장이 보였다.

'복수, 그를 죽이고 싶다.'

친구의 프라이버시를 생각한 김유리는 그만 일기장을 접으려다, 뭔가 께름칙하여 일부분만 읽기로 했다.

'그는 이제 인간이길 포기했다. 그는 연인이 아니라 한 마리 짐승이다. 내 몸과 정신을 갉아먹는 그 짐승을 난 죽이고 싶다.'

호기심에 김유리는 일기장 대부분을 읽어버렸다. 친구는 데이트 폭력의 피해자였다. 그제야 김유리는 사흘 전 친구의 방에 들어왔을 때 느낀 이상한 분위기가 생각났다. 분명히 앞에 누군가 다녀간 것 같았다. 방은 어수선하였고 욕실엔 누가 사용했는지 수건 등이 바닥에 널브러져 있었다. 게다가 친구는 방 안에서 모자와 마스크를 쓰고 있었다. 감기 때문이라고 했지만, 지금 생각해보니 전체적으로 친구의 몰골은 형편없었다. 김유리는 얼른 침대 덮개를 확인했다. 핏자국이었다.

다음 날 아침, 친구가 돌아왔다. 이번엔 김유리가 친구를 위해 밥을 지어 놓았다. 친구는 사흘 전보다 얼굴이 좋아진 상태였다. 마스크는 벗었지만, 모자는 벗지 않고 밥을 먹었다. 김유리는 먼저 자신이 이 집에 올 수밖에 없었던 사연을 털어놓았다. 그래야만 그녀가 속내를 털어놓을 것 같았다.

"현규 오빠만 체포된 거네?"

"그런 셈이지."

"그래도 넌 나보다 더 나아. 용기 있게 경찰을 그만두고 그쪽으로 뛰어들었잖아. 방송을 통해 네 소식을 다 듣고 있었어."

"그래? 그런데 넌 어떤데? 너! 모자 한번 벗어 봐."

김유리는 억지로 그녀의 모자를 벗겼다. 예상대로 그녀의 머리 가운데에 타박상이 있었다.

"다 알고 있어. 그러니 내게 숨기지 말고 다 털어놔."

친구는 할 수 없다는 듯 그녀의 남자에 관해 이야기했다. 시도 때도 없는 폭행부터, 살해협박까지 들은 친구에게 김유리가 제안했다.

"내가 해결해줄게. 대신 휴대폰 하나 구해주고 돈을 좀 빌려줘."

김유리는 그날까지 견뎌내야 할 도피자금이 필요했다.

"죽지 않을 만큼 때려줄게. 두 번 다시는 네 근처에 얼씬도 못 할 거야. 여자를 폭행하는 놈은 우리 화형교 교리상 있을 수 없는 죄거든."

'흑.'

"그리고 돌아오는 5월 ○일 날, TV를 잘 봐둬. 우리 부모님들의 원수를 꼭 내가 갚을 테니까."

김유리는 친구가 개통해준 휴대전화와 도피자금을 받고 그길로 집을 나섰다. 그리곤 그녀가 일러준 전화번호로 놈에게 전화를 걸었다. 김유리로선 거사 이전에 할 수 있는 마지막 대리복수였다. 가뜩이나 교주의 죽음과 오빠의 체포로 마음속에 분노가 가득할 때였으니 김유리는 잘되었다 싶었다.

놈이 사는 아파트 근처 공터였다.

"우리 은영이 친구라면서요?"

놈은 의아한 얼굴로 김유리를 빤히 쳐다보았다. 그런데 김유리는 아무런 대답도 하지 않고 턱으로 공터를 가리켰다. 공터 중간에 미니 화형 거치대가 놓여 있었다.

'헉!'

순간 놈의 눈빛이 흔들리기 시작했다. 그런 놈에게 김유리는 종이 한 장을 펼쳐 읽기 시작했다.

「이 자는 데이트 폭력으로 선량한 여성을
상습적으로 구타 그리고 폭행, 강간한 자로
판결자 전원 일치로 극형인 화형에 처함.」

심판의 날, 두류산

"아니야! 두류산은 죽었잖아. 이건 아니야."

놈은 겁에 질려 뒷걸음질 치기 시작했다.

"그럼, 당, 당신이 김유리?"

"내 이름은 들었나 보군."

김유리는 화형 거치대를 세우다가 남은 각목을 들었다.

'퍽!'

'억!'

예행 연습

김유리는 놈이 실신할 때까지 각목으로 때렸다. 놈이 정신을 잃자, 화형 거치대로 끌고 가서 놈을 거치대에 묶어버렸다. 그리곤 불을 붙인 후, 약속대로 사진을 찍었다. 그새 놈이 정신이 든 모양이었다.

"살려주세요! 제발 살려주십시오."

거치대에 불이 붙자 김유리는 사진을 친구에게 전송했다. 하지만 김유리가 불을 붙인 것은 놈의 뒤에 있는 또 다른 화형 거치대였다.

김유리는 곧장 현장을 빠져나갔다. 그런데 이게 지역 언론에 보도되는 바람에 전국은 또 떠들썩했다. 그날 마침 취재차 그 근처를 지나던 기자가 공터 주위에 사람들이 모여 있는 걸 보고 기사를 올렸다.

「무진시 변두리에서 화형당할 뻔했던 남자가 발생했다. 다행히 그는 불에 타 죽진 않았지만, 충격으로 병원에 실려 갔다. 현재 병원에서 치료받고 있지만, 담당 의사는 이 남자가 실어증에 시달리고 있다고 말했다. 이 사건이 두류산이 저지른 거라고 확신할 순 없지만, 많은 사람은 그가 했다고 입을 모으고 있다.」

기사는 인터넷을 타고 빠른 속도로 번졌다. 사람들은 두류산이 살아 있다고 말하는가 하면, 도대체 말이 안 되는 소리라며 이건 모방범죄라고 주장했다. 하지만 전국 교도소에 수용된 화형교 신도들은 환호했다.

"역시 교주님이 살아계신다!"

마침내 이 기사가 김우태와 최인락에게도 전해졌다.

"이게 어떻게 된 것일까요?"

최인락이 놀란 표정을 지었다.

"모방범죄 아닐까요?"

최인락이 한 번 더 김우태에게 묻자 그는 혼자 중얼거렸다.
"김유리가 움직인다."

나태주 팀은 며칠째 펜션과 모텔에서 머물며 대원사 계곡 인근을 샅샅이 수색하고 있었다. 계곡 안과 밖은 물론이고 인근 마을 주민들을 탐문하는 등 범위를 넓혔으나, 두류산과 채은지의 흔적을 찾을 수가 없었다. 당연히 수색하던 조민태 형사와 의경들은 나날이 지쳐갈 수밖에 없었다. 봄이 오려는지 대원사 쪽엔 파릇파릇한 싹이 트고 있었고, 아침엔 아지랑이가 피어올랐다. 그런데도 도평 마을 쪽엔 아직도 채 녹지 않은 눈과 걸을 때마다 부딪히는 바람이 매서웠다. 나태주도 수색팀을 독려하기 위해 대원사에서 도평 마을까지 계곡을 따라 올라가는 바람에 몹시 지쳐있었다. 정상적인 길로 걸어가는 데만 두어 시간이 걸리는 것을 바위와 물이 흐르는 계곡으로 올라갔으니 시간도 배로 걸렸다.

도평 마을 인근은 꽤 추웠다. 나태주는 따끈한 국물이 먹고 싶었다. 마침 조민태 형사가 주차장에 있었다. 그도 추웠던지 의경들만 계곡 안에 보내고 차 안에서 히터를 틀어놓고 있었다.

"담당 형사가 여기 있으면 어떡해요?"

나태주는 그가 안쓰러웠지만, 일부러 그렇게 말했다.

"젠장! 계곡물이 너무 차가워서 잠시 피신한 거야. 그런데 나 팀장. 여긴 아무리 찾아봐도 없어. 우리 그냥 철수하자."

조민태 형사는 몸을 부르르 떨고 있었다. 별수 없이 나태주는 몸이라도 녹이려 그와 함께 인근 식당으로 갔다. 도평 마을의 유일한 식당,

그곳은 일전 장은태가 들렀던 곳이었다. 그곳에서 따끈한 어묵탕 두 그릇을 시켰는데 조민태 형사가 막걸리 한 주전자를 추가했다.

"뭘 찾는데 경찰들이 이리 많노?"

어묵탕과 막걸리를 가져오던 노파가 안쓰러운 표정으로 물었다.

"별일 아닙니다. 그냥 미친 짓 하는 거예요."

조민태는 나태주가 들으라는 듯 퉁명스럽게 답했다. 그런데 노파의 표정이 뭔가 이상해 보였다.

"에고. 쯧. 신이라고 하던데 쉽게 죽겠나?"

"네? 뭐라고요?"

조민태는 그녀가 무슨 말을 하는지 잘 몰랐다.

"아니다. 그냥 해본 소리다."

하지만 나태주는 노파에게 정색하며 물었다.

"할머니! 지난번, 저 위에 물난리 났을 때 떠내려온 사람이 어떻게 되었다구요?"

"……."

"알고 계시면 말씀 좀 해 주십시오. 우리가 지금 집에도 못 들어가고 며칠째 그 사람을 찾고 있습니다."

나태주가 하도 정색하자, 조민태가 옆구리를 찔렀다.

"나 형사. 곧 세상 버릴 할매가 그냥 한 소리를 뭐 그리 귀담아 들어? 그만해라."

그러자 노파도 볼멘소리로 말을 했다.

"그걸 내가 어째 아노? 마, 그냥 듣기로 둘이 떠내려 왔다가 그리되었다던데. 아이고. 내가 지금 무슨 소리를 하노? 주책이다."

나태주는 이 노파가 뭔가 알고 있다는 것을 확신했다. 그래서 그녀를 더욱 다그쳤다.

"할머니! 우린 경찰입니다. 자꾸 거짓말하시면 이 식당이 문을 닫을 수도 있습니다. 자! 보세요. 이 막걸리, 이건 밀주가 분명합니다. 맞죠?"

그러자 노파는 깜짝 놀란 표정을 지었다.

"와카노! 요새 한 며칠 물이 불어서 막걸리 배달차가 안 와서 그렇다 아이가. 요건 내가 먹을라꼬 담근 건데, 저 형사 양반이 달라고 해서 할 수 없이 내놨다."

"어쨌든 밀주입니다. 이 정도면 당장 영업정지예요. 게다가 할머니를 잡아갈 수도 있습니다. 그러니 아는 대로 말씀해주세요!"

나태주가 완강하게 나가자 노파는 별수 없는 듯 중얼거렸다.

"나도 들은기라. 저 밑에 비탈길 보이지요? 그리 한 삼십 분쯤 내려가면 마을 하나가 나오는데 그 언덕에 암자가 하나 있어요. 암자에서 물어보소. 나는 그것밖에 모린다."

나태주는 조민태 형사에게 얼른 먹고 나가자고 재촉했다.

과연 노파의 말대로 비탈길 아래엔 고풍스러운 마을이 하나 있었다. 상수리나무 밑엔 노인 몇이 바둑을 두고 있었고 근처 밭에는 장정들이 봄 농사를 준비하고 있었다. 그 너머, 언덕에 노파가 말한 암자가 보였다.

"자넨, 정말 두류산이 살아 있다고 믿나?"

조민태는 약간 얼떨떨한 표정이었다. 경찰로선 선배이지만, 나태주의 능력과 현재 지위에 놀린 것 같았다.

"물론입니다. 두류산은 쉽게 죽지 않을 겁니다. 그날이 오기까진요."

"그날이라니?"

"그건 곧 알게 될 겁니다."

나태주는 자신만만하게 앞장섰다. 마침 암자 마당에 노승이 이불을 널고 있었다. 나태주는 공손하게 인사하고 신분증을 꺼내 보였다.

"경찰이 왜? 그제 자고 간 젊은 친구가 범죄자로 보이지 않던데?"

스님은 지레짐작으로 그때 암자에서 묵었던 장은태의 말을 꺼냈다.

"젊은 친구요?"

"그래. 그때 등산 왔다가 내려가는 길에 잠시 들른 젊은 친구가 있었지. 그런데 이것 봐요. 그땐 몰랐는데 내, 참! 이리 이불에 오줌을 지렸지 뭐요?"

나태주는 직감적으로 그가 장은태라고 생각했다. 그날 체포한 뒤 신문과정에서 그가 도평 마을에서 멀지 않은 어떤 암자에 하룻밤 묵었다는 걸 기억했다.

'그게 이 암자구나.'

나태주는 속으로 생각했다.

"저희는 그것 때문에 온 게 아닙니다."

나태주는 도평 마을 식당 노파의 말을 빌려, 자신들이 이곳에 온 목적을 밝혔다.

"아! 그거? 이상하네? 그때 그 젊은 친구도 그 질문을 하더니. 그게 뭐냐면, 나도 들은 말이오. 대원사 앞 계곡에 두 구의 시신이 떠내려 왔는데, 알아보니 한 구는 말 그대로 시신이고 나머지 한 구는 살아 있 다고 했소."

"그러면 그 살아 있는 사람은 어떻게 되었습니까?"

나태주와 조민태는 제대로 찾아왔다고 생각했다.

"그건 나도 모르지만, 아마 마을 주민 중 누군가가 불심(佛心)으로 구해주지 않았나 싶소. 여긴 지리산이고 다들 불자며, 순박한 사람들 이니까."

스님의 말에 조민태는 속으로 욕지거리를 했다.

'니이미. 기어코 놈이 살았네. 이리되면 또 골치 아프겠어.'

나태주는 스님에게 재차 그 일에 관하여 꼬치꼬치 캐물었다. 얼마나 집요하게 물었던지 스님은 화를 냈다.

"아니? 중이 절에서 불공만 드리면 됐지? 누가 살든 죽었든 내가 뭘 알겠소? 정 궁금하면 저쪽 위에 있는 방에 묵던 젊은 처자를 찾아보소. 그날 이후로 들어오지도 않았으니까."

"젊은 처자요?"

"그래요! 우리 암자에서 밥 짓고 빨래하던 서울댁. 소문에 그 여자가 산 사람을 데리고 갔다는 말이 있긴 있어요."

나태주는 그때 장은태 신문과정에서 이 암자에 젊은 처자가 있다는 말을 얼핏 듣긴 들은 것 같았다.

"그 여자가 누굽니까? 이름? 아, 아니. 인상착의가 어떻죠?"

그러자 스님은 아는 대로 여자의 형상을 말했다. 나태주는 직감적으로 그녀가 민지원이라고 짐작했다.

"여자가 묵던 방을 보게 해 주십시오."

"영장 가져왔…."

스님의 말이 끝나기도 전에 나태주는 화를 벌컥 내었다.

"빨리요!"

분명히 민지원이었다. 방에는 미처 가져가지 못한 물건들이 몇 있었다. 화장품 몇 개와 옷가지, 그리고 그녀의 수첩이었다. 수첩 앞에 정확히 그녀의 이름이 쓰여 있었다.

'민지원?'

정말 이례적이었다. 김현규와 장은태의 재판은 신속하게 진행되었다. 그들은 1심에서 무기징역으로 확정되었다. 이 과정에서 둘은 국선변호사의 조력만 받고 상소도 하지 않았다. 재판부와 검찰은 이제야 이들이 자신이 저지른 범죄를 반성한다고 생각했다. 하지만 그건 아니었다. 그건 두류산의 지령 때문이었다. 두류산은 얼른 재판이 끝난 그들이 서울구치소에서 일반 교도소로 이감되길 원했다. 그래서 두류산은 법무부 교정국의 화형교 신자에게 압력을 넣었다. 물론 전달책은 민지원이었다.

김우태와 최인락은 그들의 갑작스러운 이감에 망연자실했다. 원래 계획은 그들이 재판을 끝내고 서울구치소로 복귀할 때 호송차를 탈취하는 것이었는데, 이제 그들이 형이 확정되어 어느 교도소로 가는지조차 파악이 되지 않았다.

"어디로 이감된단 말입니까?"

화형교 서울시 지부 간부가 최인락에게 물었다.

"아직 확실친 않은데, 법무부 교정국 정보원에 따르면 지방에 있는 교도소가 확실한 것 같습니다."

"지방요? 와! 그럼 어떡합니까? 우리 회원들 거주지는 전부 서울인데."

이때 김우태가 나섰다.

"어쩌면 잘 되었습니다. 원래 계획인 법원과 서울구치소 중간에 작업하는 건 사실 위험한 일입니다. 지방이라면 그만큼 작업하기는 좋겠지요."

"그럴지도 모르겠습니다만, 이번 일은 서울지부 회원들이 주도하는 것이라. 어쨌든 빠른 날짜 안에 어디로 이감 가는지와 날짜를 알아보겠습니다."

최인락이 주먹을 불끈 쥐었다. 그런데 그때, 민지원으로부터 다급한 전화가 왔다.

'다음 달 2일. B교도소.'

그가 급히 쓴 메모를 보고 김우태는 얼른 달력을 보았다.

"잘되었네요. 부산이면 저도 지리를 잘 알고 있습니다. 그래도 한 번쯤 예행연습을 해봐야 하니 빨리 날짜를 잡읍시다."

하지만 최인락이 제동을 걸었다.

"부대표님! 우선, 해야 할 예행연습은 그날 경찰과 언론을 교란할 화형대상자 납치 건입니다. 이게 선행되어야 호송 버스 탈취 연습을 하죠?"

김우태는 최인락의 말이 일리가 있다고 생각했다. 하지만 곰곰이 생각해보니 시간이 부족한 것 같았다. 그래서 방법과 일정을 조정하기로 했다.

"이렇게 합시다. A, B조로 나누어 한 조는 놈들의 납치, 그리고 나머지는 호송차 탈취 연습, 어떻습니까?"

김우태의 제안에 다들 찬성했다. 결국, 최인락이 피해자를 억울하게 옥살이를 시켰던 개나리 슈퍼 사건 당시 수사과장과 담당 검사의 납치 예행연습을, 김우태는 호송차 탈취 연습을 맡았다.

다음 날, 최인락은 둘의 행방부터 수소문했다. 알아본 결과 당시 수사과장은 경찰을 은퇴하고 경기도 남양주의 전원주택에서 살고 있었고, 담당 검사는 이후 고속승진을 거듭하다 검사장으로 퇴임하여 현재 서울에서 변호사로 활동하고 있었다. 이에 최인락과 조원들은 남양주부터 내려갔다.

"저기 저 집인 모양입니다."

서울지부 회원이 마을과 약간 떨어진 전원주택을 가리켰다.

"처와 둘이 살고 있답니다."

최인락은 주변을 둘러보았다. 망원경으로 그의 동태를 살피는 한편, 밤에 가로등이 있는지 CCTV가 설치되어 있는지 확인하며 꼬박 하루를 보냈다. 최인락은 이 정도면 그자를 납치하는 건 일도 아닌 거로 판단했다. D-day 앞날 밤에 전원주택 안으로 침입하여 그를 납치, 차량에 태우면 끝이었다. 문제는 서울 중심가에 변호사 사무실을 개업한 당시 담당 검사였다.

그는 현직에서 은퇴하였다고는 하나, 전직 검사장이었다. 최인락은 변호사 사무실이 있는 건물 근처에 잠복하면서 그의 출퇴근 시간과 출입 인원, 건물 내 CCTV 등을 자세히 관찰했다. 그런 후 결론을 냈다.

"저놈은 외근이 잦아. 그러니 D-day 사흘 전부터 기다렸다가 사무실에서 퇴근할 때 건물 앞에서 차량으로 납치한다."

"그게 낫겠습니다."

이로써 A조의 사흘간 예행연습은 이렇게 끝이 났다. 그 시각 김우태는 서울지부 회원 몇 명과 서울구치소에서 출발하여 B교도소로 이동한 후, 중간에 호송 버스를 탈취하기에 가장 좋은 장소를 물색하고 있었다.

나태주는 감쪽같이 없어진 사체 두 구와 민지원의 등장을 하나의 실타래로 생각했다. 아직 그것들을 발견하지 못했지만, 정황상 이게 두류산이 살아 있다는 증거로 보았다. 식당 노파, 암자의 스님, 그리고 마을 사람들의 소문과 증언이면 충분했다. 이제 민지원이 두류산을 어디로 데리고 갔는지에 관한 문제만 풀면 되었다.

"조민태 형사님. 대원들을 모두 철수시키고 대원사 앞에 대기해주십시오. 서에 다녀오겠습니다."

"왜? 어쩌려고?"

"대원사 계곡이 아닙니다. 더군다나 우리 목표는 사체 두 구를 찾는 게 아닙니다. 우린, 두류산을 데리고 간 민지원의 거처를 찾아야 합니

다."

나태주는 몹시 흥분하고 있었다. 그런데도 조민태는 의외로 담담한 표정이었다.

"그래서 어쩌려고? 기어코 놈을 찾겠다고?"

"당연하죠."

조민태가 한숨을 쉬었다.

"이봐! 나 형사. 아직도 머리가 안 돌아가? 지금 그게 문제가 아니잖아. 윗사람들이 원하는 건 두류산의 사체도, 생존 사실도 아니야. 아직 모르겠어?"

나태주는 그렇게 말하는 조민태가 한심했다.

"윗선에서 원하는 건 사건 종료야. 네가 그랬잖아. 그날 서장과 수사과장이 노숙자 사체를 두류산의 것으로 바꾸라고 한 것도 그런 맥락이야."

나태주는 더는 참을 수가 없었다.

"선배님! 저더러 사건을 조작하라구요? 그리고 지금, 명백하게 놈이 살아 있다는 증거가 나왔는데 그냥 이대로 묻자는 말입니까! 이러다 만약 놈이 또 화형 처단식을 다른 데서 거행한다고 생각해봅시다. 그땐 정말 어찌하냐고요?"

그러자 조민태는 입에 물고 있던 담배를 땅바닥에 내팽개쳤다.

"에이! 난 몰라. 네가 알아서 해. 난 모르겠다."

암자에서 대원사 앞까지 걸어오는 동안 둘은 아무 말도 하지 않았다. 나태주는 직접 무전을 쳤다.

"상황 종료! 모두 대원사 앞에 집합한다. 다시 한번 알린다. 상황 종료되었으니 모든 대원은 대원사 앞 주차장으로 속히 집합한다. 이상."

그리고 나태주는 조민태를 가로질러 대원사 앞으로 뛰었다. 할 말을 어서 하고 얼른 경찰서로 들어가기 위해서였다. 그런데 이상한 일이었다. 대원사 앞에 도착하니 대원들이 아무도 없었다.

'내가 너무 빨리 왔나?'

나태주는 주위를 두리번거리다 한 번 더 무전을 치기로 했다. 그때였다.

"나 팀장! 무전 내려놔!"

"과장님?"

언제 왔는지 수사과장이 서 있었다.

"누구 마음대로 상황 종료야? 응? 왜 시키지도 않은 일을 마음대로 하냔 말이다."

나태주는 아까 암자에서 보고 들은 일을 빠짐없이 수사과장에게 보고했다. 그런데도 과장은 조민태 형사처럼 표정의 변화가 없었다. 아니, 도리어 몹시 화가 난 얼굴이었다.

"내가 말했잖아! 수색은 그냥 요식행위야. 이제 이틀 남았어. 이틀만 참으면 돼. 그리고 노숙자 사체 한 구를 갖다 놓는 건 정보과에서 맡을 거야. 내가 모두 조치해두었단 말이야."

나태주는 심장이 떨렸지만 할 말을 해야겠다고 마음먹었다.

"두류산은 살아 있습니다! 그러니 제발 놈을 잡게 해 주십시오! 만약. 놈이…."

수사과장은 나태주의 말을 가로막았다.

"시끄러워!"

그때 저 멀리에서 조민태 형사가 올라오고 있었다. 과장은 그를 보고 고함을 쳤다.

"어이! 조민태! 빨리 와봐."

조민태 형사가 눈을 껌뻑이며 나태주 옆에 섰다.

"오늘부로 팀장 대리는 조민태 형사가 맡는다. 조 형사가 나태주보다 원래 선배지?"

"네. 그렇습니다만."

조민태 형사가 무슨 영문인지 몰라 흐릿하게 대답했다. 나태주는 갑작스러운 해고 소식에 어안이 벙벙했다.

"한 시간 전에 속보가 떴다. 무진시에 두류산의 모방범죄가 일어났다. 다행히 피해자는 죽진 않았지만, 충격을 받아 말을 못 하는 모양이다. 범인은 두류산을 추종하는 놈인 것 같다."

"네?"

나태주와 조민태가 동시에 놀란 표정을 지었다.

"따라서 지금 바로, 나태주는 무진에 다녀오길 바란다. 조민태는 팀장 대리 신분으로 남은 이틀 동안 수색을 지휘한다. 이상."

서울구치소에서 B교도소까지 호송 버스 속도에 맞춰 도착하니 대략 4시간 30분가량이 걸렸다. 김우태는 호송 버스가 경부고속도로에 이어 중앙고속도로 끝 지점인 부산의 대저를 빠져 나와 평강역을 돌 때 탈취하기로 최종적으로 결정했다. 처음엔 서울구치소 인근에서 탈취를 고민했으나, 입지 조건과 환경이 맞지 않았다. 그다음엔 고속도로 휴게소도 생각해보았으나, 그건 보는 눈이 너무 많아 현실적으로 불가능했다. 최종적으로 결정을 내린 곳은 B교도소와 그리 멀지 않은 지점인 가장 한적한 곳이었다. 버스를 폭파할 폭발물을 심기에 안성맞춤인 게, 마침 그 도로가 공사 중이었다. 그래서 자신들이 작업한다 해도 의심을 피할 수 있는 곳이었다.

"이쪽이 좋겠네요. 급커브 구간."

김우태를 따라나선 회원들도 고개를 끄덕였다.

"지금 한번 해봅시다."

김우태의 지시로 화형교 서울지부 회원들은 이곳에 폭발물을 장치했다가 제거하였다. 결과는 성공적이었다. 이제 날짜와 시간만 맞으면 가능할 수도 있었다. 이후 그들은 승용차로 B교도소가 있는 평강 쪽으로 갔다. 이곳이 그나마 모텔과 식당이 있었기 때문이었다. 늦은 점심 식사 후 일행들은 모두 모텔에 들어갔지만, 김우태는 B교도소에 가보기로 하고 홀로 움직였다.

B교도소는 전과 3범 이상의 흉악범들이 모여 있는 교도소였다. 김우태 역시 젊은 시절 이곳에 일 년여 수감된 적이 있었다. 김우태는 벙거지를 푹 눌러쓰고 마스크를 했다. 경비교도대원들이 지키는 입구를 통과한 그는 면회실에 들러 자판기 커피 하나를 뺐다. 감회가 깊었다. 이곳엔 아직도 그가 아는 사람들이 제법 있었다. 그때 교도소 정문이 열리더니 교도관 인솔하에 재소자 여럿이 나오고 있었다. 밖에 밭이 있어

가끔 모범수나 가석방을 앞둔 재소자가 작업하러 나오는 거였다. 김우태 역시 당시 가석방을 앞두고 야외 밭일을 한 적이 있었다. 교도소 밖 신선한 공기를 마시며 일하는 건 축복이었다. 무나 상추 같은 생채소도 마음껏 먹을 수 있고 인심 좋은 교도관을 만나면 막걸리도 먹을 수 있었다. 그런 생각으로 재소자들을 빤히 쳐다보고 있는데 무리 중 한 명과 눈이 마주쳤다.

'앗!'

그는 J시 남강 변에서 본 적이 있는 자였는데, 바로 장은태의 아버지였다. 가끔 장은태가 휴대전화 속 아버지의 사진을 보여주어 김우태는 낯이 익었다. 하지만 그는 김우태를 기억하지 못하는 듯했다. 김우태는 '도둑놈이 제 발 저린다' 하는 말이 생각났다. 그는 곧장 뒤돌아서서 입구 쪽으로 바삐 걸었다.

오랜만의 무진행이었다. 나태주는 차를 모는 내내 억울하고 분했지만, 수사과장의 지시를 거부할 순 없었다. 이곳 역시 군대 못지않게 명령과 복종에 살고 죽는 조직이었다. 팀장 자리가 꼭 욕심이 난 것은 아니었다. 단지, 두류산의 체포를 목전에 두고 있는 상황에서 해임되었다는 점이 너무 아쉬웠다.

'제기랄! 이럴 거면 왜 그 자리에 앉혀가지고선.'

나태주는 투덜거리며 라디오를 켰다. 음악방송을 들으려고 했지만, 뉴스가 나와 채널을 돌리려는데 '화형'이라는 단어가 귀에 들어왔다.

「무진시 변두리에서 일어난 '화형 미수사건'에 대한 경찰 1차 발표가 오늘 오전에 있었습니다. 경찰은 현장에 뿌려진 유인물을 자세히 조사한 결과, 이미 사망한 두류산의 서명이 위조되었다는 것을 확인했다고 전했습니다. 따라서 이번 사건은 명백한 '모방범죄'임을 입증하였습니다.」

'모방범죄? 그렇다면 아까 수사과장이 말한 게 맞는다는 말인가?'

「또한, 피해자는 올해 30세이며 평소 교제하던 여성이 있다는 피해자 가족의 진술에 따라 그 여성을 조사한 결과, 피해자가 여성을 상습적으로 폭행한 사실도 알아내었습니다. 따라서 경찰은 현재 그 여성을 강력한 용의 선상에 올려놓고 수사를 진행한다고 밝혔습니다.」

무진시였다. 나태주는 일단 이 사건을 맡은 무진 남부경찰서로 갔다. 수사과장이 미리 연락한 모양이었다. 나태주가 현관 안내실에서 자신의 신분을 밝히자, 그쪽 담당 형사가 1층으로 내려왔다.

"나태주 형사님?"

"그렇습니다."

"기다리고 있었습니다. 일단 우리 사무실로 올라 가시죠."

나태주는 그 팀의 팀장과 간단하게 인사를 나눈 뒤, 회의실로 안내되었다. 담당 형사가 테이블에 현장 사진과 증거품 등을 쭉 널어놓았다.

"산음경찰서 수사과장님에게 연락을 받았습니다. 과장님 말씀으론 나 형사님이 오시면 유인물 원본과 사진 몇 장을 넘겨주라고 하셨어요."

"우리 과장님을 아십니까?"

"그럼요. 예전 경찰학교에서 공부할 때 제 담임 교관이셨죠. 형법전공이시고."

"네. 그러셨군요."

나태주는 솔직히 과장이 왜 이게 필요한지를 몰랐다. 그래서 창피하지만, 그에게 물었다.

"우리 과장님이 그게 왜 필요한지 설명을 해 주셨는지요?"

그러자 담당 형사는 의아한 표정을 지었다.

"뻔한 것 아닙니까? 유인물과 사진을 참고해서 상부에 보고하려는 거죠."

"무슨 보고요? 보고야 관할 경찰서인 이곳에서 하면 되지 않습니까?"

"에이, 두류산 건은 1차로 산음경찰서와 2차인 서울지방경찰청이 주무관청이잖아요. 이번 사건은 모방범죄이다. 즉, 두류산은 분명히 죽었다는 것을 증명하는 게 중요하니까 그렇죠."

나태주는 담당 형사의 말을 듣고 화가 났다.

'이런 하찮은 서류나 들고 오는 일에 날 시키다니!'

나태주는 한숨을 쉬며 유인물과 사진을 쭉 훑어보았다. 그런데 사진 속에 약간 이상한 점을 발견했다.

"형사님. 아까 제가 라디오를 듣고 왔는데, 지금 용의자로 피해자의 연인인 여성을 특정했다면서요?"

"네. 당연하죠. 조사해보니까 그 여성이 피해자에게 상습적으로 구타, 욕설, 폭행을 당했습니다. 그 여성도 시인했고요. 증거품으로 그녀의 일기장도 압수했는데요?"

"일기장에 뭐라고 되어있는데요?"

"뭐, 그 남자를 죽이고 싶다, 죽이겠다, 하는 살인예고가 넘쳤죠."

나태주는 사진을 테이블에 내팽개쳤다.

"그 여성은 범인이 아닙니다!"

"네?"

담당 형사는 나태주의 말에 어이가 없다는 표정을 지었다.

"사진 속 화형 거치대를 보세요. 이건 일반적인 여성이 세울만한 것이 못됩니다. 화형교 조직원만이 할 수 있는 거라구요!"

담당 형사는 사진을 줍더니 아래위로 훑었다.

"이게?"

"그리고! 유인물의 필체는 제가 아는 글씨입니다."

"네?"

나태주는 답답한 나머지 한숨을 쉬었다.

"그 사람이 누구란 말씀입니까?"

담당 형사는 얼이 빠진 듯 멍한 얼굴로 나태주를 쳐다보았다.

"전직 경찰, 화형교 신도 김유리!"

'두문불출', 이 한마디로 두류산의 행적을 정의할 수 있었다. 솔봉, 힌놈의 골짜기 동굴로 들어간 두류산은 아예 밖으로 나오지 않았다. 그는 명상과 기도 그리고 단전호흡으로 하루하루를 이어가고 있었다. 식사도 하루 한 차례였는데 주로 생쌀과 채소였다. 민지원은 하루 한 번

동굴로 들어갔다. 두류산이 마실 물을 가져갔고, 그에게서 지령을 받는 정도였다.

동굴에 들어간 지 일주일이 지났을 때, 두류산은 투시와 염력 그리고 순간 이동 등의 초능력이 배가 되었다. 그는 민지원의 생각을 읽었다. 어느 날, 민지원이 씻을 물을 갖다 주면서 '날이 찬데 따뜻한 물로 가져올걸' 하고 생각했다. 그러자 두류산이 웃으면서 말했다.

"수행하는 자에겐 찬물이 훨씬 낫습니다."

깜짝 놀란 민지원이 그를 쳐다보았다. 두류산의 얼굴은 빛이 나고 있었고 그의 머리 뒤에는 휘황찬란한 금테가 둘러싸여 있었다. 민지원은 도저히 그를 똑바로 바라볼 수가 없어 무릎을 꿇었다. 경외감이 밀려오면서 말로 표현하지 못할 공포에 휩싸였다.

"두려워 말라."

두류산의 말은 동굴 안에서 울렸다. 처음엔 작은 파장이었지만, 울림이 커지면서 민지원은 귀를 막지 않고는 견딜 수가 없을 지경이었다.

"두려워 말라, 말라, 말라…."

두류산은 앞에 있다가도 뒤에 있었고, 옆에 있다가도 천장에 있었다. 급기야 거꾸로 서서 입을 벌리자, 놀랍게도 쟁반 위의 물잔이 이동했다. 민지원은 이 모든 게 환청과 환시라고 여기지 않았다. 오로지 신만이 행할 수 있는 능력이라고 보았다. 그렇게 생각하자 민지원은 타락한 본성을 가진 자신이 부끄러워 그 자리에 있을 수가 없었다. 민지원은 자기도 모르게 탄성이 나왔다.

"주여!"

그러자 두류산의 말이 혓바닥에서 굴렀다. 그 말은 동굴 안을 떠돌아다녔다.
"나더러 주라고 하지 말라. 나는 너이고 너는 나다. 나는 우리이고 우리는 나다."
장엄한 그의 말에 민지원은 온몸을 떨었다. 완전무결한 인간, 마침내 두류산은 신에 가까워지고 있었다.

김유리는 예전에 묵던 계룡산으로 갔다. 하지만 식당 겸 펜션 주인은 옛날의 그가 아니었다. 한때 열렬한 화형교 신자였던 그도 두류산의 사망 사실을 안 후, 신앙이 식은 모양이었다. 노골적은 아니더라도 그는 김유리가 찾아온 걸 탐탁지 않게 여겼다. 눈치를 챈 김유리는 그곳에서 겨우 하루만 묵고 일찍 나섰으나, 갈 곳이 없었다. 오빠마저 체포된 후라 그녀는 새삼스럽게 자신이 고아란 것을 떠올렸다. 화형교 식구들과는 아예 연락이 되질 않았다. 이대로 떠돌아다니다 그들과 약속한 날, 솔봉으로 가는 수밖에 없었다.
김유리는 별수 없이 자신의 행선지를 민들레공동체 마을로 정했다. 약간 위험하긴 했지만, 달리 갈 곳이 없던 그녀의 선택은 제한적이었다. 그나마 그곳엔 백 촌장과 마을 주민이 있다는 게 유일한 희망이었다. 오빠 김현규와 그곳에서 출발하여 무진시에 온 것처럼 그녀는 마찬가지로 그 길을 이용했다. 밤에는 산등성이를 걷고 또 걸었다. 아침엔 잠깐 눈을 붙이고 주로 시골 버스를 이용하였다. 마침내 계룡산을 출발한 지 일주일 만에 김유리는 민들레공동체 마을에 도착했다.

"유리 자매님!"

백 촌장은 지친 김유리를 기꺼이 받아주었다. 그는 언론을 통해 김현규가 체포된 것을 잘 알고 있었다.

"몇 달만 숨겨주세요. 그날이 되면 사라져 주겠습니다."

김유리는 백 촌장을 보자마자 혼절했다. 이후 백 촌장이 마련해 준 마을 끝 조그만 방에서 깨어난 김유리는 그날 자신의 머리카락을 모두 잘랐다. 상남자로 변한 것이다. 이게 혹시나 모를 경찰의 추적에 대비하는 유일한 방법이었다.

주민들은 그날 물에 떠내려간 마을 회관 복구에 애를 먹고 있었다. 백 촌장의 지휘하에 마을 회관도 세우고 마당과 주위 울타리 정비에 모두 동원되었다. 김유리는 백 촌장의 만류에도 불구하고 작업에 동참했다. 워낙 작은 체구에 머리까지 짧게 깎는 바람에 마을 사람들은 처음엔 김유리를 알아보지 못하였다. 그들은 김유리를 자원봉사차 도우러 온 남자대학생인 줄로 착각했다.

그런데 그녀를 알아본 건 그날 작업을 마친 후 뒤풀이 장소 때였다. 마을 가운데 평평한 공터에서 주민들이 불을 피우고 돼지 한 마리를 잡았다. 모두 술이 거나하게 취해 노래를 부르고 있을 때, 한 주민이 김유리에게 다가왔다.

"혹시 김유리 자매님 아니세요?"

마을에서 그녀에게 친근하게 대했던 노총각이었다. 김유리는 그를 단번에 알아보았지만, 왠지 머쓱한 기분이 들었다.

"안녕하세요? 그동안 잘 계셨죠?"

"혹시나 했습니다만, 맞는군요. 잘 돌아오셨습니다. 저도 오빠이신 김현규 형제님 소식을 들었습니다. 그런데 머리를? 이리 계시니 영판 남자 같습니다. 하하."

"사정이 그리되었어요."

김유리는 가뜩이나 적적하던 차에 그를 만나니 마음이 풀렸다. 그도 그녀를 예전같이 대하며 함께 술을 마셨는데 그의 입에서 놀라운 말이 나왔다.

"자매님! 교주님이나 채은지 자매 중 한 명이 살아계신 줄 아십니까?"

"네?"

"오늘 제가 도평 마을 밑 암자에 보리쌀을 갖다 주다가 스님에게 얼핏 들었어요."

"설마?"

"그날 물에 떠내려갔던 교주님과 채은지 자매가 대원사 쪽에서 발견되었답니다. 소문에 한 명은 이미 죽었고, 한 명은 살았다고 했는데, 그중 누가 살아 있는지 아직 확실치는 않지만."

"암자에요?"

"네. 누군지는 저도 몰라요. 어쨌든 경찰이 다녀간 후, 스님은 자신의 암자에서 보살로 있던 어떤 여자분이 구해줬다 그러더군요. 그런 후 그 여자가 그중 한 명을 데리고 어디론가 갔다고 추측을 합디다."

김유리는 너무 놀라 입이 다물어지지 않았다. 만약 둘 중에 두류산이 살아 있다면, 화형교는 계속 유지될 거로 생각한 김유리는 가슴이 뛰었다. 생각해보니, 확률적으로도 채은지가 살아 있을 가능성은 적었다. 원체 몸이 약한 그녀였다. 그렇다면 두류산이 살아 있을 확률이 훨씬 높았다.

"그 암자가 어디죠? 내일 당장 저랑 같이 가봐요."

다음 날, 김유리는 아침도 거른 채 그와 함께 암자로 내려갔다. 마침 노승은 홀로 아침밥을 먹고 있었다.

"이 총각은 누군가?"

노승은 김유리를 겉모습만 보고 남자로 취급했다.

"얼마 전에 마을에 들어온 친구입니다. 그보다 스님. 어제 한 이야기를 이 친구에게 정확히 말씀해주세요."

"왜?"

이때 김유리가 끼어들었다.

"스님. 여기에서 보살로 계시던 여자분이 둘 중 한 명을 데려갔다던데, 그게 사실입니까?"

"나도 경찰이 다녀간 후, 소문으로 들었어. 그렇지 않다면야 그 여자가 말도 없이 암자를 나갈 리가 없거든. 그 보살은 주변에 아무도 없어서 갈 곳이 없다고 했단 말이야."

"소문요?"

"음. 마을에 장정 두 명이 산 사람을 지게에 실어 그 여자가 원하는 곳에 데려가 주었다는 말을 들었지."

"산 사람이 남자입니까? 여자입니까?"

"남자라고 소문이 나 있어."

확실했다. 김유리는 산 사람이 두류산임을 확신했다. 그리고 그 보살이라는 여자가 궁금했다.

"혹시 그 여자분이 묵던 방이 어디입니까? 제가 볼 수가 있을까요?"

"그때 그 경찰이랑 똑같은 요구를 하네? 저기야. 저 산 쪽에 있는 조그만 방. 그리 가보게."

김유리는 노총각을 남기고 홀로 그 방을 향해 뛰어갔다. 그리곤 방문을 활짝 연 김유리는 깜짝 놀라고 말았다.

'민지원?'

그 방에는 민지원이 평소에 입던 잠옷이 걸려 있었다.

김유리가 힌놈의 골짜기에 다다를 땐, 눈이 내리고 있었다. 입춘이 지난 지 한참 되었지만, 이곳은 지리산이었다.

'이곳이야. 여기 아니면 갈 곳이 없어.'

김유리는 손을 호호 불며 솔봉 아래 움막으로 다가갔다. 굴뚝엔 연기가 피어오르고 있었고, 안에는 사람의 인기척이 있었다.

"누구세요?"

분명 민지원의 목소리였다. 그녀가 방문을 열어젖히려 할 때 김유리는 재빨리 움막 뒤편으로 피했다.

"바람 소리인가?"

아무도 없음을 확인한 민지원은 재차 방 안으로 들어가 버렸다. 김유리는 가슴을 쓸어내렸다. 갑자기 눈물이 핑, 하고 돌았다. 김유리는 두류산이 있을 곳은 힌놈의 골짜기, 동굴이라고 생각했다. 그쪽으로 살금살금 발걸음을 옮겨, 문을 열고 들어갔다. 정적을 깨뜨린 건 몽환

적인 기도 소리였다.

"옴~, 알파반야밀경바라미~ 오메가, 옴~"

두류산의 기도 소리였다.

'흑! 교주님!'

김유리는 눈물을 삼켰다. 오매불망 그가 행여 살아 있으리라고 믿었지만, 정말로 그는 살아 있었다. 김유리는 당장 그에게 달려가고 싶었다. 그런데 어찌 된 일인지 발걸음이 떨어지지 않았다.

'어찌 된 일이지?'

당황한 김유리는 두류산을 부르려고 입을 열었지만, 이상하게도 말은 소리가 되지 않고 공중을 떠다녔다. 그제야 김유리는 두류산이 기도하는 중이란 것을 깨달았다. 밖에 눈이 내릴 만큼 추웠지만, 두류산의 몸에는 따뜻한 김이 올라오고 있었다. 그리고 그의 머리 위에는 황금색 띠가 동그랗게 둘러져 있었다.

'엇!'

김유리는 눈이 부셔 그를 똑바로 바라볼 수가 없었다. 두류산의 몸에는 신비한 빛이 자기장처럼 나오고 있었다. 그 때문에 그녀는 바닥에 쓰러졌다. 그래도 그녀는 두류산의 곁에 가고 싶었다. 겨우겨우 기어서 가려 할 때였다. 누군가 그녀의 목덜미를 낚아채었다.

'악! 왜 이래?'

질질 끌려 나온 곳은 눈이 내리는 동굴 밖이었다.

"기도 중인 걸 모릅니까?"

민지원이었다.

"지원 언니?"

"올 줄 알았어요. 추우니까 안으로 들어가서 이야기해요."

방 안은 따뜻했다. 김유리는 아직 정신이 들지 않아 주변만 두리번 거리다 겨우 말을 꺼냈다.

"제가 올 줄 어떻게 알았어요?"

"아침에 교주님께서 그대가 온다고 말씀하셨어요."

민지원의 표정은 싸늘했다. 김유리는 가타부타 아무런 말도 못 하고 몸을 떨었다.

"교주님이 어떻게?"

"그분은 신입니다. 당연히 제자인 그대가 어떤 생각을 하고 있는지 모두 알고 있지요. 그래서 드리는 말씀입니다."

"뭘요?"

"교주님은 기도가 끝날 때까지 아무도 보지 않으려고 하십니다. 그러니, 내 허락 없인 동굴 안으로 들어가는 건 삼가세요. 그분의 명령입니다."

"언제까지?"

"그날까지입니다."

김유리는 민지원이 '불의 나라' 대리인 같은 느낌이 들었다.

D-day 하루 전날, 마침내 김우태와 최인락에게 두류산의 마지막 지령이 내려졌다.

'둘 다 죽이진 마라.'

그들을 납치하여 겁만 주고 경찰에게 혼선을 주되 죽이지 말라는 말이었다. 다음 날이 김현규와 장은태의 호송 날이었다. 최인락은 서울지부 화형교 회원들을 두 개 조로 편성했다. 한 조는 남양주의 전임 수사과장, 그리고 나머지는 당시 담당 검사이던 변호사 납치를 지시했다. 그리고 자신은 출판사에서 이 모든 일을 총괄했다. 몇 차례 예행연습했으므로 둘을 데려오는 것은 별로 어려운 일이 아니었다.

오후 무렵에 회원들은 무사히 둘을 출판사로 데려왔다. 잡혀 온 두 사람은 영문을 모르는 듯 거의 체념상태였다. 최인락은 둘을 묶어 창고 안에 처넣었다. 그리곤 국내 언론사 몇 곳에 팩스를 보냈다. 미리 계획된 것이었고, 대충 내용은 이러하였다.

「내일 오후 5시 명동성당 앞에서 개나리 슈퍼사건 당시 고문으로 허위자백을 강요한 수사과장 ○○○과 담당 검사 ○○○의 양심선언이 있을 테니, 취재 바랍니다. 화형교 서울지부」

명동성당 측에도 미리 장소 사용 허락을 받았다.

"서울지방경찰청에도 연락해야 하지 않을까요?"

최인락은 팩스를 보낸 뒤 김우태에게 상의했다. 김우태는 고개를 저었다.

"어차피 경찰은 별 관심도 없을 겁니다. 그냥 둡시다. 팩스를 받아 본 신문사 기자들이 그들에게 연락하겠지요. 뭐, 그러다 보면 그들도 반응할 테고, 아니면 말고."

"알겠습니다. 그럼, 지금 부산으로 내려가실 겁니까?"

"그러죠. 대신 내일 차량을 보내, 서울구치소에서 호송차를 뒤따르게 해 주십시오. 그들과 계속 연락해야 할 터이니."
"알겠습니다."

무진시에서 산음경찰서로 돌아온 나태주는 수사과장에게 유인물 원본을 내밀었다. 수사과장은 형사팀 사무실에서 조민태 형사와 이야기를 나누다, 무심하게 유인물을 아래위로 훑었다.
"이것 봐. 이건 두류산의 서명이 아니잖아? 분명히 모방범죄지?"
"과장님. 이건 모방범죄가 아닙니다. 그 서명은 과장님도 아는 여자의 서명입니다."
나태주의 말에 수사과장은 고개를 들었다. 옆에 있던 조민태 형사도 놀란 얼굴로 나태주를 바라보았다.
"뭐?"
"전직 산음경찰서 형사팀 소속, 현 화형교 조직원인, 우리가 쫓고 있는 김유리의 서명입니다."
"나 형사. 그게 정말이야? 김유리 서명이 확실해?"
"그럼요. 선배님도 이 서명 기억나지 않습니까? 자신의 이름 유리를 날려서 쓴 게 확실하잖아요."
수사과장은 이 상황에서도 태연했다.
"그래서? 어찌하자고?"
나태주는 어이가 없었다. 그때 조민태 형사가 거들었다.
"그래, 지금 와서 그 서명이 김유리인들 우리와 무슨 상관이 있어?

두류산 시신 문제도 다 끝난 상태야. 그러니 그냥 이 원본 첨부해서 모방범죄라고 보고하면 끝이야. 어차피 그 사건 소관은 무진시 경찰들이 잖아."

"선배님! 이건 아니잖아요."

나태주가 버럭 화를 냈다. 그러자 수사과장이 인상을 구기며 나태주의 귀에 대고 조용히 말했다.

"그냥 입 다물고 있어. 서장님도 이런 방향으로 추진할 거라고 분명히 밝혔다. 그러니 입도 뻥긋하지 마. 알았어?"

그때였다. TV를 보던 후배 형사가 나태주를 불렀다.

"선배님! 이것 보십시오. 뭔가 이상합니다."

수사과장은 나태주를 스캔하듯 보더니 그만 자신의 방으로 들어갔다. 조민태 형사 역시 더는 말을 안 섞으려는지 컴퓨터 화면만 뚫어지게 바라보았다.

"이런 제기랄! 뭔데?"

나태주는 후배가 있는 TV 쪽으로 갔다.

"이상합니다. 개나리 슈퍼 사건은 재심도 마무리되었는데, 왜 당시 수사과장과 담당 검사가 인제 와서 양심선언을 한다 하죠?"

"그러네. 이 사건은 공소기일도 다 끝났잖아."

나태주는 별일이라는 듯 화면을 보다 앵커가 마지막에 하는 말에 깜짝 놀랐다.

'이 양심선언을 주관한 단체가 화형교 서울지부?'

앵커와 패널 역시 이 부분이 미심쩍다는 말로 결론을 내고 있었다.

나태주는 직감적으로 김우태를 떠올렸다.

"어이, 이 형사! 서울에 있는 김우태가 검거되었단 말이 아직 없지?"

"네. 아직요. 왜요?"

"뭔가 이상하잖아. 화형교 놈들이 다 끝난 재심 사건에 연루된 자들의 양심선언을 돕는다는 게 말이 돼? 그리고 저긴 서울이잖아. 혹시 김우태와 연관된 게 아닐까?"

그 말 뒤에 있던 조민태 형사가 한마디 했다.

"별걱정 다하네. 아니 도망 다니는 놈이 설마 저 행사에 가담하겠어? 말도 안 되는 소리지. 나 형사가 요새 너무 민감한 것 아냐?"

조민태 형사의 말에 나태주는 발끈했다.

"도망 다니는 김유리도 무진에서 사건을 만드는데, 김우태라면 더욱 가능합니다. 이건 뭔가 조직적인 냄새가 난단 말입니다."

"그래? 그럼 내일 서울에 다녀오든지. 팀장으로서 허락할게. 나 참. 더러워서. 누가 선배고 누가 후배인지 모르겠네."

그때 후배 형사가 거들었다.

"제가 생각해도 이상합니다. 왜 화형교 애들이 이런 일까지 벌이는지."

그의 말에 나태주는 재빨리 서울지방경찰청에 전화를 걸었다. 화형교 관련 전담 형사였다.

"산음경찰서 나태주입니다. 혹 내일 명동성당 관련하여 방송을 보셨습니까?"

"네. 안녕하세요. 그러지 않아도 언론사에서 제보가 들어와 검토 중입니다만, 나 형사님도 조금 이상한 점을 발견하셨나 봅니다."

나태주는 김우태 말을 꺼내려다 문득, 김현규와 장은태가 생각났다. 그들을 체포하여 인계해 준 이가 전화 받는 형사였다. 그래서 그들의 상황에 관하여 물었는데 형사의 답변에 깜짝 놀랐다.

"김현규와 장은태요? 그들은 벌써 재판까지 완료했잖습니까? 아직 모르셨어요?"

나태주는 아차 싶었다.

"벌써요? 무슨 재판이 그리 빨리 끝났단 말입니까?"

"상부에서 괘씸죄로 빨리 재판하라는 질책도 있었지만, 무엇보다 놈들이 죄를 순순히 인정하고 항소하지 않는 바람에 둘 다 무기징역형이 나왔죠."

나태주는 김현규와 장은태의 후속 조치에 신경 안 쓴 게 무안하기도 했고 부끄러웠다.

"그들은 지금 어디 있습니까?"

"서울구치소에 수감되어 있어요. 형이 확정된 이상 다른 곳으로 이송 갈 때가 되었다던데. 잠시만요."

'이감?'

"여기 적혀있네요. 내일 B교도소로 이감됩니다."

나태주는 예감이 안 좋았다.

"형사님! 그렇다면 내일 명동성당에서 화형교 놈들이 벌이는 행사와 그 둘의 이감이 공교롭게 겹칩니다."

"그렇기는 합니다만, 이제 우리로선 공이 넘어간 마당에 그 둘에 관한 어떤 조치도 취할 수가 없습니다. 그건 법무부 교정국 소관이죠."

나태주는 재빨리 머리를 굴렸다.

"만약 내일 명동성당 행사에 김우태가 개입한다고 가정한다면요?"

"김우태? 우리가 쫓고 있습니다만, 도무지 흔적이 없습니다. 그런데 설마 수배자인 그놈이 개입한다는 건 좀 그렇습니다."

나태주는 답답했다.

"아뇨. 김우태는 능히 그럴 자입니다. 만약 그가 명동성당 일에 개입한다면, B교도소로 이감가는 장은태와 김현규 또한 화형교 누군가가 개입할 수도 있습니다."

"아닐 겁니다. 언론사 제보에 따르면 행사 주최자는 화형교 서울시 지부 최인락입니다."

"……."

나태주는 잠시 침묵을 지키다 소리쳤다.

"그렇다면 김현규와 장은태 이감 과정에 김우태가 개입합니다. 이건 분명한 사실입니다."

하지만 담당 형사는 나태주의 말에 크게 웃었다.

"그건 나 형사님의 생각에 맡기겠습니다. 하여튼 우리도 내일 명동성당 쪽에 나갈 거니까, 오시게 되면 연락해주십시오. 대포 한잔 사겠습니다. 그래도 우리 일에 가장 큰 협조자이니까요."

최인락. 나태주로선 처음 듣는 이름이었다. 그는 내일 서울에 올라가겠다고 작정하고 조민태 형사를 찾아갔다.

다음 날, 명동성당 앞이었다. 나태주는 일찍 출발한다고 했으나 서울에 도착하여 이곳에 오니 시각은 행사 시작 10분 전이었다. 성당 앞에는 벌써 취재진과 경찰 그리고 구경꾼들로 인산인해였다. 정문 앞에 연단이 있었고, 그 위에는 대형 현수막이 걸려 있었다.

'개나리 슈퍼 사건 가해자들의 양심선언! 그때 우리는 고문과 회유를 통해 사건을 조작하였습니다!'

나태주는 행여 김우태가 나타날까 봐 주위를 면밀하게 살폈다. 연단에 맨 처음 오른 자는 행사의 대표자였다. 나태주는 그가 최인락이라고 보았다. 그의 간단한 인사가 끝나자 오늘이 양심선언자 두 명이 차례대로 올라왔다.

"그때 폭행과 날조가 있었습니다. 죄송합니다."

"엉터리 기소를 했습니다. 사죄합니다."

그런데 두 명의 얼굴이 영 이상했다. 누군가에게 맞았는지 둘 다 멍이 들어있었고 행동도 매우 부자연스러웠다. 나태주는 둘이 협박과 위협을 받고 있다고 생각했다. 그때 서울지방경찰청 담당 형사가 나태주에게 다가왔다.

"오셨군요. 나 형사님."

"네. 그런데 보십시오. 양심선언을 하는 자들의 얼굴이 정상이 아닙니다. 이건 뭔가 냄새가 납니다."

"음. 그렇죠? 얼굴과 몸에 폭행 흔적이 있습니다. 저 새끼들이 협박해서 할 수 없이 하는 것 같습니다. 아무래도 화형교 놈들을 전원 체포해야겠습니다."

그러더니 담당 형사는 무전을 날렸다.

"때가 되었다. 모두 체포해!"

그 무전에 경찰 병력이 연단 주위로 몰려들었다. 하지만 그때 화형교 조직원들이 이미 연단 앞에 스크럼을 짰다. 그뿐만 아니었다. 연단 뒤에 간이 시설물 두 개가 있었는데, 나태주가 보기엔 그건 화형 거치대였다. 그리고 거짓말같이 양심선언을 마친 두 명이 거치대에 묶였다. 너무 순식간이라 기자들과 구경꾼들은 입이 딱, 하고 벌어졌다.

"스크럼을 풀어! 놈들을 잡아!"

핸드마이크로 담당 형사가 소리지르자 의경들은 스크럼을 짠 화형교 조직원들을 향해 돌진했다. 하지만 그들도 만만치 않았다.

"막아! 그리고 불을 붙여!"

최인락의 명령에 화형 거치대에 누군가 불을 질렀다.

'펑!'

'아악! 살려 줘!'

아비규환의 순간에 최인락이 핸드마이크를 입에 대면서 유인물을 뿌렸다.

"민중의 영웅! 화형교 김현규와 장은태를 석방하라!"

"석방하라! 석방하라!"

"구국의 결사대 김현규와 장은태를 즉각 석방하라!"

"석방하라! 석방하라!"

최인락과 화형교 조직원들의 함성이 어찌나 컸던지 명동성당 근처는 마치 대규모 시위를 하는 것 같았다. 워낙 그들의 방어막이 튼튼하여 경찰도 어찌할 수가 없었다. 흥분한 구경꾼들은 아예 화형교 조직에 편

승하여 두류산과 김현규, 장은태를 외치고 있었다.

"두류산 만세!"

"김현규, 장은태 무조건 석방!"

당황한 담당 형사가 최인락에게 다가갔다.

"사람부터 살립시다."

"협상하자는 거요?"

"그렇소!"

"그렇다면 경찰을 모두 철수시키시오. 그렇지 않으면 저 둘은 불에 타 죽을 수 있소."

담당 형사가 의경들에게 외쳤다.

"철수! 철수한다."

그제야 화형 거치대에 누군가 호스로 물을 뿌렸다.

신(神)의 길

촛불 시위가 한창이던 밤이 지나고 아침이 되자
학생들은 등교를 시작한다
자동차들이 막 잠에서 깨어나 안개에 묻힌 길을 비춘다
양복을 한복으로 갈아입은
몇몇 사람들이 불편함을 소리치며
이따금 경찰서 근처를 들락거리지만
굴딱지처럼 다닥다닥 엎드린 산동네는
그릇 부딪치는 소리에 묻혀
쓸쓸히 가을을 맞이하고 있었다.
혁명은커녕 민주주의도 오지 않는 산은
입산을 통제하기 위하여 무진 애를 쓰는 모습이 역력하고
강은 여전히 자랑이라도 하듯
역사를 외치며 정의를 외치며 그저 강물로 흐른다
―양곡, 「혁명은 오지 않는다」

명동성당에서 난리가 날 무렵이었다. 김현규와 장은태를 태운 호송차가 B교도소 근처 신대저교차로에 접어들었다. 이때가 오후 4시 50분 쯤이었다. 김우태는 서울구치소에서부터 호송차를 따르던 화형교 서울

지부 회원으로부터 전화를 받았다.

'10분 후 도착.'

목표지점인 평강 한식뷔페 앞 도로에 폭발물을 미리 설치해두었다. 이제 호송 버스가 평강역에서 우회전하면 작전개시였다. 김우태는 무전기를 들고 도로 공사 가운데 서서 차량을 통제하고 있었다. 평일이었고 퇴근 시간 전이라 도로는 한가했다. 게다가 도로는 격일로 공사를 하고 있어 오늘은 기존 공사 직원들도 없었다. 김우태는 마지막으로 화형교 요원들과 눈을 맞추었다. 모두 엄중하고 비장한 얼굴이었다.

5시 정각이었다. 마침내 호송 버스가 평강역을 우회전하여 들어왔다. 김우태는 봉을 흔들어 우측 가장자리로 안내했다. 호송 버스가 천천히 가장자리로 들어올 때였다. 김우태가 황급하게 봉을 아래로 내리면서 무전을 날렸다.

"폭파!"

'펑!'

굉음과 함께 호송 버스 맨 앞부분이 터졌다.

"구출 작전개시!"

김우태와 화형교 서울지부 대원들은 잽싸게 버스 앞문으로 튀어 올랐다. 운전기사와 호송 중이던 교도관 몇은 자리에 널브러져 있었다. 김우태는 그들 중 한 명에게서 열쇠를 탈취했다. 맨 뒷줄에 앉아 있던 김현규와 장은태는 멍한 얼굴이었다.

이날 밤 나태주는 시외버스로 산음에 내려오고 있었다. 명동성당 사건은 결국, 해프닝으로 끝났다. 화형교 서울지부 회원들의 요구로 경찰은 철수했고, 이를 대가로 양심선언을 한 두 명은 무사히 목숨을 건졌다. 그리고 그 자리에 김우태는 없었다.

'도대체 놈들은 뭘 바라고 이런 일을 벌인 거야?'

나태주는 아무리 생각해도 그들이 벌인 짓거리를 이해할 수가 없었다. 그 시간까지 다른 곳에 화형교와 연관된 아무런 일이 벌어지지 않았기 때문이었다. 잠시 의심했던 김현규와 장은태 건도 별다른 소식이 들리지 않았다.

'내가 너무 예민한 건가?'

나태주는 깜빡 잠이 들었다. 그때 버스 안의 TV 소리와 사람들의 소란에 잠이 깼다.

"마치 영화 같은 장면인데?"

"대단한 놈들이야. 두류산이 없어도 화형교는 유지되네."

'뭐지?'

나태주는 사람들의 소란에 얼른 TV를 쳐다보았다.

「다시 한번 더 말씀드립니다. 속보입니다. 금일 오후 5시에 B교도소 앞 평강 마을에서 호송 버스가 탈취되는 사건이 벌어졌습니다. …(중략)… 범인들은 버스 안에 있던 재소자 중 2명만 빼내어 함께 도주하였습니다. 그 두 명은 이전 화형교 조직원이었던 김현규와 장은태로 밝혀졌습니다.」

나태주는 숨이 턱, 하고 막혔다. 산음에 도착한 나태주는 거의 뛰다시피 하여 사무실에 도착했다. 그런데 마땅히 보여야 할 팀원들이 없었다. 아무리 자정에 가까운 시간이라 하더라도 이런 중요한 사건이 일어났는데 그들이 보이지 않은 게 이상했다. 나태주는 조민태 형사에게 전화를 걸었다.

"어! 나 형사. 오늘 수고했지? 우리 여기 있으니까 얼른 와. 함께 축배를 들자고."

'축배?'

경찰서 앞 고깃집이었다. 별채 안으로 들어가니 수사과장을 비롯한 팀원들이 술에 취해 노래를 부르고 있었다.

"지금 뭐 하시는 겁니까?"

어이가 없는 나태주에게 수사과장이 술을 권했다.

"뭐하긴? 오늘 우리 형사팀에 경사가 났어. 조민태는 1계급 특진에다 정식 팀장으로 승진했고, 나머지 화형교 조직원들 체포에 공을 세운 전원에게도 1계급 특진에다 포상금이 나왔지 뭐야. 나 형사도 당연히 1계급 특진이야!"

나태주는 수사과장이 건네준 술을 뿌리쳤다.

"도대체 정신이 있으십니까? 방금 뉴스 안 보셨어요? 지금 부산에서 김현규와 장은태가 도주했다니까요!"

나태주의 말에 옆에서 술을 마시던 조민태가 나섰다.

"그래? 그런데 그게 우리하고 무슨 상관이 있어?"

"무슨 상관이라뇨? 그들이 도망갔다면 두류산은 살아 있다는 말입니다. 두류산과 놈들이 다시 움직일 거란 증거란 말입니다."

"몰라. 놈이 살아 있든 죽었든 이제 우리와는 끝이야. 이미 죽었다고 보고했고 그에 따라 상부에서 이리 좋은 선물을 주고 있잖아."

조민태는 혀가 꼬여있었다. 나태주는 이런 상태에서 이들과 더는 말이 안 통하겠다 싶어 그만 밖으로 나와버렸다.

'놈들이 다시 움직인다?'

그날 밤 나태주는 두류산이 집필한 『심판의 날Ⅱ』를 펼쳐 들었다. 이 책 안에 그의 계획이 있을 것으로 확신했다. 소설의 끝부분을 펼쳤다. 소설 속의 주인공이 광장에서 '마지막 처단자'를 화형대에 묶어 놓고 군중들에게 연설하는 장면이었다.

「우리는 왜 그를 화형에 처할 수밖에 없는가? 그 대답은 너무나 간단합니다. 그때 그날, 그의 무자비한 만행에 종지부를 찍기 위해서입니다. 그때 그 도시의 학생들과 시민들은 과도정부의 중대발표와 또 자제하고 관망하라는 말을 듣고 학생들은 학업에, 시민들은 생업에 종사하고 있었습니다. 그러나 정부 당국에서는 그날 야간에 계엄령을 확대 선포하고 일부 학생과 민주인사, 정치인을 도무지 믿을 수 없는 구실로 불법 연행했습니다. 계엄 당국은 다음 날 오후부터 공수부대를 대량 투입하여 시내 곳곳에서 학생, 젊은이들에게 무차별 살상을 자행하였습니다. 그 장면은 차마 입으로 말할 수 없는 무자비하고도 잔인했습니다.

너무나 경악스러운 또 하나의 사실은 그로부터 이틀 후, 계엄 당국은 발포 명령을 내려 무차별 발포를 시작했습니다. 그래서 그 도시의 학생들과 시민들은 고장을 지키고 자신들의 부모·형제를 지키고자 손에 총을 들었던 것입니다. 그런데도 정부와 언론에서는 그들을 계속 불순배, 폭도로 몰았습니다. 그 도시의 학살자, 총기 발포명령자인 그가 오늘 이 시각, 이곳에서 화형으로 반드시 죽어 마땅한 이유입니다.」

나태주는 자신도 모르게 책을 손에서 떨어뜨렸다.

'안 돼!'

그날이 오면 이 땅에 대혼란이 올 것으로 생각했다. 하지만 나태주 외엔 누구도 이런 시나리오를 믿지 않았다.

솔봉 힌놈의 골짜기였다. 김우태는 우여곡절 끝에 김현규와 장은태를 이곳에 무사히 데리고 왔다. 체포되어 무기징역을 살 줄 알았던 오빠, 김현규를 본 김유리는 감격의 눈물을 흘렸다. 호송차에서 둘을 빼돌려 여기까지 온 김우태는 오랜만에 규합한 동지들을 껴안고 밤새 이야기꽃을 피웠다. 그사이 이른 새벽에 민지원이 동굴에 다녀왔다.
"뭐라고 하십니까? 인사부터 해야 하는데."
마음이 급한 김우태가 그녀에게 물었다.
"기도가 끝날 때까지 저 외에는 아무도 들이지 말라는 분부입니다. 대신 이것을 가져왔습니다."
민지원이 꺼낸 것은 쪽지였다. 김우태가 얼른 쪽지를 펼쳤다.
'5월 ○일에 마지막 처단자 화형 거행. 사흘 전에 동굴에서 나올 테니, 그때까지 기도로 준비할 것.'
화형 당할 자의 정확한 이름을 밝히지 않았지만, 모두 '마지막 처단자'가 그인 줄 알았다.
"그런데 왜 마지막이라는 거죠?"
장은태가 입을 씰룩거렸다.
"교주님이 이 의식에 모든 것을 걸었다는 의미일 겁니다. 그를 처단한다는 것은 자기 목숨을 내놓는 것과 마찬가지이니까요."
민지원이 나서서 장은태의 궁금증에 대답했다.

"그렇다면 그 전에 할 일이 꽤 많을 건데, 어째서 기도만 하라고 명령하셨죠?"

김유리는 자신의 소원이던 태 씨의 처단에 몹시 기뻤지만, 실질적인 준비 없이 기도만 하라는 두류산을 이해할 수 없었다. 이 말엔 곰곰이 생각에 잠겼던 김현규가 답했다.

"유대인들이 여리고 성을 함락할 때를 생각해봅시다. 그들은 성 주위를 나팔 불며 돌았을 뿐, 아무런 군사행동도 하지 않았음에도 성을 무너뜨렸지. 아마 교주님은 그런 높은 수준의 종교적 심리상태를 유지하라고 하는 것 같소."

그의 말에 장은태를 제외한 나머지는 이해하는 것 같았다. 이에 민지원이 재차 나섰다.

"맞아요. 교주님은 아무 걱정하지 말라고 당부하셨습니다. 오직 그날의 승리를 위해 기도로 확신하는 것이 제일 중요하다고 하셨어요. 기도를 통해 마음속으로 이미 그자를 화형대에 올린 것을 상상하고 확신하는 것 말입니다."

"알겠습니다. 그분의 뜻이라면 그렇게 해야겠지요. 그런데 지금 교주님 상태는 좀 어떻습니까?"

김현규가 몹시 궁금한 모양이었다. 이 대답은 동굴에 한 차례 다녀온 김유리가 받았다.

"교주님은 거의 신의 경지에 올랐습니다. 머리 위엔 밤하늘의 별처럼 동그란 금빛 화관이 떠 있고, 얼굴은 형언할 수 없는 영롱한 광채가 났어요. 게다가 그때 교주님은 자리에 앉아 있는 게 아니라 붕 떠 있었어요."

김유리의 말에 모두 그 자리에서 무릎을 꿇었다.

"그분은 정녕 신이십니다. 우리 모두 경배합시다."

김우태가 운을 떼자 그들은 두류산이 있는 동굴을 향해 다섯 번 절하고, 오랜만에 화형교 노래를 떼창했다.

"때가 왔음이라! 온 세상 악한 자들이 불에 태워질 때, 미륵이 왔음이라. 태워라, 처단하라, 심판의 날(A Day Of Reckoning)이 왔음이라!"

그로부터 보름이 지났다. 그 사이 김우태를 비롯한 화형교 단원들은 각자 체력연마와 기도에 대부분 시간을 보내고 있었다. 그중 오직 민지원만이 자유롭게 산 아랫마을에서 식량과 반찬거리를 조달하며 동굴 안에 있는 두류산의 수발을 들고 있었다.

보름째 되는 날 밤이었다. 민지원이 두류산에게서 쪽지를 받아왔다. 이에 부대표인 김우태가 모두가 보는 앞에서 쪽지를 펼쳤다.

"이틀 후 무진시에서 손님들이 올 터이니 안의 시외버스에서 모시고 올 것. 한 분은 백발에 흰 두루마기를 입고 검은 뿔테 안경을 썼고, 나머지 한 분은 검은색 정장에 회색 외투를 걸쳤음."

김우태는 의아했다.

"이게 무슨 말씀입니까?"

"쪽지에 쓰인 그대로입니다. 모레 오전 10시경 무진시에서 두 분이 교주님을 뵈러 오십니다. 안내를 도와달라는 말씀이죠."

민지원의 말에 김현규가 물었다.

"그분들은 뭘 하시는 분인지?"

"한 분은 유가족 대표이시고 나머지 한 분은 화형교 무진시 지부장이십니다."

그제야 모두는 두류산이 이제 움직인다고 생각했다. 보통 일이 아니라고 생각한 김우태는 안내를 김현규와 장은태에게 맡겼다. 그런데 장은태는 고개를 갸웃했다.

"휴대전화도 없는 교주님이 어떻게 그들과 연락했단 말입니까?"

장은태의 말에 사람들이 모두 그 부분을 의아하게 생각했다. 민지원은 그런 그들을 한심하게 생각했는지 혀를 찼다.

"그렇게들 믿음이 없으세요? 교주님이 신이라고 생각지 않습니까? 이미 그분은 기도를 통해 생각을 읽는 분입니다. 그 두 분과 생각의 나눔으로 깊이 교감했습니다."

"염력이란 말이오? 아님, 텔레파시?"

김현규마저 깜짝 놀라 민지원에게 재차 물었다.

"일종의 그런 셈이죠."

두류산, 이제 그는 완벽한 신이었다.

거사 사흘 전, 밤이었다. 힌놈의 골짜기 움막에선 김우태를 비롯한 그들이 마지막 기도를 하고 있었다. 분위기는 뜨거웠고 차가운 산중 날씨임에도 불구하고 그들의 머리엔 김이 모락모락 나고 있었다. 개중에는 기독교인처럼 도저히 알아들을 수 없는 방언을 하는 이도 있었고, 국제공용어인 에스페란토어를 내뱉는 이도 있었다.

"주여!"

"한울님이여!"

"미륵이시여!"

저마다 부르는 신의 이름은 달랐지만, 명확한 대상은 두류산이었다. 동굴에 있던 두류산이 마침내 움막을 찾았다. 기도하던 민지원이 발걸음 소리를 듣고 몰래 밖으로 나왔다.

"오셨…, 헉!"

민지원은 소스라치게 놀랐다. 처음엔 달빛이 어두워 자신이 잘못 보았나 싶었다. 하지만 눈을 가늘게 떠서 다시 보아도 두류산의 모습은 예전과 확실히 달랐다. 그는 걸어오는 게 아니라 마치 물 위를 걷는 것 같았다.

"모두 모였느냐."

"네."

"들어가자."

달라진 건 걸음걸이뿐만 아니었다. 말 한마디를 내뱉을 때마다 그의 울림은 그윽하다 못해 장엄했다.

"교주님 오셨습니다."

전기가 들어오지 않아 촛불 두어 개를 켜 둔 방안이었는데, 두류산이 들어오자 순식간에 환하게 변했다. 김우태를 비롯한 모든 이들은 몇 개월 만에 보는 두류산의 장엄한 모습과 위엄에 무릎을 꿇고 머리를 조아렸다. 김우태와 김현규는 아무 말 없이 방바닥에 엎드려 있었고, 김유리는 흐느끼고 있었다. 단지 맨 뒤에 엎드린 장은태만 이리저리 눈알을 굴릴 뿐이었다.

"은태야."

두류산이 그윽한 목소리로 불렀다.

"네. 교주님."

장은태의 목소리는 떨리고 있었다.

"너는 아직도 나를 의심하느냐?"

"……."

"날 한번 만져보렴."

마치 예수께서 의심 많은 도마에게 했던 말 같았다. 장은태는 머뭇거리다 두류산 곁에 가서 내민 손을 잡았다. 그런데 장은태는 기겁했다.

'헉.'

도무지 두류산의 손이 잡히질 않았다. 뻔히 앞에 있는 손이었건만, 붙잡으려 하면 텅 빈 곳이었다. 장은태는 순간 이게 홀로그램이 아닌지 의심했다. 그렇다면 두류산의 실체는 아직도 동굴 안에 있다는 거로 그는 생각했다. 이번에 그는 손이 아니라 두류산의 몸을 덮쳤다. 하지만 장은태의 몸은 텅 빈 곳을 관통하여 방바닥에 곤두박질쳤다. 장은태 뿐만 아니라 보는 이 모두가 당황한 표정이 역력했다.

"교주님의 영이십니까?"

나름대로 영감이 뛰어난 김현규가 물었다.

"그렇소. 하지만 나의 실체와 영은 하나요. 아직 기도가 완성되지 않아 실체는 그날 보여주겠으니 오늘은 거사 계획이나 논합시다."

두류산의 말에 모두 두려워서 벌벌 떨었다. 그런 분위기에서 부대표인 김우태가 용기를 내었다.

"저희는 준비가 미흡합니다. 그날 어떻게 하시렵니까?"

"거사 전날, 한 명만 날 따르고 나머지는 무진시로 내려가십시오. 얼마 전 찾아온 유족회 회장과 무진시 지부장을 만나면 당일, 그대들이 할 일을 알려줄 것입니다."

두류산의 말에 모두 놀란 표정이었다.

"거사를 무진에서 한단 말씀입니까?"

"물론입니다. 시간은 5월 ○일 오전 10시, 장소는 무진시 민주화 묘지 내 민주공원 앞입니다."

"서울에서 그자를 데려온다는 말씀이신지요?"

김현규가 깜짝 놀라 물었다. 그 물음에 이번엔 김우태가 나섰다.

"그날 전후해서 놈의 자택 주위는 경비가 삼엄합니다. 교주님을 포함한 두 분이 어떻게 그자를 서울에서 무진으로 데려오려는지요?"

그때 민지원이 날 선 얼굴로 사람들을 책망했다.

"아직도 의심이 많으시네요. 교주님이 행하시는 모든 것엔 의문이 없어야 해요. 믿음을 가지세요."

"그야 그렇지만…."

김우태가 한 발짝 물러서자 두류산이 빙긋이 웃었다.

"신(神)의 길은 인간의 길과 다릅니다. 거사 전날, 날 따라오는 이는 ○○동 인근 솔파 교회 앞에 차만 세워두고 있으면 될 것 같습니다. 그자를 데려오는 건 전적으로 나 혼자의 몫입니다."

"그렇다면 무진에서 저희가 할 일은?"

"거사 당일 새벽에 묘지 안에 진입하여 화형 거치대 2개를 세우십시오. 그리고 오전엔 유족회와 지부 회원들과 힘을 합쳐 정문에 바리케이드를 설치하십시오. 묘지 안에는 유족회 분들과 전국의 화형교 신도들 그리고 기자들만 출입할 것입니다."

두류산의 말에 김우태가 토를 달았다.

"그건 좀…. 그날은 대통령을 비롯한 정부 요인들과 정치인들이…."

"유족회 분들과 그렇게 합의 봤습니다."

두류산은 짧게 말하곤 자리에서 일어섰다.

"오늘은 시험에 들지 않게 밤새워 기도하십시오."

순식간이었다. 그의 영은 벽을 통과하여 사라지고 말았다.

5월 ○일, 본 행사 전야였다. 무진시 유공자유족회 사무실엔 사람들로 붐볐다.

밖에는 짐을 나를 5t 트럭과 사람들이 탈 봉고차 여러 대가 출발을 서두르고 있었다. 어디선가 짙은 철쭉 내음이 바람과 함께 불어오고 있었다. 날씨도 좋고 바람도 선선했다. 유족회 회장은 김현규와 김유리 그리고 김우태의 손을 꼭 잡았다. 특히 그는 김현규 남매를 애틋한 눈으로 보았다. 그는 김현규 남매의 돌아가신 부모님을 잘 알고 있었다.

"그때 두류산님의 초청으로 솔봉을 다녀온 후, 자네들 부모님의 기록을 검토했지. 평범한 피해자였지만, 아주 훌륭한 분들이었어."

김현규와 김유리는 부모님 이야기가 나오자 만감이 교차했다.

"저희에게도 정말 좋은 분들이었습니다."

"그래, 당신들은 일개 시민이었지만, 위태로운 상황에서도 시위대에게 주먹밥과 먹을 물을 주셨지. 그것 때문에 계엄군에게 당했지만 말이야."

유족회 회장 역시 그날이 생생하게 기억나는 듯 눈가가 축축했다.

"당한 분들이 부모님뿐이겠습니까? 무고한 시민들이 모두 피해자였지요."

김현규가 애써 울음을 참으며 유족회 회장을 다독였다.

"그래, 그건 그렇지. 어쨌든 이날 이때까지 학살의 주범인 그놈을 제대로 처단하는 자가 없었는데, 정말 고마워. 화형교 사람들이 아니라면 이런 일을 벌일 사람도 없을 거야."

"모두 교주님 덕분입니다. 그분을 제외한 우리끼리라면 도저히 꿈도 못 꿀 일입니다."

"맞아. 그분은 내가 본 사람 중에서 가장 정의롭고 공정한 사람이야. 이제 우리는 그분의 뜻대로 내일 제대로 그놈을 처단하자고!"

유족회 회장은 사무국장을 불렀다.

"청와대 비서실과 묘지 관계자들에겐 따로 연락해두었겠지?"

"네. 처음엔 난감해하더니 비서실도 수긍했습니다. 그리고 묘지 관계자들에게도 협조를 받았습니다."

해마다 행사 때 대통령이 내려오는 건 관례였다. 하지만 두류산이 놈을 잡아 오는 마당에 그럴 순 없었다. 그래서 유족회에선 이번 행사는 회원들과 일반 시민들만 열겠다고 미리 통보한 것이다. 또 하나, 묘지 관계자들에게 협조를 구한 것은 낮에 행사 준비를 마쳤으나, 빠진 게 있어 야간에도 작업하겠다는 요구였다. 이를 묘지 측에서 승낙한 것이었다.

"좋아! 그럼 출발하자고."

유족회 회장을 비롯한 간부들과 김현규 남매 그리고 김우태는 같은 봉고차를 탔다. 그리고 심판 대원들은 화형교 무진 지부 회원들과 함께 그곳에 설치할 화형 거치대 장비를 싣고 트럭으로 뒤를 따랐다.

민주화 묘지 안 민주공원 근방에 불이 밝혀졌다. 이미 차려진 단상과 수백 개의 의자를 두고 심판 대원들과 무진 지부 신도들은 단상 옆에 대형 화형 거치대를 조립하느라 비지땀을 흘렸다.

이윽고 밤이 깊었다. 진행 과정이 순조롭게 되는 것을 본 유족회장이 김우태에게 물었다.

"이제 된 것 같습니다. 그럼, 우리는 그분을 기다리기만 하면 됩니까?"

"네. 동이 틀 무렵에 그분이 놈을 데리고 올 겁니다."

"그 후에는요?"

유족회장이 궁금한 듯 시계를 보았다.

"행사 전까지 유족 측 회원들과 우리 화형교 형제들이 아무나 들어올 수 없도록 입구를 봉쇄해야 합니다. 비표를 가진 사람들만 입장할 수 있도록 철저히 봉쇄해야죠."

김우태의 얼굴엔 비장함이 묻어있었다.

"비표는?"

"준비해두었습니다. 유족회와 우리 화형교 형제들이 미리 나누어 준 것으로 알고 있습니다."

"음…. 그런데 부대표님."

유족회장이 어색한 얼굴로 김우태에게 물었다.

"말씀하십시오."

"교주님의 생각은 놈을 화형에 처한다는 뜻이겠지요?"

김우태는 그날 솔봉에 찾아와 두류산과 밀담을 나누었다는 유족회장이 왜 이런 질문을 하나 싶었다.

"당연한 것 아닙니까? 물론, 그 이전에 무진 시민들에 관한 놈의 사과부터 있어야겠지요."

"그렇군요. 알고 있지만 한 번 더 확실히 하고 싶어 물은 겁니다. 그런데 화형 거치대를 왜 두 개나 준비하는지 그게 나로서는 이해가…."

솔직히 김우태도 그게 궁금했다. 한편으론 놈의 부인도 잡아 오는지 아니면, 놈의 최측근을 데려오는지 자신도 알고 싶었다.

"저도 잘 모릅니다. 그냥 교주님의 지시입니다만."

"알겠습니다. 날이 밝으면 알게 되겠지요."

그렇게 무진의 밤은 시나브로 깊어가고 있었다.

그날 이후 산음경찰서 형사팀은 일반 사건에 매달리고 있었다. 농사철이 다가오자 농촌 빈집털이가 기승을 부리는 바람에 모두 그 사건에 신경 쓰는 바람에 나태주를 제외하곤 아무도 화형교의 '화'자도 입에 올리는 자가 없었다. 나태주 역시 두류산의 『심판의 날 Ⅱ』를 읽고 난 뒤,

앞으로 엄청난 일이 일어날 거라는 생각을 했다. 하지만 그가 할 수 있는 일이 아무것도 없음을 안 뒤, 그는 자괴감에 시달렸다. 오직 그 열쇠를 가진 자는 김유리뿐이라고 생각한 나태주는 그녀의 행방을 계속 쫓고 있었다. 그러던 중, 팀장이 된 조민태가 나태주를 불렀다.

"이봐! 나 형사. 아직도 김유리를 추적하는 거야? 인제 그만둬. 우리 일도 바쁜데 자꾸 그러면 나도 피곤해."

"선배님, 아니, 팀장님. 앞으로 엄청난 일이 벌어질 겁니다. 그걸 막으려면 최소한 김유리를 잡아, 그녀의 말을 들어야 합니다. 그러니, 제발."

"시끄러워! 젠장, 그놈의 화형교라면 이제 신물이 난다. 그런 건 서울 쪽 애들에게 맡겨두고 지금 신당 마을로 가 봐. 방금 빈집털이 일당이 출몰했다는 제보야. 어서!"

나태주는 이제 반격할 힘이 없었다. 할 수 없이 장비를 챙겨 사무실을 나서려는데, 민원실 여경이 그를 찾아왔다.

"이게 뭔데?"

여경은 초청장 하나를 손에 쥐고 있었다.

"형사팀으로 온 초청장 같은데 수신자 이름이 이상해요."

'산음경찰서 형사팀 나태민 앞.'

나태주는 직감적으로 이 초청장을 보낸 이는 김유리라고 생각했다. 왜냐하면, 나태민은 그의 어릴 적 예명이었다. 언젠가 술자리에서 그녀에게 이런 사실을 말한 게 기억이 났다.

"알았어. 내가 처리할게. 그만 가 봐."

나태주는 얼른 초청장의 겉면을 뜯었다.

「5월 ○일 행사 때 귀하를 초청합니다. 입장하실 때 아래 비표를 지참해주십시오.
- 일시 : 5월 ○일 오전 10시
- 장소 : 무진시 민주화 묘지
- 초청자 : 민주 유공자유족회, 김유리」

초청장 안엔 비표가 있었다.

5월 ○일, 본 행사 전야, 또 하나의 팀이 서울로 향하고 있었다. 두류산은 뒷좌석에 앉고 장은태가 운전하고 있었다. 공동체 마을에서 백 촌장이 마련해준 승용차였다. 백 촌장은 두류산의 생사도 모른 채 김유리가 부탁한 줄 알고 있었다. 승용차가 서울 인근에 접어들었을 때쯤, 운전하던 장은태는 도무지 궁금해서 어쩔 줄 몰랐다.

'뭐지? 왜 내게 놈의 체포계획을 말하지 않은 걸까? 서울에 가면 조력자가 있을까? 도대체 교주님은 무슨 재주로 홀로 적진에 투입한다는 걸까?'

그때였다. 그의 생각을 읽었는지 두류산이 뒷좌석에서 말했다.
"이놈아. 의심하지 말라고 누차 말했건만."
장은태는 뜨끔했지만, 속내를 숨기기 싫었다.
"말씀해보십시오. 도대체 무슨 수로 놈을 납치한다는 겁니까?"
그러자 두류산이 빙긋 웃었다.
"묻지 말고 네놈은 운전이나 똑바로 해. 그리고 이 시간부터 절대 뒤

돌아보지 말아라."

"네."

장은태는 괜한 말을 했다 싶어 서둘러 액셀러레이터를 밟았다. 그런데 승용차가 목적지인 솔파 교회에 다다를 때쯤 자꾸 이상한 소리가 났다.

'뭐지?'

장은태는 너무 궁금하여 백미러를 쳐다보다, 그만 앞차를 박을 뻔했다.

'헉!'

두류산의 얼굴이 점점 변하고 있었다. 몹시 찡그린 얼굴엔 서서히 검버섯이 피고 주름살이 늘고 있더니 급기야, 머리털이 하나씩 빠지고 있었다.

'이게 도대체 무슨 일이야?'

마침내 뒷좌석엔 두류산은 없고 웬 머리 빠진 늙은이가 앉아 있었다. 장은태는 너무 놀라 갓길에 차를 세워버렸다.

"무슨 짓이야!"

"누, 누구십니까?"

장은태는 운전대에 머리를 처박은 채 비명을 질렀다. 그런데 이내 들려오는 목소리는 분명 두류산이었다.

"이놈! 뒤돌아보지 말라고 말했건만. 나다. 잠시 변장했을 뿐이니 계속 가자."

그 말에 장은태는 다시 백미러를 쳐다보았다. 뒷좌석엔 여전히 초로의 남자가 있을 뿐이었다. 초로의 남자, 그는 한때 여러 가지 비리 당사자이기도 한, 태두필의 동생이었다.

"교주님!"

"얼른 가자."

장은태는 놀라움에 휩싸인 채, 차를 몰았다. 드디어 솔파 교회 앞이었다.

"여기서 기다려라."

이 한마디만 남긴 채, 두류산은 택시로 갈아탔다. ○○동 그의 자택 앞이었다. 예상한 대로 그의 집 주위엔 경찰과 보안요원들의 감시가 철저했다. 택시가 자택 앞 골목길에 접어들자 검은 양복을 입은 보안요원이 차를 세웠다.

"정지. 여기는 택시 등 일반 차량의 출입이 제한됩니다. 승객분은 내려주십시오."

그때 초로의 남자가 뒤 창문을 열었다.

"그분과 약속했습니다. 보시다시피 나이가 들어 걷기가 불편하군요."

보안요원이 손전등을 뒷좌석에 비추었다.

"누구시죠? 앗! 죄송합니다. 몰라뵈었습니다."

보안요원은 황급히 안쪽에다 무전을 날리더니 택시 운전사에게 자택 정문 앞으로 가라고 지시했다. 초로의 남자는 천천히 택시에서 내렸다. 그때 집 안에서 누군가 뛰어나왔다.

"어서 오십시오. 기다리고 계십니다."

오랫동안 봐왔던 그 집의 집사였다. 그는 거실에 술상을 마련한 채 홀로 앉아 있었다.

"오래간만이다. 뜬금없이 찾아온다기에 조금 놀랐다. 그래, 무슨 긴급한 말이길래?"

그는 초로의 남자에게 술잔을 건넸다.

"분위기가 이상합니다. 내일이 그날이잖아요. 암살설이 나와서 형님을 안전한 곳으로 모시려고요."

"뭐? 암살? 으하하. 이놈아. 그런 음모설이 어디 한두 해더냐? 신경 쓰지 마. 여긴 안전해. 대한민국 최고의 경찰과 보안요원이 수십 명이라고."

"그렇지 않습니다. 이번 정보는 확실합니다. 형님도 아시겠지만, 암살하려는 놈들이 '화형교'와 관련된 자들입니다. 화형교라고 들어보셨죠?"

그제야 그는 눈을 껌뻑였다. 그 역시 화형교와 두류산 정도는 알고 있었다.

"확실하냐?"

"네. 내일이 유력하니 이 술만 마시고 자리를 떠야 합니다."

"그렇다면 어디로 피신하자는 말이더냐?"

"고향, H군으로 갑시다. 마침 제가 아는 절이 있어요. 조그만 암자이니 아무도 찾지 못할 겁니다."

그는 잠시 고민했다. 그러잖아도 측근들로부터 화형교 소식을 듣고 있었다. 그들의 최종 목표가 자신인 줄 알고 있던 그는 마침내 결정을 내렸다.

"좋아. 내일 하루 정도 피신하면 된다는 말이지? 그럼 기다려. 네 형수에게 말하고 올게."

마침 그의 아내는 감기로 초저녁부터 안방에서 자고 있었다.

"아뇨. 그냥 갑시다. 하루 정도이니 내일 아침에 전화하면 되잖아요."

그 말에 그는 옷을 주섬주섬 챙겨 입고 운전기사 대신 집사를 불렀다.

"이봐! 동생과 고향에 잠시 다녀올 테니, 요 앞까지만 운전 좀 해줘. 응? 어디냐고? 저기, 솔파 교회 앞이라네. 동생 차가 거기 있어."

솔파 교회 앞에 대기하던 장은태는 깜짝 놀랐다. 두류산이 정말로 그를 데려온 것이었다.

"출발해."

승용차를 갈아탄 초로의 남자는 서서히 두류산의 얼굴로 바뀌고 있었다. 옆에 앉아 있던 태두필의 안색이 급격하게 변했으나, 이미 때는 늦었다.

날씨는 80년 5월의 그날처럼 화창했다. 민주화 묘지 앞은 유족회 회원들과 무진시 화형교 신도들이 인간 띠를 형성하고 있었다. 그들은 비표를 지참한 입장객만 선별하여 통과시켰다. 초청받은 일반 시민과 기자들은 무사통과였다. 입장객 중 나태주도 있었다. 하지만 비표가 없는 무진 시장과 공무원들, 그리고 서울에서 내려온 정치인들은 그들의 제지로 안에 들어가지 못하고 밖에서 발만 동동 구르고 있었다.

드디어 10시 정각이었다. 유족회장이 단상에 올랐다. 그의 옆에는 하얀 천으로 둘러싸인 조형물이 있었고, 주위에 두류산을 비롯한 화형교 신도들이 장엄한 얼굴로 서 있었다.

"무진 시민 여러분! 그리고 전국에서 방송으로 보고 계신 국민 여러분. 오늘은 무진 민주화항쟁 기념식 역사상 가장 중요한 날입니다.

…(중략)…

그때 무진 민주화항쟁을 주도하는 무고한 시민을 학살한 당사자가 여기 있습니다. 이 시각, 이자를 여러분 앞에 공개합니다!"

유족회 회장이 두류산에게 눈짓하자 하얀 천이 벗겨졌다.

'와아.'

'이럴 수가!'

그가 푸른 수의를 입은 채, 화형 거치대에 묶여 있었다. 두류산이 올라가서 그의 입 앞에 마이크를 댔다. 이때부터 기자들은 사진을 찍기 시작했고 방송 카메라가 쉴 새 없이 돌아갔다. 그는 군중과 카메라를 의식한 듯 몇 번이나 고개를 돌렸다. 하지만 군중들의 함성은 그때나 지금이나 지엄했다.

"학살 주범, 태두필을 처단하라!"

"총기발포 명령자, 태두필을 죽여라!"

군중들은 누가 먼저라 할 것 없이 오른손을 아래위로 흔들며 '임의 행진곡'을 불렀다.

"사과하세요. 그리고 진심으로 용서를 구하세요."

두류산이 그에게 나지막한 소리로 말했다. 역사적인 순간이었다. 이제 그도 어쩔 수가 없었다. 성난 군중의 눈초리가 모조리 그를 향하고 있기 때문이었다. 이에 그는 겨우 입을 뗐다.

"본인은 그때 무고한 시민을 학살했습니다. 저로 인해 피해를 보신 무진 시민께 진심으로 사과드립니다. 죄송합니다. 용서해주십시오."

무려 수십 년 만에 나오는 그의 반성이었다. 그동안 이에 관하여 전혀 책임도 짓지 않고 뻔뻔하게 살아온 그였다. 그의 말에 유족회 회원 모두는 눈물을 쏟았다. 하지만 이내 성난 군중 중 누군가 소리쳤다.

"무진 시민 여러분! 우리는 놈의 처단을 원합니다. 놈의 옆에 계신 분을 자세히 보십시오. 저분은 두류산입니다. 구국의 영웅, 두류산이 살아있습니다."

그러자 장내에 있던 모든 군중이 떼창으로 화답했다.

"죽여라!"

"두류산 만세!"

"놈을 화형시켜라!"

두류산은 군중들의 외침을 듣고 잠시 하늘을 바라보다 마이크를 잡았다.

"존경하는 무진 시민 여러분, 그리고 국민 여러분! 그동안 온갖 불법을 자행했던 저, 화형교의 두류산입니다. 이자를 처단하기 전에 먼저 제 혈육의 잘못부터 고백하겠습니다."

그러자 군중들은 의아했다.

'혈육의 잘못?'

군중 속에 있던 나태주는 얼른 두류산의 책 『심판의 날 Ⅱ』의 에필로 그 부분을 떠올렸다.

그건 이랬다. 두류산이 어렸을 때부터 친부에게 들은 말이 있었다. 사업에 실패하고 어머니와 이혼한 후, 지리산으로 들어와 짧은 생을 마감했던 아버지의 고백이었다. 두류산의 친부는 당시 무진 민주화운동 때 계엄군이었다. 위에서 시킨 대로 임무를 수행했지만, 친부 역시 무진 시민을 학살한 장본인이었다. 그래서 친부는 제대 후 짧은 평생을 심한 트라우마에 시달렸다. 알코올 중독에 외상 후 스트레스 장애를 겪은 친부는 그날의 생생한 기억들을 일기장에 기록해두었다. 그 일기장을 두류산이 본 것이었다.

"아버지를 대신하여 무진 시민 여러분께 사죄의 말씀을 드립니다."

두류산은 말을 끝내고 화형 거치대 위에서 절을 올렸다. 군중들의 박수와 함성이 쏟아져 나왔다.

"괜찮아! 괜찮아."

"용서합니다."

화형 거치대 앞에 서 있던 김현규와 김유리는 그제야 두류산을 이해했다. 지금까지 누구에게도 밝히지 않은 사실이었다.

"자! 이제 이자의 화형식을 거행해도 될까요? 오늘로써 이 부끄러운 역사를 제대로 청산할까 합니다. 무진 시민 여러분!"

유족회장이 결연한 태도로 마이크를 잡았다.

"좋습니다!"

"옳소! 당연!"

군중들의 지지에 유족회장은 두류산에게 눈짓했다. 두류산은 화형 거치대 아래에 있는 화형교 신자들을 바라보았고, 그들은 노래로 화답했다.

"때가 왔음이라! 온 세상 악한 자들이 불에 태워질 때, 미륵이 왔음이라. 태워라, 처단하라, 심판의 날(A Day Of Reckoning)이 왔음이라!"

그때 방송 중이던 TV에서 자막이 흐르고 있었다.

「두류산의 장편소설『심판의 날 Ⅱ』발간되자마자 베스트셀러로 등극」

"점화하라!"

두류산의 명령이 떨어지자 장은태가 횃불을 들었다.

'퍽.'

기름을 부은 화형대 아래에 불을 붙이자 불은 순식간에 퍼지기 시작했다.

'훨훨.'

자유의 문 앞 광장의 군중과 실시간 방송으로 이 광경을 보던 모든 사람이 숨을 죽였다. 어떤 이는 두 손을 불끈 쥐었지만, 어떤 사람들은 못 볼 걸 본다며 고개를 돌렸다. 하지만 대다수는 감격의 눈물을 흘리고 있었다. 잠시 후, 무진 학살의 원흉, 발포 명령자인 태두필의 비명이 광장을 덮기 시작했다.

사람들은 이게 역사의 교훈이라고 생각했다. 모두 장엄한 얼굴로 그가 화형에 처하는 광경을 똑똑히 보고 있었다. 친일파 등 제대로 역사를 청산하지 못한 대한민국 역사상 처음으로 민족반역자를 처단하는 일이었다. 그런데 이상한 일은 그다음에 일어났다. 이건 누구도 예상하지 못한 일이었다. 다만 한 사람, 나태주만 알고 있는 일이었다. 그래서 나태주는 크게 소리쳤다.

"안 돼!"

두류산은 그가 죽어갈 때 옆에 있는 화형 거치대로 장소를 옮겼다. 이 화형 거치대엔 십자가 모형의 형틀이 있었다. 두류산은 스스로 두 팔을 벌렸다. 이어 두 팔목에 못을 박는 자가 있었으니 그는 민지원이었다. 사람들이 태두필이 죽는 것을 보느라 신경 쓸 여유가 없던 틈을 타서 벌어진 일이었다. 심지어 화형교 식구들도 눈치를 채지 못하였다. 나태주는 도저히 그대로 볼 수가 없어 단상 앞으로 뛰었다. 하지만 이내 화형교 신도들에게 제지당하고 말았다.

'훨훨.'

군중 속에서 누가 소리쳤다.

"두류산이다. 두류산이 죽어가고 있다!"

그제야 김우태, 김현규, 김유리, 장은태가 놀라 화형 거치대 쪽으로 달렸다. 하지만 이런 그들을 민지원이 제지하였다.

"교주님의 뜻입니다."

민지원은 타오르는 화형 거치대 옆에서 마이크를 잡고 두류산의 유언을 낭독했다.

"신(神)의 길로 들어서기 위함이다. 슬퍼하지 말라. 다 이루었다."

왼쪽의 태두필도, 오른쪽의 두류산도 불타고 있었다. 그런데 바닥에 쓰러져 있던 나태주의 눈에 기이한 장면이 포착되었다.

'휴거?'

두류산의 몸이 공중으로 천천히 들리고 있었다. 그 순간 나태주의 귀는 환청으로 가득했다.

'다 이루었다…. 다 이루었다…. 다 이루었다.'

나태주는 그가 진정으로 신(神)의 길로 들어섰다고 확신했다. 그제야 그의 두 눈에 하염없이 눈물이 흘렀다. 그길로, 민주 광장에는 무진 시민들의 '애국가'가 장엄하게 울려 퍼지고 있었다.

심판의 날 2 —화형, 죽어 마땅한 자들

1판 1쇄·2021년 12월 20일

지은이·이인규
펴낸이·서정원
펴낸곳·도서출판 전망
주　소·부산광역시 중구 해관로 55(중앙동3가)
우편번호·48931
전　화·051-466-2006
팩　스·051-441-4445
출판 등록 제1992-000005호
ⓒ 이인규 KOREA
값 18,000원

ISBN 978-89-7973-570-3
ISBN 978-89-7973-568-0(세트)

w441@chol.com

*저자와의 협의에 의해 인지를 생략합니다.
*이 책은 2021년 산청군 문화예술기금과 경남문화예술진흥원(창작준비금)의 지원을
　받았습니다